王者之风

[英] 凯瑟琳·贝纳

谭端

新星出版社 NEW STAR PRESS

译者序

  课间休息的时候，大部分同学蹦蹦跳跳一溜烟儿奔向操场，教室里只剩下三三两两的学生聚在一起闲聊。在最后排座位上，模样清瘦的凯瑟琳·贝纳正一个人埋头在笔记本上，零零散散地写下发生在马洛尼亚的故事片段，她不时抬起头看着玩闹的同学们，一副若有所思的模样，然后又埋下头急急记下一些句子。就这样，她花了四年，最后连接完成了这本魔幻小说《王者之眼》。先不说她的写作能力，光凭她的毅力，就足已让我们许多写作的人惊叹。凯瑟琳·贝纳是近年兰登书屋力捧的少年作家，也是伦敦奥组委为了打造一场"文化奥运"所征召的文化标兵，她文名远播，现在已算是英国的小名人了。

  凯瑟琳·贝纳出生于1989年，写这本书的时候年仅十四岁，等到创作完成时，也不到十八岁；而就在那年，她考进了剑桥大学；写作不仅没有影响她的学业，反而促使她立志进入名校进一步学习文学。

《王者之眼》的故事讲述了成长在魔法世界的少年李奥与另一个空间，也就是我们现实世界之间相互关联又交叠重合的故事。李奥有一个八岁的弟弟，跟祖母相依为命。某天放学路上，李奥拾到一本神秘的笔记本，从此展开了一段穿梭在魔法世界与现实世界的探索与冒险，其中有喜有悲，有惊悚，也有爱情。小说以李奥的视角看待他身处的魔法世界，产生了一种独特的效果，他所描述的属于"彼岸"的现实世界其实才是"魔法世界"。他所处的魔法世界本身充满了残酷的现实：阴谋、权术、背叛、弑君、瘟疫、体罚、地下组织、战争、言论限制、贫穷、军管戒严、歧视、家破人亡的惨剧；而属于"彼岸"的现实世界英伦，才是传说中那样未经开拓与充满惊奇的地方，那里有汽车、收音机、步枪、富贵、艺术、理想、爱情、学习和自由……

乍看之下，《王者之眼》是一本青少年作品，语言青涩、情怀初开，充满学校生活、叛逆性格，然而细细读来，你很难将之归类为简单的青少年读物，作品中很容易就发现，当年的小小作者有更大的文学野心。作为一部魔幻小说，作为一名继承魔幻小说传统的英国作者，凯瑟琳·贝纳在小说开头就展现了她营造"镜头语言"的卓越能力，这种表现显露出她宏大深远的驾驭情节和结构的潜质。同属青少年创作，凯瑟琳·贝纳跟国内的青年文学明星又不一样，在她的魔幻故事中，除了少年作家熟悉的亲情、同侪、坏老师等的青涩世界外，她的视野似乎更为宽阔，作品大胆地伸展至种种错综诡谲的人生关系：背叛、单亲成长、血腥夺权，并且对政治、战争、宗教与哲学的真相展开了追问。同时她在创作第一个作品的时候就尝试"交叠故事"这种较为复杂的笔法，对小说初学者来说，的确具有很高的难度。在魔幻故事背后，《王者之眼》是对血脉寻根、革命、政治预言、人性幽暗面的初探，凯瑟琳·贝纳在完成本书的同时，也建立起了她连系虚无与现实之间的哲学意义："天国不在天上，不在星星之上，天国就在人间，离我们很近，就在我们周围；天国在另一个维度，在一个界线模糊的地方。"

从她的小说中我们可以感受到一股蓄势待发的潜力，一颗想要盘古开天、翻云覆雨的野心。然而，译到第一百页的时候，我看出当年的凯瑟琳·贝纳彼时似乎有点不知道该怎么往下讲她的故事。她像是一个具有天赋的运动员，在一开始学跑的时候还掌握不好上天赋予她的特殊能力，她还不能完美地协调呼吸、律动和速度，以至于不能很完美地掌挖故事全局的节奏。这并不说明《王者之眼》是一本不好看的小说，事实上，作为凯瑟琳·贝纳的第一个华文译者，到现在我还被故事中李奥与史德林兄弟真挚的情感持续打动着，也为贝纳的观察力所折服。我崇信，一个好的小说家首先一定是一个很会说故事的人（Story Teller），其次才是文学家，以作者的年龄和有限的人生经验要讲述这样一个情节迭起、关系复杂、人物众多的故事，她的确已经超出常人许多。

文学创作是一条孤寂的漫漫长路，在说故事者走进真正的文学殿

3

堂之前，通常要去经历一些人间的悲欢离合，百味杂陈的人生体验才是作品发酵的醇厚酒糟。凯瑟琳·贝纳写这本书的时候只有十四岁，到哪里去体会人生百味？帮凯瑟琳·贝纳出版《王者之眼》的出版社兰登书屋对外宣传她是《哈利·波特》作者 J. K. 罗琳的接班人，被称为"小罗琳"。然而凯瑟琳·贝纳还没有达到那个境界，英国作家 J. K. 罗琳二十四岁写《哈利·波特》时虽年轻但已为人母，经历过离婚、自杀的人生低潮。我们再来看看其他文学前辈：文学神童张爱玲十四岁时曾创作过今古交织的魔幻作品《摩登红楼梦》，但她真正在文学界闯出名堂写出一鸣惊人的作品是二十一岁，那时张爱玲已经见识过继母的欺压，遭到过吸鸦片的父亲的囚禁与毒打，以及见识过母亲放浪形骸的情感生活；十九世纪开创奇幻文学滥觞的玛莉·雪莱创作《科学怪人》时只有十九岁，同样成长于单亲家庭，玛莉·雪莱还当过婚姻的第三者；赫胥黎出版《美丽新世界》的时候是三十八岁；写下《纳尼亚传奇》的 C. S. 刘易斯第一部作品出版时四十岁，他写下《狮子·女巫·魔衣橱》时已经五十二岁；托尔金写下《魔戒》的时候是六十二岁。我们不能对一个十四岁的孩子要求过多，但我们可以预见到，女孩心智和身体跨越成熟的速度本身就是具有魔法意味的过程，从她过人的观察力与显露出来的毅力，我们有理由相信不久的将来，凯瑟琳·贝纳或许能够"飞速成长"起来，当然这一切取决于她自己的努力和发展，我们只有拭目以待。

不论是什么题材，对"人情味"的描写与观察才是小说的灵魂。凯瑟琳·贝纳以魔幻为经，以人的关系为纬，编织出这样一本作品是令人惊叹的。以写作时的年龄，她在祖孙与兄弟关系上的观察力与描述力，实属过人。她的笔触虽然稚嫩，但对人事的敏感，尤其在情绪的刻画、生活的细节、对生命的荒谬意义、对人生未来的美好想象、对恋爱的向往、对亲情压力的绝望与排斥、对社会正义与治序、对社会劳动层与富人层之间的差别，特别是在探索兄弟情谊、珍贵的友谊、痛彻心扉的悲怆感觉的深刻揣摩与真实描述上，都让我深深叹服，在我十四岁时，是绝对写不出来的。她对人情细节的敏感在小说许多地方都有惊人的描绘。在本书截稿时，她的魔幻三部曲第二部《黑暗之声》已经在英国出版，其中《王者之眼》故事中的小婴儿安塞恩已经长大成人，整个故事将围绕在他身上展开。我相信作者在此书中的写作技巧应该更加成熟起来。

2009 年 10 月，谭端　于北京南磨坊

第一章

这是我想最后写的几句话。"告诉我故事是怎么开始的,"你说,"跟我说说是什么促使你那样做的。"其实该说的我都已经说过,对于你的疑惑,我真的无话可说。

尘埃悠扬地在寂静的阳台上飘舞。秋天里的第一道风,一股黑暗的风,就这样刮了起来,翻开了几张书页,把书中如同星辰般耀眼的人物拉回到稀朗的夜空中。楼底下隐约传来了灯光和笑语;远处,万家灯火让整座城市在黑夜中隐隐乍现。半个小时以前,你还在这里,温柔地为我点上一盏灯,现在,灯火在微风中轻轻地摇曳着,书页也伴着这风悄然翻拂到了开头。这本书在过去的五年中是我生活的全部,现在,叫我如何能够合上它?

我没有气力走到楼下融入那尘嚣喧闹之中,所以只能打开书,一页页翻寻我曾写下的字字句句。这个故事的某些场景仍然萦绕在我的心头，在清醒的时候，甚至在梦中，它们都历历在目。然而最初，我却并不是从这里开始写的。

我的故事是从"雪"开始的。

我走在回家的路上，天空中飘着雪。虽然只是傍晚五点，但天色已经阴暗下来，还透着一丝寒意。我呼出的气息在这阴冷的灰暗中凝结成白雾，四下一片寂寥，即使那些原本呼哧和骚动的军马，此时也都显得暮气沉沉。雪花如此之凉，以至于当它们落在我脸颊上的时候，几乎像是快要燃烧起来一样。雪花纷纷沾在我的身上，又被我轻轻拍落，我扯紧了外套，把衣领高高地翻了起来。

早已经习惯下雪了，或许我们都一样吧，但决不会是五月末的雪。看来，这天气至少还得再冷上一个星期。虽然这冰雪，我们在冬天已经尝过够多的了。

其实这场景有点儿美，我想。厚厚的云层像是一个盖子，将这一小片空地遮掩起来；空地上的油气街灯已经点亮，落雪积结在框格玻璃上，被里面的灯火映成鹅黄色。我停下脚步，四周鸦雀无声，连脚下踏着湿滑步伐的咯吱咯吱声都没有。整个世界仿佛陷入了静谧，但也并非完全的安静，我能听到雪花落到地面时那细微的沙沙声。

我抬起头仰望天空，雪花纷纷落在我脸上，我感觉自己腾空飞了起来，整个人像冲上了天空。

天色越来越黑，越来越冷，我应该回家了，可我并没有这样做。我全身冷得直哆嗦，但仍然仰望着天空，天色越来越阴，我想我可能会在那里待上一整晚，这就像是一种修炼，反正我就是不想立刻回家。

雪花不间断地狂飞乱舞，落在我的脸上，使我有些昏沉，脖子因为一直保持仰望的姿势开始有了酸痛的感觉。雪一直在下，我仿佛已经着了魔。

突然间，我感到周围似乎有人，落雪对我施的催眠般的迷咒停止了，我的视线又落回了街道。

环顾四周，我并没有发现人影。只是那空气中似乎有种东西存在，就好像你看到影子就知道另一头一定藏着个人一样。我突然感到浑身不自在，心想也许这里有鬼，或许是看不见的幽灵正在接近我，于是我立即转身离开。

刚迈出了几步，我突然踢到了一件厚实的东西，差点儿被绊倒。那是雪堆中一个黑色的东西，上头沾满了我踢出去的雪花，我想，大概是动物的尸体吧，比如说是一只冻死的老鼠什么的。

我弯下腰凑过去仔细看看，才发现那根本不是动物尸骸，而是一本书，只是一本书而已。我小心翼翼地靠近它，那种附近有什么东西存在的感觉更加强烈了起来，就仿佛是某个人的灵魂正在空中飘荡一般。

我用最轻的意念，手指一挥，施了个小魔法，想让这本书自己翻开，但没有成功。这是我多年前就懂的小把戏，通常都会奏效，然而这仅仅是一个小儿科的把戏，因为我用在《圣经》上时也从来没有奏效过。

我对这本书充满了疑惑，不知道该不该碰它，也许最好的做法是把它留在原地。我转身想走，结果发现手指在我作决定之前已经伸了过去，鬼使神差般地把它捡了起来。

我看着自己的手伸过去，就好像看着别人的手一样。我想阻止自己的手不去碰那本书，然而似乎又早料到自己最后会这么做，因此也没有刻意要去抗拒这种动作。有几秒钟的时间，我陷入了恐惧之中，然而，当我的手接触到了这本书的皮质封面的那一瞬间，周围有人存在的感觉忽然消失了。

我翻开了这本书，书的扉页泛黄而僵硬，活像是动物的遗骸。第一页是空白的，我翻到第二页，还是空白，接下来几页居然都是空白的。我失去耐心随手乱翻起来，封面被粗鲁地翻得弯折起来，几乎要绷裂了，书脊上的胶都鼓了起来。

原来这是一本无字天书。

就在我关注这本书的时候，天气发生了变化。风在狭窄的街道上尖锐地嘶叫着，雪花像是碎玻璃碴般冲击着我的脸。我的下巴冻疼了，拿书的手指也被融雪咬噬得湿淋淋的。我把书塞入大衣口袋，往家里走去。

回到家以后，我把书放在油灯下，心里还在嘀咕是否该将它放回原来的地方。这时一种奇怪的感觉涌上心头，我突然紧张起来，我十分确信当时在街上一定有人在我左右，我不得不将这种感觉和这本书联系在一起。也许这样想，有点儿没必要，那不过是一本什么都没有的空白的书罢了。

我背向灯，把脸贴近窗户，用身体遮住灯光，玻璃窗上立刻现出了一片黑影。

我透过这片自制的"镜头"向外望去：寒风把云层吹出了一个大洞，几点繁星从那洞中发出稀微的光芒。我喜欢仰望星空，我知道其中有一颗星星的名字是李奥，即使我知道名字，也从不知道究竟哪一颗是它。街道上，风雪肆虐着，在油气灯微弱灯光的映照下，雪花显得有些郁郁蓝蓝。

明天应该会很冷，很冷。

突然一个声音响起来，我转过头向门口看。"李奥。"是我祖母尖锐的叫声。我马上把书推到床下漆黑的地方藏好，又立刻回到了窗台边。"李奥。"祖母又叫了一声，随即推门而入。她先是看了看睡在房间最角落的史德林，然后转过来对我说："李奥，你要一直亮着灯吗？"她的眼皮因衰老而下垂，整个眼框都凹陷成了一团黑影，就像是骷髅的眼睛一样。"把灯灭了，"她说，"别浪费灯油，你在搞什么鬼？"

"我正要去睡觉呢。"

"已经很晚了。"

她盯着我。从影子看上去，祖母显得相当老。虽然只有六十五岁，但她的头发大部分已经变得灰白，萎垂地贴在头皮上。灯光照亮了她耳边垂下的几缕白发，她的眼睛和嘴巴的线条都很深，脸拉得老长。每次跟我说话的时候，她都很严肃。

"你放学又被老师留下了？"她板着脸，"李奥，我都记不得这个月你一共被留下几次了。"

我不想回答。她望着我，表情渐渐缓和下来，良久，什么话也没说。"怎么了这是？"最终还是我打破了沉默。

我本来以为她会继续唠叨，岂料她把视线转移到别的地方。"我突然有这种感觉，你越长越像哈洛德。在你这般年龄的时候，他的眼睛也是那样灰灰的。"

"奶奶。"我站了起来。

她转过头来看着我问："怎么了？"

"没事。"一时间，我又把话吞了回去。

5

"晚安，李奥，"她流露出些许悲伤，"老天会一直保佑你的。"

她好像要拍拍我肩膀的样子，但随即又克制住了，转身走出了房间，带上了身后的门。随后我听到她自己的房门也关上，咯咯吱吱地响。那扇门需要修理了，螺丝钉锈了，其中一个合叶也断了。我早该修了，否则用不了多久那门就会整个掉下来。但这年头工厂只知道制造子弹，没人在乎门轴。

我等了一会儿才跪着从床底下翻出那本书。令人气馁的是，我翻出的是另一本，一本更大更旧的书。我对着书的表面倏地吹出一口气，扬起的灰尘弄得我鼻子腥腥痒痒的，这书放在这里一定很久了。

我猛然想起来这是一本什么书了，它是几年前我放在那里的。祖母要是知道我还留下一本，一定会发疯的。

这是哈洛德·诺斯写的《金色政权》，一部畅销的精装硬皮书，在几万人看过这部著作之后，它就被禁了，再版的书通通被拿去焚毁，我的父亲也从此失踪了。真是奇怪，祖母刚才偏偏又提起我的父亲，更蹊跷的是我现在居然翻出了他的著作。

我擦拭着这本书的封面，心想，我父亲其实是最棒的，他是我们这个时代最优秀的作家。七年过去了，我几乎记不清他的模样，当时我只有八岁，就是史德林现在的年纪，也许我父亲也记不得我的样子了吧。

书的封皮和扉页已经被撕破，但那上面我父亲泛黄的签名依旧清晰可见。我记得那是他为我签的名，我请他签的，那时我还跟他说我想像他一样当一个作家。

我重重地合上封面，把书推回床下，转身准备吹熄油灯。不过我根本用不着这么做了，燃油烧完了，火苗闪了几下，最后挣扎了一下，自己灭了。

第二天一早，东方刚刚破晓的时候，我被冻醒了。我刚睁开眼就看到了街上的雪，它们就像是白色的海浪，被凝固成了海峡中的一道风景。由于反射的缘故，天空不再暗灰而泛出银白的颜色，而在那些简陋的房屋上头，大雪正从天而降，丝毫没有停下来的意思。

这时我突然意识到，躺在床上是根本不可能看到街道的风景的，因为每天我醒来的时候只能看得到天空，但我现在醒来的第一眼居然能看到下面的街景。

原来我坐在窗台上，头紧贴着结冰的玻璃窗。我费劲地把额头从玻璃窗上移开，感到一阵疼痛。

我真醒了，我怎会在这里？还记得前一夜，在灯熄了之后我要上床的。

那本从雪地里拾回来的书就搁在窗台上，就在那盏现在僵如冻石的油灯旁。很奇怪，因为我很确信前一晚我将它丢到床下了。时间尚早，可能就是六点多吧，我觉得很疲倦，拿起书来随意翻阅着，突然，我挺直背脊坐了起来。

书里面竟然有字。

我倏地又合上了书。昨天明明还是空白的，我记得自己曾经仔细地检查过每一页的。我又把它打开，没错，真的有字，是很紧凑的黑色书写体，我一时认不出写的是什么，但很显然，这不是普通的书，可能有什么邪恶的东西在里面。我赶紧将书放回窗台，很怕碰它，瞪着它待了半晌。

我知道自己终究还是会去读它，因为我很想知道里面究竟写了什么。也许根本没必要害怕，难道一本书还会吃了我？我试着用意念去

7

翻开它，于是我集中意志，但书却毫无动静。这样集中注意力使我感到头疼欲裂，而且不奏效，书还在那里。我考虑了一下，最后干脆直接用手拿起它翻阅起来。

前面几页是空白的，我翻到有字的那页开始读。

　　第一道阳光冲破苍白的拂晓，照亮了医院的一个房间。年轻人轻轻地拉开窗帘，向外张望：阳光穿过铁道沿线，在广场上灰蒙蒙的屋顶上铺陈开来；小径上杂乱的野草中几株鲜紫色的花朵，静静地绽放在寂静的晨幕中。年轻人不觉流下了感动的泪水，他就这样待在窗边，直到泪痕干去。那些房屋里的人们也许刚刚起床，远处一列火车驶来，又缓缓离去，火车上的乘客不会知道今天有什么不同。但对这位年轻人来说，今天意义非凡。

　　年轻女人叫着他的名字。她抱着小婴儿向窗外看去，金色的头发垂落在婴儿的脸上。他转身走向她，伸手抚摸她怀中酣睡的婴儿。他执起年轻女人的手，静静地看着她，虽然她的视线落在别的方向。年轻女人的视线穿过几条废弃的小径，落在一个破败的篱笆上，小鸟在篱笆上跳动，鸣唱。窗户将世界隔绝成内外两个部分，婴儿正在睡觉，阳光洒进来，把房间映照得金黄一片。

　　好长一段时间，病房里寂静无声，直到一个中年妇女闯了进来。她看见婴儿后激动得又哭又笑，年轻女人也笑呵呵地拥抱着她的母亲。这位婴儿的祖母从脖子上取下一条金项链，上头系着一个护身符，是宝石做成的一只飞禽形状的护身符。宝石反射着太阳的光芒，在这敞亮的病房中更显得闪闪发光。小婴儿睁开眼睛，仿佛是在打量着这个世界。

"妈，那是您的项链。"年轻的女人说。

"我现在想给孩子，"中年妇女道出她的心愿，"我要给我的孙女儿。"她把项链递给孩子的父亲。"等她大一点儿的时候交给她。一颗宝石虽然不见了，但还是很漂亮。"

"没关系，"年轻女人说，"让她现在就戴上吧，妈妈，请稍等一下。"她的丈夫将项链系在孩子的脖子上，整了整链条。婴孩儿实在太小了，宝石几乎垂到孩子的肚子上。他们静静地看着婴儿不发一言。

"这孩子长大以后一定会美艳动人。"婴儿的祖母打破了沉默。

"我希望我能活着看到她长大。"年轻人吻了吻孩子的脸颊，一滴泪流淌下来，滑过了他的脸颊，母亲也落泪了。

在遥远的地方，另一个婴儿正在熟睡。他的母亲倾过身体，拉开绒质的幔帐正看着他。她的先生将孩子抱起来，接受牧师的祈福。"请保佑这个孩子，让他在智慧中成长。"牧师口中念念有词，在胸前画了个十字。显然国王并没有注意他念什么，他只看着妻子的眼睛，早晨的阳光让她的脸颊透出红润和疲惫，但她看起来比以前更年轻了。国王在孩子的脸上寻找妻子和自己的影子，忽然一股热潮涌入他的眼睛，他只好放弃寻觅。他还不到十八岁，妻子的年龄更小，即使现在他抱着婴儿，依旧觉得自己也只是一个孩子。

牧师走后没多久，婴儿醒了。国王把孩子轻轻地交还到妻子怀中并跪在一旁。他们静静地看着孩子，看得出这孩子不同于常人，他的眼睛又大又黑，刚毅有神。一个这么小的孩子的眼睛，透露出的神韵显然不同寻常，将来人们会说，这孩子生就一对王者之眼。这房里有一种奇异的气氛，孩子不像其他婴儿那般，他从不哭闹。这孩子将来会变成什么样？国王想着自己的一生。

"我有了你，现在又拥有这样一个孩子。"王后一边说，一边拭去脸上的泪，"如果我们能永远像今天这样永不分离，我这一生都将别无所求。"

五年过去了，他们每天都享受着天伦之乐，直到一天傍晚。那个傍晚，一家三口站在古城堡的阳台上，王后听到了远处的骚乱声，她眺望着城里的动静，在王后身后，国王和小王子正比斗着木剑。

"那是什么声音？"国王看了一眼王后。

"我不知道，"她转过头对他们说，"继续玩儿你们的吧。"

国王垂下木剑，对她笑了笑说："我想，我不该带着孩子玩儿这种游戏。小时候玩儿木剑，长大就要拿真剑了。"王后望着国王，眼睛中现出一抹浅浅的笑意。

王子趁着国王一个不注意，把国王的木剑击落在地。一时间，全家人笑成一团。国王把王子抱起来在空中摇荡着，逗着他玩儿。"他会是个好战士的。"王后说。

"现在别说这样的话，"国王理了理孩子的头发，"他还只是个孩子，不是吗？"

古城堡的屋顶花园种了几株植物，鸟儿们已经在上面筑了巢。夕阳鲜红如血，他们静静地观赏着这一幕，紧紧地围在一起，就像这世界上任何一个平凡的家庭一样。然而，这份安宁没能保持很久——骚乱逼近了他们。

城堡的大门在一阵爆炸声中应声倒塌。在极度绝望中，国王和王后相互凝视着。"别乱动。"国王告诉他的王子。

叛军已经兵临城下。小王子站在阳台边，看着人们拥入城堡，就像蚂蚁兵团入侵一样。这时一家人紧紧地拥在一起，国王从腰际抽出一把短刃，阳光下，它泛着血红色的光芒。楼下突然爆出一阵枪声。"他们有枪？怎么会有枪？"国王在王后的耳边轻声低语。她抓着他的手，两人手上的戒指磕碰在一起的声音，在安静的空气中清晰可闻。

重重的脚步声越来越接近通往阳台的大门。国王站了起来，王后跟着也站立起来，他们一直盯着那扇门，小王子在空中寻找着母亲的手，最后紧紧地抓住了它们。母亲挡在王子和那扇门之间，脚步声越来越接近……

这扇门显然无法挡住试图冲进来的叛军，最后它被推开了。国王冲了上去，然后紧接着两声枪响回荡在古堡的高塔和大堂的房顶上，伴随着悲伤久久不去。国王手中的武器咣当一声掉落在地，他和王后沉重地倒在了阳台的石板地上，一切都来得太突然，战斗还没有开始就已经结束了。

四周沉寂了下来。前一秒钟他们还活着，后一秒钟他们就都不在了。他们的血在石板地上像藤蔓一样蔓延流淌，大家都不动了。

小王子含着眼泪怒视着周遭的人们，他拾起短刃，向开枪的叛军士兵飞掷过去，正中一人的眼睛。那士兵猛地丢下枪，跪在地上，抱住了自己的脸，鲜血从他的手指缝中涌出，又浓又黑的血溅在石板地上。另一个士兵举起了枪。"不！"受伤的那个士兵大喊，手还抱着脸，"谨遵神谕！勿伤太子。"

女孩儿和祖母在回家的路上，那女孩儿，现在也五岁大了。伴着收音机里的音乐，女孩儿哼唱了几句歌词。小女孩儿调大收音机的声量，一面挥舞着手，像是一名舞者，她的祖母在旁边微笑地看着她说："有一天你一定会在舞台上表演。"

"我想也是，只要我努力练习。"女孩儿认真的态度惹得祖母再次笑了起来。她的脖子上仍然挂着那条宝石项链，眼睛里面的那抹蓝色也变得更加艳丽了，就像项链上那颗宝石的颜色。或许这条项链根本就是为她量身定做的。

交通繁忙的马路上，车子如同长龙般，一辆紧贴着一辆。女孩儿在落日余辉中昏昏欲睡，随着汽车的走走停停摇晃着她的小脑袋。沙砾和小石子在挡风玻璃上飞来飞去，女孩儿斜倾着身子抚摩了一下祖母的脸沉沉地睡去。

突然汽车喇叭声盖过了音乐，一辆卡车摇摇晃晃地斜着冲了过来。女孩儿被尖叫声惊醒了，周围是一片慌张和混乱。她只记得祖母正努力让车子朝一个方向行驶，而突然逼近的卡车和刺耳的刹车声压倒了这一切。"没事，没事。"祖母故作镇定地说。女孩儿还没弄清楚这一切的时候，车子就翻了，整个世界陷入了黑暗之中。

女孩儿在她母亲怀里哭了整整一个晚上，雪白明亮的病房，将黑夜挡在了外头。女孩儿已经来过这里许多次了，这是她出生的医院。一年之后整整三周的时间，她都被带到这里探视垂死的父亲。虽然她曾多次到这里，但唯有这次让她刻骨铭心。

很远很远的地方，另外一个小男孩儿也在哭，突然身处异乡，身边只有一个不会安慰他的陌生人。男孩儿看着夜空中的星辰，那些星星的光芒曾经点缀了古城堡窗外的世界。但在这里，即使是星星看起来也是那么的不一样，苍白疏朗得异常，透出晦暗的橙灰色。"别靠窗户太近。"陌生人说完，替男孩儿围上一条毯子。"睡一会儿吧。"但男孩儿却站在原地一动也不动。"今晚不睡了，明天也是，以后都是。"

场景又回到了这里，女孩儿躺在床上看着同样的星星，她看着它们在夜空中显现，又看着它们在清晨中淡去。她听到城里的钟声响起，一个小时又一个小时。人们无可奈何，谁也挡不住时光的流转。

文字到这里中断了。我一直坐着，书在我腿上打开着。奇怪的是，我似乎读过这个故事，我很确定。这故事不是虚构的，我确定它是真实的故事，曾经真正发生过。

我想，很可能故事中的王子和我生在同年，王子应该是被流放在一个传说中的国度：凯希亚王子，那个国家的名字是什么？天使之国，或是类似的名字。但那国家是虚构的，卢西雅叛军那晚把城堡中的人都杀害了，他们杀了国王、王后和王子。国王的重臣塔莉萨是幕后的操纵者，她掌握着威力极大的魔法，杀一个五岁大的王子对她而言易如反掌。这不再只是一个故事而已。

那么那女孩儿呢？书中有关那女孩儿的几段描写我其实没读明白。汽车、挡风玻璃、收音机又是怎么回事？这些字眼听起来充满异域风情，也许她住在另一个国度，也许是天使之国。那么她这个人物肯定是虚构的。

"李奥！史德林！"祖母大声叫着，"快起床！在下雪天上学，路上会耽搁很长时间的。"史德林翻了个身，呢喃了两声。我把书塞进外套口袋，我还搞不清楚它隐藏的魔力，只是想带着它。

　　就在喝水的时候，我想起来这个虚构的国家的名字了。那是一个传说中的国度，另一个世界，是祖母告诉我们的故事，它不叫天使之国，它的名字是——英伦。

　　在去学校的路上，我一直想着这本书。那些字是从哪里来的？也许我不应该把它捡回来。这个故事本来跟我没有关系，现在我却深陷其中。即使这样想，我还是很好奇；我在想那个男孩儿是不是王子，如果是的话，他现在还活着吗？如果他还活着，那神谕就实现了，但是……

　　"李奥？"我一下回到现实世界，惊喜地看见街道还是街道，雪还是雪，房屋还是原来的样子。我看了史德林一眼，他上气不接下气地紧跟着我。我走得太快了，丝毫没想到这步伐对他来说太大了。

　　"怎么了？"我放慢脚步。

　　"李奥，你在想什么？"他问我。

　　我摇摇头，朝着矮小的他微笑。他仰望着我，一副神情专注的样子。我耸耸肩说："没事，只是在想一个寓言故事。你可能不会记得了，其中一个地方叫英伦。"

　　"英伦？"他说，"我记得呀。"

　　"呀？真的吗？"我问。

　　"英伦是奶奶告诉过我们的一个故事的发生地。冒险家们发现了那个地方，在那里拓荒。"

　　我很惊讶。祖母给我们讲这个故事的时候，史德林只有三岁。

"王子被送到那个地方去了，"史德林往下说，"被流放到英伦。"

"那是凯希亚王子，应该说是凯希亚三世。你也记得这个故事？"

"是呀，当然了。只不过我不觉得这是一个虚构的故事。"

"什么意思？

"我说这个故事是真的。"

"是真的？"

他点了点头。

"怎么会是真的？"

"很多人都觉得是真的，不只我一个人这样想。"

"这年头只有你才会这么想，史德林。"

"不，才不是呢，"他认真起来，"我想了很久，我觉得相当可能，英伦是存在的。"

他想了一会儿。"王子被流放到英伦，王子活下来了。"

"大部分人都认为王子被杀害了。"

"我不这么认为。"

我看着他认真的样子，笑道："为什么？"

"他没有死，"史德林说，"舅爷写过一首诗，诗中暗示王子会到英伦，所以王子不会死。"

"你说的是大舅爷阿德巴朗，他写的是神谕。"阿德巴朗是我们的舅爷，但我们从来不提起他，一个哈洛德·诺斯，我们的父亲，就已经够了。"当今这个时代没有人会在乎那些老掉牙的神谕了。"我告诉他。

"但他们难道不应该在乎吗？"他说，"而且也不那么'老掉牙'嘛，才十六年而已，更何况，神谕每次都很准呀。"

“也许吧。你又知道什么是神谕？”

“我知道的是不多，但几乎我听过的最后都被证明成真了。如果上苍真的看得到未来，那么人们就应该相信它。”

“嗯，也许我们谈论的这个地方就真的是虚构的。”

“不，那是真实的，英伦是真的存在的。”

“好吧，好吧，”我说，“也许英伦这个地方真的存在。”其实我心里并不相信，只是这么说说罢了。

“说到神谕……”他说。

“嗯？”

“我想问你一个问题，只是……”我们正接近学校的大门，通常我们走到那附近，就会避免谈有风险的话题，我们对此都很有默契。那附近有个报摊，就在乐园街的拐角。“一会儿再说。”

报摊前没什么人，我买了张报纸。

“头版头条是什么？”史德林问。

“僵局。”

“那是什么意思？”

“事情不能有效地继续推进了。”

“噢，你是说战事。还有其他什么大事发生？”

“一下讲不完。”我说。

“那你回家以后可不可以读给我听？”

“当然可以。”我将报纸卷起来放进口袋。“你知道，你该学习阅读了，你已经八岁了。”

“我会阅读，我是说几乎。其实，不用读书也有变聪明的办法。”

“我了解。你懂得思考。”

"没错，"他说，"有时在课堂上、有时在教堂里都能经过思考而变聪明。你觉得这样有效吗?"

"没效吧，"我说，"至少奶奶会这么想。"

我们的祖母每天都带史德林去教堂，他将在七月二十一日那天受洗，日子已经定下来了。我从没有经过洗礼，现在我都十五岁了，所以祖母也不再向我提议这件事。我只在周日上教堂，我想因为有两件事情是我不喜欢的:一是，人们要入教;二是，被指示什么事应该做，什么事不该做。

"哈哈，可不是吗，"他笑着说，"奶奶一定会这样想。难道上帝真会认为这样不好吗?"

"我想上帝才没有时间管这事呢。"

"才不，上帝是无所不在的。他关注每一件事，包括像麻雀吃饭这么小的事。可以确定，上帝一定会留意到谁不愿意上教堂和他交流，如果情况很严重的话。"

"好啦好啦，"我说，"别向我传教了，你知道我不喜欢被人家问到宗教信仰的事。"

"为什么不喜欢嘛，我只是问你怎么想的。"

"史德林，够了，别再继续问了。"

"好吧，我很抱歉。"

他是如此有礼貌，于是我也只好恢复温和的语气说:"我确定他不会觉得这有什么不对。哎，不管这么多了，我知道有一天我会下地狱的，因为我从来不听从教义的指引。"

他笑了。

"快点儿吧，"我说，"我们要迟到了。"走在最后的一个学生跟跄地超过我们，急急忙忙地踏过烂泥，抢着排队进校门。

史德林的老师马齐士官长，是学校里最凶悍的老师，正在仔细搜查学生的书包，就像平时一样，面无表情。当他看见我们兄弟俩时，表情变得很厌恶，大家都知道他很不喜欢我们。

我向后看了看史德林，给了他一个决绝的眼神，每天早上我都要这样做。那是对巨大痛苦逆来顺受的态度，就像罪犯临刑前的心态一样。我这表情让马齐士官长更加不爽了。"臭小子，看在上帝的分上，快给我死到这里来！"他没好气地说。他……一定是唯一一个在马洛尼亚敢以上帝之名大行邪恶之道而从不害怕的家伙。当他这样鬼吼的时候，我看到史德林皱了一下眉头。

马齐士官长立即注意到史德林的表情。我们排着队进入学校，态度从容不迫，我还故意做了一个跛着脚走路的姿势戏弄他。马齐士官长也看见了，但因为史德林表现出一副乖乖的好学生的样子，所以他也没说什么。

我们走在回家的路上，地上的雪已结成冰，走在上面随时有跌倒的危险，街上阴暗而酷寒。"继续早上说的事。你觉得我说的到底对还是不对？"我们一路滑滑蹭蹭到了乐园街，史德林重新开启了话题，"你觉得英伦这个地方存不存在？"

"也许存在，"我说，"但没有人可以证明。"

"但这是神谕……"

"神谕只说了王子会被放逐，从没说放逐到哪里。虽然大家都认为是大舅爷阿德巴朗被流放的英伦，但并非必然。"我说。

"只能确切地说是'另一个世界'。"

"他也许真被流放了，也许他真的没有被杀害，但你明白吗，人死后也去另一个世界。有时候你不能老相信人们用的字眼。"我说。

"我不相信他们会杀了他。他们知道神谕的内容写的是什么。"

大舅爷阿德巴朗写的神谕曾经被人们敬若神明，或许卢西雅会因为神谕而选择不杀他。神谕明确地说，没有人能伤害王子，王子不会死，只会被流放。

污雪把黄砖砌成的房屋弄脏了。城市上空的乌云越积越厚，我正在想是要下雪还是要下雨。最大的一片云刚好飘浮在广场最那头的教堂上空，看起来像是教堂撑起的一只手掌。那片云低低地压着，刚好就飘浮在教堂建筑尖顶的位置，我猜也许用手就能摸到，但其实只有风才能触得到。

"不管怎样，我相信那是真的。"史德林坚持。

"什么真的？"我一直在想事情，没有听清楚他说什么。

"我说英伦是真的存在的。"

"嗯，"我意兴阑珊地回答，"你能不能现在不再谈这事啦？我就不应该跟你说起这事，我一起了个头，你就喋喋不休地没完没了，这事根本没法证明。"

"可以证明呀！"他说，"根据神谕……"

"你看，又来了。"

"如果神谕成真了，我们便能知道英伦是真的还是虚构的。因为最终王子会回来，还有……"

"史德林，"我抢着说，"你是想跟我说神谕什么的对吧？记得吗，你说以后再谈这事。"

"嗯，是的。"他的目光游移了一下，"好吧。"他咕哝地说。我们在街上停了下来，四周安静极了。

一个妇人突然从街角冒出来，怀里搂着一个婴儿，快速地从我们身边走过，她怀里的婴儿用襁褓包裹得严严实实，怕给冻着了。等她走远了之后，史德林凑到我耳边说："记得祖母焚烧爸爸的书的事吧？"

"当然记得。"

"你用不着用这种腔调说话。"

"什么腔调？"

"就是你现在这样说话的腔调，那不是她的错。"

"爸爸要我在他离去之后好好保管这些书，祖母让我不能兑现我对爸爸的承诺。"

"神谕……"史德林抢着说。他这样来来回回好几次。

"祖母烧了那些书，但我还是留下了一部，现在也还留着，上周我找到了它，然后我研究了一下书的封面。"

"你看过封面吗？"我说。

他点点头。

"上面写着什么？"

"副标题写着：阿德巴朗阁下写的神谕，凯希亚二世政府六年完稿。"

"正和我看到的是一样的。肯定一样。"

"我也这么以为。我想请你给我念念上面的字，我花了一小时才读懂封面，而你读得快多了，李奥。"史德林说。

我看着他说："这可是一本稀有的书，我不知道你居然还保有一本。"

他朝我咧嘴一笑。

我们继续小心翼翼地走在冰雪上头。"祖母知道的话，会杀了你的。"我说，"你知道这本书在'必禁书单'上位列前茅，一旦被发现拥有这本书，就要被判三个月。"

"三个月什么?"

"监禁哪！这是很严重的罪。祖母如果知道这事一定会很生气。"

"是的，我知道，嘘!"他显得非常担心，"请别告诉她。"

"我不会的。"我从来没想那么做，我只想给史德林提个醒儿。"如果你想要我读给你听，随时告诉我就行。"

"谢谢你。"他说，"谢谢你，李奥。"

"你还是不应该继续保留那本书。"

"我可不是唯一拥有这本书的人。"他窃窃一笑。

"呀！不会吧?"

"你自己就有一本嘛！爸爸还为你签了名，就是那本《金色政权》。"

"你怎么知道的?"

"你以前经常把玩它呀，那时我年龄非常小，但我注意到，只要你发现没人盯着你，你就……"

"呀？你知道?"我打断他，"这可不同，《金色政权》只是禁书，神谕却是'必禁书单上位列前茅'的书，那可是重罪。另外，这书是我自己的，不是偷的，而你……"

在一个交叉路口上，我们撞上一列骑兵，我们的对话突然中断了，而且还被绊了一跤。骑兵们哄堂大笑，离我们最近的那匹马一下没站稳，骑兵拉着马原地打了一个转儿，我们飞快地超过了这队人马。雪铺满了地面，走在上面发出的声音很低沉。

我们目视前方，默默地走着。等到史德林觉得没人听得见我们的声音时，他才小声地说："你说，他们听到我们说什么了吗？"

"肯定没听见，"我告诉他，"就算他们听到也不会怎样。"其实我不希望史德林听到我扑通扑通的心跳声，这着实让我很尴尬。我不怕那些士兵，只是突然看到他们，吓了一跳罢了。

"史德林，你看这个。"我指着一个雪堆，变了个戏法，手指端发出橘黄色的光束。那堆雪一下高起来，在光束射到的地方留下一个气孔，看起来就像是弹孔。

这时突然发出一声巨响，随后传来了马的嘶叫声，也许它们是受到了某种惊吓。声音来自不远处，我想马嘶也许只是巧合，它们早该习惯枪炮声了。

"别这样，李奥，"史德林紧张兮兮地说，"别惹人注意。"

"你那么紧张干吗？"我有点儿不解，"你是害怕那些士兵还是怎么着？"

"你难道不害怕，要么也是假装不怕。"他急急反驳。

我转头就走，加快了步伐。史德林很快就追上了我，踉跄地抓住我的手臂。"李奥！"他叫。我没有理他。

"李奥？真抱歉我说了你害怕，我知道你才不怕呢。"我还是一言不发。

史德林很讨厌人家对他不高兴。"李奥，你刚才那一手真的很漂亮。"他说，"我那样说是怕你被那些士兵抓去关起来。"

我的态度软了下来，步伐也跟着放慢了。

"你知道吗，李奥，"他说，"我想有一天你会成为阿德巴朗那样的人物。"

我有点儿开心地问："真的吗？"

"真的。我们这个家族的人都不会差的。在阿德巴朗之后，总要有人有出息，而现在还没有人冒出来。"

"但那只是一个微不足道的小把戏，不是真的魔法。"我说。

"这个嘛，我想如果你多练习一点儿，你就会变得很棒。你会变成一个很棒的魔法师。成为魔法师李奥！当然我是说等你长大以后。"

"史德林，我已经长大了。而且我要当兵去了。"

他皱着眉头看着我，鼻子上的斑点都挤成了一堆。"可是你不想当兵。"

"嗯。"我回答。

我们继续向前走。他皱着眉说："你不能去魔法学校吗？就像阿德巴朗那样。"

"那是很久以前的事了，是在卢西雅政府成立之前。当今这个年头，你知道小孩子若被发现有魔法会怎样吗？会被送进严密监管的学校，学校只会教一些垃圾，他们会吓唬那些孩子们说，如果发生了叛变事件，他们会被送去专门对抗革命军，我是这么认为的。"

"什么是革命？"史德林问。我相信他早就懂得这两个字的意义，但我喜欢告诉他一些他不知道的事儿的那种感觉。

快到家门口时，我们沉默了下来。愈靠近城堡，它就愈发显得高大，大到高耸入天空，而那些石砖则显得比整座城市都高。

旗帜在每个堡垒和战场上飘扬，我可以辨认出狮子和卡丽滋家族牌上的鸽子。那些褪去的蓝颜色老是让我想起学校，因为学校里的旗帜也是到处飘呀飘的。

城堡的石砖上积着厚厚的雪。城上的炮对着我们，好像一只被锁住的秃鹰对我们虎视眈眈。城墙上头那些弯弯曲曲的小径上，士兵正来来回回地巡查，特别是在过去这一个月，卢西雅大帝想要更多士兵保卫这座城市。

我想要住在那样的城堡里。它看起来像一座古老的庙，在一座火山顶上用火山岩雕镂出来的那种古刹。我记得当太阳升起的时候，它就像是一块黄澄澄的矿石，是这个城市最早被阳光照射到的部分，每一扇窗户都映着强烈的光芒，令人无法直视。卢西雅已经加强了城堡的防卫兵力，建造了许多碉堡和城垛，因而它看起来不再像这座岛城的一部分。

据说，站在堡垒最高的阳台上，可以见到整个卡丽滋史坦地区；教堂、广场、皇家园林，看起来像一张地图，大河包围了岛屿，从北到南流经它的两侧。往西边望去，最远你可以看见希望之港，甚至在视野良好的时候隐约可以见到圣城。往东边望去，最远可以看到东郊山丘地。当然，这只是传说，这年头儿许多事都只是传说罢了。

"是好事吗？"史德林咕哝着。

"什么呀？"我问。

"革命。"

"我想卢西雅接管政权，靠的就是革命。那是相当邪恶可怕的事。"脱口说出这话，我赶紧四下张望。非常走运的是，附近没有任何士兵。这样的言论可算是极为反动的。

"革命每一次都是不好的吗？都会把事情弄得很恶毒很可怕？"

"我不晓得。我只知道马洛尼亚发生的革命是这样的。"

"革命每次都要杀人流血吗？"

"我不知道政权更替还有什么其他的方式吗？"

"应该有其他的方式的。"

"有些事情只能靠着武力解决。"

"我反对。"他语气相当坚决。

我笑了起来说："听听，听听，你一个八岁大的孩子说起话来却像个律师。"他这句"我反对"就是我教他的。在那之前，他只会说"我不要"，他一直用这三个字常常惹恼了我。"也许有一天你会当一名律师吧。"我说，"毫无疑问，你是一个很喜欢争辩的人，真的。"

"我不觉得我会成为律师。"他说。

"好吧，那你倒底想当什么？"

"牧师。像丹士顿神父那样的。你别翻白眼嘛，当牧师有什么不对？"

我耸耸肩，除了"牧师可赚不到什么钱"这样的话之外我不知说什么。我语塞了。

天上的云愈积愈厚，街上显得更暗了。一张皱巴巴的纸像蝙蝠一样翻飞过街头，贴在墙上。那是一张通缉海报的招贴，我经过的时候取了下来，随便扫了一眼，顺手就丢了。"上面说什么？"史德林很好奇。

"没什么，又是一个危险人物。"我说，"又是一个阴谋刺杀卢西雅大帝的老头儿。"

史德林笑了。

我们转入家附近那条最终通往城堡的要塞街，这条街上的房价低廉，因为士兵总是没日没夜地嘈杂不休。

"当牧师有什么不对？"史德林不罢休地说，"李奥，如果你不希望我当一名牧师，我是不会当的。"

"你为什么那么意志不坚？"

"呀？那是什么意思？"

"很容易受人左右的意思。如果这是上帝安排你去做的工作，你就要去做呀。谁比较重要，上帝还是我？"

"但基督说，如果我伤害了你，便是伤害了他。他说：'不论你对我的任何一位手足兄弟做了什么……'"

我笑了。"史德林，你应该坚定不移地当一个牧师，如果你真想的话。我不觉得你还适合其他职业。"

"也许是的。除非我被逼着去当兵。"他紧锁眉头说，"也许那个时候又会发生一场革命，或者往好的方向发展，比如说王子回来了。"

"嘘，史德林，你难道想被抓进去吗？"

"对不起，李奥。"

他低声咕哝两句，然后一路上我们再没说过一句话。离家不远了。

隔天早上我很失望地发现这奇怪的书没有多出现其他的字。我真希望有新的字出现。以前我也曾经期待过而它真的就出现了。后面连续几天只要我想起来就会拿来翻一翻，一周之后仍然没有，我便淡忘了此事。

有一天晚上，我独自回家，天已经很晚了。街道的两边，那些堆积在阳光照射不到的地方的积雪被冻得硬邦邦的，显得灰灰的。这是六月初，看起来却像大冬天，我急匆匆地走着，不想在这阴暗的街上撞见陌生人。这一天，街头异常冷清荒凉，简直太安静了，以至于我可以听见城北马洛尼亚和雅席里亚交界处传来的枪炮声。要知道那可是很远的地方，但是那天实在太安静了，所以可以听到。

我蹒跚地走回家，天上的云很厚，光线很暗，我在侧门边上跺了跺靴子上的雪，将尘土全都抖落在阶梯上，快步踏上台阶，脚步声当当的，穿过第二道门，这扇门只有我们才知道是用强化钢制成的。然后面对第三道门，如果从最上面数下来就是第二道，因为最上面一扇门几年前就没有了，栏杆上和石阶上都是厚厚的灰尘。

"奶奶，我回来了。"我喊道，随手把身后的门重重地关上。

祖母随即出现在我眼前说："李奥，你去哪儿了？史德林呢？"我一屁股坐进沙发，把外套丢在身边，然后把锁匙重新放回口袋。

"李奥，史德林呢？"她追问。

"他被留得很晚。"我明白她很想知道，所以故意慢慢地说。

"又被留校查看？"她站在沙发前面皱紧眉心说，"这会儿他又干了什么事？"

"他不想接受军训，这可是必修科目，你知道他从来不参加的。"

"今天有军训课？"

"我没有问。"

祖母在窗边的椅子上坐了下来，两只手垂下去，她每次觉得失望的时候就这么做。"诚实点儿告诉我，李奥！"

"什么呀！我做了什么？史德林变成反战分子或是什么怪物又不是我的错。"

"李奥，他不是反战分子。"她无力地站了起来对我说。我看着她却没有反驳。"他甚至连反战分子是什么都不知道，他才八岁，李奥，你做的每一件事都是他的坏榜样，他变得很懒。"

"我想你有时候低估了他，他很聪明，每一个人都看得出来他太聪明了，如果……"我冒犯地说。

"别跟我说这些，就算他再聪明，如果没有被你带坏的话，他也不会做出什么事来。大学者又怎样？没人需要律师或教授。我们需要的只是战士、农民和工人。书和课堂不会生产食物。"她说。

"你这样说倒轻松容易。我爸爸很聪明，但也不是不干实事的。他是怎么让我们有饭吃的？那是他写书一个字一个字赚来的，不是吗？你又不用工作！"

"你想让奶奶去工作，是吗，李奥？"

"不是。我的意思只是说你不用工作。没别的意思。"

"我只是没时间而已，我要照顾你和史德林。"

"你是不用，因为你得到了我爸爸所有的财产。"

"喂！我们是很有钱，别人不知道的那种富有。但你看看你爸爸付出了什么代价？他是我的独子，却像罪犯一样顶着月亮连夜逃走，而现在……"她顿了顿又接着说，"你的舅爷，曾经既有名又有权，可是看看他的聪明才智给了他什么？死亡。那是你想走的路吗？"

"没错。正是。"我本该就此打住，但我实在很讨厌她老在那里说教。

"正是？"她重复我说的话，提高了声调，"正是？如果你不努力工作的话，你最后也是那样的下场。我厌烦了你老是抱怨学校的事，你不知道你已经有多幸福了。"

"幸福？"

"你难道不知道有多少男孩子想受到你现在受的教育，你不知道你有资格去当兵是多幸运的一件事？而你却如此不珍惜！"

"不珍惜什么?"我喊道,"哪里有什么可以珍惜的事?我宁可选择去死,真的,如果可以不用去当什么鬼兵,我宁可去死。他们以为他们很聪明……"

"李奥!别跟我用那种语气说话!"

我很久没听过她如此大喊了。我老是因为说出真话而惹上麻烦。

"只有你才会自以为很聪明,但你要学的还多着呢!李奥,首先就是学着尊重祖母!"

她气呼呼地转头走了。从镜子中我看到她气得满脸抽搐,整张脸变得蜡黄蜡黄的,充满着愤怒。一时间,我以为我被她吓蒙了。我还记得很小的时候自己是怎么被她的大吼大叫吓坏的。我突然对自己这样的反应感到很可笑,不知道为什么。

我坐在房间里,光线逐渐变暗。祖母没有去点亮桌上的灯。她站着像是一座岩石雕塑,唯一让人们知道她不是雕像的是,她映在窗玻璃上忽大忽小的影子。她的气息在玻璃窗上形成了一个雾团,屋里很冷,我想重新穿上外套,但我也不想破坏眼前的沉寂。

我真希望我没有对她喊叫,毕竟她很老了,我应该对此有清楚的认识。我不再是个孩子了,我应该对此做出努力才是。我暗暗发誓以后一定要试着多替她想想,我要试着控制一下我的脾气。

最后,她转过来面向我。外面的云很厚,天色昏暗,我看不清她的样子。

"李奥,你干吗不等等你弟弟?"她问,声音有些颤抖,我想她仍在生气。

"我本来是在等,但马齐逮到我了。"

"是马齐——士官长。你现在回学校接你弟弟去!"她说。

"什么？我已经在那里等了一个多小时，快两个小时，才回家的。我现在全身发冷，外面还刮着冷风。而且回到学校的路很远。"话虽这样说，但我知道我会去的。

"你听到我说的了。已经六点钟了，天色这么暗，你弟弟一个人走回家，多不安全。"

我说："好吧。"我控制住脾气，走向门口。

"李奥，"她突然叫住我，"别忘了你的外套。"

我转过头看她。从她的声音里，我知道她不再生气了，我听出了她的歉疚。哎，我不该对她那样的。我凑过去，变了一个戏法，让外套飞快地像蝙蝠扇动的翅膀一样变到我手中。这又是我的一个小把戏，只不过每当我浑身疲乏却还这样做时，头就很疼。

祖母用我难以想象的速度从我手中抢回外套，好像她看到我这样就如坐针毡一般，必须要有所行动。她将外套丢回沙发上，眼神闪过愤怒和一些——恐惧。太好了，她被我吓到了。我知道，她真的被我吓到了。"我是怎么告诉过你的？不要玩弄那些自做聪明的小戏法！"她提高了声调，"重新再拿一次，规规矩矩的。"但我二话没说转头就朝外面走去，用力把身后的门摔上。

我到学校大门的时候已经接近六点半了。没穿外套，我冷得全身发抖。我有些后悔就那样任性地出门。我站在门口等史德林，有一间教室的灯还是亮的。之前我就是在这里等史德林，结果遇上了马齐士官长，是他把我赶走的。

我待在那里看着那栋教学楼，一扇门开了，一个小小身影慢慢走了出来，是史德林。他穿过广场走到大门。雪被冻成了冰，白天经过无数人的践踏，变成了一堆烂泥。史德林蹒跚地前行，我跑过去和他一起。

当走近一点的时候，我看到史德林正在发抖，脸上泛着微蓝，那不是雪的反光。两颗晶莹的白点沾在他的脸上，是眼泪结成的冰珠。他在我面前停下来。"看看你，你怎么了这是？"我问。

他浑身颤抖，于是我赶紧领着他离开。我把手搭在他的肩膀上，可以感觉到他身体的颤动。"他罚我站在外面寒风中，直到我接受军训为止。"史德林的声音在发抖。

"谁？马齐士官长？"

他点头。

"站了多长时间？"

"从放学就开始了。"

"三小时？不会吧？那可是刺骨寒风！"

史德林沉默不语。

"那你接受军训了吧？"

"没有。"

"为什么最后他又放了你？"

"因为学校要锁门了。"

我认真地看着他："史德林，你哭了？"我不是故意要用这种责怪的语气，但男孩子在这个国家是不许哭的。我们从不哭，那是懦弱的表现。史德林还只是个孩子。他没回答我。"他打你了吗？"我问。他把手伸出来，我接过来，凑在街灯下看。映着微弱的光，我看到在他的手心中有三道痕迹。他的手好冷，真的好冷，好像死人的手，而且好小。

我放下他的手，冻得发抖。我说："他没必要打你三鞭啊，如果你已经哭了的话。"

"我不是因为这个哭的。"史德林说。

"那是为什么?"

"他说了一些事。"

"什么事?"

他的声音颤抖起来。"没什么……只是一些肮脏的事……现在无关紧要了。"

"告诉我嘛,我想我能承受。"

他考虑了会儿说:"没什么,只是说了关于爸爸和妈妈的话。没事,真的。我真不应该哭的。还有……"

我插话说:"还有什么?"

"他说……妈妈……"他瞄了我一眼说,"跟妓女没什么两样。"

"跟什么没两样?"我听到自己大叫起来的声音。

"我早就说不想讲了。"

我气得说不出话来,想说点儿什么,但一句话也说不出来。

"他只是想用这些话把我弄哭。"史德林怯生生地说。

我听见自己在怒吼。

"李奥!够了。别跟我喊,别那样!"他看起来一副又要哭的样子,"李奥,别这样,这就是我不想说的原因。"

"对不起。"我重重地想把地上的雪踢进沟里,但雪实在太硬,我只感觉到自己的脚被踢得生疼。

"李奥,你不需要为我打抱不平。"史德林的声音还有点颤抖。

"你一个人怎么对付得了,如果我不帮忙的话。"

"顺其自然吧。"

"顺什么自然？让别人欺负？把脸的另一面也给向敌人？不是每一次这样做都是正确的。有时候必须要告诉别人，你不是好欺负的。"我看着地面说，"他真的那样说咱妈？"

"是的，但他或许没说得那么恶毒。他先说：'你别以为你比士兵高贵。'"史德林愤愤不平地说，"我才没那样想，我从没认为自己比谁高贵。"

"我知道。"

"然后他继续说：'你要是知道你父母是什么样的人，你就会觉得你能够活在世上已经够他妈幸运了。你的父亲不应该有那样的成就，他大赚了那些皇室成员的钱，他是皇亲国戚你知道吗。'"

"这简直是攻心战的喊话。"我告诉他我也听到过类似的话。

"可不是吗，那人又继续说：'而你妈，不比一个妓女好到哪去！'这就是他的原话。所以他并不是指妈妈是妓女。"

我没说话。"你说，妈妈才不是那样的人，对不对？"史德林试探地问。

"你说什么？史德林，你那么聪明，你应该清楚那些混账话是假的。妈妈是个演唱家，非常杰出的那种。"我转身面向史德林，一把抓住他的肩膀。

"而且是一个很棒的舞蹈家。"他说。

"是的，是在歌剧院里演唱的那种，不是在酒吧或是其他什么鸟地方的。她根本不是一名妓女，完全不是。马齐士官长其实就是一个王八羔子……"我突然察觉自己正剧烈地摇晃着史德林的肩膀，便立即停手。"她是一名舞者。"我再强调了一次。

"喔，我可完全不记得她了，所以当人们说起她的什么，我都会觉得是真的。"

"我了解。"我语气缓和下来。

"听着,李奥,别跟奶奶说这事,求你千万别说,她会生气的。"他要求我。

我犹豫了一下,才答应他。他的身体仍在发抖。"给,穿上我的外衣。"我说。

"没事的,不用了。"他回答。我脱下灰蓝相间的条纹外衣披在史德林的肩上,盖住他的外衣。"穿上吧。快点儿到家就不会觉得冷了。"我说。

回到家后,祖母围着史德林忙得团团转,又给他泡热茶又哄他睡觉。我坐在火炉边上,一边咳嗽一边发抖。虽然已经裹上夹克和大衣,我还是觉得很冷,只能望着火堆,一脸愁容。

祖母走进这房间,把门关上。她压低声音对我说:"睡吧,李奥。"然后把摇椅拉近火堆边上自己坐了下来,开始编织一块彩色的方块针织物。她将那块正在编织的东西举得老高,简直要贴到脸上,嘴里还哼哼唧唧地唱着小曲儿,我特别烦她这样。

"你没事吧,李奥。"她问。

我只点了点头。从来都是这样,我们彼此没有什么话可说。

"炉火上熬了些汤。"她说。

我还是只点点头当做回答。

火舌在小木堆上跳舞,直视火光总是让我头疼,于是我合上眼,但我仍然透过眼睑看得见一些亮光。祖母又继续在那里五音不全地哼哼唧唧。我用俩手托着下巴,俩胳膊肘儿支在膝盖上。过了一会儿,她说:"希望史德林别冻着了。"

"冻着?"我愤愤地看着她说,"你难道没看到他快冻死了吗?站在雪地里三个小时,他怎么会只是冻着而已?"

"别跟我这样说话!李奥。"她握着针线的手停了下来,眼睛没看我,却木然地看着前方。

"不是我激动,"我把声调降低说,"奶奶,这件事你也有责任。你曾经说过,老师是上帝派来的天使,不论做什么,他们永远是对的。但他把史德林弄哭了,那个浑球儿马齐士官长一直欺负史德林。"

"李奥。"

"奶奶,你不要打断我。"我一下子又提高了声音,这让我头疼起来,于是我只能更大声地说,"我们必须采取行动,他把史德林弄哭了。"

"他为什么哭?"祖母这会儿真的放下了手中的针线活儿。

我一下不知如何回答,我曾答应过史德林不会告诉祖母。我摆出一副不知道的样子,又把下巴托在手掌里,倚着膝盖。

过了一会儿她说:"我是站在你这边的,李奥。我只是希望你能开开心心的,对你所拥有的一切感到满足。"我抬起头看着她。只见她重新拿起针线继续她手上的活儿。"我知道你并不喜欢上学,但你应该学会充分利用学校教你的东西。你必须接受并且习惯这世界运行的常规,这就是生活。在这点上我是站在老师这边的,但我并不认为你每次都是错的。"

我没有响应。"史德林不能换一个老师吗?"她问,"我可以跟校长谈谈,他倒是个明白人,而且对你们兄弟俩都很好。他是那种只要老师做不好,就希望能接到投诉的校长。"

"也许,"我说,"有另一个'野战排二年级'他可以去,但我可不知道有什么适合的老师可选。"我们学校从一年级到九年级，年龄包含六岁到十五岁，每年级有两个班，差不多共有九百人，都是男学生。在马洛尼亚，自从卢西雅掌握政权之后，就只让男孩子上学。"我想，你倒是可以去和'大校'谈谈。"虽然我知道史德林会不同意，但我还是这么说。

"呵呵，可不是吗，现在没有校长了，只有'大校'，而班级变成了'野战排'这样的军事建制。"她说。

我呵呵笑了两声。"真蠢啊，这样的编制太蠢了，不是吗？"

"或许，或许这倒是一种难得的训练。"她再一次放下手中的针织活儿，动手去搅拌炉火上的汤。我又咳了几下。"你病了吗，李奥？"她问。

"没有吧，只是刚才给冻僵了。"

直到我上了床，还是咳个不停。"我很担心史德林，我担心他不懂得如何保护自己，你知道我的意思吗，奶奶？"在祖母去查看史德林的状况时，我和她说。

"上苍是仁慈的，李奥，生命中的奋斗，不止一种。"

我含糊地应答了一声，然后翻过身，睡着了。

在梦里，我进入了那本书中描述的情节，我看见了那女婴和那条发光的项链，王子站在城堡最高处的阳台上，和他的父王和母后在一起。画面很清晰，非常清晰。然后，故事在我梦里继续演绎。

陌生男子来的时候，一位老人孤独地坐在空荡荡的房间里。

虽然他为此等了整整一周，门铃声还是着实让雷蒙吓了一跳。他本来以为根本不会有人来，这是最后一天，那人一直没出现。他放下报纸，从扶手椅上挣扎地起身。

门铃声又响了。每次门铃响起，都会让大厅里的玻璃窗震动起来。而现在，玻璃早没了。雷蒙经过的时候，若有所失地用手背摸了摸最近的一扇空窗，才一步步慢吞吞走到门口。他笨手笨脚地试着打开门上的新锁，咕哝道："来了，来了。"

门外几英尺外的台阶上，站着一个中年人。雷蒙对他的第一个印象是，灰人——像金属质感的那样灰；灰眼、下巴上灰色的短髭、灰色头发；那不是因为上年纪而变得发白，而是自然的金属灰。

"嗯……呃……在下亚瑟·菲尔德，"那人说的不是英国腔，但很像了，"我是来应试管家的。"说着，那人伸出手，但伸出的是左手，从这点上雷蒙确定，他决不是英国人。雷蒙机警地和他握了握手。

"请进吧。"雷蒙说。

那人在门口脚垫上跺了跺脚，雷蒙手叉在腰上，偷偷地观察他。这位亚瑟·菲尔德先生披了一件厚实的斗篷，里面的衣服好像穿了很长时间了。雷蒙看见那人脖子上挂着一条项链，但在雷蒙想看得更仔细的时候，那人把衣领拉高了。雷蒙招呼他进入画室，那人紧跟着进去。

这位亚瑟·菲尔德显然和画室的气氛格格不入。他在雷蒙指示的窗户旁边的扶手椅上坐下，等候下一步指示，而雷蒙在他对面的另一把扶手椅上坐下来。

雷蒙扫了一眼房间里的空窗框才说："你是来应聘管家的？"那人定定地盯着雷蒙看，眼睛一动不动。

"是的，我在报纸上看到你登的广告。"

"那么你有这方面的经验和技能吗?"雷蒙问。

"嗯，我……我并没有受过这方面的……专业训练。"这人支支吾吾地说。雷蒙等着他接着往下说，但他停住了。

"那我明白了。"雷蒙只好说。

"我实在忍不住想看一眼……那……那辆停在草皮上的重装车。"说着，那人向窗户外面看去，两人之间没话找话说，让气氛变得很尴尬。

雷蒙微微一笑说："放在那里确实很吓人，呵呵。要吓跑闯入者，这个家伙比任何恶犬都有效。"

"我相信是的。"

"这可是一辆第一次世界大战时期的古董车，曾在法国战场上服役。难以置信吧?"雷蒙接着说。

"一定很稀有吧?"

"可不是，但你知道吗，我很早以前就淘到这个宝。"雷蒙说，"很多博物馆的工作人员都来找过我。我才不会转卖给他们呢。"

"像这样的东西是无价的。"

"确实是，呵呵，确实是。"雷蒙笑吟吟地说，"那么，菲尔德先生，你对武器很感兴趣是吗?"

"那……喔，是的，那很令人着迷。虽然，我也不算是很有研究。"

"这些年来，我倒是累积了一些心得，"雷蒙指了指房间里的壁柜，"和一些收藏。"

"我能看看吗？"

"当然。"

每一件武器都置放在光面的红绒毯上，并且用小卡片刊记着历史，就像博物馆展出一样。"这些都是比……呃……第一次世界大战更古老的？"亚瑟向老人请教。

"当然！"雷蒙大声说，"这些房间里都是刀、短刃、长剑等武器，从十六世纪到十九世纪早期的古董。"亚瑟在一个大柜子前观赏，雷蒙走到他身边。

"我特别喜欢这一件。这是一个绅士的长剑，这一件我相信是西班牙制的，整个品相都很不错，你不觉得吗？"

"是的。"

"我特别喜欢剑柄上的纹饰，这是杯状柄的经典纹饰，这还是一把托莱多长剑。我一直怀疑它到底是西班牙的真品还是赝品。"

"难道没有人可以鉴定吗？"

"我相信有，只是我没有去问。我不希望我的收藏嗜好被人知道。如果有心人想寻觅有价值的武器，你不知道他会怎么骗你。"

"会有人想要窃取老掉牙的旧武器吗？"这人问。

"哦，当然有，当然有。"雷蒙冷笑道，"两个月前，我所有的火枪类武器几乎全部被偷了。你看那些空柜子。"

"哎呀，真是莫大的损失。"这个人皱起眉头，眼神严肃。

"失去它们我非常难过。"雷蒙说。

"小偷抓到了吗？"

"没有，警方还没有任何进展。我相信小偷已将武器偷偷运往另一个国家，可惜警方不相信。"

"这……恐怕不容易吧，毕竟出入管制那么严格。"

"我本来也是这么想。我不清楚他们怎么做到的，但如果有人真想这么做，也不是做不到。"

"被窃的数量有多少？"

"我本来有五十七支来复枪、十二把手枪，还有一把维多利亚左轮枪。其中，五十三支来复枪被盗，在最有价值的枪支中，有一把被扔在了地上，给摔坏了。他们拿走的，都是最老款的。"

"这还真是怪事。"

"是呀，事情很蹊跷。小偷也闯入这间房了，因为他们留下的指纹被发现了。但他们居然没有从这房里拿走什么。这里有许多东西都比那个房间里的枪支来得更有价值。"

"也许他们要的就是枪，不是钱。"

"很有道理。"

雷蒙若有所失地走到窗户边，沉沉甸甸地坐下。那人大步走过来，但没有坐下。"要搬走五十三支枪，可得好几个人不是吗？"

"是的，你知道吗，我什么也没听到，但装箱运走一定要好多人才行。"

这人两手撑着椅背，手上的筋都暴出来了，整个人向前倾着说："的确得需要好多人才行。"

"最奇怪的是，我想不明白为什么有人想要偷走这里最不值钱的枪支。"

"也许，是想复制。"这人猜测。

"但复制要做什么呢？"

"拿来使用？"

"我实在不懂为什么。如果要使用的话，搞些枪来打猎什么
的，还有其他办法。我猜歹徒一定有其他更简单的办法，而且就
算如此的话，他们要这么多把做什么？"

这人陷入沉思，然后缓缓地说："这些武器，构造复杂吗？"

雷蒙回想了一下说："和现代的标准相比，当然不算复杂，
但有些老枪设计确实很好。"

"你想有没有可能，有人只是想偷去复制。"

"我不知道，那得看他们拿去怎么用。那些已去掉机械功能
的，可能会被恢复，我猜。但它们都是古董，复制品不会让收藏
者感兴趣的。"

"这样说好了，拿走你武器的人，只是想复制，让它复原。
不只是完好，而且能够射击。而且他们会大规模制造。从理论上
来说，他们会这样做吗？"

"就因为这个，他们才从我这儿偷走枪？"

"就从理论上来说。"这人点头。

"会吧，"雷蒙说，"会的，我相信。"这人没有回答，雷蒙
就往下推测道："其中有几把是构造简单的全手动式来复枪，因
为构造简单，所以效能很高。"

我突然惊醒了。夜里我不断地咳嗽，我是咳醒的。黑暗中，我可

以看见天花板缝中透进来的灯光。我欠起身，脑海中似乎还回荡着那人的声音，好像梦醒了，这人的魂魄还未散。房里很安静，史德林还在睡觉，面朝着墙壁。教堂的钟声传来，告诉我现在是午夜两点。

我发现那本怪书正摆在我床上，那本我在雪地里捡回来但几乎忘了的书。书是翻开的，我抱了起来，揉揉眼，翻了翻。但还读不到半页，我就全醒了，我盯着那些新的文字，突然很惊慌，不只是因为我感觉我知道这些故事，而且和我梦见的那人最后说的话一模一样。书中，故事继续发展下去。

　　雷蒙沉醉于讨论他的武器收藏。"是的，"他说，"如果不考虑时间、成本和精力的话，人们是有可能会花时间去复制最简单的武器。"

　　亚瑟没有应答。"请坐，"那人一直呆呆地盯着雷蒙看，雷蒙为了打破这种尴尬才这么说的。亚瑟这才坐了下来。"我能问个问题吗？为什么你对这事这么感兴趣？"雷蒙问。

　　"哦，没什么，只是很好奇罢了，这一桩盗窃案实在很离奇。"

　　"是很奇怪。"雷蒙说，然后他想起正事了，"哦，对了，关于管家的工作……"

　　"哦，对了，当然，当然。"这人虽然这样回应，但显然还没完全回过神来。

　　"是这样的，我愿意录用你，但你说你没有这方面的经验及专业训练。你有推荐人吗？"

　　这人摇摇头说："我以前在另一个国家工作，在一个毫不相干的领域工作。我想那个推荐不会有什么价值。"

"你在哪里工作？"雷蒙问。

"在澳大利亚。事实上，我在部队中工作。"这人扫了一眼周遭后说。

"部队！"雷蒙身体向前倾，很认真地说，"我刚刚还冒昧地问你对武器是否感兴趣……"

这人呵呵大笑，露出满嘴牙齿，像是骷髅的头。"可不是吗，呵呵。"

"你在澳大利亚军队服役？"雷蒙追问。

"不是的。我不是澳大利亚人。"

"那你在那里做什么？训练？"

这人点点头。"在沙漠，澳大利亚的沙漠中。"

"在那之前你做的是什么？请别介意我这么问。我对军队也有兴趣。"

"在那之前？我们正在执行……任务。"

"不是打仗的任务？"雷蒙问。

"是的，人们总是很健忘。是的，我们在许多国家执行任务，但很抱歉我不能指明是哪些国家，这是高度机密。"

"理解，我能理解。"雷蒙对眼前这人有了点儿敬意。"不管怎么说，关于这工作……菲尔德先生，我是愿意录用你的，你是一个好人，我看得出来，但你之前没有经过这方面的训练，所以我无法给你资深管家的报酬。"

"我想，"这人说，"您误会了。我并没有对工酬有那样的期待。"

雷蒙吃惊地抬起头。"我别无所求，"亚瑟·菲尔德接着说，"我只想积累些行业经验。你们是包住吧?"

"当然。"

"我的要求只有这个。我不指望在我学习阶段你还付工资给我。"

"我不会让你白做的。"雷蒙说。

"你自己说你不会给没有经验的人付工资的。"

"我的意思是说我不能录用没有经验的人。"

但雷蒙知道自己会录用这个人的，你能感到这个陌生人的潜在能量。这个家伙有着凶狠的阴灰色眼睛，骷髅般的笑容，和隐藏在满不在乎态度下的机敏，这些特质征服了雷蒙。雷蒙要录用亚瑟·菲尔德，他超越了理性判断。

不久之后，这位新任管家在镜前打量自己，露出冷冷的一笑。他不喜欢任何制服，也不喜欢寄人篱下。他更不喜欢被没有自己聪明的人赞喻为好人。

骄傲不会对任何人有好处，他告诉自己，他没有耐性地理理自己的黑色外套。以前他很骄傲，现在他有了遮风挡雨的地方，有工作，有食物，还有掩护，在这里他可以施展得开。欣赏了自己一番，他转身出去，走到楼下。

我把书合上，在黑暗中独坐。第二天一早起床，那景象还在我心中挥之不去。我很好奇，十六、十九世纪是什么样子。"第一次世界大战"是英语说法吗? 如果是的话，那是否意味着这故事和另一件事有关? 和那个流亡的王子和蓝眼睛的女孩儿有关? 接下来的一周，我不停地咳嗽，好不起来。但我像以前一样对此根本不在乎，我每天只关心那本书。

周五，天气突然不冷了。雨顺着教室的窗户流淌下来，我看着窗玻璃，想着这件事。这件事和我有什么内在联系吗？如果没有干系，为什么我会梦到那个陌生人和那老头儿，甚至在文字描绘出之前？我试着不去想它，但我做不到。

桌面突然轰隆一声，我面前出现一把来复枪。我看呆了，眼睛眨了眨，然后抬起头来。班恩士官长低头看着我，一脸笑意。"诺斯，我们该去军训了。"他说，"你的心思跑到九霄云外去了。"我看见我们那排同学蹦蹦跳跳地跑到操场上。雨中，只见他们把衣领翻起来。"快点儿！"班恩士官长说。我挣扎着站起来，掠起外套和来复枪，跟着他们跑到外面。

我们比任何时候练得都苦。每天早上要射击训练一小时，然后是重力训练，接着围绕操场跑二十圈，但那天没几个人能完成。当我们要开跑的时候，都只剩半条命了。雨渐渐小了，但泥泞还是很讨厌，我跌跌撞撞好几次。我想跑起来，但太费劲儿了，一直咳嗽。"诺斯，加油！"班恩士官长站在观测台上大叫。我跌跌撞撞地向前跑。

在跑步的时候，我心里又想起那本书了，并且发现我手中这把来复枪正是全手动式的来复枪。我突然记起有一个传闻说，很久以前，我们的军事科技是从英伦传入的，这只是一个传闻。我放慢了步伐，检视手上的枪。我不确定这算不算是那老人和亚瑟·菲尔德说的一把简单构造的枪。或许在英伦这样的地方，枪支比这种武器要先进多了，我不确定。

在建筑的拐角我看到马齐士官长突然出现了，史德林他们的那个"野战排"紧跟在他的后面。他凑近班恩士官长，对我们嗤之以鼻地瞄了一眼，口中神神道道的不知在念什么。"诺斯，你跑得太慢了！"班恩对我大吼。其实我就是落后大部队一步之遥，我加快想要跟上，但这又让我严重咳嗽起来。

"就差一步，你就归队了！"班恩在我们跑步经过时对我喊道。我在那群小朋友当中寻找到史德林的身影，并对他招手，他对我咧嘴苦笑地回应。

"诺斯，过来！"马齐士官长突然说。我立即在原地停了下来。史德林也惊呆了。但马齐是在跟我说话。"现在，马上给我滚过来！"我晃悠着过去，咳嗽得很凶，直到我重新抬起头来才看到他的面部表情。他似乎在微笑，但我已经把脸绷了起来。

"我发现诺斯并没有全力以赴。"他转身看着班恩士官长说，一副大公无私的语气。"也许他想到我的野战排里再多训练一个半小时，我很欢迎他！"

"他的身体状况……"班恩士官长似乎要替我说好话，但随即又打消了这个念头。"谢谢你马齐士官长，请你在他完成训练后将他遣回我部。"

在我的排结束训练回到教室后，史德林那排部队开始训练。马齐士官长转过来看着我说："你别以为你不用吃苦受罪，你以为你是啥王子。诺斯，接下来一个半小时我会给你点儿颜色瞧瞧。"他低声说，盯着我好一阵。我知道他是想让我自己畏惧而移开目光，然而我偏不。

"原地跑三十步！"他叫道，"把你的枪高举过头，如果掉下来，就重新来一次。"

我开始跑，一边跑一边不停地咳嗽。"一！"他大叫，"二！"我试着去想那个书中的故事以便转移注意力，但我胸口实在太疼了，这个办法似乎没起作用。我做了六下就支撑不住跌倒了，手中的来复枪也掉了。我蹲了下来，想要喘口气。

马齐士官长捡起来复枪一把塞进我的怀里，并且把我的两臂撑起来高举过我的头。"你现在是想要放弃了吗？"他凑到我的面前说，我说了你要原地跑三十步，枪高举过头不准放下。也许你是想要做其他训练吗？举重吗？或者只是不想当个男人！"

我猛摇头。

"那是什么意思！"他狠狠道。

"不。"我低声说。

"不，马齐士官长！"他让我学他的话，一边举高我下垂的双臂。

"不，马齐士官长！"我大声复述着他的话。当我说"士官长"三个字的时候，口气好像是跟一个有着疯狂称号的疯子在说话一样可笑。不，我不应该这样恶搞。

他看着我好一阵子，盯着看。我站在原地，不停地咳嗽，呼吸很费劲儿。马齐士官长转过头去看旁边的小朋友，希望通过眼神得到其他小朋友们的响应。"诺斯！给我跑快一点儿，"他对史德林大吼，"你跟你的混账哥哥一样没用！知道吗！"

他转过来看着我喊道："现在，重新再来过！开始！"

我冷冷地看着他，突然决定，我就跑三十圈，就算跑死了我也要跑。虽然不断咳嗽又气喘嘘嘘，我还是迈出步伐开始跑起来，把双手坚定地高举过头顶。但不一会儿，两臂就开始灼烧般地疼痛，来复枪仿佛有千斤般沉重，我的步履开始放小，但还是坚忍不拔地保持着跑步的节奏。每当我看到马齐士官长，都发觉他在死盯着我，好像要用犀利的眼神杀死我一样。我体内像燃烧般灼热，然而皮肤混合着雨水和汗水，变得极为寒冷。

在第二十一圈的时候，我终于跌倒在泥泞里。他在那里咒骂，但我却突然什么都听不见了，只看到史德林的嘴形似乎在大声喊："李奥！"可我却听不见声音。然后他冲过来，抓着我的手臂，在那之后，我就不省人事了。

远处传来笑声，我起身，把书搁在一旁。那个声音让我心跳加快，我走到阳台边上，查看远处那些微弱的声音，我一定是疯了才这么做，可我就是控制不了自己。我站得那么远，甚至忘了自己在哪里。也许我真的疯了。你曾告诉过我，正常与疯狂只是一线之隔，是人类画下的一条线，没有任何意义。这只是你的理论，你一直如此接近那条线。

我试着想告诉你我以前所有的生活，告诉你事情的来龙去脉。

也许是我太冲动了，又或许是我太骄傲了。但你必须了解，我是不由自主的，我是被迫走着一条我不愿走的路。我的任何对抗都会让我感到自己还活着。我故意惹恼祖母、和马齐士官长对抗，因为我太想要自由了。我不要任何人命令我做这个做那个。我经常看着天上的星星在心里想，其中一定有一颗星叫做李奥，别人都远不如我。只是我不确定这是不是真的。

过去这些年，我想我是不快乐的，我只关注自己。但你曾告诉我的一些话我一直记得，你说悲观是危险的，如果你被自己的想法控制了，影响了你的生活，你就看不见生活的真正目的了。你说你是快乐的，我现在明白了，生活可以是另一个样子。当你快乐的时候你可以假装自己是不快乐的，我就是这么做的。

站在高高的阳台上，我透过屋顶花园的树枝间隙看到家家户户的灯笼，微风吹得火焰飞舞，人们在附近走动，在树枝间乍隐乍现。我看见零星的几辆马车沿着城里的街道行驶，就在远远的下方。我突然想，也许一切能回到从前。

我检查了一下灯，靠着墙坐下来，重新翻开书，继续读下去，毕竟我还有时间。我回不去了，但至少我可以读下去。

第二章

我醒来后第一眼看到的是碧蓝的天空,只有天空。我盯着它,以为自己是躺在家里的床上。这时我听到了一个声音,接着注意到眼前那扇窗户挂得比较高,又小得多,根本不是家里那扇镶嵌着钻花的窗子。"李奥,醒一醒。"史德林对我说。我翻过身,想知道发生了什么事。

史德林跪在我身旁,搂着我的肩,声音有点儿异常。当他支起身体向后倾时,我看见他眼中淌的泪,原来他哭了。"我没事儿。"我一边说一边试图坐起来,但随即感到整个房间天旋地转一般,我只好重新倒下合上眼。"我们在哪儿?"我问。

"在大校的办公室。"史德林握着我的手说。

然后另一个声音响起,朝我靠近。"诺斯,你听得见我说话吗?"我睁开眼朝上看,是大校。

他在我身旁蹲跪下来说："你昏过去了。你不是第一个昏迷不醒的学生。我把你带进来让你恢复意识。"

"你睡了好久，"史德林抓着我的手，"我一直跟你说话，你都听不见。"

"你只昏过去几分钟而已，没什么好担心的。"大校接着说。

我的感觉还是很怪，而且晕眩，但还是背靠着墙挣扎着坐了起来。史德林紧紧抓着我的手不放。

"你需要回家静养。"大校转身问史德林，"带你哥哥回家，你能做到吗？"

"可以的，我能照顾他。"史德林回答道。

"小家伙，很棒。"

我们陷入了沉默。我看见办公桌上的文件表面映着阳光，又扫视了一遍遮住整片墙壁的玻璃柜，上头有四角星图案。很怪，所有东西在我醒来之后看起来都不一样了。不知道为什么，好像醒来之后，面对的是另一个空间，世界变了。或许，只是因为雨过天晴，太阳出来了的缘故吧。史德林抓着我的手，我让他放开，然后我们起身回家。

"奶奶会不高兴的，"走到乐园街时我有气无力地说，"如果她知道我是因为不努力而被处罚的话。"

事实上我判断错了。刚一进家门，祖母几乎是从摇椅上跳起来的，她急切的态度让我有点儿恐惧。我一头栽倒在床上，史德林立刻想解释。

"发生了什么事，怎么了这是？"祖母急切地围在我身旁。

"跑步的时候昏倒了，我应该在感到不舒服时就停下来的，现在没事了。"

她摸摸我的额头。"你没发烧，但你的咳嗽更严重了。"她把双手合十，"我去找牧师来看看你，丹士顿神父能够判断严不严重。"

"一点儿也不严重，"我抗议道，"奶奶，你不用去找丹士顿神父。"但祖母什么也听不进，径自出去了。

半个小时后，祖母带着神父一起回来了。"上帝呀上帝，我向您祈祷，这不是重病。"祖母说。

神父为我诊脉，祖母在他身后焦急地来回踱着步。"并无大碍，"神父摇摇头，"李奥是太疲劳了才昏迷不醒的。"他转过来对我说："休息一两天，你需要好好地睡上一觉。我想，你一定是训练时间太长又太剧烈了。"

祖母和史德林在神父离开之后，仍然关切地凝望着我。我笑了笑说："我说了不打紧的，真的，以前我随随便便就能跑上三十圈，一点事儿也没有。"

"你这次可不是跑三十圈而已，你一共跑了五十圈，马齐士官长一直要你重头来过。"史德林说。

"我早该看出你是太累了，李奥，"祖母摇摇头，"我应该早看出来这些军事训练对你来说负担太大。"

"负担本来不算大，"我说，"只是马齐找我麻烦！"

祖母并没有因为我这样说而生气。她现在的态度，让我很高兴，但觉得很奇怪。她居然没骂我，即使我直呼马齐士官长"马齐"，她也没责备我，只是慈祥地看着我，帮我把毯子盖好。

"我以为你会死呢，"史德林突然紧紧握着我的手，"当我看到你倒在地上，我以为你再也醒不过来了，以为你病得很重呢。"

"我很好，别担心。实在对不起，吓坏你了。"我答道。

"我们的李奥是很顽强的，三十圈可是几英里路呢！"祖母握起我的手，我能感觉到她的手在微微颤抖，而她脸上的焦虑却明显缓和了下来。我想，即使我们经常争吵，但其实她是需要我的。前几分钟她还以为我病得很重，完全不能接受失去我的打击。我突然有种幸福的感觉，因为在我生命中过去的这些年，我都没有认识到这一点。我们坐在那里，我们三个人，就好像我们几天甚至几年没见到彼此一样。斜射进窗户的阳光，让整个房间明亮了起来。

那个下午，祖母到市场上去买菜，史德林一直坐在旁边跟我说话。"扶我坐起来，"过了一会儿，我说，"我要去洗手间。"

"现在？"他问，"不好吧，你应该躺着，要是你又昏倒了怎么办？"

"没事的，我小心点儿。"

"我想你不应该让自己着凉，毕竟床上有毯子。"

"我还没病得那么重吧，况且也没那么冷。你看，有阳光呢。"我固执地告诉他。

自从我在大校房间里醒过来以后，阳光就一直在窗边斜晒着。

"那好吧，我帮你。"史德林犹疑地说。

他扶着我站起来，我不再昏沉沉的了，随手披上身旁的军服，把所有的扣子，包括最上面的一个都系上了，又加了件外套。"你坐下来。"史德林坚持要帮我穿靴子。

"别系鞋带了。"即使我这样说，他还是坚持要把鞋带系好。他扶着我的臂走向房门，我们经过镜子的时候，我看见自己的头发上还有军服的一侧都沾上了大片的干泥巴，脸上还沾着黄黄的颜色。"真狼狈啊。"我顺了顺头发感叹道。

"真是多此一举，李奥，现在跟本没人会来见你。"

眼前所有的东西都在摇晃，在跑了那么长的距离之后，我的肌肉到现在还一直不停地颤抖。当我下到楼梯最后几个阶梯时，突然感到非常不舒服，眼前一片漆黑，头也疼了起来。我听到史德林的声音。"坐下，快坐下，"史德林说，"你又要晕倒了。"他使劲扶着我在阶梯上坐下来，"把头低下，我早说了你现在不能下床的。"我把头埋进两膝之间，只听到他说的话。

过了一会儿，我又看得见了，脉搏也缓了下来。我站起来，努力走完剩下的几个台阶。史德林不放心，一直扶着我走到门口，我心里很感动。他帮我推开门，但我又开始晕眩了，眼前模糊一片。我开始反胃，立即弯腰作呕，胃难受极了。

史德林支撑着我。"你站起来太快了，你刚刚应该慢慢抬起头。"我听见他说。

然后是另一个声音传入我耳朵。"他没事吧？"

"我哥病了。"史德林解释道，"但你不用害怕，他不会传染给你的，除非过劳病也能传染。"

我听见那人笑了。

我靠在门边，气喘如牛，抬头注视那个人。那人从楼梯上款款走下来，我眼前一下子亮了起来。是一位女孩儿，年龄和我差不多，手中抱着一包东西。

女孩儿的头发自然垂在肩膀上，看上去应该是她故意梳理的，这样就能盖住耳朵了。她向我们走过来，走道上的光线映在她脸上，长长的睫毛的影子像蜘蛛的脚一样停留在她脸颊上，耳垂上的珠宝很昂贵，但不像其他的女孩儿，昂贵的珠宝只会让她们的脸看起来更加贫乏。

她的嘴形相当完美，让我想多看两眼。那两片唇瓣下意识地微微张着，好像她知道这样会使她看上去更美，但那不是故意的。我惊觉自己一直盯着她的嘴唇发呆，立即转移了目光。她在对我们微笑，我苦撑起我的笑容。

"你们住在这里？"女孩儿问。我张嘴想回答，但该死，她太漂亮了！就像是个精致的饰品，应该要被仔细地保护起来，要不然就会冒上损毁的风险。我无奈地合上嘴。

"是的，我们住这里。"史德林说。

"我也是呢，我今天才搬到这间公寓的顶层。"

"很高兴认识你。我叫史德林，这是我哥哥，李奥。他病了，训练过度昏迷，不过现在他好多了。"我很想对她笑一笑，但实在没有这个力气。

"我叫玛丽亚，这是安塞恩。"我才明白她指的是怀里那包东西，是个婴孩儿。

"安塞恩？"史德林问。

"是的，按一位传奇的英国圣徒名字取的。"她向我们靠过来。

史德林凑过去看那褓褓说："很可爱，他看起来很像你，是你弟弟吗？"

"不是的，他是我的。"

"什么？"

我偷偷碰了碰史德林的膀子。

"我的，"她又重复了一遍，似乎毫不介意，"他是我的孩子。"

"呀？"史德林接着问，"你结婚啦？"

55

在我想一头撞死之前我先抱住了自己的头。女孩儿看着我问："你是头疼吗？哎呀，我太不体谅人了，你生着病我还让你们站那么久，实在不好意思。"

"没事的。"我想说，但张口又没发出声音。

"你们知道洗手间在哪里吗？"女孩儿问。

"就在那里，"史德林指着门外说，"过了小院子就是。"

"谢谢你。"

我们随着她走到门外，史德林一刻也没有放下我的手。她在院子中左顾右盼，肮脏的墙壁和高耸的房屋遮蔽了阳光，这让她皱起眉头。

"这里的环境恐怕不如你预期的那样。"

"我想，只要几株树就能让这里改头换面了，我敢说。"

然后她明白我们其实也是要去洗手间。"你先吧。"她对我说。

"不用……"我虚弱地回答，多么希望我们没有如此尴尬的对话。

"需要的，你应该早点儿回到床上，这对你有好处。"

我没有力气反驳。史德林协助我穿过院子到洗手间门口，然后我自己进去。我听到他们在外面交谈，很用心听，生怕他们以为我听不见。

"你哥不让你跟他一起进去，万一他在里面晕倒怎么办？"她真是一个敢说话的女孩儿。

"就算他要死了，我想他也不希望接受太多的照顾。"

"他真是太固执了。"我听不到史德林的声音。"但有时候固执也不全是坏事，有时那倒是一种美德。"女孩儿说。

"我也是这么想的。"史德林说。声音中止了一会儿，然后孩子哭了。只听见史德林问："你结婚了?"

　　"没，你呢?"史德林笑了。小孩哭得越来越凶，那女孩安抚道："嘘!"

　　"所以只有你和安塞恩住在这儿?"小孩儿哭声安静时史德林问。

　　"还有我母亲。"

　　"你父亲呢?"

　　"正在雅席里亚边境打仗。你哥哥也在那里待了很久吧，我是猜的。我看到他穿的衣服，猜他一定是一名战士。"我看了一眼自己穿的衣服，想起我靴子的鞋带没系好，胸膛露了一半，头发上沾着干泥，活像一名战士。

　　"他其实只是在念军校，"史德林说，"之后才会去军队服役两年半。"

　　"看他的样子，我还以为他年龄比较大呢。"

　　"不，他才十五岁。"

　　"我也是。"

　　"我八岁，"史德林说，"我也在军校念书。但我和哥哥都不喜欢军校，特别是不喜欢我们的老师，马齐士官长。他真是可恶极了，我长大以后不想当兵，李奥也不想，他想当……"

　　我赶紧推开门，女孩儿笑道："从你哥的表情看来，他认为你的话太多了。"

　　她用空着的那只手推开门，看了看里面，一副厌恶的样儿。

　　"洗手间的条件真是……"史德林抱歉地说。

　　"没事，至少还有镜子、莲蓬头和洗手台。"

"但没有热水。"

"呀，这样？"她把襁褓往上抱了抱。

"你要我帮你照顾他吗？"史德林问。

"你哥想早点儿回床上躺着。"

"不，不，"我告诉她，"我先坐在这里。"我倚靠着墙壁坐下来。

"真是太谢谢了，"女孩儿把婴孩儿交给史德林，"手要一直撑着他的后脑。"她停下来确认史德林能抱稳那孩子。

她一关上洗手间的门，孩子就哭起来。"嘘！"史德林学玛丽亚的样子安抚着，上上下下来回摇晃襁褓，但一点儿作用也没有，孩子哭得愈来愈急，愈来愈伤心，史德林急坏了："他不会有事吧？"

"我猜他是饿了。"玛丽亚在洗手间说。

"我口袋里有一块糖。"

"不能给他吃那个，他还在喝奶阶段。"

"好吧。"史德林继续摇晃着襁褓，伸出一只手指给他握。婴儿抓着史德林的指头，停下来喘口气，接着更加撕心裂肺地哭起来。

我感到愈来愈晕眩，眼前的东西都变形了。后颈忽冷忽热的，我看着地上，盯着石铺地的裂纹努力保持着视线的平衡。

史德林问："你还好吧？"

我点点头。

我听见洗手间的门开了，那婴儿的哭声缓和下来变成一股怨声。"你好像很严重。"女孩儿在跟我说话，我努力抬起头。"哎呀，你的脸色很差，真的很抱歉让你在这里等那么久。"

史德林扶着我的手让我站起来。我斜靠着墙，紧紧扶着他的肩走向大门，玛丽亚帮我们开门。

突然从院子进入到阴暗的大厅，我一时间看不见脚踩的地方。我一手扶着栏杆，另一边靠着史德林的支撑，一步一步艰难地爬上阶梯。玛丽亚跟在后面："真抱歉我帮不上你。"她的声音听起来是那么真诚。

终于，我们到了家门口，史德林掏出锁匙开门，我自己支撑着身体站好，但墙壁好像一下子滑走了似的。"扶住我这里。"女孩儿说。她用上臂夹着襁褓，伸出手来。我试图缓缓抓住，结果她一把抱着我的腰将我拥进了怀里。"我不会让你倒下的。"她说。她实在很有力气。

她的脸靠得好近，近到我失去了焦距，只知道她看着我。在疼痛中我感到她抓着我的肋骨，用身体的一侧顶着我，我可以清楚地感受到她的每一丝呼吸。

史德林终于打开了门，我用力撑着他的肩头，进到房里。"拜拜，玛丽亚，"史德林说，"拜拜，小安塞恩。"

"再见了，"她说，"和他们挥手，安塞恩。"她提起孩子的手向我们挥了挥当做告别。孩子望着我们，还在哭，满嘴流淌着口水。突然她正经起来说："很高兴认识你们。"

"我们也是。"史德林回答。我也努力点头示意。

"希望你早日康复，李奥。"说完，她走上楼梯。要抱稳孩子的缘故，她的步伐显得既轻快又稳健。

这一整天我都在睡觉，醒来的时候天已经黑了。客厅里很安静，只有炉火发出嘶嘶声。史德林靠在沙发背上，在窗户透进的微光下，正和祖母轻声讲着话。我坐起来，他听到了声音马上跑向我说："你终于醒了，"然后在床沿边坐下来。"感觉好点了吗？"

我点点头。"我不知道自己为什么会晕过去，真抱歉吓坏你了，史德林。我现在感觉好多了。"我的确是好多了，下床后不再感到头晕目眩。我快速地套上衣服，跟着他一起来到客厅。

　　祖母在厨房里笑着对我说："我在帮你炖汤。"

　　"一定饿坏了吧?"史德林和我一道在餐桌前坐下，"是花椰菜、土豆、肥肉汤。"

　　"好啦，别说那么详细了，相信我见着汤之后肚子就会饿得咕咕叫了。"说实话，我还是觉得有点儿不舒服。

　　一份报纸搁在史德林面前，他埋头下去想读懂标题写些什么，不一会儿工夫，他就放弃了，把报纸合上。"我又见到玛丽亚了。"他抬起头，"我帮她搬了几箱行李到家里。"

　　"喔，是吗?"我看着他。

　　"她的气质就像一位公主。"史德林说。我点点头表示同意。

　　"她很平易近人，"他接着说道，"而且非常漂亮，又有一个乖小孩儿。"他似乎想逐条逐条讲出她的所有好处来，就差伸出手指头数了，还好他没有这么做。"对了，今天早上，在我去开门的时候，她靠着你好近啊。"史德林瞅着我。

　　"是的，"我警觉地听着，接住他的话，"非常近。"

　　"你真该看看自己当时的样子，脸都红了。"

　　我听见自己紧张的声音在说："有吗?"

　　"我想她是没看见。下午她提都没提过这事，她可能觉得你是因为发烧才那样。"

　　我笑了。

　　"你觉得她漂亮吗?"

"嗯，我想……"

"你们在说谁呀？"祖母捧着汤走过来放在餐桌上。

"我们今天遇到的一位女孩儿，玛丽亚，她刚搬进公寓的顶楼。她是个相当好的人，我开门的时候，她帮忙扶着李奥，那时李奥都快不行了。"史德林回答。

祖母坐下来开始为我们盛汤。"这公寓居然有好人，真是难得。"

"我们可不可以找一天邀请她来玩儿？"史德林说，"我们应该邀请她家人，办一个欢迎会。"

"好呀，她们家还有谁？她父母吗？"祖母的态度跟以往判若两人。

"她妈妈，还有她的孩子，安塞恩。他好可爱，虽然他只会哭。"

"她的小孩儿？这女孩儿有多大？"祖母问。

"和李奥一样，十五岁。"

"她丈夫呢？"

"她没有丈夫。"

祖母睁大了眼睛说："我很惊讶她跟你说这些事，一点儿也不害羞吗。"

"是我问她的。"

"史德林！你居然问她结婚了没？"祖母蹙着眉，"这样太不礼貌了，你知道不知道，问一个该结而没有结婚的人'你结婚了吗？'这样的问题是多么不合适？"

"我不知道她结婚了没有吗，所以我才问。不管怎样，反正她也没在意。"

"嗯，或许没在意，但是……"

祖母面向我问："李奥，她不在意吗？"

我摇摇头。

"她似乎很放浪呀，对这种事一点儿也不在乎。"祖母说。

"噢，奶奶！拜托！"我叫道，"别那么古板好吗？"

其实我们大家对此都感到很纳闷。过了一会儿，祖母才说："你是对的，李奥。对不起，之前在这儿遇到的人，你对他们很礼貌，但他们显然不友善。而且我不知道当时的情况。我想我们是该找天邀请她到家里来玩，我也想见见她。"

我以为自己宁可待在家里也不愿到学校上课的，但是周二那天晚上我开始觉得在家很无聊了。我正在准备第二天要去学校时穿的制服，祖母走进房里说："听着，李奥，我希望你在家待着一直到下周再去上课。"

我很惊讶："我记得你说待到周一或周二就好了。"

"整个城市里都在流行旋死热，你身体太虚了，现在出去很危险。"

"没事的，我会离那些看起来有病的人远一点儿，我不是已经感染过了吗？"

"我不是担心你，人家说旋死热都是由那些病快好了的人，从那些虚弱的人身上传染出去的。"她手里拿着份报纸。

"他们以前是这样说的。"

"哎，可是现在他们在边境的医院里证明了这个理论，你听这个。"

她翻开报纸开始念："根据罗美丽亚边境医院一名医生指出……"她念了一段，念得很慢，我知道她念到一段的结尾了，因为在下一段开始之前她略微停顿了一下才继续。"那名医生说,'大部分在战场患上旋死热的战士,都接触过从医院回到战场的士兵,或是那些筋疲力尽的人……那些快要康复或是疲惫不堪的人往往免疫力特别低,因此容易将病毒传染给其他健康的人……进一步证明了以下理论……当人感到不舒适,特别是那些刚刚康复的人,容易成为病媒,传染给他们接触的其他健康的人。免疫力低的人容易感染,会传染病毒'。"

"报纸上的东西不能全信,"我说,"过分担心流行性旋死热根本没必要。这东西到处肆虐,你小心或不小心防范,感染的概率都是一样的。"

"不是这样,"祖母说,"预防总是有道理的。过于疲劳的话,李奥,丹士顿神父说那些患流行旋死热的人,通常都曾经过度疲劳,而且最后都因此病死。"

"实在没有必要为了流行旋死热担惊受怕。"我这样说只是想激她,根本没有人能确定传染途径,更别提完全预防了。"人们害怕得上旋死热,其实是怕它的并发症妨害生活。得了这个病,你就会视线模糊、意识不清、话也说不清楚。人们觉得这是重病,就是因为这些症状,其实这病很容易好。"我说。

"还是有可怕的并发症吧,"祖母说,"慢性旋死热,B型流感,你知道有多可怕吗,李奥?"我耸耸肩表示不知道。她继续说:"反正你不准到学校去就是了,必须在家里待更久一些。"这次我没反驳。

周四晚上,我实在无聊得快疯了。"我要出去!"我一边跟祖母和史德林发牢骚,一边穿上了我的靴子。

"上哪儿？我能去吗？"史德林问。

"哪儿也不许去。"祖母说。

"家里闷死了，我需要出去透透气。"我抱怨道。

"外面的空气一点儿也不新鲜，都是病菌，李奥，听我说，待在家里别出去了。"

"我一会儿带你去教堂好吗？"

"待在家里，求求你别这样，李奥，或是到院子里透透气就好了。"

我下楼来到院子里，已经是下午五点了，街上的阳光却仍如烈焰一般。一股热风在巷子里吹过，我决定站在风最大的大铁门旁边，因为这里的风和其他地方不一样。由于房子盖得老高，包围着院子的四面，就只有东南角大门这里，风才能直接吹进来。看了看荒芜的小院，我在想也许玛丽亚说得对，只要几株植物，就能让这里完全改观，这里将会变成隐密花园，城市庄园。

我沿着围墙走着，想象着这里就是我的城市庄园。但是院子太小了，如果我有一个花园，我希望它有一个大草坪，至少得几亩大才行；如果我很富有，我会要一个种着树的缓坡，一个小湖和一条小河，像皇家园林那样的，可以在里面骑马。如果有钱，那想做什么都行。也许我会去学魔法，像阿德巴朗那样，我甚至可能在军队里谋取个高位。但事实上我在军队里只会是一个无名小卒。我加快了步伐。

突然一个声音惊动了我，我转过头，看见玛丽亚走到院子里来了。

我发现自己刚才一直在绕着院子兜圈子，于是便停了下来。"我只是在……透气。"我说。

"我也是出来透气的。"她说完，走到大铁门看着外面那条通到街上的小巷。"你康复了，真好。"

"谢谢你，也谢谢你上次扶我回家……我是说……上回。"

"那没什么啦，"她转过来看着我，"你看起来很虚弱，脸色这么苍白，神色不太对。"

当然，她的样子倒是和我上次见到时差不多，只有更漂亮吧。

"安塞恩呢?"我问她。

"他在睡觉。这还是第一次呢。就在楼上，我母亲照顾着他。"她说着，伸手在额头上一抹。"他可把我累坏了，照顾小孩儿真是一件累人的事，我都已经厌烦了。我实在很讨厌女人的天职就是养孩子、煮饭、洗衣服，除此没有别的那种说法。"

我笑了。"你这么想的话，就是这年头的少数派了。"

"也许我根本就是。"她也笑了。"当然，我是爱他的。我那样说不是不爱他，谁能不爱那小家伙呢? 但是……我不知道! 今天他哭了整整三小时，简直是上气不接下气了，我真要疯了。然后我妈妈进来说，'他需要毛毯'。我告诉她，他已经盖了毛毯，而且还盖了两条。我妈妈就说，'不是的，玛丽亚，他要那条黄色的毛毯'。当我妈妈把黄毛毯拿来盖在他身上的时候，他居然真的就不哭了。她告诉我这是'妈妈的直觉'。我自己就是一个母亲，我才不相信她呢。我告诉你吧，就是她搞得我很烦，真的，其实倒不是安塞恩。"

"那真是很烦，"我说，"尤其是当她觉得自己带孩子比你带得好的时候。"

大家安静一阵不语。

"可不是吗! 她就是这样想的，可那根本不是她的孩子。"她说话的时候我一直看着她的嘴。

"对，不是她的。"

"我不指望有像她以前照料我那样的能力，但她总得给我点机会嘛。况且，她也只带过我这一个小孩儿，根本不能算什么专家。"

"我想，也许这就是她要这么做的原因。"我说。

"什么意思？"

"嗯，也许她觉得你威胁到她的权威了。她不想你在带孩子这方面强过她，我说不好我的意思……"

"不，这倒是一个观点。"

"我是乱猜的。"

我们静静地站着。玛丽亚在铁门上扭下一片剥落的漆屑，皱了下眉头，然后无意识地把它丢在地下。

"这让我很反感。她老是说我做得不对，或是这样那样又不合适。"她面向我，做了一个挑高眉目，紧闭唇齿的鬼脸。这个鬼脸博了我一笑。就算她这么做，她还是那么美。

"如果你妈妈长成这样我会很惊讶！"

她也笑了。"也许没那么可怕，但你知道我要表达的意思。她简直快耍把我搞疯了。"

"我相信那真的很烦人。"

"你觉得我该怎么办？"

"我不知道。我对这种事简直是白痴，史德林可能也会这样说我吧。"自从玛丽亚来了之后，他们说过好多次话。

"不，他从来只说你的好话，对你极力赞扬。昨天他还说，他想你，很希望你在学校，因为你会照顾他。"

"真的?"我很高兴,"果然不失史德林风格。"

"你也许对自己的要求太高了,他对你的赞美其实还算公正吧。"她看着我,待了半晌后说:"对不起,我让你尴尬了。我不是故意的。"

我立即把脸盖住,这动作惹得她大笑不止。

"别这样嘛,李奥。又不是要你娶我什么的!"

"嗯嗯,关于你妈……"

"是的,如果你是我,你会怎样?"她问。

"如果我是你,可能会……我想想,我会大吼大叫,摔东西吧。"

她眼睛睁得老圆,冲着我笑,我抢着说:"不是朝着人丢。"她又大笑起来。

"说真的,"我试图猜测她希望听到什么,"我想你应该,嗯,在她给你建议时谢谢她。还有,不时提醒她,谢谢她这么帮你忙。"

"这样她就不觉得我威胁到她的权威性了?这样做会有效吗?"

"我不知道。说真的,你问错人了。"

"不,其实,你是一个好听众。"

我突然觉得自己很心虚,因为我一直看着她,有时候并没有真的听进去她在讲什么。

"也许会有效,谢谢你,李奥。"她说。这时候我发现她脸上的笑容不见了。我想也许她真累坏了。"我真希望我能离开家。"她叹了口气。

"也许有一天你会的。"

"我哪有足够的钱呢?"她望着自己的口袋,好像希望能从里面掏出大把的钱来。可惜她住的是要塞街,穷人的聚集地。

我看着她，真期待她能再一次展现笑容。这句话没有经过深思熟虑就脱口而出道："如果你跟妈妈住太累的话，你可以随时到我们家来。这阵子我都在家，我也希望有个人可以说说话。我一直待在家里。"

　　"谢谢你，"她说，"我会的。我也很孤单，我的朋友没有住在这附近的。"

　　"你来找我玩儿我会很高兴，任何时间都可以，也可以带上安塞恩和其他人。"

　　"谢谢你，"她再次道谢，"虽然我想尽快摆脱他，获得自由。"

　　她站直了本来倚在大铁门上的身体说："我想我该回家了。"

　　我点点头。她走到门口时突然转过身说："谢谢你，李奥，我真的需要一位像你这样的朋友。"

　　我想不出能说什么，只好再次点头，然后看着她闪进门里。有一刻，我很蠢地想，她的下一个动作，是要吻我。也许这就是我觉得她的嘴唇那样迷人的原因吧，她的嘴唇看起来像是随时都要给谁一个吻的样子。但最后，她并没有吻我，门一下就关上了。这要算幸运了，真的，要是她真吻我，我还真不知该怎么办了。

　　第二天上午十一点左右，有人在敲门。我在镜前把领子顺了顺，用手理理头发，便去应门。是玛丽亚，当然，还带着她的孩子。"嗨！"我说，"请进，我奶奶出去了。"

　　她穿着一件睡袍。

　　"嗨！李奥，"她说，"你看起来容光焕发呀！"容光焕发？她一定是故意这么说的。"真抱歉我穿得太随便了。"她的语气听起来，就像是在一个派对上穿得太土气或者太不正式一样，而不是在一个男孩

68

儿面前穿着一件睡袍。"安塞恩吐了我一身，我的小祖宗。我那些衣服拿去晾了。"

"没关系，嗯，请坐。"我请她坐下。

"我再不是一个人坐着发呆了。"她说。

"呀，那你想跟我一起坐着发呆？"

她笑了。

"你妈妈经常不在家吗？"我问。

"是的，她在超市工作，守着一个蔬果摊。"

"皮尔森之家？"

"你怎么知道？"

"我奶奶常常和皮尔森先生聊天，我自己跟他不太熟。"

我一直在想话题，就怕一下冷场了。就在这时，楼下的门铃响了。"可能是我奶奶。"我说。

"不下去开门吗？"

"住在楼下的布雷克太太会去开，每次都是她开门的。"

我站起来走到门口去迎接，但楼下传来的不是祖母的声音，是一个低沉的男音，我听不清，布雷克先生的声音也很小声。那男人的声音愈来愈大，我相信自己听到了"李奥·诺斯"这个名字。

"他刚刚提到的是我的名字吗？"我小声问，脚步停了下来。

"你的全名是李奥·诺斯？"玛丽亚悄悄问我。

"是的，那是我的全名。"

"那就是了。他的确说的是'李奥·诺斯'。"

"但那是谁呢？"

接着响起重重的敲门声，我毫不犹豫地跑过去开门。

那人五十岁上下的样子，一张有棱有角的脸上戴着一副反光的眼镜，我能从镜片的反射里看到整个屋子。我在眼镜中看到了玛丽亚担忧的表情，竟然傻到向镜片中的她微笑。我意识到我同时也正对着那人笑，但他没有任何表情，只是掏出一张政府的证件在我面前一晃，我还来不及看清楚上面写的是什么，他就收回去了。

"我是易森·达克，纪律纠察队的，你是李奥·诺斯？"他说。

"是的。"

"你知道你应该去上学吗？"

"呃，我知道。"

"那么，你怎么还待在家里？"

安塞恩突然大哭起来。玛丽亚不断地安抚他，那男人摆出一脸嫌恶的表情。

我向那人解释上周发生的一切。"你昏倒？"他的语气里好像没有一点儿同情。我点点头。"但那是上周的事，而你现在却还在家里。"他说。

"我应该要多休息，现在外面正在流行旋死热，我出去会非常危险。"

那人阴阴地一笑，他的嘴就像一条马上要发怒的狗的嘴一样咧开，而我像一个担惊受怕的妇人，我相当不喜欢这样。

安塞恩又哭起来了，玛丽亚还在安抚他，那个男人则丢了一个更加嫌恶的表情给我。"法律规定我不用到学校去上课。"我大声说。

"我想我比你清楚法律对这种情形的规定。大部分十五岁的同龄人都在工作，你不适用他们的情况，因为他们不在学校念书。诺斯，你比别人享受更多的特权，因为你读的是军事学校，如果你想要工作，你要向主管单位报告。如果你不想工作，那么你应该待在军校里，从早上八点半到下午三点半，一周五天。够清楚了吗?"

"难道没有特例吗? 你对每个两周以上没有到学校上课的人都穷追不舍吗?"

"诺斯，我不是来跟你争辩的，我还有其他重要事要去办。如果你下周还不去上课，我还会来找你的。"

"谁派你来的?"

"我说了，我不是来吵架的。"

"我能再看看你的证件吗?"

他没理睬我的要求，径自走下楼去。安塞恩的哭声变成了抽泣，接着就安静下来了，好像是因为那人的出现把他惹哭了似的，也许真的就是这个原因，这个家伙相当的粗暴。

那人明明走了，一会儿竟然又绕了回来，对我再次强调说："下周一你必须在学校出现，否则我会一直来找你。我希望你能珍惜你在军队的大好前程。"他转身离开，我偷偷在他背后比画了个诅咒的手势，一个是送给他，一个是送给"在军队的大好前程"这句荒谬的话。

当他走到楼下大门时，刚巧与祖母擦肩而过，祖母抬头望了我一眼，满脸疑虑。她走进家门，我上前帮她提东西，随手关上了门。"那是谁?"她摩擦着双手，试图要消除手心被菜篮子弄出的痕迹。

"纪律纠察队的。"

她紧张地看了我一眼，这才注意到玛丽亚和安塞恩。

"你好，诺斯太太，"玛丽亚站了起来，"我叫玛丽亚，住在顶楼。李奥说我可以来玩儿，希望您别介意。"

"一点儿也不介意。"祖母显然注意到了玛丽亚穿着睡衣。

"喔,这真是不好意思,我的孩子吐了我一身,衣服都拿去洗了。"

"呵呵,不打紧,很高兴认识你,玛丽亚,我听过他们提起你好多次了。"祖母抓着她的手,又换了安塞恩的小手握了握。"多可爱的小宝贝呀!"祖母喜爱地看着安塞恩,"他和你真像。"

安塞恩伸出他的小手,想要抓住祖母,嘴里发出了婴儿惯用的撒娇声,祖母微笑地看着他说:"我可以抱他吗?"

"当然。"玛丽亚把孩子放进祖母怀里。小孩儿挥舞着小手小脚,没有再哭。

祖母一边摇晃孩子一边说:"那个纪律纠察来做什么?"

"那人来'纪律纠察'一番,他说我必须在下周一回到学校,要不然他还会来,他还真够严厉的。"

"他的样子看来很生气,你没对他不礼貌吧,李奥?"我张开嘴想解释,立马儿又决定不说了。她转身向玛丽亚问道:"李奥有不礼貌吗?"

"他只说了必须说的话。"玛丽亚回答。

祖母似乎已经心领神会,于是笑着说:"哎,说真的,李奥真的是很不懂得尊重别人,我跟他说了不下一万遍了。"她的脸拉了下来。"谁派他来的呢?校方昨天告诉史德林,说你下周再回学校一点儿问题没有,所以应该不是学校派来的。"

"也许是马齐士官长?你是知道的,他有多讨厌我和史德林。"

"嗯……也许是吧。反正最后我会知道是谁派的。"

我们没再提这档事。

周六晚上，我在窗边看风景，史德林趴在地上研究报纸写什么："什么……境……什么上。"

报纸上其实写的是"边境战事不止"，我默默的没吭声。

祖母在一旁又在织那些方块布。突然她说："哎呀，我忘记了一件事。"

"忘记什么？"史德林问。她没回答就匆匆离开了房间。

"奶奶和你一样，是个大怪胎。"我说。

祖母又回来了，拍拍我肩膀。"怎么？"我问，转身我看到她手上拿了本书，那本我捡回来的怪书。

"这是你的吧，很抱歉我拿走了，我在窗台边上发现的。"她说。

直到见到祖母拿着它，我才又想起这书来。但我确定我没有把它搁在窗台上。

"你读了吗？"我问。

"没有，本来倒是想读的，但我又改变主意了。"我看着祖母的脸，我知道她说的是实话，祖母很少骗人。"这是你的东西，我随便拿来翻阅，可不太好。"

我很惊讶，我一直觉得祖母不太相信我的。我接过书，把它塞进口袋，她拍拍我肩膀，我对她一笑。"真抱歉我把它拿走了。"祖母说。

那天晚上我翻了整本书，想看看还有没有新的内容，结果什么也没发现。史德林问我那是什么书，我告诉了他大概是什么内容，他马上说道："听起来就是一本故事书嘛，你该找本魔法书来读读，别是邪恶的魔法就好。"

"对，我想这不是故事书。"

但我又怎能确定它不是呢？我把书放在窗台柜的最下一格，本来觉得最好是放在枕头下的，但转念一想靠着头太近，怪可怕的。

那天晚上的夜色很好，我站在窗边欣赏着璀璨的星空，心里却不断地想着那本书，它究竟是谁写的呢？

史德林只会写自己的名字，而祖母的书写有困难，所以肯定不是他们俩，更不可能是我写的，那么到底是谁呢？我怀疑我是否查得出来是谁，这简直是无法解释的神秘现象。

我一直在寻找天上那颗叫李奥的星星，虽然我一直不知道是哪一颗。反正肯定是那群繁星中的一颗，没有必要一定要找出来，但我就是有这个愿望。有时我会想，也许最亮的一颗就是，谁知道呢？也许从这里根本看不见它。这让我非常沮丧，不知道为什么，常常在睡前，我脑海里也一直在想着这事。

星期日早上醒来，阳光洒在我的被子上，我没有赖床，一下床就踢到一个重重的东西。我低头一看，是那本书。

我看着它，然后看看窗台，心想我明明昨天放在那里，我发誓没有再碰过它。史德林看着我放在窗台上，他一定也记得的。我绕开那书，小心不去踢到它，直接出房间找史德林去。

桌上放的是周五的报纸，祖母在上面留下潦草的字迹：我去教堂了。这时是十点多，那字迹刚刚好写在卢西雅的重臣阿希拉的画像上，他们常常画他的左脸，因为他的右脸有一道疤。画像下面是一行标题，写着："撤退不是投降。"我看得出来是战事不利，只是报纸并不明说罢了。

我走回房里，看着那书发愁。我发现书翻开倒扣在地板上，有几页褶皱在一起。我把书捡起来，那些折起来的书页就平开了。我立即瞄了一眼那有皱折痕迹的几页，被书写的部分增厚了，又有人在上面写东西了。

我坐在窗台上翻看上一次书写的最后一页，非常奇怪，文字写到一半就停下了，而下一页是空白的。

在我翻开连续的几页空白之后，文字又开始了。

  管家此时已经跟着他几个月了。有一天雷蒙说："菲尔德，你能载我去海边一趟吗？我很长时间没去了，我想我们开车去一趟。"

  "海边？"管家点点头说，"当然可以，先生，我现在就去备车，您有特别想去的地方吗？"

  "灰沙滩，那里不远。"

  适合旅行的季节才刚刚开始。他们乘船到一个小岛，船上只有他们俩。当他们驶入辽阔黑寂的大海时，一艘船在这大海面前变得是那么渺小。

  "您到这里来有什么特别的原因吗？"他们走在环岛的碎石滩上时，管家提出了疑问。太阳西斜，空气中弥漫着春天的味道。几只丑巴巴的海鸥在天上盘旋。

  "我还是小孩儿时便经常来这里。"雷蒙说，"跟着我的朋友一起来。我们会绕着小岛走上几个小时。"

  管家吃着薯片，随手抛了一片到黑黝黝的海面上，欣赏着海鸥争叫着抢食。"那朋友后来怎么了？死了？"管家问。

  雷蒙在一块大岩石上坐了下来，把手杖摆在膝上，看着拐杖把手，满面忧伤。"他的确死了。他当了兵，去参战。你应该看看他得到的勋章，他们在他死后把勋章都移交给我，当然，那不算是我的收藏品，我把它们放在阁楼的一个小盒子里。"

雷蒙抬起头，却看不出管家的情绪。"也许，我让你觉得很无趣吧，谈这些事？"他试着问。

"不不不，刚好相反，我很意外，您从来没有在部队中服役，我是在想这事。"管家轻皱眉头。

"是的，我没当过兵，不过，我也曾想过去从军的。"雷蒙凝望着黑压压的海面。

眼前的老人从来没提过这事。"真的？先生？"管家问道，"为什么又决定不去当兵了？噢，抱歉，先生，我忘了自己的身份不该问太多事的。"

雷蒙觉得菲尔德常常说"我忘了自己的身份"之类的话实在很可笑。

"不不不，不用抱歉，菲尔德，那是很久之前的事了，我本来是……但最后体检没过关。"老人用手掌转着手杖的柄头。

管家点点头，没应答。

"我心脏不好，经常觉得不舒服。"老人无奈地一笑，"说来好笑，这件事一直是我的遗憾，没当成兵一直让我很痛苦，我到现在也没有克服这个心理。如果老天给我机会让我去改变人生中的一件憾事的话，我会选择去当兵，如果可以的话。"

"我敢说您渴望从军报国已久了，先生。"

"是的，打从我小时候起。"

"我猜您和您那朋友曾计划一起去当兵。"管家把最后几片薯片倒进海里喂海鸥，然后把包装纸折起来，继续说："当年也

76

许你就是在这个海滩上和朋友一起许愿，而后来英伦有战事，你们就立志报国去了。"

雷蒙睁大着眼睛望着管家说："你怎么知道?"

管家低下头，好像要仔细看清脚下的鹅卵石。"猜的，希望您别觉得我冒犯了。"

沉默少顷之后，雷蒙说："这个季节还是挺冷的，我们不要坐着不动。"雷蒙把脚一蹬站了起来。

当船驶离小岛的时候，太阳已经完全被大海吞噬掉了。管家靠着船舷，把什么东西丢进了海里。

"那是什么?"雷蒙问。

"不是重要的东西。小石头罢了。"

雷蒙觉得他看见的"东西"在沉入水里之前，闪闪发着光。但雷蒙今天已经累了，没有心思再进一步追问。从过去这些日子的经验看来，菲尔德只会说主人想听的，不会透露其他的事，所以再追问也是白搭。

"你知道吗，我觉得自己快离开人世了，真的，不会太久。"雷蒙回头望了望视线里正逐渐变小的岛。

"不会的，先生，您不会死的，您至少还可以活二十年。"管家说。

"现在，我又见到这小岛了，总算了结了一桩心愿。真有意思，原来它在我眼中那么美，但如今看来，却没什么感觉了。"

"我很高兴到此一游。"他说完，回过头看着落日，夕阳的余晖把海面映照得金黄一片。

"先生?"管家问，这时小船已经驶入了黑暗的大海中。"先生，自从来到您公馆之后，我一直想向您打听一个事儿。"

雷蒙转头面向管家。"您听过一位住在附近名叫'爱蜜丽'的女士吗？她几年前住在这里。"菲尔德说。

"爱蜜丽?"雷蒙皱起眉心想着，"听起来像法国人，很耳熟，她姓什么?"

"菲尔德。"

雷蒙睁大了眼问："是你的亲戚?"

一只海鸟掠过船灯，菲尔德猛地闪身躲开。

"是我哥的太太，我的嫂子，"菲尔德握着舵的手抓得更紧了，"是他的太太，还是他的情人，我不知道。我来之前的几年，我哥在英伦待过一阵子，他和这位女士走得很近，不过他对她又不像对待妻子一样，哈洛德可不是什么好男人。"

"你从没提过你的家人。"管家没回答，雷蒙继续说，"你哥到底做错了什么?"

"我所知道的是，他和这位女士一起住了几年，虽然没有结婚，但他们有了小孩。有一天，他突然走了，抛下了他们。我不知道为什么，我从来不了解哈洛德。我想找到这位女士，爱蜜丽，弥补这一切，我相信她住得不远。"

"倒是有一位叫爱蜜丽·德微儿的女士住在镇里，"雷蒙缓缓道，"是的，她在红狮工厂工作，带着两个女儿，我记得她们叫莫尼卡和米雪尔，但她们二十年前搬到南方去了。我看过她先生一次，事实上，就扫了一眼。他的模样很霸气。"

"那就是哈洛德，是他，没错。"菲尔德静静地说，两眼直视前方的黑暗。

"你哥，他真的那么狠心吗？"雷蒙问。

"他年轻的时候是一个赌徒，我们几乎都被他拖下水了。我姐姐好几次都担心得快精神崩溃了，这件事难以原谅。姐姐对他很好，甚至把自己的孩子也取名哈洛德，他对姐姐也很亲。是这样的，先生，这些年，前后有六年，他都待在英伦，我们没人清楚他的确切位置，但在这段时期，他展现了从没有过的魅力。人们落难，他气定神闲地大手一挥，一切就被搞定了。"

菲尔德摇摇头叹道："我不应该这样讲他。他曾经骂过我，说我傲慢又自以为是。"说到这儿，菲尔德大笑起来，然后又好像记起了什么似的止住了笑声。"嗯，他也许说得对，每个人都有两面性，只是他看不到自己的问题。"

"他怎么了？"雷蒙问。

管家看着黑暗的前方："和您的朋友一样，他去打仗了。这也是我会想起他的原因。"

一辆摩托车掠过他们开的老爷车，消失在前方，路边那些低矮的灌木叶被刮扫得颤栗起来。雷蒙道："你从没提过你的家人。他们有人在英伦吗？"

"一个也没有。"管家回答。雷蒙看着他，没有注意到车子有点摇晃。车一直开到车库前，管家似乎忘了其实提过一个叫做爱蜜丽的女人，还有哥哥姐姐住在英伦。雷蒙不敢再提这事。

故事到这儿又没了下文。我坐下来瞪着最后的那页，足足瞪了半晌，太阳在我身后爬得老高，这段故事又让我感到似曾相识。我闭上眼，那些人的影像模模糊糊地浮现在我的脑海里；管家和老人；蓝眼女孩儿和太子；我见过他们，就好像我以前认识他们一样，真奇怪。我闭着眼，专心冥想，似乎我还知道故事将要如何继续开展下去。

这时传来很大的一个声响，门开了。史德林喊道："李奥，我们回来了。"

我站起来，把书搁到一边，我听到他们在客厅讲话。我打开窗台柜，很快地把书塞进去，朝着房外走，去见他们。

"不会吧？你还没换衣服？"史德林大惊小怪地说，"你最好快点儿。我们刚才在教堂邀请玛丽亚来家里吃晚餐，还有她妈妈。她们马上到了。"

玛丽亚和她母亲敲门的时候，我还在洗脸，祖母正在切她的蔬菜。我告诉史德林要他稍等一下再开门，他仿佛故意装作没听见。我抓起毛巾将脸上的水胡乱擦干，拿起梳子整理头发。祖母这个时候说："请进请进。嗨！玛丽亚，嗨！安塞恩。很高兴认识你……"

"我叫安卓丝。"玛丽亚的母亲说。也是这时我才知道她的名字。

她是个身材娇小的女人，比玛丽亚的个子还要矮一点，头上盖着丝巾，她的棕色头发掉下来遮住了脸颊。我猜如果她的头发自然垂下来，她会很像玛丽亚。

安塞恩哇哇大哭，玛丽亚摇摆着安慰他。"嘘嘘嘘。"

"让我来抱。"玛丽亚的母亲说。

"他没事的。"玛丽亚转身就走。

但安塞恩却哭个没完没了。"请坐。"祖母在一片喧闹声中说。玛丽亚的母亲在沙发上坐下来，玛丽亚继续摇着娃娃，在她身旁坐下，她先是对史德林微微一笑，然后幽幽地看了我一眼。这眼神让我心跳加速，于是我溜到房间里去抬另一把椅子。本来我心里还挂念着那本怪书，一直在想那书有什么蹊跷，但此时完全不记得了。

"他说话令人印象深刻，我想，作为一名牧师来说，他还太年轻，但他一定会是一个好牧师的。"我回来时听到玛丽亚的母亲这样说。

"哎，他的确是一个很聪明的人，还特别善良。"祖母说。

"对对对，他介绍自己的时候给人的感觉特别友善，你说呢，玛丽亚？"

"你们说谁？"玛丽亚一边安抚着小孩儿，一边心不在焉地问道。

"丹士顿神父。"

"喔……是的。"

"他发现我们是新到的教友，就马上走过来跟我们说话，让我们不觉得陌生，感到很放松，在这个年代很少有人会这么做了，真的。"安卓丝说。我看见她向安塞恩瞄了一眼，玛丽亚立即用肩膀挡住她的视线，似乎故意不让她太关注他。

"是啊，在这个困难时期，人们都不大愿意相信别人了。我很高兴还能遇上这么善良的人和这么好的聚会。"

玛丽亚继续安抚她的孩子。我相信她也不时偷看我，因为当我看她时发现我俩的眼神经常在我们几人之间交会。因此我也没认真听安卓丝到底在说什么。

不一会儿，祖母进厨房继续准备晚餐，安卓丝跟她一道。我听见切菜的声音。史德林在玛丽亚身旁坐下，玛丽亚笑着看着他。史德林低头看着襁褓说："他睡着了？"

"快睡着了。"玛丽亚说。

我把椅子往前挪了挪，椅子在地板上发出尖锐的摩擦声。安塞恩睁开眼，又哇哇哇地哭开了。

"实在抱歉！"我不好意思地说。

"没事，他也不会睡太久。我想他是饿了。"

"厨房有奶，要我去拿来吗？"史德林似乎对知道小孩儿要吃奶这个知识扬扬得意。但我已知道后面的结果。

"谢谢你，史德林，"玛丽亚说，"但那是牛奶，安塞恩不能喝那个，那会让他吃坏肚子的。"

"喔，我以为任何奶都可以。"

我咳了两声。为什么每一次我们都是和玛丽亚谈及最令人尴尬的话题？"你的咳嗽似乎没有完全好。"玛丽亚。我摇摇头。她对我浅浅一笑。史德林用一根指头逗着孩子，孩子抓住他的指头就不再哭闹了。"他一定很喜欢你。"玛丽亚的话让史德林显得很得意。

"你要什么时候教他说话？"史德林问。

"他自己会学会的，我想。不过现在为时尚早，他才两个月大。"玛丽亚回答。

"两个月？真是小呀！他来到人世才两个月呀？"史德林盯着小孩儿，难以置信地感叹道。

"是呀，你怎么这么惊讶？"玛丽亚说。

"我以为他要再大些呢。你想想，两个月前他还不在这世上，不是很神奇吗？"

"两个月的确很短。"

"所以……他是在四月生的？"史德林问。

"四月二十二日。"

"你怎么记得那么清楚？"

"我还没那么健忘,毕竟,那天是个重要的日子。"玛丽亚说。

"我每次都会忘记自己的生日,只记得是在冬天。"史德林接着说。

"你开生日派对吗?"玛丽亚问道。史德林摇摇头。玛丽亚又问:"为什么不开个派对?"

"我也不知道。"史德林转头看我,不知如何回答。"李奥,我好像从来没举办过生日派对喔?"

我想了一下。好像爸爸妈妈还在的时候为他举办过一岁生日派对,我不是很确定。"好像没有。"我说。

玛丽亚一副吃惊不小的表情说:"从我很小的时候起,每次生日都有派对。你一定有过一次,史德林。"

史德林摇头说:"我只有第一次洗礼时有过一次派对。"

"没有生日派对真是太遗憾了。为什么现在不搞一次呢?"

"是呀,我们可以去野餐!"史德林大叫,"我、你、李奥和安塞恩!我一直想去野餐!"史德林突然狂喜起来。

"好呀!"玛丽亚说。

"对呀!我们一起去!"

他们坐在一起许着关于野餐派对的美好愿望,史德林仍然用指头逗着小孩。玛丽亚说:"我们下周日去,那是六月的最后一天。"

"到时候已经是夏天了。"史德林说。可不是吗,我还在想,人们到时会穿着大外套,烤着火抱怨野外天气好冷。我向窗外看去,整条巷子内的房屋顶上都反射着太阳的光。

玛丽亚转头说:"李奥,你说我们到哪里去野餐,找一个美丽的地方,像花园的地方。"

我转回来看着他们："这个城市哪有适合野餐的地方！"

"一定有，李奥，别这样嘛，这可是个好主意呀，不是吗？"玛丽亚说。

"我不是否定，我只是提出个疑问。我能想得到的地方唯有墓园。"

"墓园可不是野餐的理想地方。"玛丽亚说。

"那比较适合蛆虫。"我说。

"李奥，别说那个！"史德林对我皱皱眉。

"你吓死史德林了。哎，很遗憾，我们不能去皇家园林，我听说那儿很漂亮，以前是对外开放的。"

"我们能爬进去。"我开玩笑说。

"带着安塞恩？"她摇摇头笑了。

"东郊山丘！"史德林突然大喊，"那里很适合野餐。"

祖母靠在厨房门口说："李奥、史德林，你们可以摆一下餐具吗？"

"东郊山丘是个野餐的好地方，我想我们可以一试。"玛丽亚说。

"但为什么呢？为什么突然要去野餐？"我问。

"因为很好玩儿呀，李奥。"玛丽亚一副理所当然的表情。

史德林从厨房里抱出碗盘，我把餐桌上的报纸和祖母的针线活儿一股脑儿移到沙发上搁在玛丽亚的旁边。她看到阿希拉的头像，立即就用报纸盖住。"你干吗？"我问。

"我讨厌他。"她悄悄地回答，手上的汗毛竟然像冻着了似的都竖了起来。

"我也讨厌他。"我说。

"如果你活上一百岁，我想你就不会像我一样那么讨厌他。"她淡淡地说。我不敢问为什么，生怕会冒犯到她。她耸耸肩，笑了笑。我们一块儿上餐桌。

　　周一我没有回学校。当她和史德林挥手说再见的时候，我看出她有一丝担心，担心那个纪律纠察专员的事，然而她没开口，我也就没提。那天早上我们的公寓非常安静，史德林在学校，祖母去市场了。我拿出书又开始读，不一会儿又搁到一旁在各个房间里走来走去。

　　我希望玛丽亚能来找我，但整个早上我只听到安塞恩的哭声从楼上传下来。我在院子里遇上玛丽亚的时候，她还抱着哇哇哭的孩子安抚着。"他好像没有不哭的时候。"她说话的语气似乎自己都要哭了。"等我哄他不哭后就立刻去找你，一定去。"但时间一分一秒地过去，我仍然听到哭声不断从楼上传来。

　　那天晚上，祖母从教堂回来，早了史德林一步。我跑到门口迎接他们。史德林一个人正在和玛丽亚说话，她看见我后，向我挥挥手，跑到我面前说："实在对不起没能早点儿过来，安塞恩一直哭个不停，另外……"

　　"我能理解。"我说。我知道她也想见我。

　　"谢谢你，李奥。我知道你能体谅我。"没有小孩儿在身边，她看起来没那么烦恼了。她步伐轻松地跑回楼上。

　　大概五分钟之后，哭声又传来了，这次的哭声真的是惊天动地。我就站在那里一动不动地听着。"我不是你雇来的保姆，如果你没办法让他睡着，那你自己留下来陪他。"玛丽亚的母亲吼道。

　　"你总是在告诉我要怎么做，可是一旦要你帮点儿小忙，你就只会抱怨！"玛丽亚的声音。

"帮点儿小忙？你只是想过另一种生活，玛丽亚！因为你自己做下的蠢事，所以现在你有责任去照顾一个孩子。只要你去见朋友、上街或是……"

"上教堂！去教堂!"

"我自己也想去教堂，但我还没笨到要日夜留下来照看一个孩子!"

"你说我蠢？你觉得这是我的错吗?"

"难道不是吗?"安塞恩的哭声已经变成尖叫了。

"是我的错，你是……"

这时，史德林跑进房来说："李奥，你在干吗?"他的语气挺严肃。

"呃……没干什么呀。"我走近椅子随手拿起外套假装我也是刚进来要取外套的。

"你不该偷听她们吵架，那不关你的事。"

"好吧好吧，我的大牧师。"我跟着他来到客厅，那里听不见争吵。"现在你满意了吗?"我克制不住自己声音里的笑意。他对于自认为正确的事情，总是一副认真的样子。"你一定是个好牧师，我发誓。"看起来他真的把我的话当做了赞美。

我一个晚上没有休息。"你为什么不读点儿书什么的?"祖母把眼睛从针织活儿上抬起来看着我。

"如果有什么好书的话，我会的。"

"有报纸，我已经看完了，喏，给。"

我不想看报纸，但也没有坚持。我接过报纸进入房间，想看看边境战事的报道。楼上的争吵声没有了，孩子的哭闹声音依旧。

我读到伤亡人数的时候，史德林跑了进来，手上拿着他抽屉里的东西，一把放进我的怀中。那是一本书。"这是什么？"我一边翻开一边问。

　　"阿德巴朗写的，记得吗？我们讨论过的神谕。"

　　我扫视了一眼房间。"没事的，奶奶到楼下找布雷克太太了。你能念给我听吗？你答应过我的。"

　　我放下报纸，把书拿了起来。好薄的一本书，装帧得像是《金色政权》一样。看起来是那类畅销书，以前人们会把书出版成这个样子，即使神谕这种类型的书一开始也是精装得像《圣经》一样，看起来很精致。在我很小的时候，每一年都有成千上万本书会被出版，我记得我父亲还会列出书单，贴在墙上。

　　"李奥，你到底念不念？"史德林问我。

　　我回过神说："奶奶什么时候回来？"

　　"得一个小时以后呢。"他在我旁边坐下。

　　我开始念："阿德巴朗阁下写的神谕，凯希亚二世政府六年完稿。"史德林静静地聆听。序言大部分内容都是背景资料，介绍神谕的意义。"这是谁写的？"我念完提出个疑问，"像是父亲的风格。"

　　"是吗？他会写这个东西？"史德林趴在我肩上看着书，虽然看不懂。

　　"会的。他们通常找名家来释译神谕。"我翻翻书页，寻找作者的名字，通常都会注明序言作者，我知道，我一页一页地翻寻着。

　　"奶奶很快就会回来了，快点儿念。"史德林说。

　　我停止寻找父亲的名字。"好吧。"我翻到序言的最后一页，也就是神谕开始的地方。只有几行，我念道："我，阿德巴朗，凯希亚二世政府六年见证了这些事，现在我忠实地将它们记录下来，没有矫饰，没有隐瞒或修改。"

"这是什么意思？"史德林问。

"法律规定的。作者不可以扭曲他看到的现象。"

我继续念：

> 我梦见，我在一个奇怪国家的一个湖畔，在黑暗中听见以下字句：
>
> 马洛尼亚悲歌，为城市哭号；
>
> 为了厄运如阴影般降临，为了挣扎和骚乱的日子。
>
> 虽然尸横遍野，但他不死；
>
> 太子会活下去，如金刚护体。
>
> 他的命运隐藏在他的眼睛里，他经得起考验。
>
> 他先将在一个陌生国度隐姓埋名。
>
> 天之骄子将会活下去，如金刚护体。
>
> 谁对他施暴，谁便会自食恶果。
>
> 谁以刀刃胁逼他，谁会先倒下。
>
> 谁威胁他的生命，谁就先殒命；
>
> 报应将会降临在伤害他的人身人。
>
> 天之骄子将隐姓埋名多年；
>
> 他将远离他的子民，他将为马洛尼亚悲伤。
>
> 但我们的国度将有一日再度光复；
>
> 太子将归返重振他的王国。
>
> 银鹰迷失又将迷途知返；

太子将悲鸣而又平复。

他的爱人将会见到太子归来；

神鹰将被太子的爱人救赎。

天之骄子将在责任与情人之间抉择；

在爱与职责之间，哪一个获胜？

我，阿德巴朗，对天发誓，忠实地记录我目睹的一切。

我放下书。"我对这一点儿感觉也没有。"我说。

"它说了，太子会回来，"史德林说，"它说太子不会死，而且会回来，就像我告诉你的一样。"他拿起书用手指追寻着字句，好像那些句子是什么神迹似的。

"它说太子正在归途。"

"史德林，就因为阿德巴朗写了这书……"我想了想还是不说了。他有什么理由不信神谕呢？我看着他寻着句子，偶尔大声念出一两个字。

"李奥，你能像阿德巴朗一样看到未来吗？"他仰头看着我。

我有点儿吃惊地说："我不知道，我想不行吧，我的法力不够深厚。"

"试试看嘛，闭上眼试试。"

我闭上双眼集中我所有的意志，但我看不见任何东西。于是我睁开眼大笑。"什么都没有。"我说。也许是因为我自己也不相信我可以看见未来，其实我根本不相信有谁可以，但奇怪的是，有些预言真的应验了。或许有些人可以看见未来，你可以不相信，但那就好像不相信地球是圆的，不相信星星会发光一样。

这时我们听见祖母用锁匙开门的声音。"快收起来。"史德林悄声说。我立即跑回客厅把书塞进抽屉里，史德林装着一副没事的样子和祖母聊学校的事，我暗自偷笑，原来这么实诚的他，竟也可以和我一样坏。

　我们刚刚开始吃晚餐的时候，外面响起急躁的敲门声，祖母去开门。"易森·达克，"我听见他说，"纪律纠察队的。"我在椅子上软了下来。这人就站在门外，用藏在那不透明的反光镜片后的眼睛打量着我和祖母。"你是李奥·诺斯的法定监护人吗?"他直接问道。

　"是的。"其实祖母不是，显然她是故意这么说。

　"你知道在上次警告访问后，他今天还是没去上课吗?"

　祖母试图解释前两周军训的事件，但他摇手表示不想再听。"是的，我知道这些事的经过。但为什么他仍待在家里不去上课?"

　"外面流行的旋死热会传染，我可不想让他受到病毒感染。听说身体虚弱的人……"

　"诺斯太太，"这人机警地说，"国难当头，我们不能躲在家里。外面正在打仗，有更多事情值得我花费宝贵的时间，我不希望再来一次。"

　"但校方说……"

　"那不重要。学校教员已经检举李奥没有医生证明却不来上课。"

　"但这年头根本没有能开证明的医生。"对祖母来说，这些粗鲁的话已经超过了她能忍受的极限。我站起来，走到祖母后面站住，史德林跟着我。

　"那么我只能建议他快点儿回到学校，"易森·达克说，"他已经被警告一次了。如果我再接到军校的检举，后果会很严重。去年我们开除了百余名学员的学籍，只因为他们没有按规定去受军事训练。现在这些人都失去了谋得正式军职的机会了。你知道，即使如此，到了十八岁，这些人仍将被征召成为义务役士兵到边境参战。这对李奥没什么好处。"

"好，"对话停了一会儿，祖母说，"他明天就会去上课。"

"谢谢。"这人说完扭头就走，大步走到楼下。

我们还在门口站着，看见玛丽亚叮叮咚咚地跑下来，衣服前面似乎粘着孩子的呕吐物。"你们看看安塞恩的杰作，上帝！"她咬牙切齿地说，一只手捧着污秽的衣角。

"那是谁呀？"

"易森·达克，纪律纠察队的。"我回答说，"他喜欢这么称呼自己。"

"嘘，小声点儿，李奥。"祖母说，但那家伙已经走远了。

玛丽亚笑了，然而我突然发现了她笑容背后的"秘密"，她的眼角还闪着泪痕。"我猜你就要回到学校去了。"她对我说。我点点头。

"你必须回去，不然就要被开除了，李奥。"祖母说。

"别听他的，这只不过是马齐士官长在搞鬼。"我说。

"反正你待在家里也无聊。"祖母说。

"我必须回学校去，但我一点儿也不想。我宁可待在家里。"我说。

"呵呵，还好你不用和一个小妖魔一起待在家里。"

"是没错，但他总会有长大的一天。"

"这话也没错。"

"而且我们马上就要去野餐了。"我说。

"你也会来吗？上次你显得有点儿意兴阑珊。"玛丽亚说。

"我会去的。"我说。她冲着我笑了一下。

"野餐？"祖母问。玛丽亚一溜烟到楼下去了，而我们则回到了餐桌，晚饭都凉了。史德林开始解释缘由。

"我不知道，你们要去的地方刚好是去往战区的部队都要经过的。如果恰巧他们行经途中要做射击训练怎么办？如果流弹在那里乱窜怎么办？"

"战区离那里还老远呢，"我告诉她，"我们不会走太远，就在公墓过去一点儿的地方。炸弹不会飞五十英里落到那里的。"

我这样说，史德林顿时松了一口气。祖母放下汤匙，一脸发愁的表情看着汤说："但如果军队不让你们回到城里怎么办？记得上一次，你自作聪明地沿着河岸走，你想进城的时候差点儿被子弹打中。"

"我没差点儿被子弹打中。那是几年前的事了，现在局势不一样了。桥梁没有任何守卫。你自己读读报纸，卢西雅的人把士兵都退守进城堡里了，他们不在乎了。"

"我还是不放心。"她说。史德林看了我一眼，没说话。

"那么……那么我穿上我的军服？"我突然说，"这样在过桥的时候就不会被阻拦，他们会知道我不是革命军。"

"我说过我不会再让你出城的。"祖母缓缓地说。

我相信我就快说服她了。"有时候你应该通融一些。"我说。

"我看不出要通融什么，"她微笑着，"你如果真的很想去野餐，那就在周末准备好你的军服吧。"

"好，我一定会的。"

她显得有些后悔，最后点点头说："好吧，野餐倒也不是坏事。毕竟你们这些小家伙有好一段时间没有呼吸新鲜空气了，也难怪上周你们这么疲惫。"

　　我开始收拾餐具。她突然按着我的肩膀，看着我却没说话。

　　"怎么了?"我问。

　　"你变了，我记不得上次你对一件事这么热衷是什么时候了，你变好了，自从这次病了之后。"

　　"我知道。"

　　我趴在烂泥里，胳膊肘儿支撑着身体，用我的马拉康14式步枪瞄准目标。这是世界上最烂的枪之一，容易卡膛，枪机往复很快，时常会打到手指头。我不知道得要多快的动作，才能在射击训练的时候抢到一把新的枪。

　　我朝着东方看去，太阳还没升上头顶，我必须眯着眼瞄准目标。那是一个怪里怪气的涂着恶心的军绿色涂料并且用白色粉笔圈起心脏部位的人形木靶，雅席里亚军队的制服也是那种绿色。我的心思跑到另一件事上了；我的脑海里出现了一个空旷的山坡，那些低矮的木屋栉比鳞次，周六我们会去那里野餐。

　　"诺斯! 把你的注意力给我拉回到地球上!"是班恩士官长的声音，从他的语气判断，好像之前已经唤了我好几次了。诺斯，叫得正是我。其他人已经忍不住笑了。

　　"呃，对不起，长官，我……"

　　"开始射击! 诺斯!"我的话还没落地，他就大喊起来。我急忙扣动扳机，子弹在木板的下方附近着落。我们并不是用实弹射击，当然，我一直认为，实弹会更容易射得准一点儿。

"捡拾子弹，诺斯！"班恩士官长一边指挥其他在靶场的学员一边对我说，"你要学会聚精会神！"

我甚至连理都懒得理他。捡拾弹头是一件多烦人的事，尤其是在大冬天，当靶场积满水，刮着寒风的时候。而现在是夏天，我宁可到外面去玩儿。

一阵风从东面吹来。我一个人走在靶场的墙边捡拾弹头。千堆云朵漫卷，看起来银白银白的，一下子乌云密布，一下子又阳光普照，云的影子反映在泥泞上。

我其实是喜欢射击训练的，只是不大想承认罢了。在心怀怨愤的时候，我会将枪口偷偷移个两寸瞄准其他学员，或者班恩士官长，想象自己会突然朝他们开枪。我会的，我曾告诉自己。虽然这种子弹不容易杀死人，而我以前的枪法又不太准。但现在不同了，我知道，自从上次我在训练中昏倒然后在上校办公室醒来之后，一切都不一样了。

我讨厌学校，我当然讨厌，但我不得不承认我的各方面都在进步。就以我的祈祷来说吧，祖母也变成了我希望的样子。从那天开始，她就再没有向我唠叨过半个字。即使纪律纠察队来找麻烦，她也尽可能让我留在家里，更别说她还同意我们周末去野餐了。自从父母离开之后，我不记得我们之间有那么长时间没有争吵过。还有玛丽亚的出现，此前，我可以说一个朋友都没有。她在附近的时候，我会三思而后行，也许我只是想让她对我有个好印象。以前我从不在乎别人怎么想我的。但现在我希望她能喜欢我。我不想我做的任何一件事，会让她不喜欢。

在历史课上，我们又读到解放时期。书中提到铁血时代，也就是皇室成员铎纳华独揽政权的时代，那个时代就是我父亲出版他的著作《金色政权》同一时期，这让我又有了"开学挫败感"。他们这样教实在太蠢了，要我们学习马洛尼亚的历史用这种方法真是浪费时间。他们只需将事实放在我们眼前，让我们自己去判断就好了，我想。

"腐败的朝代已经被推翻了。"班恩士官长大声念道，"卢西雅国王推翻了我们国家长期的独裁政府之后，便重新建立起平等。现在每个人都有工作的机会，也有为国家而战的机会，可以选择他们要的政府。卢西雅使得马洛尼亚变成一个令人骄傲的国家。"当他大声念的时候，目光扫了一遍整个教室，我猜我的表情是有点儿无聊烦闷的。"诺斯！说出卢西雅军队结束铁血时代时那个被处决的国王名字。

"凯希亚二世。"我说。

"答错!"

"嗯，基本上，技术上来说……"

他迅速打断我的话说："想听诺斯说话的举手。"

没有举手的人。"谢谢你诺斯，我能继续了吗?"他说。

我根本懒得回答。

班恩士官长篇大论说了一堆，我看着窗外，辨认云的形状。但我没看到像任何东西的云，它们走得太急了。操场的土地太贫瘠了，除了一个掉在泥巴里的苹果核。我趴下对着它集中意志，想将它升到半空中。我以前曾试着将物品上升到空中，只要我专心，往往都会成功。我努力地想让果核上升一两寸，虽然我没办法让它在空中停留太久，这就像人们憋气一样。一旦我让它掉下来，我的头就会疼，好像承受了巨大的痛苦。魔法根本不是什么神奇的事情，那只是意志力和念力。

在我很小的时候，我父亲就跟我提过此事。大法师的训练是极为辛苦的，有时根本就是虐待。最厉害的可以将手伸进沸腾的油锅还保持微笑，这是发自内心的微笑，不是装出来的，实在很不简单。他们要意志非常集中才能保护他们的皮肤不会被烫伤也不会留下任何疤痕，虽然他们也会对疼痛有知觉。

我这一整天都在想魔法与意志力的事情，班恩士官长的课就这样过去了。

从学校回家的路上，我跟史德林说："你记得大法师吗？那个受过严格魔法训练的人。他们怎样忍受虐待？"

"记得，你告诉过我那些可怕的故事……"

"就是那些事。"在父母离开之后我曾告诉过史德林有关父亲的事。那些故事和祖母说得不一样。

"我记得。"他说。

"我在想那些魔法真是奇异，他们怎么办得到？他们依靠的是心志，靠意志力，性格的力量。那其实不是什么特异功能，每个人都能施展魔法。"

"是的，他们只是相信他们能做到一些事。例如有些人可以让铁棍变弯。他们只是想象自己只是在别弯一根稻梗，是吗？你以前是这么告诉我的。"

我点点头。"我猜你得先有一个超健全的心志，不是每个人都可以做到非自然的事，所以如果你对自己先怀疑起来，你就没法做到了。"

"不是每个人都有够强的意志力。"史德林说。

我们走到乐园街上时，史德林说："说到大法师，改天我要再去凭吊一次阿德巴朗的墓。我记不得墓的样子了，我觉得那是个空墓，因为其实他流亡了。塔莉萨将他送到了英伦。"

　　说来也是事实，墓园在他消失很久之后才建起来。我记不得阿德巴朗的长相，但记得墓园的样子。是的，没人相信他已经死了，直到流言四起。"传说他死在狱中，他曾被秘密关押好多年。"我告诉史德林。

　　"你怎能确定那是真的?"他问。

　　我的确不能。"好吧，那我们何不去墓园一探究竟? 我们现在就去。"

　　"现在就去? 这……这样好吗? 上周你训练太累昏迷不醒，如果今天又太操劳的话，你明天又完了。"

　　"这个……也许我明天还会死掉呢。"我说。

　　史德林不明白我的假设语气。

　　"我是说，我们不能老为了明天担惊受怕。如果你想去看看，那今天我们就去。走吧!"我说，然后就转向一条小路。

　　"那旋死热怎么办?"史德林说，快步跟在我后面。

　　"别担心了。"

　　"你知道你是什么样的人吗，李奥?"他说，"重动。"

　　"重动? 你在说什么呀? 你是说冲动吧?"我说。

　　"你每次一有想法就做了。"

　　"少来。你自己也想看看到底怎么回事儿。"

　　他偷笑，紧随着我。

　　到墓园大约要走两英里。我们朝那方向跑跑走走。"你确定这样没问题吗?"史德林过一会儿就问一次，而我每次都回答:"是的，没事儿。"

"我们走错方向了。"他过一会儿就怀疑一次。

"条条大路通罗马。"我说。

越靠近城市郊区，路就越宽，风就越大。"我们完全走错方向了。"史德林对我说。

"是的。"

"那就不要再向前走了，我们调头好吗？"

"我们一直往前走，一直到围墙为止。然后我们顺着墙绕到墓园，那样也不会很远。"

我记不得多久之前来过卡丽滋史坦区。我记得那时这里的房子都还是独院独栋式的，还没发展成公寓。每一间房子的窗帘都和其他窗的窗帘很搭配。有些还在窗台上种上植物弄成小花园。这里完全没有军人的影子，很安静，静得像座死城。

"住在这里一定很无聊。太安静，太压抑了。"

"你知道，无聊是好事。"我说，但我明白史德林的意思。这里的气氛是死气沉沉的安逸和富贵，像是一个沼泽地带，把你的精力也沉积下来。但我宁可住在这里也不愿住在要塞街，当然，你只是会感觉自己不再是活人。我一点儿也不相信住在豪宅里的人。住在这里，你早上醒来会怀疑自己脆弱的心脏是不是在晚上会停止跳动，因为没有任何东西能再让你打起精神去追求。这是我的观点。然后我想起热水澡，卧房里的地毯，没有士兵的街道，我不确定。我们曾住过这样的地方，我依稀记得。

突然，城市的大围墙出现在我们眼前。这座围墙环绕着整座岛城，比史德林还要低矮些，有两英尺宽。这座岛城必须靠这座城墙防御暴涨的河水，当我们靠近它的时候，风越过围墙扑面而来。

我们跨过墙，挨着墙根儿坐下，看着河滩对面那些遥远的山丘。"真美。我要是住在这儿也不错。"虽然只是随口说说，不过我是真的愿意永远待在那里。

我们身后房子建造的样式，本应该是面对面排成两列延伸在整条街上才合适，但这里的却不然，在一排房子的对面，只有这道城墙，此外便是空空如也。

整条街都是用白砖砌成的，看起来像一艘船的船舷。这里的房子都很新，这座城中最老的屋子是用本地火山岩建造的。

我身子向前倾，顺着河湾看下去，史德林抓着我的手臂大叫："小心哪，李奥！"河床在六十英尺下头，污水流速很急。悬崖的影子覆盖在上面，把河水的颜色映衬得很深。潺潺的流水声听起来十分美妙，它们一路向南，与无数的岩礁碰撞出美丽的水花。

史德林还抓着我的手。"李奥，不要太靠近悬崖。"他说。我退回来，视线转向了东方。阳光正温柔地抚慰着这片土地，大河湾对面的海拔比岛城要低，一条公路环绕在上面。四个骑马的战士在公路上沿着城的北面巡逻，我们能在这里看到东北大道，那是一条农业公路，穿越过像补丁般一块块深浅不同的土地，蜿蜒地消失在迷雾之中，在路的尽头，我想我看到了卡丽滋史坦与罗美丽亚之间的奥希沙地区。那是一块向东的山丘地，上面覆盖着新长出来的绿油油的草皮，零星的白花点缀其间。光线从我们身后发散开来，掠过头顶，扑满了整个乡间，东方远山上的紫丁香正在浴光绽放。

"玛丽亚没来这里，真有点儿可惜。"史德林说。

"的确可惜，"我说，"毕竟我们看过了。"

"但我没觉得以前有这么漂亮。"

"她不会在意的。你站在那些山丘上的感觉是不一样的，我们要到周六才会去那坡上。"

"我们还去阿德巴朗的墓园吗？我想我们最好在天黑之前赶到。当然，如果你还想去的话。"史德林说。

我们从墙脚站起来，一起朝着墓园方向走。我目不转睛地看着下面流逝的河水，史德林突然拉住我的手臂。"什么事？"我抬头看他。前面一户人家倏地关上门，循着声音望去，我看见一个熟悉的身影正走下台阶。

"是马齐士官长。"我说。

"是的，你能想象他住在这里吗？"史德林说。

"喔，我非常相信。"

"他走过来了。"史德林从嘴角挤出这句话。

马齐士官长朝我们走过来，他似乎认出了我们，故而史德林礼貌地说："下午好，士官长。"我们向他点头致意。他微微点点头，角度非常小，我们要靠推测才能确认那是点头的动作。他加快步伐从我们身边走过，眼睛看着其他地方。

"真有礼貌。"史德林不无讽刺地说，"你能相信他住在这种地方？"他又问了一次。

"我一直觉得他是个贫户，不知道为什么。"

"我也是。大部分的老师都不是有钱人。"

"没错，他们没这么有钱。这可能就是他这么坏这么讨厌的原因。他也许无法忍受距离这些富豪区太远，这些漂亮的街道，美丽的景色。一旦习惯了这种环境，他大概无法容忍我们住的那些丑陋的街道和肮脏的孩子。"

"你不该妒嫉，李奥。"

"我不是妒嫉，我只是觉得这可以解释很多事。"

沿着这条街缓缓下坡，很快我们看到了这条街在一栋房屋之后被栏杆阻断，变成了死胡同，栏杆后面又是悬崖。我们调头向右走。

我们向南走，走到一条熟悉的街上。不知不觉中，我们已经离开豪宅区，这里尽是简陋的平房。我们速度很慢，走得有点儿踉跄，坡太斜了。在没进军校之前，我以前的学校教过我，这附近的路那么斜，完全是因为这里几千年前是火山爆发时岩浆滑过的地方。我一边走一边告诉史德林这个知识。

在街道的最下方是泽尼莎·阿玛蒙的华丽的巨型建筑，我记得以前那是一座医院。在建筑物的正前方，一个三角形的空泥地上停了一些重型卡车，它们发出轰隆隆的声音。"留在这里。"我说。工业金属声在我们耳边呼啸作响。声音渐渐远去之后，我们终于到了桥边。

卡丽滋史坦地区有五座桥梁，卢西雅重新命名了其中的四座；北桥、南桥、西北桥、西南桥。唯一一座没有改名的是维多瓦桥，是以建筑设计师的名字命名的，是唯一一个不会让人产生任何关于前朝联想的桥名。卢西雅当年就是从这座桥进城并且夺得了政权。

这座桥有二百年的历史了，但我还是对我们能否安全穿越感到怀疑。桥太高了，与水面之间的空间特别大。据说，马洛尼亚这座城市仅仅靠人类意志就建成了；这里有魔法的传统：违反地球引力的桥梁建筑，不可思议的石砌城堡，以及利用岛屿西边凹陷地形建成的鬼斧神工般的港口，还包括边界上许多的岩洞都是明证。

我们穿过桥梁尽头的石拱门进入了墓园，一下子就被许多坟墓包围起来。墓园最外缘的一圈是较新的坟，在围篱的土埂后面，不知是土埂太高还是别的原因，显得较平地低陷。我们左边是一个新挖的空坟，我们通过的时候史德林一直盯着它。

墓园是照传统方式按环形分区排列的，在最中环区，距我们还有一段距离的地方，有一个大的纪念碑——一个大的石头十字架，上头还有耶稣基督，纪念碑由一排树圈包围起来。在那附近就是过去四百年来的皇家墓地，有一些空旷的草皮，预留给其他的皇室成员。想到以前的小王子或小公主走到这里，看着他们将来回归尘土时要躺的地方，这还真是一件诡异的事。

"我记不得阿德巴朗的墓在哪里了。这里的样子都变了。"史德林说。

"我知道，在那边。"我侧身穿越这些墓碑，看着最近的一个。"从这里走进去就是。这些都是近年葬的。"

"我也记得这个方向。"史德林指着前方。

"这里就快到了，你看这些墓葬的日期。"

"我读不懂。"

"噢，我忘了你不能读。我会找到的，现在很靠近了。"我们已在往中心去的第十五圈。"就在这一圈，一定是，就在这附近。"我说。史德林紧跟着我，我们一直盯着墓碑，像是可怕的死亡寻宝，但我们居然有点儿开心地来这儿冒险。

"是这个吗？"他指着前方。

我看过去。"是吧，我想是的。"

"阿德……"他试着读，"阿……德……巴……朗，阿德巴朗，是的，这就是他的墓。"

那是一个很普通的十字架，覆盖着芥末色的青苔，上面只写着他的名字与出生和死亡日期。"上面说他活了多少岁?"史德林问。

我算了一下。"六十岁。"

"比奶奶还年轻。要是他活着,现在多少岁了?"

"七十岁了。"

"你是说,如果还活着? 就是七十岁了?"他看着我语气坚定地说,"我相信他还活着。"

"也许吧。"我耸耸肩。

史德林跑到墓穴上头跳了起来。

"你在做什么!"我大叫。

"试试可不可以听到棺椁的声音。"

"你怎么懂得棺椁的回音是怎样的? 就算有的话,棺木也早朽坏了。"

"喔。"他停了下来。

我们到这里来好像是一件蠢事。我们怎么可能单凭外观或是在上面跳一跳就知道墓是空的还是真的? 难道要挖出来看吗? 如果人们想撒谎,他们会懂得掩饰,你根本无从知道他们说的是真话还是假话。

"你知道吗?"史德林向坟墓四周横扫一眼。

"知道什么?"

"他们的头都分开得很远,脚却离彼此很近。"

"谁的?"

"坟墓里的人们呀。排成一圈圈的墓园人在墓里就是这个样子。"

"史德林!你在想什么呀!你跟着我都学坏了。"

"这听起来像奶奶的语气!"他说。我笑了,但很快又安静下来。因为在这里笑,跟在教堂里大笑一样,无论你是不是单独一个,头上的神明都会告诉你，这样不合适。"我不是故意要不庄严的。他们其实根本都是假的墓。"

一阵微风吹动了树枝。我们没注意到，太阳已渐渐失去温暖，而我们的影子已经和墓碑的影子一样在地上拖得长长的。皇室墓地的黑色石雕天使似乎在动。

"好了！我们回家吧。"我有点儿抖。

"你怕了吗？"他问我。

"不怕，只是有点儿冷。走，我们该往回走了。"

他跟随我穿越层层石碑，当我们快走到大门时，一个身影往我们这里走来，一个阴郁的，穿着斗篷的身影。

是一个牧师。在他后面，跟着四个人，抬着一个小棺木，一个像史德林身材大小的棺木。一对年轻的夫妇跟在棺木后头，那男人穿着军装，他们毫不掩饰地哭着，本来不应该有人会在这里看到这一幕的。

我停了下来，对自己刚刚的笑语感到内疚，史德林跟着我一起站在那里。他们进到墓园，我和史德林赶紧给他们让路。我们走过之后，那男人脱离了队伍，走回到墓园的大门，步履蹒跚。他靠着门，好像无法控制自己了，他双手捂着脸，啜泣得很厉害。史德林看了我一眼，我们快速从他身边走过。他连看也没看我们一眼。

我们一句话没说地往回走。这孩子一定是病死的，所以这么晚才开始下葬。一般来说，人们会在清晨举行葬礼，人们相信这样灵魂会跟着太阳一起升天。但法律规定，如果是病死的，就要在下午五点以后或是太阳升起之前下葬。有些人相信，拂晓是离日出最近的时间点，而另有一些人则认为是前一天的傍晚。但无论人们怎么说，都不是日出的时候。

　　我已经有心理准备祖母会对我们晚回家很生气，但她并没有。我告诉她，我们去走了走，她也没再追问。她只说："我很高兴你们没有再被留校查看。"然后她就跟史德林去了教堂。

　　我的心还定不下来，在公寓里走来走去，心里想着阿德巴朗的墓是不是如史德林讲的，是假的。它看起来跟其他的墓没有差别。就因为他有一个墓碑所以这些年我一直认为他真的死了，现在我倒是不确定了。

　　我开始找那本黑糊糊的书。最后的那些字出现以后到现在已经好几天了，我想再看看。我记得我把它放在窗台柜里，但在那里找不到。我找遍了整间房，最后在我床铺下面找到了。真是奇怪，我记得我不是放在那里的。我翻看着书，发现又有些新写的段落。

　　我对这样的事已经不像第一次那样紧张了，但我还是有点儿犹豫去读它们，不只是因为有新写的文字，而是因为有某种神秘的力量移动了它。但读读文字又能产生多大的危害呢？我翻开一页空白页，在我还没时间改变主意的那一刻，我开始读了。

　　"菲尔德！"雷蒙把视线从报纸上移到他身上。他愈来愈觉得阅读困难，只能看得见标题。"菲尔德，你知道整理花园不是管家的任务范围。"

　　"抱歉先生，但草皮需要修剪了。"管家抹了抹手上的割草机油。

　　"跟你说了多少次了，你不用这么卖力工作，你不是我的奴隶。"雷蒙说。

"没事的，先生。辛勤工作总是对的。"

过去几年了，但管家一点儿也不显老。

"也许你说得对吧。"雷蒙笑着说。

"况且，我早习惯了。"

"我猜部队的体力活儿给了你很好的锻炼。"

"部队？是的，是的，当然。"

"不是我矫情，我从来不是很健康，你看看我，我才七十岁，但一只脚已跨进鬼门关了。"

"我可不这么认为，先生，你的心脏病偶尔会发作，但我不认为你在鬼门关上，你不会有事的。"

雷蒙摇摇头。

管家跪下来点火。柜子中的刀剑，在尘埃中发出光芒。"菲尔德，你能帮忙把第一个抽屉里的信封拿给我吗？咖啡色的那个。"

管家取了信封交给雷蒙。"我让律师今晚过来一趟，我必须把身后事交代清楚。"雷蒙从中抽出几张纸。此时，门铃响了。"请他们进来吧，菲尔德，然后请你回避一下，如果需要，我会叫你。"

"好吧，先生。"

管家一回到房里就走到柜子前。他取出一本书，当他看见除了他自己留下的问题外没有任何答复的时候，相当愤怒。他气冲冲地写着，墨汁由笔尖倾泻而出。"八月二十日，凯希亚二世王朝二十年，塔莉萨。"

我捧着书合上眼，想着那个名字。塔莉萨。我没读错，这是他写下的。塔莉萨，卢西雅最亲密的谏臣，就是杀死国王和王后、流亡阿德巴朗的人。这个人并不陌生。他记下的日期凯希亚二世王朝八月二十日正是解放的前三天。我继续读下去：

　　　　塔莉萨，自你上次回复我至今已有两个月了，我知道你很平安。但你难道就不能再多给我些只字片语报平安吗？我对这个国家的了解并不多，但我知道有事将要发生了。我想知道的消息都被封锁了。你能去了解一下吗？恐怕我们之中有叛徒，千万要小心。如果内奸破坏，我相信是圣岛上的卡丽滋家族在背后指使的。你能不担心吗？我怀疑卢西雅·卡丽滋。我知道你会说这没有证据，但请你对我的怀疑再次查证一下。

　　　　必须采取行动了。我发现现在什么准备工作都没做。当然，我已把马洛尼亚的安全权全交由你来处理，可是你能告诉我你都做了什么工作吗？盼你尽快回复。塔莉萨，我很担心，如果革命有任何风险，我们必须离开并且加强安全措施。你没看到这里的英式武器，精神力量在这种武器前简直不堪一击。我们必须确保没有人大量制造这种武器配发给叛军。这些并不是马洛尼亚那些笨拙的武器，它们的杀伤力很强。

　　　　我再次恳请你回复。

　　　　　　　　　　　　　　　　　　　　你忠实的属下，A. F

　　在写下他名字的缩写之后，管家把书放回柜子里，开始在房间里踱步，双手的手指相互拉伸着消除写字后产生的紧张感。他撩拨自己的头，因为想进一步了解马洛尼亚的局势使他心力交瘁。塔莉萨为什么一直不回复呢？

两天之后，终于有回复了。书页上斜斜的字迹，相当潦草。

A. F：

一切都在掌握之中。不要再试图联络我，我不确定你是否被监控。没有想要叛变，至少整个卡丽滋家族没有。我知道你很憎恨他们，但请不要再这么想了。不要回复。

塔莉萨

菲尔德把书合上，愁眉不展地望着窗外。他愈来愈对塔莉萨失去信心，但她是他的上司。他怎能抱怨她做得不够？毕竟她的处境令她不能一直保持和他联系。天色渐暗，湖水渐黑，他不自觉地咬牙切齿，指头捏紧了书。"塔莉萨，回复我。回复我。"他对着黑夜，闭起眼大声念道。

黑夜寂静无声。塔莉萨就算听到他的呼唤也不会选择回答。

我知道这是谁了，这个管家，菲尔德。我明白我知道下一步将要发生什么事，就好像我曾亲身经历过，没有全然忘记一样。我凝视着书页，自从故事开始，字迹愈来愈潦草，笔劲很重，到这里故事停止了。

那个晚上我心神不宁，那本书一直萦绕在我心头。深夜躺在床上，我透过窗户看着星星，心里仍然很混乱。我渐渐相信这个故事的真实性，如果管家是阿德巴朗，那他在十年前解放前夕就逃到了英伦某处。如果当时他真的活着，为什么他要写信给塔莉萨呢？难道她使阿德巴朗相信她是忠于凯希亚王朝的人，就像她欺骗了其他人一样？我很迷惑，但如果有谁能够骗倒阿德巴朗，也只有她了。

突然另外一个念头让我在黑暗中直起了背脊。如果魔法训练能够让人通过书写来联系彼此，那我捡到的那本书发生的怪事也就可以解释了。如果是这样，那本书岂不是很危险？也许我根本不应该捡回家，我怎么知道它不属于一个有魔力的强大的人？也许那个人此刻正看着我翻书页呢。

一直到城里教堂的钟楼敲打两点钟时我都没睡着。躺在那里，我一直不安地想我读的是谁的文字，写故事的人是不是知道我正在阅读？

街灯一下子都熄灭了。我在黑暗中坐了会儿，走到阳台上俯瞰整个城市。城堡里的音乐从那些房间里飘出来，因为夜更深了，那些音调显得更加狂放急遽。从一排排平房的房顶望过去，是教堂的钟楼，敲打着两点。以前我在半夜起身读那本书的时候也听过敲钟。

我记得那本书是如何让我心神不宁，我一直想，这要不是极度邪恶，就是极度圣洁，只会是其中之一。但事实不是这样的，世间的事不会是单纯的好或单纯的坏，总是一半好一半坏，通常都是混杂的。有时它们一起出现，有时它们在一个地区、一个时代、一个人的一生中色彩分明。邪恶的力量总是比较躁动，也比较顽强，它就像一只死苍蝇会毁掉一瓶香水一样。

你用科学来解释所有的事情。有时这让我感到厌烦，但某种程度上来说你是对的。拿我自己的生活来说吧，这本书是我对你的倾吐，这是我书写的主要原因。我犯的错太多了，或者至少我的错影响很深远，所以我现在必须让你知道。

　　我听到楼梯上有女人高跟鞋的声音，她说话的声音那样柔美就像玛丽亚的一样，而且有一个男人正在回答她。过了一会儿，他们的脚步声远了。我一人在阳台上扶着栏杆俯瞰整个城市的夜景，月亮从云层中浮现出来。

　　即使没有街灯，我在月光下仍能看见许多景物。我会继续阅读，而且会把我自己写的读一遍。

第三章

周四早上我起得很晚。是史德林断断续续的咳嗽声把我吵醒的。"快点儿，李奥，我们要迟到了。"他说完我就坐了起来。他在我的床边，衣服已经穿好了正在穿鞋。"已经过了七点半了。"他说。

"你怎么不早点儿叫我？"我说。

"我想你昨天走那么远的路一定累坏了。"

"我不累。"我一边说，一边还打着哈欠，急忙下床去梳洗。

去学校的时候，有一半的路我们是跑着的，但还是迟到了两分钟。班恩士官长不太看重迟到。

马齐士官长则截然不同。"他会再次把你留校查看。"跑到学校大门时我跟史德林说。我上气不接下气，因为之前的病还没痊愈而连喘带咳。

"如果他把我留下，你自己先回家？"他转头跟我说。

"我会等你。"我告诉他。

我很想这样做。但放学的时候我感到一阵晕眩，我很累，最后撑不住只好自己先回家了。"他只会晚半小时，还好现在天还亮着。"祖母说。

史德林回来时我坐在床上读报纸，他晚了一个多小时才到家。他闯进房来，我立即放下报纸说："对不起，我没等你。"

"没事的。"他回答。

他脱下鞋摆在床下，和床下其他的东西一块排整齐，还把鞋带规规矩矩地摆在鞋的两侧以免纠结在一起。"你为什么一定要这样做？"我问他。从很小的时候起他每次都这样做。

"我也不知道，我只是不喜欢鞋子压到鞋带。"

我取笑他，而他坐到我的床边来说："你猜马齐士官长怎么处罚我？我跑了操场五圈，还是负重……"

"这不算处罚嘛。"

"不，他还打我，你看。"他伸出手笑着等着看我惊讶的表情。

他手上是一道一道被打的痕迹，这痕迹太多了，以至于看不到手掌上还有完好无损的地方。那是一条条血红发亮的痕迹。"你怎么笑得出来？不痛吗？"我简直是大吃了一惊。

他摇头。

"打的时候痛？"

"不痛。"

"我是说他很用力打你的时候。"

"不痛，我说真的。其实很好玩儿，这感觉我从来没有。我知道应该会痛，但就是不痛，所以我就笑了，因为我自己也觉得很奇怪。

他显然有点儿害怕了，见我还哼哼唧唧地唱着小调，就对我大吼要我别再唱了。"

"你还唱歌？"我抓着他的手看着上面的条条痕迹。

"我唱的是昨天望弥撒时唱的歌。"

"为什么？"

"除了圣歌我也不知道其他的。"

"不，我是问你干吗要唱歌。"

"我自己也没发现，不知不觉就唱了起来。"

"圣歌？我想他一定是以为你在诅咒他下地狱吧。"我放下他的手，眼睛却一直盯着没离开。

"诅咒真的可以让人下地狱？"

"我不知道，他可能觉得神大概站在你这边。"

"史德林！"祖母在走廊叫他。

"我在这儿。"他转头看祖母，他受伤的手在窗户的光线之下显得很明显。

"发生什么事了？"她跑过来，"为什么不给我看。"

"是马齐士官长打的。"

"又是那个人！我可怜的小宝贝。"祖母一把抱住史德林。

"我不是小宝贝了，奶奶，而且也不痛，你别担心好吗。"

"我一定要向校长投诉那个人，我早该这么做了，李奥累坏这事我差点儿忘了。他真是一个可恶的家伙，我明天就去找校长。"

"不要嘛！"史德林说。

"史德林，对他不能就这样算了。他不只一次这样使用暴力了。"祖母说。

"不，我不觉得他还会再这样，我已经吓到他了，他根本伤害不了我。"

"他伤不了你？"祖母问。

"也许史德林有魔法。"我接口道。

"不，我希望他没有魔法。"祖母说。

祖母包扎好史德林的伤口，他一边喝着茶，一边皱着眉头。"现在痛了吗？"我问他。他摇摇头说："你有过失去感觉神经的经验吗？打我看看痛不痛。"

我打他的手臂，力道应该刚刚好让他有丁点儿疼痛的感觉，但他一点儿反应也没有。我又再加了点儿力气打他。

"我什么感觉都没有。"他说。

"别打他，李奥。"祖母立刻从厨房跑了出来。

"一点儿也不痛。"史德林安慰她，但她的表情看起来很惊恐。

那天晚上，玛丽亚和祖母、史德林一起从医院回来，玛丽亚带着安塞恩。史德林把所有事都告诉了她，我们仨坐在客厅里，安塞恩在玛丽亚怀里哇哇地哭着。我们距离彼此还不到两尺，但要大声说话才能让对方听到。

"也许你长大后会成为一个圣徒，这是你的第一个魔力。"玛丽亚说。

"不要拿圣徒开玩笑。"史德林说。

"我不是开玩笑的。"玛丽亚笑他太认真了。

我注意到他抓紧手上的绷带。"开始痛了吗？"我问，"你恢复感觉啦？"

"好像是，真的，好痛喔。"他松开抓着绷带的手。

"真好。"我说。

"我感到痛你很开心?"

"不,是你恢复痛觉神经我很开心。没有感觉是可悲的,因为太不正常了。"

大家都没吭气,我顺手拿起报纸,那张他们回来之前我读到一半的报纸。"你们看这个,"我翻到首页读出几行字,"一定要打败雅席里亚军队,在光复国土之前我们决不撤退,对国家忠贞的人是不会把牺牲看得太重要的。"

"这是谁说的?"玛丽亚问。

"除了阿希拉还会有谁?难道他真的认为我们会赢吗?"我问她。

"不,我不认为他真的相信自己说的话。"她悄声说。

"他曾到学校来演讲过一次。"史德林说。

"是的,他说过'男孩儿们,你们是新马洛尼亚的战士!'这类的话。那些老师向他鞠躬,好像他是神一样。他和我们每个人握手,当他走到我面前时,我猜我对他的态度全都写在了脸上,因为他几乎要握碎我的手腕了。"

"他有一种气质,有一种令人惧怕而对他言听计从的东西在他身上。"

"那叫胁迫,他简直是一个怪物。"我看了玛丽亚一眼,"我们不管他了,说说野餐的事如何?"

于是我们没再提到阿希拉,只告诉了她我们去过墓园,在边境见到了城市周围的山丘。

"去野餐时一定要到那里去看一眼。"我说。

安塞恩仍在哇哇哭着。"带他去合适吗?"玛丽亚说。

"不带他去玩儿，让他一个人留下来好像对他不公平。"史德林摸摸安塞恩的头。"嘘，别哭了。"他哄道，安塞恩果然静了下来，不过也只是安静了一小会儿。

"小孩子不懂野餐的快乐，他们只知道吃饭和睡觉，还有……盯着前方。说真的，我想不出还有什么。他们不喜欢被带到几里之外的地方，那只会让他们难受。而且太阳火辣辣的他们一定很讨厌，更别提老要帮他换尿布和喂奶了。"

"这么说来，带他去还真不是一个好主意。"我说。

"我应该把他留下让我妈照顾。"

"安塞恩同意吗?"史德林问。

"等他长大一点后我们能有更多机会去野餐，他不会永远都是婴儿的，很快他就能和我们一样做许多事，那时候就可以带上他了。"

"似乎还是不太公平。"史德林说。

"人们都会把小婴孩儿留在家里，小孩儿也宁可在家，这是很自然的事。"

"也许吧，但我们总得弥补他吧。"史德林接着说。

玛丽亚笑道:"记住，史德林，一两年内我们就会带他去野餐，到时我们会告诉他要谢谢你。"安塞恩抬头望着我们，呆呆地不吵也不闹，好像知道我们正在讨论他一样。

"我会记得的。"史德林说。

周五晚上，史德林又咳嗽起来。"你冷吗?"祖母问他，摸了摸他的额头。"嗯，还可以。希望你没有发烧。"

"我很好。"史德林坚持认为他还可以去教堂。

"我希望你不会生什么病。今年我们家的病人已经够多了。"要出门去教堂时，祖母说。史德林蹦蹦跳跳地下楼，祖母看了就安心地笑了。"也许我的担心是多余的。自打上次李奥过度训练被扶着回家后，我就太担心你们两个了。"

"史德林的咳嗽明天就会好的。我想。"我告诉她。

那天晚上在楼下院子里我见到玛丽亚，我们在门口谈了一会儿。就在我要进屋子里时，她抓住我的手臂问："史德林好些了吗?"

"他的手还是疼。怎么了，干吗问这个?"我说。

"没什么，我只是在想，很多病都会使人失去一些本能，我在报上读到的。"她仍抓着我的手没放。

"失去听觉和视觉，但不是知觉。你知道报上的事不能全信的。"我说。

"也是。"虽然她这么说，但看起来她还是有点儿怀疑。"你知道，我们完全可以把野餐改在下周的。"一楼的孩子这时跑到院子里来玩儿，使劲撞着门，她只好笑着把手松开。"没什么好担心的，我想，我只是担心他的咳嗽好一点儿没有。"

"他明天就会没事的，等着看吧。"我说。

果然。早上醒来，史德林的咳嗽就好了。但我可以看得出来，祖母希望史德林留在家里，可是他决意要去。"我没事。"他很坚持，跑跑跳跳地到厨房取走准备好的食物——我们取走面包、芝士、苹果。苹果有点儿太熟了，带去不好看。

"拿块布擦擦苹果，史德林，不要用你的衣服。"祖母在厨房门外叮嘱。"你们确定这些够吗?"

"确定。"

祖母张口想再说什么，突然门口有人敲门。"一定是玛丽亚。"

史德林跑去开门。

玛丽亚提着一个篮子，里面装着一堆蔬菜和水果，此外没有其他的东西。当然，我们有足够多的面包。她带的苹果比我们的漂亮。

玛丽亚和我坐着聊天，祖母和史德林在打包食物。"走吧!"史德林拉着我们出门。

"注意安全。"祖母在后面叮咛我们。

下楼的时候，我们彼此开心地笑着，就好像孩子们第一次自己出去玩儿那样。和玛丽亚一起离开家到外面去玩儿的感觉很特别。"我一直想你是不是少带了什么东西。"在出公寓侧门的时候我跟她说。

"什么东西?"她问。

"安塞恩。"

她笑着说:"是很怪，他居然不在我身边。"

玛丽亚像一个气质高贵的女士，手臂上挽着一个篮子。她走路的样子也与众不同，看上去特别地优雅，这是我以前从没注意到的。她穿的不过是最普通的衣服，一件连身长裙，剪裁合身的上衣，搭配了一条彩巾。她似乎知道穿着它们会凸显自己的美丽，她使得这些普通的衣服看起来特别地高贵。

史德林哼着歌走在前面。他老是哼小调，但他不像祖母唱小调时那样招我讨厌，因为他的声音比较清悦甜美。玛丽亚突然挽起我的手臂，这让我有点儿不知所措，我的尴尬惹得她笑了起来，但没多久我就习惯了她搭在我手臂上的重量。史德林走在前面，玛丽亚挽着我的手，我幻想着我们结婚了，玛丽亚和我，而史德林是我们的孩子。这样想象也许很蠢，但我就是这样想象了。我是一个战士，周末休假回家。史德林是，最好只有五六岁年纪……总之，很小。假装他是我们的孩子李奥二世，以父之名，我们……

"走哪一条路？"玛丽亚在问我，"李奥？"

我吓了一跳。"喔，抱歉，右边那条路。"

"为什么不走那条街？"史德林走到我身边，"那条可以看到整个运河的路。玛丽亚会喜欢的。"

我转身面向玛丽亚。她耸了耸肩说："也行呀，顺便看看富人住的地方。"我们转向左边那条路，那条路可以通往城市更北边的地方。

路上遇见了一些人。五个士兵骑着马兴高采烈地向我们踱来，我们侧身停下让他们先过。最前面的士兵举起帽子向我们致意。"战事大概很顺利。他们可是很少这么友善的。"玛丽亚说。

"他们可能要去港口。"我回过头看看他们走了岔路的哪一个方向。"是的，他们去港口。也许他们驻扎在西边，这时候那里是最安宁的地方。"

"我真希望他们把我父亲派到其他地方。"玛丽亚说。

我忘了，她爸爸此时正在边界打仗。"他是一名战士？"我问。

"不是，他是被征去的，为了雅席里亚战争。以前他是一个银行家。你知道市政广场上的银行吗？"

"什么？你说那间泽尼莎·阿玛蒙拥有的银行？"

"是的，那是他的，以前是。"

"那你怎么这么穷？"史德林问。

她尴尬地笑了笑："我们曾经有钱。"

我们走得很慢，她一只手上的篮筐晃呀晃，另一只手挽着我。史德林走在前面，双手插在口袋里。突然我听到一个声音传来："那是李奥·诺斯同学吗?"

"是的,就是他,"有人回答,"去叫他。"

我转头望过去,看见两个熟悉的面孔从一栋屋子的楼上探出来。是我们排上的同学,塞斯·布拉克伍德和伊撒克·塞德勒。

"是李奥那个臭小子。"塞斯大叫,对我笑嘻嘻地挥挥手。伊撒克探出头来,开玩笑地对我们吐了口口水。

"滚!"我笑骂道,我们赶紧躲到口水的攻击距离以外。

"那是他女朋友吗?"我听到伊撒克问。然后一个声音大叫:"诺斯,那是你女朋友吗?"我不理他。"李奥纳德!"伊撒克叫得更大声了。

"李奥纳德·蛋蛋·诺斯,有礼貌点儿,快回答!"塞斯喊着。他在我的名字中间加了蛋蛋,是我们平时玩闹时表示浑蛋用的。玛丽亚回头看了他们一眼,他们立刻把头缩回窗内。"周一学校见!李奥!"他大喊。

"好的!"我大声答应道。

我们转到一个角落,放声大笑。我很惊讶他们比平时友善很多。"你们学校的好同学。"玛丽亚说。史德林看着她的眼睛,笑得喘不过气来了。

"你都是跟同学用这种语气说话?"玛丽亚问我,我点点头。

"李奥纳德·蛋蛋·诺斯是羞辱人的话,我能听出来。"她说。

我们就这样几乎笑得岔了气一直走到城市边界。

"哇,好漂亮!"玛丽亚走到鹅卵石铺设的街道上时感叹道,"我真希望我住在这样的地方。"

"我也是。"史德林说。他把下巴靠在手上,整个人趴在围墙上。

"看见山丘了吗？我们就是要去那个地方。"

但玛丽亚背朝着墙，一直在看那些豪宅，整个人沉醉在自己的世界里，没有回答。"我们好几年没有出城了，对吗？"她说。

史德林转过来看我。

"不到一年。"我说。

玛丽亚站着看着那些房屋，似乎还不想走。不过没有关系，我们也不赶时间，我们在她身边没有吭气。我想，是不是这些豪宅让她想起了以前的生活，那时她还是银行家的女儿。虽然我以前就认定她肯定是富家女，这从她说话的方式就能听出来，但我没想到她们家以前竟然那么有钱。

"看那是谁。"史德林大叫。我们转过头，看见一辆雇用的马车停在一间房屋前面，一个人从马车里走出来。"是马齐士官长。"史德林告诉玛丽亚。

"原来他长这个样子。"她和我们一起看着马齐。

"他又扶着另一个人下车了。"史德林说。马齐士官长走出车外，牵着一个小女孩儿，看上去九岁左右的样子。她抱着马齐士官长的脖子，哭了。

"嘘，爸爸不是抱着你吗。"他摸摸她的头。她的头发是白雪般的颜色，和史德林是一样的，只不过史德林的要短些。她的五官很精致很漂亮，小脸哭得红彤彤的。

"那是什么？怎么了宝贝？"他似乎没有期待她能回答。小女孩儿喃喃自语，眼睛不停地眨，很害怕的样子。她把脸埋进马齐的臂膀，又开始哭了。一位女士在他们之后，走下了车。她穿着制服看起来像护士或是女管家。她跑去开门，帮他们关上门，又让小女孩儿安静下来。

沉默了一会儿，我大叫："很好嘛！"

"我还以为他这个人无恶不做。"玛丽亚说。

"我也以为他是。"

"他看起来对小女孩儿不错。没几个男人可以这样照顾小孩子。"

"我甚至不知道他有孩子。"我说。

"她好像生病了。你看见她骨瘦如柴的样子吗？也许是某种病在折磨她。"

"是的，可能是像旋死热那样的病症，我猜，可怜的孩子。"玛丽亚说。

"难怪他在部队里没有升迁。"玛丽亚说。

"你是说，牵连影响不能升官？这是他必须要去学校教学的原因？"

"要知道他们对这种事情都是这么处置的，我不是说这样是对的，但当局对生病的人都施行这种政策。实在很可怕。"

"可不是嘛！"

我们开始动身。"你可以走了吗，史德林？"我问，转身看他。他整个人趴在墙上。"你在看什么？"

"小鬼！"马齐大叫。我看到他从房子石阶上下来。"你在这儿闲逛什么？"他问，是平时我们熟悉的那种语气。

"我们爱到哪儿就到哪儿闲逛。"我正要继续说。但玛丽亚突然大叫："史德林！"

我转头，来不及抓住他，他就倒下来了，重重摔在鹅卵石上。我蹲下去，玛丽亚丢下篮子也蹲下来。他生病了。

马齐士官长在我身旁蹲下来,把史德林翻过来摸摸他的额头。"他在发高烧,你们必须尽快带他回家,他看起来病得不轻了。"马齐说。

史德林突然醒过来,他看着马齐士官长,马齐的手还在他的前额。

"你昏过去了。"我说。

"喔。"他虚弱地说。

等到他的脸色稍微红润了一点儿之后,我说:"你坐得起来吗?"我抱着他的肩把他扶起来让他坐好,玛丽亚在一边扶着他。我们把他转个身,这样他能背靠着墙。这时我注意到马齐士官长走了。这不像他,我是说,不像他的风格。

我摸了摸史德林的额头。那滚烫的热度像是蒸气一样上升。"他走不回家的。"玛丽亚说。

"给他一分钟。他会感觉好点的。"我转身对史德林说:"史德林,你能走回家吗?"他没有回答。"史德林,你听得到我说的话吗?"他似乎不想回答。

"他怎么会想回家嘛。"玛丽亚说。

"这个,也没别的选择。如果需要的话,我可以背他回家。"我说。

"全程?"

"我在学校的重力训练可不是练假的。"

"别动,这是……"有人碰了我肩膀一下。我一下明白是马齐士官长。他端着一杯水。

"给,让他喝。"他说。原来他去倒水了。

史德林喝了几口水，似乎可以听到我跟他说话了。"你能走回家吗？"我问他。

　　"我不知道。大概可以吧。"他沉默了一阵然后说。

　　"坐我的车走。"马齐士官长说。

　　"对不起，长官，你说什么？"

　　"他不能这样走回家，用我的车，我可以在这里等车回来。"

　　"我不确定这种车能不能进入我们那种地区。"我没看他。

　　"至少能开多远算多远。不管这个，你们住哪里？"

　　"要塞街。"

　　"啊？"好像他才知道似的，"补丁区"，当然这只是我的猜测。"要是司机载你们到市政广场，从那里你们走回家没问题吧？"

　　我没有心思仔细想。"也许可以吧。"我说，一边用袖子蘸点儿水洒在史德林额头上。

　　"我想你可以的，越快带他回去越好。"

　　他弯下腰扶起史德林，把他带到马车那里。史德林绑着绷带的手无力地垂在他的背后，我们紧跟着他。"进去。"马齐士官长让史德林在座位上坐好。我们都坐下后，我对着史德林微笑，确定他没事。"小朋友生病了，"马齐士官长跟驾驶座上的司机说，"你能将他们载到离要塞街最近的地方吗？你回来时我会付钱给你。"

　　"好的，先生。"这人拉紧马缰，马车就开动了。

　　我没想到马齐士官长会付钱。我不想欠他的，但是现在没有其他的办法了。

　　"你还好吧，史德林？"我问。他点点头，看起来很痛苦。"我们从来没坐过马车喔，对吧？"我说，尽力让自己声音温柔些。他摇摇头，回应给我一个虚弱的微笑。

"我家以前有自己的马车。平常不太用，只有出城时才会用到。我还有属于自己的一匹小马，不过那是很久很久以前的事了。"玛丽亚伸手抓着史德林的手说："史德林，我们快到家了。"

他的头靠在椅背上，随着车的颠簸而震动。我移到他旁边说："来，把头靠在我膝盖上。"玛丽亚扶着他靠在我身上。他一直在发抖，玛丽亚把围巾盖在他背上。"我真不该让他出来，我不知道他病得这样严重。"

"你不会知道的。今天早上他看起来也好多了。"玛丽亚说。

"我很内疚。"我碰碰他的肩膀说："史德林，你还好吧?"他点点头。

"不是你的错，李奥。生病就是这样，你不能事事预料到。"

街上很堵，人们会闪到一旁让马车先行。卡丽滋史坦的路不是设计给大马车行走的，我们很少见到马车。车子一路驶向市政广场，已经到达一条主路上，刚刚经过教堂，到了广场边上，然后转向要塞街。"我们来的路比较近。"玛丽亚说。

"反正马齐士官长付钱。"我说。她大声笑起来，但史德林没有表情。他闭着眼，我把手放在他额角上感觉还是很烫。我打开窗，探出头跟驾驶说话："我们能走快一点儿吗，谢谢。"他无奈地举起手。人太多了，都挤到马车的侧门了。

史德林咳得很厉害。"他咳了好几天了，我以为没什么，我应该知道他生病了。"

"咳嗽本没什么严重的，几周前你还昏迷不醒呢，这事常有。我觉得倒是应该快点找医生。"她说。

"什么医生？"

"丹士顿神父呀，他懂医药，你祖母应该会找他来看史德林。"

"是的，我想她也会的。每次我们生病她都找丹士顿神父。"

"只怕史德林严重起来。但我相信不会的。"

我们继续在堵塞拥挤的街上前进，不一会儿，马车慢了下来，快到要塞街了。"很抱歉，只能走到这里了。"驾驶对我们喊，他下车为我们开车门。"需要我帮忙扶他出来吗？"

"不用了，我自己可以。"我说，"来，史德林。"我扛着他的肩膀。

"你确定没问题吗？你可别受伤了。"玛丽亚说。

"真的没事。"我说。她紧随着我。

我扶着史德林慢慢走到街上，尽量让他保持平稳。玛丽亚走到前面去开门，我侧着身进门，尽量不让门框碰到我们。"我先去跟你祖母打个招呼，要是让她突然看见这个情况，会吓到她的。"我扶着史德林慢慢上楼时，玛丽亚说。

"我的心肝宝贝，"我们一进门祖母就冲着史德林说，"快把他抱到床上去。"我抱着史德林进了房间，轻轻地将他放在床上。"到底发生了什么事？他的心跳很快。而且发着高烧！早上还好好的。"她开始为史德林诊脉。

"本来还好好的，突然就昏了过去。"我说。

"史德林，你听得到我说话吗？"祖母问。

"听得见。"他喃喃地说，眼神恍惚。

"你感觉怎样？头晕吗，不舒服？"

"我看不太清楚，奶奶。"

"没事的，你现在安全到家了。"

史德林想要拥抱她，但他的双臂张得太开了，大大超过了祖母肩膀的宽度，好像他根本不知道自己正要抱的目标在哪儿。

"你看得到这个吗？"我在他面前伸出拳头，但他好像不知道。

"是什么？"他喉咙干干地说。

"李奥，你能出去找一下丹士顿神父吗？快去。"祖母说。

我关上门，冲往楼下。

丹士顿神父跪在神案前。"李奥纳德！"我跌跌撞撞从门外闯进来时他说。他总是喊我"李奥纳德"，因为他跟我不熟。"很高兴又看到你生龙活虎了。"

"你能跟我回去看一下史德林吗？他病了。"我说。

"当然可以。这次换成史德林了？怎么换成他了？"他站起来随手拿起排椅上神父的斗篷外衣。

"是呀。"

他大步走出教堂，我紧随在后。"他咳了好几天，突然就晕倒了，然后就起不来了。"

我们急急穿过广场，走到我住的那条街上。丹士顿神父在路上随便问了我几个问题，他一直走在前面，我连走带跑地快步跟着他。

"你觉得严重吗？"我把所有症状告诉了他。

"说不好，有时一开始很严重，然后就缓和下来。希望他属于这种情况。"他回答。

我们回到家时玛丽亚还在，我很高兴她在客厅陪着我。丹士顿神父、祖母和史德林在另一个房间，我听得见他们低低地说话，但根据语调我判断不出他们在说什么。我无意识地随手摆弄起祖母的针织工具，用手指尖去碰大针头，结果叫了一声，又把它们搁下。玛丽亚没有注意到，她一直看着窗外。

"玛丽亚，你说你看到报纸怎么说的？就是关于失去感官能力的那部分？"我问她。她转过头。

"你昨天提到的。"

"是的。"她说，但没有继续。

昨天的报纸摊在桌上，我随手拿了起来。"是昨天的报纸吧？"

"我想是的……但那不是很严谨的学术文章，你说过报纸不能全信的。"她提起我说过的话。我则继续翻寻那篇文章。

我很没耐心地一张张翻阅。她从我手中取走一张，翻过背面，扫视了一会儿，没有给我看。我把头靠过去，视线越过她的肩头，读出标题："我从战场上回来，才知道自己中弹了"。

"听起来像闹剧。"我说，但我没有笑，"拿稳了，你的手在抖。"

她没有吭气，我继续读着。那是一则关于某个士兵在战场上九死一生的故事，他一个人回到营地，直到注意到自己的腿在流血，才发现自己中弹了。但他不觉得痛。

我抬头看了一眼玛丽亚，她仍然一句话不说。"他得了什么病？"我悄声问。

"旋死热。"她说。

我盯着报纸。那些字句漂浮到我眼前，我想继续读下去，但做不到了。"他们认为那是慢性的旋死热。"玛丽亚说。

"其他人怎么说？告诉我。"

"他们才刚刚发现这种病，有些症状不一样，所以一直以为是不同的病，认为它们不像一般的旋死热那样在人们之间传染。你知道像沼泽病那样，通过喝了不干净的水，而不是接触到有病的人得病的案例吗？他们认为旋死热就是以这种方式传播的。但后来他们在边区战地发现，得这种病的人是和旋死热带源者接触后发病的。"

她指着文章给我看，我眼睛跟着她念到的地方。"这种病通常伴随着暂时的失去感官知觉，大部分是听觉，也有味觉、嗅觉，有时候还会丧失感觉神经，如前文所述。"

看着玛丽亚，我俩一句话也没说。此时祖母突然在隔壁房间哭了起来。我们急忙起身到隔壁一探究竟，相互对视了一下，充满着恐惧。

在卧室门口，玛丽亚犹豫着停了下来，我直接推门进去，她跟在后面。丹士顿神父跪在床沿，一只手握着史德林的手。祖母侧头靠在史德林的肩上哭泣。唯一注意到我们进门的反而是史德林。我们在一旁默不作声，丹士顿神父试图安慰祖母，她却依然泪流满面。我本来期待和神父交流一下眼神，从他的眼神中知道发生什么事情，但不行，最后我只好脱口问："怎么了？"他们没有回答。

倒是史德林用虚弱的声音说："是旋死热。"一提到这个字眼，祖母又放声大哭起来。我们已经知道了，但是没想到从史德林口中获得确诊的答案，听起来是那样绝望。

我跑到他旁边，他看起来倒不怎么难过，或者是说他的心情很平静吧。祖母的哭声越来越高，即使每周要目睹好多人生病的丹士顿神父，此时眼睛也红了。我怎么没哭呢？因为我还活在自己的小宇宙中，认为一切看来都那么完美幸福的时候，却遇上了这样的事，只觉得很绝望。

我转过去看了玛丽亚一眼，她跪在我旁边，一滴泪从她的眼中流出，淌落在脸颊上。我很大胆地伸手过去帮她拭泪，然后我的手停留在她的脸上。我突然很生自己的气。史德林病了，病得那么重，而我竟然还知道调情。我垂下了手，指甲划到了她的脸，然后我站起来，离开了卧房。没有人唤我回来。

第二天早上我在楼下院子里遇见玛丽亚，我打开洗手间的门，她怀里抱着安塞恩，安塞恩正困得快要睡着了。"你还好吧？"她问。

"我？嗯。"我一边整理着衣服。时间还早，我还以为不会撞上任何人。

"你看起来很疲惫。没睡觉吗？"她说。安塞恩喃喃了两声，玛丽亚赶紧顺应着摇了摇襁褓。"史德林怎么样了？"她问。

"还好。"我走出洗手间让她进去。"你今天早上想去教堂吗？"她问，我点点头。

"那么我们在教堂见了，把我的祝福带给史德林。"她说。

快走到门口的时候，她叫住我说："李奥？"我转头。"我曾得过旋死热。我得过，但我很快就痊愈了。我想，史德林也会很快好的。"她说。

"你是说真的吗？不是开玩笑吧。"我说。

"当然是真的。"

走在阶梯上，我想到一件事，又跑了下来。"玛丽亚！"我叫。她还站在洗手间门口安抚快要发作的安塞恩。"你是怎么好的？"

她欲言又止，只顾着摇晃小婴孩儿。"我就是……好了。"

"就这样好了？"我追问，"难道没有特效的药吗？"

她细心地整整襁褓然后说："我吃了点儿药，不多。"

"吃什么药？告诉我药名。"

她一开始没有回答，过了好一会儿才说："血花。"

我立在那儿一动不动，静静地看着她。我知道血花是什么。我知道那药的价格。

"你从哪儿得到血花的？"我终于开口。

"在山上有时可以找到。以前很普遍，八年前我得了旋死热，现在不容易找到了。"

"但仍然有，有时报上有报道。"我想了想。

"不用那药也能康复的，我想告诉你的是，我父亲的私人医生把血花当做保健品给我服用，我现在康复了，我想史德林也会的。"

"但如果有了血花……"我说了一半又闭上了嘴，晃晃悠悠地走回阶梯。

我一个人来到教堂，祖母不愿意离开史德林半步。史德林是我们之中唯一昨夜睡过觉的人，也因为好好休息过，他现在好了点儿，只不过仍然说头痛仍然发着烧。这也是为什么丹士顿神父说病程不会太久：那病会潜伏下去，然后又会复发。直到有一天，完全抑制不住。

一想到这里，我就像坠入无底深渊般充满了恐惧，如同自由落体一样失去了平衡。地球照常旋转，而我则跌进无底洞，周围黑压压一片，好像世界根本不存在了。我抓紧了长凳开始祷告。当教堂的钟撞响之时，我心跳变快，虽然这只是定时的钟响。

听见史德林的名字被列入为生病的人祈福的名单时，我心里的恐惧使我慌张起来。史德林·诺斯在其他许多人的名单之中，那些人的名字对我来说，只是个名字，没有任何意义，但对其他人来说就意义不同了，他们是活生生的亲亲密密的人，现在生了重病。

我的呼吸加速，我用手捂住嘴，真希望自己坐在最后面的位子上，这样就不会这么显眼。

玛丽亚跟她妈妈告解后和其他人鱼贯而进，我与她四目相对。她抱着安塞恩，仍在摇摆安抚他别再哭闹。我对她挤出笑容，她微微对我回应。透过一尘不染的玻璃冷冷的反光看过去，她显得疲惫不堪。她或许也担心得一夜未眠。

在祷告后，我等着丹士顿神父。他从法器室出来，在神坛前跪拜了一下，然后转过头，看到我站在教堂中间。"李奥纳德，"他走过来，"你弟弟怎么样了？"

"今天好多了。"我说。

"很高兴听到这个消息。"

"我……想跟你说件事。我想问的是，有没有能为史德林做的事，为了救他？"

他看了我一会儿说："李奥纳德，你不能这样一点儿信心都没有。"我盯着地面。"许多人得了旋死热，但又痊愈了。他们最初的症状要严重得多。史德林的健康状况一直很好，如果今天他好多了，这便是个好的征兆。"

"是的，但不是所有人都能痊愈不是吗？"我听到自己的音调上扬，虽然我已经在极力控制了。

"如果得到适当的照料与足够的休息，是很容易康复的。"

"有什么我可以做的吗？"

"唯一可做的，就是让病程自己走完。我不想骗你，李奥纳德。我们对这种病所知有限，对慢性的旋死热所知更少。"

"没有治疗方法吗？草药不行吗？血花呢？"神父没有回答，我只好继续问，"血花能不能治愈慢性旋死热？"

他沉默了一会儿，然后说："以前曾经确认血花可以。它可以治疗任何类型的旋死热。但我有很长很长一段时间没再听过谁还能找到血花。我知道它可以人工培植。"

"它们长在山丘或山坡上对吗？东山上会有吗？有人在那里发现过。"我说。

"有一点很重要，李奥，史德林痊愈的机会很大，而且也不需要血花。有时人们的症状很像旋死热，但几天之后就康复了。他那种症状的病因很多……"

"但如果我们有血花的话，他就能保证不会有事了。如果我们有的话……"

"李奥纳德，我们爱的人生病的时候，会让我们很绝望。我们想做一些事看能改变什么，我们希望我们能控制一些东西。但如果你能……"

"我要走了，"我打断说，"抱歉，神父，我跟他们说我完事马上回去，无论怎样，谢谢你。"我的脸上堆起笑容。"谢谢你的帮忙，真的。"然后转身，我走出了教堂。

广场上已经没有人了。我沿着街边独行，这时我突然跑了起来，跑到中央大街朝着城市的郊区方向。

我蹒跚着回到公寓的时候，天色几乎已经黑了。祖母走到房间门口，双手撑着腰，愁眉不展。"李奥，你到哪儿去了？你一整天都没吃东西，我一直在等你从教堂回来，现在都九点半了，你去哪儿了？"

"没去哪儿，就是出去了，到了几个地方。"我耸耸肩，一屁股重重地坐在沙发上。

她继续追问我。但我太累了，没有力气回答。我脱下鞋子，丢在地上，一只接着一只踢在地上发出沉闷的声音。

"你到底去哪儿了？李奥！"祖母突然大喊，"我没有心思再去应付你这些事，史德林病了，我昨晚一夜没睡，我不想你的愚蠢和幼稚行为让我再烦心！"

"我说了，出去了。"

"李奥！"她咬牙切齿地说。史德林在隔壁呻吟。"他睡了，而现在你把他吵醒了，你的愚蠢会害死他和我的，如果你想这样的话。"她气冲冲地走到另一间房。

"很好！我更没心情来听你教训！你永远都认为我是笨蛋又幼稚，但根本不懂我，你根本不知道我去哪里了！"

"我是不知道，"她抢着说，"我当然不会知道，因为你不会告诉我！"然后她对史德林说："怎么样，我的小心肝？"

"好！我告诉你吧，"我大步走到卧房，"我去了山丘寻找血花，这草药可以救史德林！这很幼稚，这很愚蠢吗？而你只能坐在这里有什么用？我在想办法！"

"那就是幼稚，李奥，我告诉你为什么，因为你不可能找得到，这就是你！永远都在……"

"够了！"史德林说。我走到角落，看见史德林坐了起来，呼吸得很艰难，他大喊："请你们别再吵了！"然后重新倒在枕头上，脸色惨白。"求你们别吵！"

"对不起，史德林。"祖母说，带着哭腔。她叹了一声，然后转向我说："李奥，我只是很担心你。"

"对不起，我应该早告诉你我去了那里。"我挤出这句话。

"这还差不多。"史德林像劝解两个吵架孩子的父亲一样。

我走到祖母身边，和她一起站在史德林的床边。我已经消气了，只剩下疲倦。

"你现在感觉怎样？"我问。

"好点儿了。或者说，好多了。我想我很快就会好的。"他说。

"太好了，真让人高兴。"我脱下了夹克，放在我的床上。

"你干吗跑到山丘上去？"他问我。

我告诉他有关血花草药的事。"我想我不需要那药也会好起来的。"他告诉我。我点点头。"那是什么样子？我是说那山丘。"他接着问。

"嗯……绿油油的……很宽广。"我挠了挠头，有些头疼。

"跟我描述一下，坐这儿。"我坐在他床边，祖母悄悄地出去了。

我已经精疲力竭，根本说不出话来，更别提要取悦他了。

"你根本不需要这么做。"史德林说。

"我知道，我找到一个适合野餐的地方，那里有一条小溪，流经两座山丘间。估计地形就是这么形成的。而且那里还有一大片野花，色彩缤纷，美如油画。你一定会喜欢的。虽然离市区比较远。"

"听起来好棒，我好了之后我们马上就和玛丽亚一起到那里去。"

"好哇，你一定会喜欢那里的。"

"再说多一点儿，还有什么。"

我告诉他山谷的样子，那些花怎样比他还高，蝴蝶怎样翩翩起舞，天空如何湛蓝。也许我有点添油加醋了。"我能想象得出来那里的样子。"我讲完时，史德林说。然后他突然说："我想你，李奥，别再去山丘那里了。"

"但也许我能找到草药。"我说。

"我不觉得你能找到。不管这些了，我很确定即使没那东西我也能很快康复。也许我得的这病比较温和，我今天没那么难受了。"

"也许吧。"

"我想是的。丹士顿神父说很难确定这是什么，甚至是不是旋死热也不一定。"

那天晚上，史德林突然失明了。

他没有大喊大叫也没有哭，他只是说："我看不见了。"语气相当平静，我们走到他旁边。几个小时后，整个房间陷入沉闷中，他惊慌地叫："奶奶！"

"我在这儿！"祖母说。她一刻也没有离开他。

"李奥！"他问。

"我也在这儿。"我告诉他。

他朝我们伸出手说："我看不见了，我以为你们走了。"

"没有走。"祖母说。我们一人握着他的一只手。"我们不会离开你的。"我握着他的右手，也就是包扎的那只手。我能感受到他受伤的手掌传来的微微热度。

他紧紧握着我的手，好像这是他和这世界唯一的联系。他的手指又热又干，我能感觉到他的脉搏跳得很快。我们的手贴得很紧，血管重叠在了一起，好像我的心跳在维持他的生命一样。

稍后，他在焦虑中睡着了。祖母对我说："李奥，你为什么不也去躺一下，已经三更半夜了，你明天还要早起到学校去。"

"我睡不着的。"我告诉她。

"李奥，你必须睡一下。要不又要犯病了。你该睡一下。"

"你更需要休息。你工作更辛苦，去睡几个小时吧，我在这里陪史德林。"

"李奥，你去吧，明天白天我再睡。"

前一夜未眠的效应显现了，我的眼又干涩又刺痛，而且头痛得厉害。我松开与史德林紧握的手，但我很害怕，害怕从此再也握不到了，我怕一松开，就不能再维系他的生命，他的心跳会慢慢停下来。我知道这样想很愚昧，但我有时就这样幻想着，就像真的一样，我非常相信。所以我留在原地不动，后来我一定是睡着了，因为我梦到下面的事：

"过来跟我说说话，菲尔德。"雷蒙说。

"是的，先生。"管家穿过房间走到老人的椅子旁。

"坐到这里来。"雷蒙指着对面的扶手椅，菲尔德坐了下来。

"我感到很累，不知道为什么，我老了，可能快死了。"

"不要这么说，先生，这样说不吉利。"

"不吉利？我从没听说过这种说法。"雷蒙说。

"在我的国家，澳大利亚，我在那里住了好多年，他们就这样说。"菲尔德看了看四下。

当他转过头时，老人看着他浅浅地弯起嘴角。"怎么了？"管家问道。

"我一直不了解你，菲尔德，你很神秘，不是吗？"

"我可一点儿不神秘，先生。"

"你给我一分钟别那么敏感，你一直很警觉地保护自己，我从不觉得我真的了解你。"

"也许是吧。"

沉默了一阵。管家摇摇头说："如果我没仔细聆听的话，真的很抱歉，我一直在想……"他顿了一下。他一直在想塔莉萨前一天给他的信息。但他没有提这事。

"我一直在想其他的事，我能离开一会儿吗？先生。"

管家站起来打算离开。"留下来陪我。你就不能留下来跟我说说话，和我做个伴吗？"雷蒙说。

管家转过头，显然很惊讶他这么说。"当然，先生，如果你希望的话。"他又重新坐了下来，身体往后靠在椅子上，眼睛看着外面黑暗的湖面。

"菲尔德？你能告诉我，在来我家之前，你做了什么吗？你从没说过。"雷蒙说。

"从没说过吗？我一定跟您说过。"

"我所知道的只有你曾当过兵，如果是真的的话。"雷蒙定定地看着管家，"我不会再在意你是否真的当过兵了。"他继续说。"我不再迷恋军事的事儿了，菲尔德，你知道吗？"

"我发现了。"

"你能告诉我一些你的事儿吗？比如，你怎么到了英伦的？你不是在这儿生的。"

管家显得有点儿犹豫，他摇摇头说："不是，的确不是在英伦生的。"

"那是什么让你决定要来这个国家？"雷蒙不断地追问，他知道菲尔德会像平时一样顾左右而言他。"你为什么会想得到这份工作？你从没当过管家。告诉我你的事，菲尔德，我会觉得很有意思。"

　　管家笑了，像平时一样咧开嘴露出牙齿。其实他从未真正笑过，事实上，他的笑比他阴冷的表情更为邪气。他经常让雷蒙觉得，有那么几秒钟的时间，他像个骷髅头一样。"我会说的，告诉你也没什么关系。"

　　雷蒙并不真的期盼他会说。管家看着窗外面，望着那装甲车投在草地上的影子。"我并不一直是当管家的，这是实话。在我的国家，我是一个很有名望的人，在一个秘密机构中，是一人之下万人之上。我从没想来英伦，我会来，是因为出事了。"他转头，看见雷蒙惊讶地看着他，一句话没说。"我会告诉你我怎么来了英伦，但这事说来话长，但我就说一件事好吗？先生。"

　　"什么事？"

　　"你不会错过这事的。"

　　这根本不是问题，菲尔德知道老人过了今晚就会知道所有的事。但雷蒙摇摇头说："当然不会。"

　　我醒来，发现自己躺在史德林的床上，他的手已经和我的分开了，垂在身边，他的呼吸均匀而又平稳。我知道自己做了个梦，梦中有人要告诉我一个故事，但我醒了，我决定不再想它。我动了动自己的脚，发觉全身的肌肉都有种酸痛的感觉，特别是头和脸尤其感到疲劳，我几乎睁不开眼，根本不能支撑下去了。

　　我对自己这样虚弱感到很生气，竟不能为了弟弟撑两个晚上不睡觉，我不能这样，我下决心，我一定要撑住。

　　我正要从洗手间走上台阶的时候，有人敲门。祖母跑去开门，随手把门关上，这样史德林就不会被吵醒。是玛丽亚，听到安塞恩的哭声。我一边整理衣服，一边靠近门，门是关上的。我隐隐约约听到玛丽亚的声音在说："我不想在史德林生病的时候打扰你。但我可以陪在你身边帮你做一些事儿，比如帮你去市场买东西。"然后都是低沉的声音，听不清楚。

"你真是好人。"祖母说。

"没什么。"她诚恳地说，这完全不是人们嘴里常说的那些客套的、场面上的话，那些都不是认真的。玛丽亚说这些话的时候，她是动真格的。

没多久祖母进了卧房。"是玛丽亚，她是一个好姑娘，你知道的，非常好的人。"她的声音很低沉，这样才不会吵醒史德林。

"她的确是好人。"

"她想来协助我们。以前她得过旋死热，你想象得到吗？很多人得了旋死热，都康复了，她竟然也是其中之一。"我点点头。

"人们会害怕让小婴儿靠近我们，但我想玛丽亚是一个细心的女孩儿，她知道哪些是危险的哪些不是。她说如果你得了旋死热，那么你的孩子就能免疫。以前一位受过训练的医生告诉她的。"

"这病是不会遗传的，至少我不这么认为，报纸怎么说来的？"

关于士兵怎么患上旋死热的报纸还放在桌上，她又扫了一遍。我们都读了好几遍了。我们并不是很爱读这篇文章，但这是除了丹士顿神父告诉我们的一些相关问题之外唯一的知识来源。

"你最好动作快点儿，要不然你上学又要迟到了。"祖母抬头看了我一眼，"你还没吃早餐，昨天你也什么都没吃。"

"我不饿。"

"拿点儿东西带走吃。"

我吞下一片干面包，剥下了几片当做午餐，又拿了一个苹果，塞进我夹克的口袋里。"晚上见，如果我晚回来，你不要担心。"

我关上门，才想起来我真该跟史德林说声再见。但我知道我回来的时候，他还会在原地。

我从没有过一个人走路上学，我发现这让我有点儿心神不宁。我踏下的每一步都使我想起史德林生病了。当我走到学校大门的时候，我竟害怕得不敢进去。你必须要够坚强才能上学，我真希望调头走掉，但我最终没有这样做。

"我们周末时看见你了，诺斯。"塞斯·布拉克伍德在我进教室后跟我说。平常，大家对我都很冷漠。

"我知道，我还跟你说了话。"

"我不知道你有女朋友。"伊撒克·塞德勒说。

"女朋友？嗯……"我有点儿尴尬。

"那是个很漂亮的女孩儿。"伊撒克大声告诉排上所有的人。

"她……"我正要说点儿什么，可惜根本没有人听，我真是怎么解释都洗不清了。

上午过去了一半，另一个八卦又传开了。我注意到塞斯大老远对我喊："你弟弟是不是得了旋死热？"

我吞了口口水，然后说："是的。"

他低低地咒骂了一声，好像只有他自己听得见。"那你到学校来干什么？"另一个人说，"你会把它传染给我们。"

"那是慢性旋死热，不会传染。"

"你怎么知道不会？"

我懒得回答。这一天,只要我抬头看,一定会看到有人停下手边的事看着我。我真希望他们不要这样,因为这让我窒息。

我好担心史德林,好怕他会死掉,也很怕人们用异样的眼光看着我。我习惯低调。

那个下午我回家又晚了。我迅速地推开门,突然觉得自己不敢进门了。我突然想也许史德林走了。但我看了一眼,房门是开的,玛丽亚坐在床边,我的心跳顿时平缓了许多。

"李奥!"史德林转头朝我笑,虽然他并没有正对着我。"你去了哪里?"

"山丘。"我说。这次我走得更远了,可惜还是没有到达我想搜寻的地点,城市的边缘。要知道那里非常远。

"我想你,"史德林说,"我希望你别再去了。"

"我必须去。如果别人找到血花,而本来该是我找到的怎么办?靠近城市边缘的地方,是很可能找到的。"

"你去找血花?难道不觉得你找的地方别人早就找过了吗?"玛丽亚静静地看着我说。

我在史德林的床尾坐下来,把鞋子踢开。"你看起来好狼狈。"玛丽亚说,我笑了笑当做回应。"不,我是说,你看起来好疲倦,你累坏了。"

"喔,是吗?"我站起来走到镜子前,还真是。"我慢慢会习惯的,今天才走了几英里而已。"

"史德林的状况很好,我们认为他能自己好起来。"

"是的,你不用再去搜寻那种草药了。"

"你自己好起来的话,我可以把血花卖给别人,赚的钱我们再去买一栋郊区的豪宅，比马齐士官长的还好。"我说的话把他们都逗笑了。

"奶奶呢?"我问。

"她下楼去洗澡了。这对她是好事，她太需要去做一点儿别的事情，不能一直待在床边担心。"

"今天晚上她可以去教堂。"我说。

"如果你能说服她暂时离开史德林的话。"

我想办法让祖母去，史德林也帮我。她知道史德林好多了，至少今天好多了，而且，最多我只需要两分钟就能跑到教堂去接她回来。玛丽亚和祖母走后，我坐在史德林床边，史德林突然问："李奥，你在哪儿?"我忘了他看不见。

"我不知道。"我也不知道自己为什么这样说，但我就是这样说了。

"啊?"他的声音听起来充满恐惧。这让我一下回到现实之中。

"李奥。"

我把手放在他的手上说："我在这儿，我在这儿，史德林。"

"我看不见，你别吓我。你为什么这样说呢? 我觉得自己快要死了。"

"没有，你好得很。"

他握紧了我的手。"你跟我说话好吗? 这样我才知道你在。"他安静地说。

"我还在这儿。"

"继续说，我好怕，我只见到黑暗一片，"他的声音有些慌张，"继续说话，我不喜欢什么声音都没有。"

但我发现很难。"硬逼着要说什么就不知道如何说了。"我告诉他。

"随便说点儿什么都行，给我讲个故事也行，就像我小时候你跟我说过的那些。"我试着说，但我忘了，才一开头我就不记得了。我的想象力一下全都丧失了，"我，我编不出故事了，抱歉呀，但我想也许我可以念给你听。"

手边没有报纸，祖母没有到楼下去拿上来，而我也忘了。"那读一下《金色政权》如何？"我说，"手边只有这个，或者是《圣经》，我想你会很有感觉的。"

"不要，念《金色政权》吧。"他不知道我在讲笑话。

我松开他的手，他没有缩回去，好像他要尽量缩短我们之间的距离。

"我不会走远，我就去拿书，我要走到我的床那边，就在我的床下。"我故意走得很大声，这样他才会知道我没离开房间。"我一下就能回到你身边。"我弯下身去找，心里还在怀疑书里的那些干巴巴的文字能不能真的让他换个心情不再感到害怕。《金色政权》除了几个章节之外基本上是一本历史书。"那本书一点儿意思也没有，史德林。"然后我想起另一本书，我捡回来那本书，有奇怪文字出现的那本。

"史德林？"我说，"我念另一本难道不好吗？那本我曾跟你提过的书，那本我发现有奇怪故事的书。"

"好吧，"他想了会儿然后回答，"这样也好，我也想听听。"

"也许你能懂得书里的寓意也不一定。"

"希望我能吧。好，你念吧。"

我从窗台柜上取出那书，走回去坐到史德林床边。我一翻开就发现有新的文字在里面。"又有新的发展！"我告诉他。

"真的？是新的文字？"

"有几页是新的。在这之前又有一段空白。每次写的人都会留下几页空白，不知道为什么。"

"你到底念不念？从头开始念吧。"史德林说。

"好吧。"我翻到开头开始念。史德林躺着，手搁在我腿上，专心地听着。

大声念出来的这些故事，听起来却不像是真的，倒像是童话故事。但我在第一段故事结束停下来时，史德林说："这是关于解放时期的历史对吗？我早就告诉过你，王子没有死。"

也许是这些故事有娱乐作用吧，他很快便忘了害怕，陷入到故事情节里去了。"我知道这故事是真的，"他显得有点儿气馁，"但我想不出来这到底说明了什么。我脑子现在不好使。"

"别担心，因为你病了，你只要听就好了。"

意外的是，只花了很短的时间我就把所有段落都念完了，比我想象的要快得多。

"那人就是阿德巴朗，那人听起来受过魔法训练，而且他们多次提到过英伦，我想那真的是阿德巴朗。"

"我也这么认为。"

"但为什么他和塔莉萨联系？"史德林问。

"我也不清楚，也许塔莉萨在耍他。她骗过许多人。她是首鼠两端那种人，一边效忠国王一边策动革命。一直到卢西雅掌握政权后人们才知道真相。"

史德林认真地说："阿德巴朗是大法师。"

"塔莉萨也很有力量，也许比他还厉害。"

他似乎在思量一切，而我迫不及待地想要念下去，但无可奈何，只好等着。"所以，这就是发生在小舅爷哈洛德身上的事，他跑到英伦，在那里娶妻生子。"史德林说。

我点头。祖母很少提到他，比她提到阿德巴朗还要少。

"这就是事情的原委，我唯一知道的便是他消失了几年，然后又回来了。"我说。

"所以我们在那里有亲戚。你想想看，英伦亲戚！"

"我想是吧，但事情很怪，如果那个人是阿德巴朗，那这书里写的就是我们家的历史，谁会去写我们家的历史？"

"那些是什么时候发生的事？"

"大约十年前。文字记载的事就发生在解放前。"

"那小舅爷哈洛德什么时候死的？"

"我不清楚。远在我出生之前。"

"那阿德巴朗什么时候流亡海外的？"

"在我还是婴儿的时候。"

"这个故事太悬乎了。一定是真的。"

我笑了，他也笑了。他一笑，就忍不住咳嗽起来，像个老头儿一样，那声音把我担心死了。"史德林，你没事吧？"我问。

他点点头，挤出一点儿笑容。"继续念。"他说。

接下来的一段让我也很紧张。管家燃起壁炉的火，准备告诉老人一个故事。那个故事和我前一夜做的梦是一样的。我犹豫了一下，想要告诉史德林这件事。但我又改变主意了。我可不想在他的情绪好不容易稳定下来的时候去吓他。

"就凭他说的秘密机构来看，管家一定就是阿德巴朗。别停下来李奥，我们一起推测。"

几页空白之后，文字又继续了，我翻开，接着念道：

"我可以告诉你我一生所经历过的故事，"管家说，"头几年是很乏善可陈的。我的双亲是圣岛上平凡的农民，住在马洛尼亚岛的西岸。我在农村长大，有三个姐弟，我是老大，我的妹妹比我小五岁，还有一个是尚在襁褓中的弟弟，哈洛德。白天我会在农田里工作，晚上玛格丽特和我会坐在炉火前唱歌讲故事给小弟听。我只是一个平凡农民之子，唯一不同的地方是，我生下来就有法力。"

"有什么？"雷蒙问，"马洛尼亚在哪儿？"

"听着就好，"管家说，"我没有时间解释。"

雷蒙对管家的语气很惊讶，一时间不敢多说什么。"我在十三岁的时候被莎拉顿大法师发现了，从那刻起，我的人生转入到一个不平凡的旅程。莎拉顿把我当成他的关门弟子，我变得很强悍，我接受过严格甚至可以算是残酷的训练，最后成为一个法力无边的大法师。在我还年轻的时候，就被征召去服务于一个秘密组织。"

一阵沉默。"我说的一切都是真的，我不常说实话，先生，但现在我说的都是真的。"管家说。

"你说的这个人是做什么的？那个训练你的人。还有，你说的法力是什么意思？"雷蒙问。

管家抱起他的双臂。"莎拉顿是一个大法师，我们国度的人都这样称呼他。法力的意思是说，有超能力，有强大的意念力量。我们称之为魔法，但这个定义和你们国度的魔法在意思上有些不同。我们叫它魔法只是一个词汇的选择。"

雷蒙静静地看着管家，突然笑起来。"你在跟我说笑话吧？你让我不告诉别人，所以故意杜撰荒谬的故事？我要说，你还真做到了。"

"先生，我说的都是真人真事。"

雷蒙哈哈大笑。"但，菲尔德……"

"没时间解释了，"管家突然插话，"我告诉你的都是事实，没时间跟你辩驳。"

"那你说说看，到底是什么意思。你说的魔法，在你的国度是什么意思？你说的是巫术、诅咒之类的事吗？我不信，那是童话里才有的故事，菲尔德。"

管家突然严肃起来。"大法师不用下咒，也没有魔咒这回事，这世上只有意念，只要有足够强大的意念，你什么事都能做到。"

"魔术师都要下咒的，故事都是这样写的。"雷蒙说。

"如果你想叫魔术师，你就这样叫吧。有魔法的人能为人所不能为，有超能力。但每个人都有意念。"

"所以每个人都有魔法？你是这个意思吗？"

"不是每个人都行。那需要某种心志，这很难解释。"

"试试解释看看，如果你真想让我相信，菲尔德，你就要先让我明白。"

"好吧。就像是某人有意志力，有音乐天赋，加上好的训练，这个人可能会成为音乐家。大法师也是一样。不同的人有不同的心志，或者叫天赋，去从事不同的事。一位音乐家的心志就是一种信念，相信他自己可以达到某种境界，然后整个身心完全投入。相信自己可以做到，就算别人觉得那是不可能的，这种人永远不会失去信念。"

"那么为何英伦没有真正的魔术师？如果这是真的的话，应该会有才对。"

"是有的。你只是没看过。英伦是有人受过魔法训练的，虽然那不是正规的训练。"

"所以魔术不是真的？那只是意志力？"雷蒙问。

"可以这么说。或者你也可以说所有事都是魔法。我会告诉你什么是魔法，魔法就是人类的心志。那是人类做大事的天生禀赋。我会倾向于一切皆是魔法。"

"也许你说得对。菲尔德。"

"我只是这么想。"

壁炉的火弱下去了，老人盯着炉火看了看。管家起身翻了翻煤炭。这是仲夏夜，但老屋里仍然很冷，所以管家都会点燃壁炉。雷蒙看着管家的后脑，一脸不解。"菲尔德，"他突然叫他，"如果真像你说的有魔法，你可以证明一下，你施展给我看。"

管家把一块炭放进壁炉。"我不想让你再犯一次心脏病，先生。"

雷蒙微笑着说："我明白。"

"如果我想的话，是可以的。请别误解我的意思。"

"那么就施展一个超能力给我瞧瞧。菲尔德，如果你真的做得到的话。"

"你是在质疑我吗?"管家说。

"是的,我就是质疑。"雷蒙说。

管家转身站了起来,拍拍裤子上的炭灰。"你想我做什么?"

雷蒙往窗外看去,湖面上是夕阳余晖。"变一个暴风雨来瞧瞧。"

"那个太累人了。想一个小一点儿的。"

"为什么不能是暴风雨?难道只叫你说一句话或是挥挥手才是魔法吗?"

"不是这个意思。"管家说,"你要小心了。塔莉萨,一个秘密组织的头儿,是我们国家最强大的魔法师,即使是她,也有很多做不到的事情。她曾试图在马洛尼亚和英伦之间建一条通道。之前从没有人试过,她以为她可以做到,结果她差点儿死了。"

"菲尔德,这太悬乎了。"雷蒙说。

"还没有施展任何魔法呢。我该施展什么呢?"管家坐下来。

"让桌上的书凭空浮起来吧。"

"好吧,先生。"管家对桌上的书一皱眉,书就浮起来了。

看起来不像魔法。除了失去地球引力之外,看起来没有什么变化,没有光晕,没有烟雾,没有震耳欲聋的响声。雷蒙仔细地看了两次,察看有什么不同,结果只看到书离桌面几英寸凭空浮了起来。他把手伸到书的下面来回挥了几下,书没有掉下来。

"你好像并不惊讶。"管家微笑说,然后让书回到桌面上。

"相当可疑,不过如果背后是有什么作弊机关的话,也算很精巧。这让我大开眼界了。"他把手抚在心脏的位置,心跳突然加快了。

"坐下来静一会儿，你会好些的。"

雷蒙一直看着管家。"你知道当你突然发现事情不像原来那样的时候，那感觉有多奇怪。"

"其实事情没有什么变化，"管家说，"只是你以前不知道它的本来面貌罢了。"他笑了。"那只是一个小把戏。你可以叫我变其他的给你看。其实控制引力不是我擅长的事。"

"你擅长什么？"雷蒙问。

"预言，"管家说，"我很小的时候，就能在梦中预见未来。有一次我预知了一场风暴会摧毁我家的作物。而在我十三岁的时候，我看到了我中年时候的样子，沧桑而消沉。不幸的是，全都言中了。"

"能预知未来？那你告诉我，我未来会怎样？"雷蒙顿了一下然后说，"告诉我，我是哪天死的。"

"不好，我想我还是继续说完我的故事，这可不是游戏。"

雷蒙突然很害怕，他自己也不知道为什么。"好吧，你继续说你的故事。"他说。

"预知未来是我在秘密组织里的主要工作。至少一开始是这样的。然后我升迁了，变成了很知名的人物。人们经常看到报上说阿德巴朗破获推翻国王的阴谋，或是抓住武器贩运的组织，阿德巴朗一下变成了家喻户晓的名字。以前有一个传说，说一位大法师会诞生在马洛尼亚的西部。人们把这事和我联想在一起。但其实我本人都还没有我的名字知名，那是我在受训之后用的名字。在秘密组织，人们都是匿名，没人知道我的长相。"

"阿德巴朗？这是你接受魔法训练后使用的名字?"雷蒙说。

"阿德巴朗是我的名字，没错，是借用一个行星的名字。这是我们国度的传统，大人物的名字都以某星球来命名。"

"你说完了吗?"雷蒙看着窗外山头上浮现的第一颗星星说。

"故事还没完。"管家说。

"所以你的名字不是亚瑟·菲尔德?"雷蒙问。

"曾经是亚瑟·菲尔德。但在秘密组织这些年，我变成了阿德巴朗。"管家说。

"继续说你的故事。"雷蒙向前倾了倾坐在椅子上的身体。

"在秘密组织里有许多杰出人物，大部分都有魔法。我在那里不是最棒的，塔莉萨才是最棒的。她和我同龄，不过总是由她来接下最危险的任务。她的法力一直远远在我之上，她的天赋更高，更有野心。在我快五十岁的时候，她已经成了整个马洛尼亚秘密组织的掌门人。而我只是空有名望，或许现在比以前更有名吧。因为我现在执行的任务更艰巨，而她只是在老家指挥作战。这让我有了不同凡响的荣耀。

"有一天，一项艰难的任务来了，塔莉萨要我接下来。我们的国王，凯希亚一世，在一年之前驾崩了。而他的儿子，只有十岁，还没有准备好继承王位。也正因为如此，秘密组织的行动加强了，害怕会有人谋反。很久以前，一直就有圣岛上的卡丽滋家族要阴谋叛乱的传闻。家族里的马可士·卡丽滋曾是凯希亚一世国王的谋士。但后来被秘密免去了职务，没人知道为什么。

"现在卡丽滋给自己孩子当谋士。我的任务是渗透进他的家庭，严密监视他们的一举一动。我太知名了，但塔莉萨认定只有我才能去执行这项任务，我觉得这是有道理的。我是土生土长的圣岛人，那里是相对封闭的地区，由卡丽滋家族统治而不是国王，那里的口音和习俗都与其他地方有些不同。我会说那里的方言，也懂得他们的习俗。我曾住在那里，我热爱那个地方，虽然我不愿承认，因为我想我宁愿在那里教孩子学习也不愿搞政治。塔莉萨的理由可能不一定正确，但是我同意了。"

我把书放下，大家沉默了一会儿。史德林小声跟我说："他就是阿德巴朗。"

"没错，我们猜对了。"我说。

"他一开始提到他的家中有三个孩子，其中玛格丽特就是奶奶，那婴孩儿就是小舅爷哈洛德。"史德林说。

我翻回前几页去查看，我记得祖母告诉过我们一次，在她还没有避谈阿德巴朗之前，她说过很久很久以前，她们兄妹三人一起长大的事儿。她说两人常常坐在火炉前陪伴着小婴儿。那和阿德巴朗告诉老人的是一样的。从这些文字中再次证实这些，感觉很奇妙。

"他一定很想念奶奶。阿德巴朗一定想念奶奶，就像我想念你一样。"

"我想是的。"我从来没想过作为祖母哥哥的阿德巴朗，会和她一起上学、吵架以及像史德林跟我一样一聊天就是几个小时。阿德巴朗的名字太传奇了，我很难把这些联系到一起。"还要我继续念吗?"我问。史德林点头同意。祖母还要半小时才会从教堂回来，我们还有几页可读。

窗外，天色变得很黑，但雷蒙没有点灯。"继续说你的故事，说说圣岛吧。"他说。管家看着窗外的湖面。"我正要说。那次任务出现了意外。"他沉默了一下，似乎在思考着什么，然后继续说，"塔莉萨命令我立即撤离。我跑到码头上了一艘船，那艘船正往南要到南岸，然后再往西北到圣岛。整个旅程中，我的心早已经飞了，因为我要回家了，通往沃拉希亚的那条路是愈走愈熟悉。"

"沃拉希亚?"雷蒙问。

"首都。卡丽滋园林就在那不远的地方，离我父母的土地还不到十英里。但我不能和家里联系。我知道我得像个囚犯一样老老实实的，我不能冒着被认出的危险。此外，卡丽滋家族的生活是被严密隔离的，他们有大批的家仆，一半是警戒人员。只要我一靠近，即使我是他们家族孩子们唯一的导师，他们也会全都提高警惕。"

"你曾提到过，他们的皇室血统吗?"雷蒙问。

"不是。他们虽是贵族，但他们血统很遥远，就像圣岛一样远离了权力中心，他们也希望不被注意。不论如何，我唯一可以信任的是安娜丽恩，一个小女孩儿。卡丽滋先生甚至在我来报到的时候都没来跟我打个招呼，在那之后的几周也从不跟我说话，大部分时间他都是沉默的。唯一跟他说话的是他的儿子，卢西雅。他会亲自教导他，一连几个小时。他告诉他如何反抗君主，就好像一个牧师在传播福音。"

"他为什么那样憎恨国王?"雷蒙问。

"他恨皇室——铎纳华家族，由于他和国王凯希亚一世之间的争执。国王说卡丽滋企图谋反，卡丽滋说那是误会。不管怎样，卡丽滋家族憎恨皇室。"

"其他人怎么样？"雷蒙问。

"塞琳娜只对丈夫不满。她把所有时间拿来和别人比较，一定要证明别人不如她才满意。仆人则是被看做低一等的。"

"你肯定不是仆人吧。"雷蒙说。

"我在那个家族里是被看做仆人的。除了安娜丽恩不把我当成仆人，其他人都当我是，即使是那个男孩儿，卢西雅，他也会命令我。我刚去的时候他只有十一岁，但他已经跟他父亲一样野心勃勃了。通常一个受到父母太多压力的孩子会用他全部的力量来反抗权威，我在你的国家英伦发现也是如此。但马可士·卡丽滋再也生不出一个这么棒的长子了。卢西雅比他的父亲更凶残，更叛逆。

"那个小女孩儿呢？"

"安娜丽恩，她是一个完美的女孩儿，即使到现在都是。我刚去的时候，她只有九岁，非常害羞，但后来女大十八变。我能教导她，或许是这次任务中最美丽的收获。"

雷蒙在椅子上调整了一下坐姿，他的眼睛还是盯着管家。"告诉您这些，非常重要，先生，"菲尔德突然说，"即便到现在我也还在琢磨到底任务的哪个环节出了问题。您不会觉得我跟您解释这些事是在浪费您宝贵的时间吧？"

"当然不会。请继续说，我洗耳恭听。"

管家点点头。"嗯，我很努力去当一个好的家庭教师。虽然我是一个奸细，但我不觉得牺牲孩子们的教育对他们是公平的。

安娜丽恩是一个上进心很强的孩子，她很好教，即使我忘了前一天我准备的教案。但卢西雅不是专心的孩子，他很聪明，但不用功。他的父母也鼓励他这样。他们认定他生下来就是天才，伟大的天才。"

房间里几乎一点光线都没有了。雷蒙一动不动地聆听着故事，眼镜片捕捉到了最后的一丝光线。

"其实一开始就出现了问题，我应该及早撤离的。但相反的，我却愈陷愈深。我觉得自己真的是个家庭教师，我竟然教安娜丽恩国歌，那是我的第一个错误，因为我没有经过深思熟虑。我很惊讶，她竟然不知道那首歌的意义，我也想过，教她那首歌可不是我这个导师该做的事。她的歌声非常甜美，钢琴造诣也非常高。她经常在派对活动上弹，奏给父母的贵客们欣赏。"阿德巴朗说。

"在一次派对上，我听到她开始弹奏国歌的前奏，那是我教的，她自己加上一些旋律。她在九岁的时候就能即兴创作。然后她开始唱起了国歌，一时间，所有的人都安静了下来。塞琳娜先大叫起来。我只听到安娜丽恩喃喃自语。我知道这时如果我出去解释只会让事情更糟，所以我只好退避到楼上。

"过了不久，我听见卡丽滋先生冲到楼梯上，手上还端着烈酒。他像一个疯子一样对我鬼吼鬼叫：'你这个误人子弟的老师！你那套又臭又硬的皇狗化思想污染了我的孩子！你应该知道我对国王的态度！'还有一堆诸如此类的话。他一把抓起我的衣领，推我撞到门上。"

"那你是什么反应？"雷蒙说。

"嗯，其实我很容易就能解决他。"阿德巴朗缓慢地说，然后又摇摇头。"我只好让他抓着我的衣领。在那里，我是一个仆人，不是一个大法师。我一直说：'是的，非常抱歉，先生。'试着让他镇定下来。他把酒杯一下砸在墙壁上，不断怒言相向。一些客人都跑来看发生了什么事，他这才慢慢平静下来。'永远，永远不要再让我听到这种事，你要教他们马洛尼亚真正的历史，真正的地理，真正的文学，够清楚吗?'"

"我只好说：'是的，先生。'他这才放了我。'我对你很失望，菲尔德，很难表达这些失望。'他说。然后大步走回楼下。说实话，对此我似乎有了罪恶感。他是一个狂热的反君主分子，虽然他的立场不太正确，但我也对激起他的愤怒感到抱歉。除此之外，我在这个地方本来就不该做一个显眼的人。我这样做违背了我的任务要求，我不该教她那首歌，让安娜丽恩遇到这许多麻烦。这件事情以后，我教这些孩子的内容都是不会引起麻烦的。"

雷蒙伸手想去开灯，又把手缩了回去。他不想破坏房里的宁静。"你在那里待了多长时间?"

阿德巴朗过了一会儿才说："日子一天天地过，我也不知道多长时间，三年一下就过去了。我几乎没有跟塔莉萨有过联系。当我知道自己在那里待了那么长时间之后有点儿惊慌。我开始试着跟她联系。"

"怎么联系? 用电话? 那个家庭不是一直盯着你的一举一动吗?"

"马洛尼亚没有电话。"阿德巴朗说。

"哪里都有电话，菲尔德……"

"我们的国度不像英伦，先生，完全是另一个世界。我是用意念。我在书里写下要说的，然后用意念将之传到塔莉萨手里的书上，这是我的创意。这是高难度的，但很有效。我觉得用魔法来联系是最安全的。我很担心，因为毕竟我在这里待得太久，而且我一直误以为自己就是真的家庭教师了。我开始不读报纸了，因为我知道革命迫在眉睫，我不可能会不知道。所以我不想浪费时间去读报。"

"你为什么忘了联系塔莉萨？你怎么会忘了你的任务？我想你应该是一个很了不起的特工，菲尔德。"

"那个房子很奇怪。有一种令人昏昏欲睡的感觉让我逐渐失去警觉心。当我发觉后，才警惕了起来。我一直很在意我的任务，这可能是魔法的结果。我现在回想起来觉得只有这种可能。我应该早点儿发现这点。"

他顿了顿，又继续说："塔莉萨只有在我想要逃回城市的时候才回复我。她简短地回答说一切都在她的控制之下，因此我无须离开那里。所以我又继续监控这个家族，而且重新练习我的魔法。我已经有些淡忘了该如何使用我的魔法。"

"我也是那个时候开始发现一定有人在控制我，因为不论我如何努力，我能看到的和一个平凡人也差不多。有人在消减我的能量。曾经有过这样的事，有一些法师逐渐丧失了所有魔法。后来，有一天晚上，我预见了一些事。"

"预见了一些事？你说的预见是什么意思？"

"我在梦里见到的。你知道我就是靠这个来写预言。所以我知道我还没有丧失我的魔法。我开始怀疑叛徒比我想的还要强大，而且其中有人知道我是谁，我做什么他就消除什么。"

"那你怎么办？"雷蒙说。

"继续教导安娜丽恩，没有别的选择。卢西雅由他父亲亲自教导，我能看出他们父子俩心中有很大的阴谋。除此之外我什么都看不出来。我只知道他们有许多党羽，在那些年当中，安娜丽恩跟我变得愈来愈亲密无间。她几乎被整个家族忽视了，我对此虽然不安但也无能为力，我只是一个家庭教师。我继续教导她，她也常来请教我。她跟我说她想尽快离开那个家，她讨厌那里，想去其他地方。

"所以当第一个男士向她求婚时，她差点儿就答应了，当时她只有十三岁，一位富有的贵族子弟拉着她的手说要跟她结婚。她的父母说她应该再等等，我也同意他们的说法。我知道他们真正的意思，他们不是无目的地等待女儿长大，而是在等一件事的到来。他们是想把她嫁给年轻的国王。这一对年轻人将在一个派对上相遇，当时她只有十四岁，而他十六岁。他们相识不到半年，他就会向她求婚了。马可士和塞琳娜都知道这事会发生。"

阿德巴朗严肃地看着雷蒙抓着大腿的手。"我不是说安娜丽恩不爱凯希亚。她爱他，我很了解她。马可士和塞琳娜假装不同意这门婚事。其实他们是策划了几个月才让他们俩相遇，我看得出来。实情是这样的，马可士和塞琳娜是反君主的，不过他们是曲线叛乱，他们行事能屈能伸，而卢西雅则是一个纯粹的反君主激进分子，当安娜丽恩宣布她的婚约时，他就不再跟她说一句话了。他的每一滴血液里都流淌着憎恨铎纳华家族的因子。安娜丽恩准备婚礼的那些日子，他离开了家，他发誓在安娜丽恩离开之前决不再回去。

"在她离开的前一夜，就在她十五岁生日前夕，我在一间空教室跟她在一起，帮她整理行李。我们都对将要来临的分离很伤感。她几乎已经是我的女儿了。我跟她说了很多话。'如果不是为了你，我在这个家里早就疯了，阿德巴朗。'她说。多奇怪呀，她似乎故意地叫出了我的名字。要知道我在那个家族一直用的是亚瑟·菲尔德这个名字，就像我在你面前用的这个名字一样。不该有人知道我成为法师前的名字，她知道的也只有这个名字。"

我在这里停了下来，把书放在我的腿上。广场上的钟声响起。"这也是卢西雅的故事。"史德林说。

"是呀，我从来不知道阿德巴朗是他小时候的家庭老师。"

"他们在学校从不教我们这个历史。"史德林说。

我听他这么一说大笑起来。"不，史德林，如果这真的是一本书的话，就是一本绝对的禁书了。"

史德林忧心忡忡地看着我。"没事，我从没有告诉别人关于这本书的事，除了你之外。反正也不能怪我，又不是我写的。"

"谁写的？真怪，你猜是不是有个会魔法的人想要跟谁联系，就像阿德巴朗想跟塔莉萨联系一样？"

"我也曾经这么想。但一个大法师怎么会写这个？那其中有一些是重要史实，但有一部分也只对你和我有意义。"

"也许，也许是有人想跟我们联系。"史德林说。

听到这话，我睁大了眼睛。"谁？会是阿德巴朗吗？"

我其实是在开玩笑，但史德林没发现。"有可能呀！如果他还活着。继续念，也许有线索，你继续念，李奥。"

湖的对岸，教堂的钟声传来。管家往声音的方向望去，好像那可以将他带回到过去的时光。"当她唤你阿德巴朗的时候，你有什么反应？"雷蒙问。

管家笑了。"我不记得自己透露过任何事。我吓了一跳。我看着她，然后她说：'我知道你是阿德巴朗大法师。我知道一年多了。'然后她也笑了。大概我也是那样看着她的吧。

"'你怎么知道的？'我问她。

"'我猜的，我想我爸爸妈妈也知道，但他们不是用猜的。有人告诉他们的。不过卢西雅还不知道。如果他知道，他会杀了你的。'她说。

"我知道她的语气有点儿开玩笑。但是确实我们所有人都有点儿害怕卢西雅，我也是，说真的。

"她瞄了门一眼，然后往我这儿坐了坐。'在我走之前要告诉你一些事。恐怕我的家族正在谋划一些事，我不小心听到的，他们从不让我知道。'

"我问她是什么计划，她说不上来。'爸爸有时和卢西雅说要出去，'她开始压低了声音，'我不知道他们要去哪里，但我看到他们离开主路。你知道他们待在外面多长时间？有时候几天，甚至几周。'

"我知道他们正在计划一个阴谋。这也是我被派遣过来执行任务的缘由。因为他们被怀疑要叛乱颠覆政府。'我知道，但你要我做什么呢？'我问她。

"她抓起我的手说：'我一走，你就逃离这个地方，就在今晚。'

"我又一次感到十分惊讶。'我想，牵涉进来的人，其中有一些是很有影响力的男男女女。'她说，'也许他们会杀了你。而且如果卢西雅一旦知道你的真实身份，他铁定会在你睡觉的时候，亲手勒死你。你了解他，他是一个疯子，真的。'

"'你怕他？'我问。她抬头看着我，那神情好像我真的是她的父亲一样。

"'是的，我当然害怕他。'她说。

"'你是如此善良，他不会伤害你。善良的人会得到庇佑。'我告诉她。

"如果她是我女儿的话，我也会这么告诉她。但这不是真的，她也知道。在课堂上每当我用一些科学或历史观点来强辩我自己的想法时，她总是把眼神放低，她太有礼貌了，所以不会反驳。而我现在这么说时，她又是这样。'我想你可以走了，我不会改变心意。我想你可以走了。'

"我没有被她说服。这时她突然拉起我的手，求我快点走。'你是国宝，你必须保护自己的生命，要不择手段。你有强大的法力，你是国家重要的财产。'然后她看着自己松开我的手。似乎她知道，在她知道我的身份之后，她没有资格这么拉我。'先生，你必须马上离开。'她说。

"'先生？'她这样叫我，让我感觉很奇怪。我告诉她别这样叫我，但她已经没有耐心再说什么了。'带着这个。'她把什么东西塞进我的手里。

"'这是什么?'我问。但话音一落，我就明白了。"

"是什么?"雷蒙问，在伸手不见五指的屋子里，他探身问我。"菲尔德，你总是在最关键的时候停下来。"

管家笑了。他是故意这样的。"实在抱歉。那是一个名贵的宝石，也许是马洛尼亚最著名的东西，是一个老鹰形状的宝石，系在一条项链上。银鹰，大家都这么称呼它。"

"一条项链?"雷蒙问。

"别一副怀疑的样子好吗? 我告诉你这个故事。很久以前，马洛尼亚城被包围，人们几乎都要饿死了。所有的魔法师都知道，他们死定了。于是他们想将自己的法力保留下来。其中一个魔法师，一个富有的法师，有一条价值非凡的项链，是他们家族留传下来好几代的传家宝。通常人们都会这么做，因为有价值的东西不会轻易遗失也不会被丢掉。就算是丢掉的话，银和宝石也不容易损坏。所以他们就把法力都留在了那条项链上。在把法力留下来的过程中，他们都死了。"

"他们迟早都要死的不是吗?"雷蒙说。

"不。局势急转直下，城里的守军最后打赢了敌人。但不管如何，银鹰最后消失了几年，据说，一直在一些有强大魔法能力的人手中流传着。因此，当我看到它就在我手中的时候，我吓了一跳。'你从哪里得来这个的?'我问，她的声音更小了。

"'从我爸爸的柜子里。他不应该拥有它。你把它带走。'

"'我不能这样做，我根本没想好要走。'

"'你必须逃走。预言说你会在危难时拯救这个国家。如果你不走，那么时辰到的时候，你已死了，我们怎么办？而且这条项链如果落在像我爸爸那样的人手中会非常危险。'

"我本来不想这么做，但我还是留下了项链。然后，出于某种原因，我把我写下的预言交给了她。'这预言没有化作现实。是个错误。'

"'我会好好保留下来。'似乎她相信它终会成真一样。

"我试着告诉她，我的意思——小心他的父母和卢西雅。我暗示她，她的父母会利用她的婚事进一步推翻皇室。但我不能说得太直白，那样就会伤害到她了。所以在塞琳娜唤她离开时，我还不确定她是否明白了我的意思。

"一辆马车将她载到码头，准备搭船到马洛尼亚岛上。她的婚礼就在下周举行。然后我收拾好行囊，用最快的速度脱逃了。"

"你照她的话做了？"雷蒙问。

"不管是福是祸，总之我照做了。"管家摇摇头，"我被监视了，她是对的，我一离开，就有人追捕我。一旦我离开那屋子，奇怪的事就发生了，我可以清楚地预见危险。如果我不照做会怎样？我肯定不会活得太久。我一离开，就有人跟着我，我到达马洛尼亚，但他们晚上就找到我了。"

阿德巴朗伸手点亮了灯。"但我不想讲那段事情。"他看着外面的黑夜。"你不会想听被虐待的过程，而且也都过去了。"他顿了顿，"我太轻敌了，我想。我一直认为自己只要有必要，就能应付任何事。我没想过叛乱者中间有像我们一样法力强大的人。一直有一个比我还要强大的女人隐藏在幕后，我不敢和她斗。我把项链隐藏在我的脖子上，一直与他们周旋想趁机脱逃。我一直用魔法保护着那条项链，也许这样做很傻吧。

"最后，我变得很虚弱。他们绑住我，铐住我的手。我在黎明的时候被带出去，不知道要被带到哪里。后来穿过矮树丛走到森林里，上了一个小丘停了下来。一位遮住脸的女人站了出来把我的手解开。"

阿德巴朗说到这里停了下来，沉默了很长一段时间一直等到雷蒙想要张口问什么的时候这位管家才抬起头来说："那是我最后一次见到我的祖国。我就从那片森林中一去不返。我不知道发生了什么，只见到周围一片漆黑，很长一段时间我才从折磨中醒来，发现自己在一个陌生的国度，就是这里。我被流放了。这一幕我十三岁时就见到了。"

"他们把你流放到这儿了？怎么办到的？"雷蒙问。

"有些人开发出一种技能，你们会称之为魔咒。我从来不敢这样做。把一个人送到不属于他们的世界，那里尽是新秩序，对我来说这太残忍了。用新世界新规则把一个人禁锢起来，意味着一旦他打破这个规则就会面临死亡。"管家摇摇头，不再想解释太多。"不管怎样，我也许反对这种魔咒，也许我根本不懂，但她开发出这种技能，而我也无可奈何。总之我被送到这里，英伦，除了身上穿的衣服和那条项链外一无所有。他们没有拿走它。"

"为什么没拿走？我记得你说那项链很宝贵。"

"我能想得到的只可能是他们并不知道我拥有它。也许他们只注意到了我是怎么逃脱的。在森林里的时候我想尽办法保护它，我唯一能做的就只有这样了。他们抓我的时候我几乎没有反抗也没有挣扎，我只是尽可能地隐藏这条项链。当然，现在他们知道银鹰在我手上。他们流放我的时候也同时流放了这条项链。"

"这就是你来英伦的原因？"

"唉，我没有选择。几周后我走到您家大门前，您录用了我，我就一直待到现在。"

又是好一阵子的沉默。"很好，菲尔德，真的很好。"雷蒙拍拍手道。

"谢谢您，先生。"

管家向窗外看去，夜幕已经完全降临了。"我很久没有听到这么精彩的故事了，娱乐效果非常棒。"雷蒙说。

"但这可不单纯是一个故事而已。你是因为它是真实的故事才觉得有娱乐性？"

"也许吧。最后怎么了？"

"还没有完。这不是一个故事，这是我的一生。我和以前的一切都已隔绝，我没有办法再联系塔莉萨。我不知道为什么？"

"但……菲尔德……"雷蒙浅浅地笑着说，"从你先前的语气，让我相信塔莉萨不是一个值得相信的人。我相信你最后会惊讶地发现这一点。我打赌不久你就会知道，她从头到尾都在出卖你。"

管家眼神定定地看着雷蒙。雷蒙的笑顿时变得很尴尬。"是你的语气使得我这样想的。"他收起了笑容。

"不能相信她？"阿德巴朗说，"你说的是塔莉萨，马洛尼亚的特务头子？"

"这是你自己暗示的。首先她派你去执行一个任务，最后证明了这是一个陷阱。然后一个有强大法力的人追踪你的一举一动，甚至让你的魔法不能施展出来。最后那个流放你的女人。我相信你本来是要告诉我，那个女人其实就是塔莉萨本人。"

阿德巴朗从椅子上前倾身子说："先生，你根本不明白我告诉你的故事的真正含意。你怎能说塔莉萨……"

"我没说她什么。这只是一个故事。我只是入戏太深了。"雷蒙有点儿惊讶。

"你根本不懂，"管家提高了声音，"你怎能这样说塔莉萨？大法师在我国是很受尊敬的，他们不会是叛徒。"

"菲尔德，你不用担心我怎么想，也不需要袒护什么。这个故事很好，很能打发时间。但说真的，如果你说的这位女士真有其人，我无意污辱她，甚至无意污蔑任何人。菲尔德，这对我来说只是一个故事。"

阿德巴朗没有说话。他看着屋外湖面的月光发了会儿呆。然后突然觉得有些不安，心里不太舒服，他说不出是怎么回儿事，但这让他很烦躁。马洛尼亚，他看不见的国度，发生了一些事。他感到有事发生了，这事改变了祖国的命运，就像他感知到他的旧伤在潮湿的气候下发作一样。他看着窗户想看到外面的景色，但看不到，他的心思早不在这里了。

"我想，我犯了一个大错，菲尔德。"老人缓缓地说。

"大错？"管家看着前方没有回头。

"关于我的遗嘱，我想……"雷蒙从椅子上站了起来，"去我桌上拿纸笔和信封给我，请快点儿。"突然他的声音慌乱起来。"菲尔德!"他拉住他的手，一副不知该让他去拿笔还是让他留下来的样子。然后他面朝地栽倒，眼镜跌碎在地上，散在他的脸颊边。

管家在他旁边放低了身子，他一动不动地趴着。

阿德巴朗冷静地将他翻过身来。他已经失去了意识，管家保持着镇静，在他旁边静静地蹲跪着，然后他站起来走到桌前。他从第一个抽屉里拿起牛皮信封袋打开。里面有一沓纸。"这是他的遗嘱和对我的测试，雷蒙·史班沙·葛兰……"他迅速地扫了一眼，寻觅他想要的关键句，他很快地找到了，因为文件很简短。"我将我所有的财产遗留给亚瑟·菲尔德先生。"

夜更深了。管家站着一动不动地盯着遗嘱。脑中浮现出一幅画面，不去想也不行。

太子正在哭，一堆人站在他旁边谈论关于流放和革命的事。安娜丽恩和凯希亚倒卧在一旁，死了。

爱蜜丽，哈洛德·爱蜜丽靠了过来。他的车在从灰砂海滩回来的时候翻覆了。医院中哭泣的小女孩儿脖子上挂着银鹰项链。

塔莉萨。他正后悔以前没有早明白这一点。魔法是要付出代价的，一个能预知遥远事情的人，有时候会对眼前的真实感到茫然而没有头绪。

每一个计划都出了问题。阿德巴朗对此毫无办法。他站在那里读着老人的遗嘱，看着那些字字句句，一边淌着泪，静候着世界的骚乱平息下来。

合上书，我们就那样坐了好长一段时间没说一句话。"这就结束了吗？"史德林问我。

"是的，至少目前写到这里就没了。"我说。

"所以这就是阿德巴朗经历过的事了。他去了英伦，就如之前我猜的一样。然后他留在老人的房子里一直到他死去。"

"但这是很久以前的事了，就算是真的。塔莉萨可能后来也去了英伦，将他给处决了也不一定。"

"我相信他还活着，"史德林皱着眉，"我相信故事还会继续下去。阿德巴朗够聪明，他能应付任何困难。他可以让这个阴谋起不了作用。"

"也许吧。"我说。

"那小女孩儿算是我们的远亲了，"史德林突然说，"那个戴着银鹰项链的女孩儿是小舅爷哈洛德的亲戚，所以也是我们的。如果她的祖母是哈洛德的太太的话。"

"你说得对。但这个故事不可能是真的。一定是有人在编撰。"

"我可不这么认为。我想她现在一定住在英伦，那个女孩儿。像阿德巴朗一样。太子也是。"

我沉默了一会儿然后说："史德林，你觉得这本书是什么？你现在都知道它讲什么了。"

"我不晓得。总之是魔法。"他说。

"我想也是。"我犹豫了一下然后说，"听着，每一次我读这些文字，我都觉得我好像知道故事下一步的发展，你说这怪不怪？"

他点点头说："那你告诉我下面会发生什么事？"

"我不太确定。我只是觉得好像以前读过这些，或者经历过这些。我曾做梦梦到过，和书上一样的事。"

说到这里，门开了。祖母说："我回来啦！"

丹士顿神父跟在祖母身后。"哈啰，李奥纳德，哈啰，史德林。你现在觉得怎样？"他问道。

"还好。也许算好很多吧。"史德林说。我听不出来史德林是故作坚强还是真的好了些，我仔细观察他。丹士顿神父在床沿坐下，伸出手帮史德林诊脉。然后又检查史德林的白眼球，摸了摸他的额头。我们静静地待在一旁。"你恢复得很好，史德林，你的脉搏正常，体温也下降了。我很惊讶。"

"那代表什么？史德林好了？"我问。

"他的视力如果恢复过来的话我会更高兴。但现在这样算是很好的兆头。我明天再来看他。"他转过来面对祖母和我，"有时候事情会有转机，我们只能静观其变。"

两周过去了，他每天都只说同样的话。史德林不再咳嗽，也不再昏沉沉。我们等待着好消息。如果他逐渐康复，视力就会恢复过来。我坐在他床沿，屏住气小心翼翼地不吵到他。我不敢深睡，得让自己在黑暗中保持清醒，于是我重读了几遍那本书。

直到一天，我进卧房时，他转过头来看我，眼睛正对着我看，不像以前他总是好像偏离着正确的方向。我大声叫祖母过来，她让我快去教堂找丹士顿神父。

神父坐在床边帮史德林诊脉、量体温，很久不说一句话，来来回回检查了两三次。他最后摇摇头笑着说："这不太像慢性旋死热。至少不是我以前见过的病例。我可以这样说……"他又摇摇头。"我一定是误诊了。"

史德林几乎完全康复了。就这样痊愈了。我们突然发现，这是七月中旬，马上就要到他第一次和上帝交流的纪念日了。"我想在同一天。"史德林在床上任性地说——一点都不像他平时的样子。"我必须在同一天和上帝恳谈。"

"但你已错过丹士顿神父的许多布道课。你生病的时候都没去。还有我们要办一个派对，要邀请许多好朋友来庆祝，这是必须的。"祖母笑着说。

"我要在同一天。"史德林说。

"就算他不知道七宗罪是什么或是如何布置讲堂又如何？"我说。

"我不知道七宗罪是什么。"他说。

"懒惰、妒嫉……"

"明年还会有的。"祖母说。

史德林点头道："我知道，但是……"

"很好，我最好赶紧写邀请函。"她走到柜子前拿出她留存下来的一盒空白邀请函，像平常一样哼唱着小曲。但我今天并没有对此觉得很反感。

"快要六点了！"她抬头大声宣布。

"那又怎样？"我问。

"我还没准备好去教堂。"她叹了口气说，"我今天不想去了，但我们一个人都不在那里，我有点儿罪恶感。噢上帝，我想我明天去好了。"

"我去。"我告诉她。我一边说一边已经穿上靴子。我在一片惊喜的气氛中关上了大门,不管别人的眼光,用最快的速度跑到街上。

城里的空气又湿又热,有一种沉默的气氛。黑云漂浮在房顶上空,有个声音在空中盘旋。不论有多安静,那声音因为太遥远而听不清楚。但你可以听到那种嗡嗡声,天气要变了。

我跑到广场时,打雷了,紧接着就是倾盆大雨,就如同把雨水直接从桶子里倒出来一样。这雨下得如此之大,广场上干涸的水池几乎瞬间就满了,它打在水池中央那座骏马雕像的下唇时激起的水花,看起来就像水池又在喷水了一样。我通过广场,朝着教堂的神道跑去,全身都湿透了。

"李奥!"有人在后面叫我,我转过去看到是玛丽亚。一个人,没有带着安塞恩。她向我跑来,一手捧着她的裙角,不让泥泞溅到,一手用外套遮着头挡雨。

"玛丽亚!"我转过来站在原地叫了一声。

"你在周末上教堂?这怎么可能是真的?"她在雨中高声说。

"没错!"我说,声音因为风雨的暴戾和史德林的康复而显得有些浮躁,"是的,我上教堂了!"

"怎么回事儿?"她盯着我的狂喜的眼睛笑了,"发生了什么事儿,李奥?"

"史德林康复了呀!根本不是旋死热!他的视力恢复过来了!"

雷在天上劈出了两道闪光,使得水池也耀眼起来。她微笑着走向我,抬头看了我一眼。雨滴挂在她的睫毛上,这让她的面颊影射出光芒,一滴水珠滑到她的下唇停留在那里。突然,我冲动地把她抱入怀里,吻了她。

"李奥!"她喘不过气地大喊了一声,把我推开。"我们在教堂门口！人家会怎么想我们？"她慌张地笑着说。

"我不知道。你说他们会怎么想这事？"我说。

"他们会以为你是安塞恩的父亲。"

"喔，原来是这样。抱歉了。"我向后退了一步。

"还有，以后你要吻谁之前，最好先问一下。"她又笑了起来。

"我很抱歉，我不会再这样了。"

"这是为了你好，李奥。"

"没事的，下次我会问的。"我转头看着她，笑着说，"我能吻你吗，玛丽亚？"

她拍了我一下，轻轻的。"进教堂，李奥。进去忏悔你的罪行！"

我们大步穿过大门，抑制住笑声。我是有点儿难为情，不过管它呢。

虽然外面下着暴雨但教堂里还是人满为患。"我从未见你这么快乐过。"她在我耳边悄声说。我们在最后面一排椅子坐下。虽然她在微笑，但我突然发现她眼中有泪在打转。她用袖子擦了擦。"真不敢相信史德林居然好了。昨天我坐在他旁边心里还在想，我们是不是寄予了太多希望……"我伸出手去握住她的手，她没反抗。

但周遭的人都盯着我们，我只好溜到一旁离她远一点儿。"玛丽亚？"我叫。

"怎么？"她问。此时教堂的钟声响起，每个人都站了起来。

那天，我觉得上教堂一点儿也不蠢，而且颇有意义。

我和玛丽亚一起回家。雨已经停了，只是还有点儿雨滴零星地从天上落下。阳光从云层中洒下来，夜晚安静极了。远处的山头上面现出一道彩虹，那里还在下雨，天上的云还是很厚，看上去灰灰的。

"我想所有事情都是上天安排的。"我突然说。

她笑着说："你说什么?"

我展开双臂面向太阳大声喊道："所有的事都是有意义的!"

"别这样,李奥,你吓着我了!"

"对不起,我只想宣布,我相信上帝和他所有安排好的事了。"

"那……很好……"她吞吞吐吐地说,"我是说……你真的这样想?你为什么要说这些呢?你以前从不上教堂的。"

"但现在我相信神了。真的,我以前不信。我是错的,上帝真的存在。"

"我一直相信有神。"她淡淡地说。

"每一件事都是安排好的。"

"不,不是这样的。"

"不是吗?"

"不是。没有事情是安排好的,李奥。但这不妨碍你相信上帝。"

"你的意思是……"

"不是每件事都是安排好的。如果你这样想,一旦你发现不是这样的时候你就会大失所望。"

"你怎么知道不是安排好的?"

"你只需仔细端详你周围。"她说。我看了看四周。她马上道:"我是说从喻意上。"

"每件事都是安排好的!我逐渐发现这个事实。"我说。

"有一天,李奥,你会知道这是错的。至少现在就不对。也许在另一个维度里每一件事都是安排好的,但现在不是的。有一天你会知道的。咱们走着瞧吧。"她笑道。

"我可不这么想。明明每一件事都是按照神意的安排，如果你明白这一点的话。"

"好吧好吧。大牧师！你现在打算去当牧师了？"

"好吧，咱们先不谈这个了。今天发生太多事了。至少，我今天上了教堂。"我们转到小巷口，走到公寓侧门，我们俩同时拿出锁匙。"我不会再回军校了。"我说着打开了门。

"李奥！"她叫道。

"那只是一个笑话，别认真。"

一个恐怖的哭泣声回荡在楼梯间，那声音太凄楚太伤心了，我们一下子停止了说笑，收起了笑容。"安塞恩不高兴了。"我和玛丽亚说。

"那不是安塞恩的声音。"她说。

"喔？那就怪了。那是二楼某家的小孩儿的声音。希望别是出了什么事才好。"我抬头向阶梯上望去。

当我打开家门，一股凄厉的哭闹声冲了过来。我吓得心脏差点儿从嘴里跳出来，马上明白那是史德林的声音。我怎会没听出来呢？因为那根本不像是他的声音。"发生什么事了？"我害怕地大叫，冲到卧房门口。

是史德林没错，他抱着头大哭。祖母正在安抚他。他的头上红彤彤地起着水泡，甚至在他短发下的头皮上都有。他的双眼紧闭，不断淌出泪，一直流到他用来盖住脸的被单上，他哭得太激动了，口水鼻涕也流了下来，加上眼泪，使被单湿了一片。我跑到他旁边问："发生什么事了？"

"他一下变得更严重了。"祖母说，"他根本听不到也看不到我。

快！快去叫丹士顿神父，快去，李奥，跑着去！"我试着想和史德林对看一眼，但我看到的只能是他的痛苦和恐惧。他甚至认不出我来了，只是一味地大哭，那是不由自主的恸哭，好像他无法控制只能让哭的情绪从嘴里宣泄出来一样。

"怎么回事儿？头痛还是怎么了？"我问祖母。

"快去！快！"祖母没有回答我的问题，"快跑着去！"我冲出大门，她在我身后大喊。

我们曾经经历过这种痛苦。我们已经尝过了，不能再让我们陷入到那种境地，我没有那样的勇气和精力再去面对一次。我只能跑向教堂，因为我根本别无选择。

"史德林！你听得到我说话吗？"丹士顿神父大喊，一只手抚着史德林的脸。史德林看了他一眼，然后整个人钻进被窝里，头用力地撞击着床头，似乎他根本不知道自己在做什么。

"不，不要伤害我。救我，救我！"那根本不像是史德林的声音。那个狂乱的恐怖的声音只是从他喉咙冒出来，我感到自己缩了一下。

"史德林，没事的，是我，丹士顿神父呀！"

史德林只是哭，抱着他的枕头一直往后退缩。"史德林，你很安全，没人要伤害你。"丹士顿神父坚定地说。他扶着史德林的肩膀把他稳下来。"告诉我，你看得见东西吗？"

"我……我……"史德林呻吟着，一次次说不出话，一边捶打着自己的头。

"你能看见我吗？"

"把他们带开！他们想要抓我！"

"谁？"丹士顿神父说。

"他们……你看那边！"史德林突然发起抖来。

"天呀！他被附身了？"我大喊，那声音好像不是我的，是一个来自好远好远的地方的声音，好像是在向上帝祈祷。但没人注意我说什么。

"你能看见我吗，史德林？"丹士顿又问了一次。史德林喃喃地念着什么鬼魂之类的话，显然听不到我们说什么。"他产生了幻觉，"丹士顿神父说，"他不知道自己在说什么。给我一条湿毛巾，他需要快点儿退烧。"

"你们看！"史德林突然嚷起来，呼吸声卡在喉咙里。他坐直了，两眼睁得大大的，看着房间的角落。"你们看！她怎么会在这儿？"

"谁？"丹士顿神父问。

"一位女士，你没看见吗？她靠过来了，在那儿！"他吼了一声，揉搓着把被单丢到地上。丹士顿神父把他抱进怀里，怕他跌到床下。史德林不断地挣扎，声音像只被困住的幼兽。

"史德林！史德林！镇定！"丹士顿神父对他说。

玛丽亚发着抖把一条毛巾交给丹士顿神父。神父用毛巾盖住史德林的额头。史德林还在拼命地挣扎。"救我！她来抓我了！来抓我了，快阻止她！"

"没人要抓你，史德林。"

丹士顿看着房间的墙角。"你说的那女士是谁？"他说。

史德林的哭泣声变得很虚弱，他张着口吐了半句："她说……她说……"

"她说什么？"

"她说她是我母亲，她是鬼！快救我！"他又大叫起来，那声音像一记重锤击穿了我的后脑。

"史德林，你妈不是鬼，她有一天会回来的。史德林，史德林!"

史德林看着他，突然安静了。那一刻异常安静，我们甚至害怕呼吸声会打破这份安静。

"丹士顿神父?"史德林很虚弱地说，好像他的肺吸收不到足够的空气一样。

"史德林，你能看到我吗?"

"能。"

我们一下子松了口气。

"你是不是产生了幻觉? 看见了不存在的东西。"

"那是梦吗?"史德林问。

"你很安全，没人要伤害你。你只是病了。"

"那女人是谁?"过了一会儿他又问。

"那是一场梦。"

"那是真的。她跟我说话，说她会把我带在身边，但我不愿意。"

"也许那梦很真实。但你不会有事的，再躺一会儿，告诉我你感觉如何。"

"我头痛，喉咙也疼。我觉得很难受，我好热啊。头疼死了。"他无力地指了指脖子。

"你发烧了。"丹士顿摸了摸他的额头。

"我快死了吗?"史德林问。

"不会的，至少现在不会。"丹士顿只是要让史德林放轻松下来，所以开了个玩笑。但史德林没听出来。

"现在不会? 但会很快是吗?"他问。

"我们是无法了解上帝的安排的。史德林，我们也无法改变它的旨意。"

我听了这话差点儿要冲上去打神父了，但后来我选择了坐在床上，以免自己会气得晕过去。但史德林似乎被他的话稳住了。

祖母一秒钟也不愿离开史德林，虽然玛丽亚一直陪在他身旁。丹士顿神父在门外把门关上用很快的速度小声地跟我们交代病情。"恐怕这比我原先想的还要严重。幻觉是新型旋死热的症状。他也许能好起来，但他又复发了，这不是好兆头。"

他停了一会儿，好像在等着我们的反应一样。"我不能很确定有多严重，他恶化得很快，你们要准备好。我会增加过来的次数，如果你们认识任何一位这种疾病的专家，无论如何快请他过来一趟，任何一位都行。他们的作用会非常大。"

"谢谢你，神父，"祖母说，"你能多待一会儿吗？"

"当然。关于误诊，我很抱歉。我真的以为我说那是旋死热是错误的判断。他那时似乎好了。但你们不要绝望，我想仍然有好起来的机会。"

我们都坐在史德林的床边。不知道为何，我们都坐着。他安静地躺着，非常静，我不确定他是否知道我们在旁边。我们不再进行对话这样多余的事，大家只是安静地坐着。好像我们正围着他的棺椁守灵一样。这个想法让我一下难过起来，我再也坐不住了。我站了起来，离开了房间。气氛被打破了，玛丽亚和神父站起来告辞。

我们的对话似乎还回绕在房间里，就像一场派对留下来的寂寞。"你好点儿了吗，史德林？"祖母问，他点点头。"很抱歉我们全都挤在你的房间里。每个人都想陪着你。"

"没关系……我喜欢这样……我喜欢每个人都在这里……"他很努力地吐出这些话。他看起来好像还有许多话要说，但说不出来。祖母跑进厨房帮他拿来了一些食物。

"那就好。"我说。

"我希望……我的恳谈会……那个派对……就像这样……"

"像这样？"

"是的……每个人都在这儿。"他浅浅地笑了。

"你觉得说话有困难吗？"我问他。

"不，只是在想……"

我把椅子拉过来坐在他旁边。

"你可以念书给我听吗？"他虚弱地说。

"念给你听？你想我念什么？"

他没有马上回答。

"念《圣经》？"

他点点头。

也许是神父的关系让我想到《圣经》，又或许是我暂时的宗教狂热所致。我只想到要念《圣经》给史德林听。

"谢谢你，李奥，我知道，你从来不喜欢念《圣经》。"

我对他微微一笑，从他的床头柜拿出《圣经》来，随意翻了一页："传书……传……书。"我支支吾吾地念着。

"传道书？"

"是的。"我坐着开始念，"在耶路撒冷的王，戴维的儿子，传道人说：'虚空之虚空，虚空之虚空，万事都虚空。'"

"多么真实的话，"我苦涩地说，"太真切了。"

祖母进来的时候，我正念道："有一件虚空的事，是地上常发生的，就是有义人、所遭遇的是照恶人的行为应得的；又有恶人、所遭遇的是照义人所应得的。我说这也是虚空。"

　　"你在念什么，李奥？你怎么不念一个有趣的故事给史德林，念一段福音不是很好？"

　　"不用……李奥念得很好。"史德林说。

　　"噢，我知道李奥念得很好。"

　　"这是传道书。"

　　"传道书？最后你还是拿起了《圣经》。我希望你从中得到一点儿智慧。"她努力让谈话的气氛轻松一点。

　　"万事都虚空？"我说。

　　"你还没读到最后，难怪会不懂。这话听起来不是很积极。史德林，你要早点儿睡。我帮你熬了点儿汤，你现在要喝吗？"

　　史德林摇摇头。

　　"你必须喝，这样才有力气。"祖母说。

　　"我生病了……我觉得很不舒服。"他疲倦地说。

　　"所以啦，起来喝点儿汤。"祖母说。

　　"不好吧。"我说。

　　"我没有问你，李奥。"她跟我说。

　　史德林喝完汤之后显得更不对劲了。祖母早预料到这样，所以拿着一个桶预备着。"李奥，把这个拿到楼下院子去洗洗。"她把桶递给我。史德林的脸色还是泛白的。"去之前先把厨房另一个桶拿过来。"她说。

　　"我想现在给他喝汤不是一个好主意。"递给我桶的时候，我好心好意地跟她说。

"你说这样的话一点儿用也没有。"她简短地回应。

"还要这样多长时间?"我问,语气有点儿变了,我已经上上下下的四次了。

"对不起。"史德林咳嗽着说。我有点儿内疚这样说话。

"我是开玩笑的,我不在意跑来跑去。"我说。

"我们为什么不装设自来水?"跑第十次时我问祖母,把桶重重地放在地板上。

"李奥!别抱怨!"祖母大喊。

"我们干吗要灌这些食物又让他吐出来,反反复复?他只吐了一次我就要拿下去洗,为什么不等他吐两次再拿下去?他为什么不能到楼下洗手间去?"

"李奥!你真的不知道他怎么了吗?他得了旋死热!无论是上天堂还是下地狱,他哪儿也不能去,李奥!我对你绝望了。"

"我能……试试。"史德林试着从床上爬起来。

"你躺着别动,李奥,把这个拿下去洗。"我一边走,一边咒骂,重重地把门关上。我突然很累,一点儿力气都没有了。

当我正在往水沟里倒残渣的时候,玛丽亚下到院子来。"李奥,你在干吗?"她问。我向她点头示意。

"往水沟倒呕吐物。"我愤愤地说,她笑了笑。"一点儿也不好笑。"我告诉她。

"对不起,"她严肃起来,"我以为你在开玩笑。你需要帮忙吗?"她说。

"帮什么忙?"

"任……何事都行。你们照顾史德林一定累坏了，我想我可以帮帮你们。"

"才一天而已。"我说。

"倒也是，不过你看起来累坏了，李奥。"

我叹了口气。"你知道我来回洗这个桶多少次了吗?"我加重语气说。

"很多次了我想。我不知道。"她故意避开不想跟我吵架。我反倒希望她不这样，因为我很想找个人吵架出出心中的闷气。

"我也不记得多少次了。"我跑到水龙头，装了一些水，再走回水沟去倒掉。

"我能帮你做这事。"

"你怎么会想要洗呕吐物? 你是为了好玩儿还是怎么着?"

"你一直以来都没睡好，自从史德林生病以来，李奥，"她站在那儿说，"即使他好点儿的时候你也一直在他身旁。我很担心你。"

"嗯，那你是唯一关心我的人。"

"请告诉你奶奶，我可以过来帮点儿忙。任何时候，不论早晚。如果你不请你的朋友帮忙，你还能请谁?"

我最后不得不对她善意地微笑起来，努力表现出一丝歉疚之意，但没怎么成功。她走过来把桶抢走。此时桶已经差不多洗干净了，只在底下凹槽里还有点儿黄黄的痕迹。她用手把我的额前的头发向后拨了拨。

"去休息会儿。"她关心地看着我，天啊，她不知道自己有多美。

第二天早晨四点我就被史德林的嘶叫声惊醒了。为了让祖母照顾史德林，我睡在客厅的沙发上，虽然她叫我到床上睡。"救我！"史德林哭喊着。

"史德林！史德林！史德林！"祖母用丹士顿神父的语气说，只是语气不够镇定。我起来了。

"怎么了？"我带着睡意问。史德林的手到处乱挥，就好像被恶魔附身一样。

"制住他，李奥！"祖母要求我，"他会受伤的，抱住他。"她听起来像跟小朋友说话的语气，这使我听起来有点儿害怕。我走到床边蹲下来抱住史德林的臂膀。

他只是大叫："救我！"

"史德林，是我，李奥！我不会伤害你，你很安全。嘘，没事的。"他停下来躺着不动。

突然，他一把挣脱，伸手向上，指甲刮到我的眼睛。我骂了一声，立刻放开他的肩，去抓他的手。他的手在空中乱挥，好像有东西在他面前一样。"救命呀！救我！"他哭着。那声音都变调了，好像是用一种来自地狱般哭喊的语言一样。

"他又产生幻觉了。"祖母说。

"不要！不要！救命呀，李奥！"他直视着我。那眼神好古怪，我吓得退了一步。他抓住我问："李奥，你听得见吗？"然后又大哭起来。

"我就在这儿，怎么了？你怎么了？"

"我的头，救我，我的头！"他哭着，用力抓着头。

"是头痛吗？告诉我，史德林。"我问。

"我的头要爆了！我的头！天呀！"他的眼泪一下儿涌了出来流

在脸上。"救我，李奥！奶奶！"祖母抓住他的手，他抱住她，大哭着。

"我要不要拿个湿毛巾冰他的额头？"我问。

"好的。史德林，没事的没事的，嘘，嘘。"祖母说。

厨房的瓶子里还有点儿水，我倒了点儿在毛巾上，在水槽里拧干，拿了过去。史德林还在哭哭啼啼，他抱着祖母的脖子。祖母接过毛巾放在他的额头。"就是这样。"祖母安抚着说。我坐在床脚，抓着我的头。睡过之后，我更累了。我不知道自己怎么会这么累。

史德林又躺了下来，安静了点儿。他的哭泣变成抽泣。"嘘——"祖母继续安抚他，"嘘，史德林。"突然他又抱住自己的头。祖母伸手把他的手抓下来安放在身体两侧。"没事的，没事的。"史德林一直流泪，泪水滑过他的脸，淌在枕头上湿了一片。

"没事的。"祖母说。他颤抖地咳着，直咳在祖母的手上。"没事的。"祖母说。

我发现自己的头垂得低低的，垂到腿上快睡着了。我直起身子，脚在地上蹭了蹭，脚都变成内八字了。"嘘，李奥。"祖母的声音停在嘴上，皱眉头。史德林看着我，好像一副不认得的样子。我站起来走到窗边，没有考虑什么，就拉开了窗帘。阳光一下子射了进来。史德林抱住头，又开始哭。"李奥！"祖母压低了声音。

我立刻重新拉上窗帘。史德林的哭声越来越急促，好像就要呼不到气了一样。"嘘，嘘。"重新摆了摆史德林额头上的毛巾，"嘘——我可怜的心肝宝贝。"祖母摸了摸他的头。

"噢，我的头，越来越难受了。越来越难受了。我为什么不能马上死了算了？"

"没事的，史德林。"祖母说，"你不会死的。你会好起来的。最差的情形马上就过去了。没事的。"

"但我的头……"

"镇定，你越哭情形越糟。专心呼吸。就是这样，吸气。"他战栗了一下。

"吐气，慢慢地。"他又抓着头，而又一次，祖母拨开他的手。

"嘘——"她一次次引导着他，好像这样能使他镇静下来睡去。他仍然在抽泣，但缓和多了。约莫过了半个小时，祖母转过来对我说："去睡吧，李奥。"我正想摇头，她却转过头去看着史德林，没看到我的动作。于是我不能控制地晃晃悠悠地走回客厅，一下重重地倒在沙发里。

我不记得自己睡了，醒来时感觉一头雾水。挣扎着从沙发上坐起来，我好像死过去了从鬼门关爬了一圈又出来一样。然后我想起自己怎么回事儿了，史德林病了，而我太累了，我听到他在隔壁哭。我蹒跚着走到隔壁房间，看见祖母还坐在他的床沿。"李奥，过来和你弟弟待一会儿，"她小声说，"我去一趟洗手间。"我在床沿坐下，揉揉眼睛，史德林抓住我的手，我感到他的手又热又干。

"我在这儿，史德林。"我困困地说。

"我去去就回。"祖母说。

"李奥！醒醒！你上学会迟到的！"我感到有人摇我的肩，睁眼一看原来是祖母。

我坐起来说："怎么回事儿？"

我一半身体在床上，一半跌到地上。我一定是睡着了。

"快点儿！你上学要迟到了。"

我站起来说:"上学?"

"是呀,已经八点一刻了,而你还没有到楼下提水上来。"

"你不能帮我吗?"

"不能。"

"我也不能。"我是故意这样说的,虽然我知道自己必须去提水。

一想到这种情况还要去上学简直就太荒谬了,但我累得连想都不愿意想,我一下儿就到了学校。马齐士官长在学校大门前的广场见到我。他说:"诺斯,你迟到了十五分钟!"我心想,他干吗非得把每句话都说得那么大声?

"是呀,我迟到了。"我退了一步说。

"去上校办公室的门口站着。"我一下儿记不得上校办公室的方向,东张西望地乱转。"快点儿,诺斯!你以为你有多少时间!"我故意让动作更慢。"你给我回来,诺斯!"他大吼,"我要你为动作慢道歉!"

"看到上校时我会跟他道歉的。"我转过头说,继续往校园里走。

我差点儿忘了,马齐士官长今天值班,所以今天将由他来惩罚我。

"你为什么迟到?"

"呃……因为我弟弟生病了,我没睡好……"我支支吾吾地回答。

"这不是理由!"我没作声。"这根本就是借口!"他说。

"我没想说他妈的什么借口,是你问我的……"

他气得用力打了我一巴掌,我一下退后撞到了走廊的墙上。"你不懂得尊敬师长吗,诺斯?"他说,打我的那只手还举在半空中。"尊敬两字你懂吗?"

"我够尊敬了!"我转身往校门走。

"诺斯!你立刻给我回来!天呀,你会得到严厉惩罚的!"

我大步走到学校门口,他的吼叫声被门隔挡在里面。我回家去了。

学校广场渐渐远离视线,我摸摸被打的脸,心想一定会留下一道红不拉叽的印迹。我大声咒骂马齐,也不管别人听不听得见。我想天底下我最恨的就是马齐了!我大步走向大街,气呼呼地,一下就走完了回家的一半路程。祖母会问我怎么回事儿,肯定又要挨骂了。

在阶梯上,我遇见玛丽亚。"你怎么会在这儿?李奥。我以为你去上学了。你的脸怎么了?"她摇晃着襁褓中的孩子,安塞恩在哭。

"还不是那个浑蛋家伙,马齐士官长!"我大声说,比哭声还大声。

"什么,他居然打你?"

我点点头。我气得一直在深呼吸。"我进去又从学校出来了。"

"逃学?你不怕惹上麻烦吗?"

我耸耸肩。"他们去年把一个学生开除了,因为他逃学。"

"那是很严重的。你为什么要这样呢?"

"你是什么意思?怎么会问我为什么要这样?难道我要在那里作践自己吗?"我大声说。

"嘘!"她对安塞恩说,不断摇晃着他。然后朝我说:"别会错意,我不是说你该在那里被作践,我只是问你为什么就逃学了?"

"我就想这么做。"

她一副很担心的样子说:"你难道要这样过一辈子吗?李奥?"

"那你又好到哪儿去?你自己呢?你十五岁就有一个孩子!"

她的脸上的表情僵住了。"李奥，这不公平！难道你就这样想我？一个骚货？你是这样想我的吗？"我低着头。

"不是……玛丽亚。"

"很高兴你对我有这么'高'的评价。"

"对不起，其实我不是那个意思。"她转头就走，重重关上了门。

我大步走上楼。

"李奥，你怎么会在这里？"我晃过房间门的时候，祖母问我。"你在走廊里跟谁在大吼大吵？你没事吧？"

我没有回答，径自走到床边重重地倒上去。

"你怎么回家了，李奥？"她再次问我。史德林在睡觉，脸朝着墙。

"回答我，李奥！"

我没回答。她跑到我跟前开始唠叨。

"我逃学了。因为那王八羔子马齐的缘故！我诅咒他生的儿子和他一样下地狱！"在祖母打断我之前我连续臭骂了几句。

"李奥，你竟敢说脏话！你逃学是什么意思？为什么？什么原因让你逃学？"

我把眼都闭上了，她还是唠唠叨叨个不停。我们俩就炸开了。

"李奥，你为什么老是给我惹麻烦？你应该感到幸运，你不像史德林一样生了重病。你为什么不感谢老天对你的庇佑，为什么这样不知道满足？"

"不知感恩？不知感恩？"我站了起来。我的跺脚声惊醒了史德林，他一脸惊愕。

"奶奶，发生什么事儿了？"

"没事，我在这儿。"

"发生什么事儿？我的喉咙好疼！"他抓着自己的脖子。

"你说我不知感恩？我……"

"你给我闭嘴！没人要听你说话。你不重要。史德林现在最重要，他病了！我没空管你这幼稚的行为！"祖母说。

我大步离开房间。"我不需要这种庇佑！"

"噢，我的头！"史德林痛苦地说，声音沙哑。"奶奶！奶奶！"

"没事的，史德林，嘘，我在这儿。"祖母说。

我重新走回到房间，见到史德林痛苦的呻吟，我觉得很内疚。我竟然只顾自己的恼怒而不管他的痛苦。

我想跑到山上去找血花试着治他的病。但每一次走出大门，我就想这样是徒劳的，于是每一次我又安静地走回来，坐在餐桌前听史德林的哀号。我居然想，只要他在哀号，他就还是活着的。他一直哭哭啼啼到早上六点才停下来。

"李奥，我必须跟你谈谈。"祖母第二天跟我说。这天我仍然没有去上学，但她也没试着逼我去。我们坐着陪史德林，他睡着了，一脸痛苦状，满脸涨得通红。

"你想说什么？"我问。

"责任感。人活着都有一份责任。比如我的责任是照顾你和史德林。玛丽亚的责任是照顾安塞恩。丹士顿神父的责任是……"

"我知道。"

"有些人的责任，他自己并不喜欢，但还是必须去承担。李奥，你有去上学的责任，有不惹麻烦的责任，有不被开除的责任。当我需要你的时候，你对我也有一份责任，同样对史德林也是。你明白吗？

人们难道可以躲避责任吗？如果那样世界就大乱了。所以我要你明天回学校去，不要抱怨，好吗？"

我没有和她争辩。

静了一阵我才问："你认为史德林好些了吗？"

"我觉得他的情形更差了。"我们同时看了看史德林。他转过来发出呓语，抱着头。

"史德林，我怕他会撑不下去了。"她突然说。

"嘘，他会听到的。"我说。

"如果失去他，我也活不下去了。"

"我们不会失去他的。几年后我们回头看今天，只不过会是一场回忆。不会像今天这样痛苦，不会的。"

"是的吧，"祖母哭了，"他这么痛苦，我实在看不下去，但我帮不上忙，他要我救他，但我没有能力。"

"他知道的。"

"但你想……"祖母失控地哭了。她努力想控制自己，试着调匀呼吸。"想想他有多痛苦，只要一醒来就哭着叫救命。"

"这些痛苦，很快就会过去的。很多人都得过旋死热。"

"嗯，我太累了，所以很担心。"她叹了一声，揉揉眼。

"今晚我来陪他吧，奶奶。你应该去睡一会儿。"我说。

但史德林号哭了一整晚，我们没有一个人能真正睡得着。"很快他就连声音都发不出来了，那就是上帝的恩赐了。"第二天早上我喃喃地说出这个病的下一阶段症状。

"李奥！"祖母对我吼了一声。我记得那只是我对着史德林说的话。

"我不是那个意思，"我一脸慌张地说，"真不是你想的那样。"

这天我又没去上学。祖母实在太累了，甚至提也没再提一下。

那天下午，史德林失去了声音。"这很正常，丹士顿神父说，"据说这种病和人的声带有关。但你的声音会恢复过来的，史德林。"

祖母在厨房煮晚餐的时候，我坐着陪史德林。他看着我，脸上流着泪。他的眼睛流露出的神情显得他是那么害怕。"史德林，你怎么样？你哪里不舒服？"我问。

他张开嘴又闭上，只发出呼吸的声音。"你的头痛吗？"他点点头。"还有喉咙？"他又点点头发出呜咽之声。"哭只会更糟。"我告诉他。

他躺着，只是哭。"你难受？"他点头。"还有什么其他的不舒服？"

他的手摸摸胸部。"你的胸也疼？心脏还是肺？呼吸困难吗？"他点点头。

我脑中一片死寂。我讨厌他不停地哭，但现在不哭我更烦了。如果我不在他身边，连他死了我都不会知道。"我读书给你听好吗？这样你就不害怕了。"

我去拿那本书。一边走我一边祈祷它又有新的故事。打开书的时候，我的手都在抖。

又多了一篇。"我念喽？"我说。史德林没有反应，只是看着我哭。我尽力让自己的声音平稳，开始念。这篇章不是关于阿德巴朗的故事，而是关于史德林说的那个是我们远亲的小女孩儿的故事。上次念这书给他，好像是好久好久以前的事了。我揉揉睡眼，开始念。

她九岁的某一天，这个小女孩儿突然在梦中惊醒。她坐起来，发现她的祖母坐在旁边。她睡着的时候外祖母爱蜜丽经常坐在这里，所以小女孩儿并不觉得奇怪。"阿嬷。"安娜静静地叫道。

"安娜。"爱蜜丽也回应她。

安娜那个下午怀念起爱蜜丽第一次教她跳舞的那段日子。从那之后她就把芭蕾舞鞋收了起来，因为没人可以再付得起学费了。她本来也不在意，直到她见到外祖母之后才怀念起来。

安娜哭了。她说："他们不再让我学芭蕾舞了。"

"你听我说，记住，永远不要放弃舞蹈。"爱蜜丽说。

教堂的钟声响起，从屋顶上传来，安娜坐在黑暗之中。没有其他人。

她站起来把灯点燃，把芭蕾舞鞋拿了出来穿上，她开始跳舞。

她的母亲站在门口。"你在干什么？"她一把抓住她的手臂。"安娜，回答我！"

"我想跳舞。"女孩儿说。

安娜的母亲弯下腰，瞪着孩子的脸，手抓着她的手臂不放说："你在哭？安娜宝贝，你的脸上有泪。"

"阿嬷，"她说，"刚才坐在那里跟我说话。"

安娜的母亲松开了手，盯着她。安娜看见母亲惊讶地望着自己，安娜也在试着透过母亲的眼睛读取母亲的态度。"也许只是一场梦。但她跟我说要我不要放弃舞蹈。请你让我跳舞。"

"跳多久？再上一年的课？"母亲说。

"一直跳下去。"她摇摇头。

那天晚上那个男孩儿睡不着，他晃来晃去穿过空屋，走到图书馆，那里的灯是亮着的。阿德巴朗坐在桌前，案上是一大摞书。男孩儿进来的时候，他抬头看了看他。"很晚了，凌晨三点，你该睡了。"他微笑，把书放在一边。"告诉我，你在烦恼什么？莱恩。"

"叔叔？"男孩儿说，"我以前住的国家，我几乎都要忘了。"

"你不能忘。"阿德巴朗的脚动了动。

"我知道。"

"来，过来这里。"阿德巴朗拿起最上面一本书，吹了吹好让墨汁尽快干。"我念一段故事给你听。"

"什么故事？"男孩儿拉了张椅子在桌边坐下。

"这个故事叫《金色政权》，"阿德巴朗说，"念最后一章。"

阿德巴朗翻开书的那章说："这章名叫'王室的叛变'。"

我停下来，看着史德林。"我们已经知道这章说什么了。接下来这章是父亲写的书的最后一部分。你真的要我念下去吗？"他虚弱地点点头。尽管他脸上的眼泪逐渐干了，但还隐隐约约反射着夜晚的灯光。"好吧，我继续念。我好像也有点儿忘了，我再念一次好了。"我是真的有点儿忘了。

凯希亚国王一世有一个谋士叫马可士·卡丽滋，是国王非常倚重的大臣，卡丽滋也因此掌握了这个政权所有的秘密。一天夜里，国王醒来时，竟然看到卡丽滋手持短剑站在自己身边，一怒

194

之下把他逐出了皇宫。但卡丽滋始终坚称，那是他先听到奇怪的声音，怀疑有刺客闯入皇宫，所以才持剑去查看的。不过没有任何人可以证明，那天晚上卡丽滋是不是要谋害国王，从此他们俩就反目成仇，两个家族也自此反目成仇。卡丽滋家族和铎纳华家族的新仇旧恨也自此爆发。

五年后，国王和王后生了个宝宝，与此同时，马可士·卡丽滋的夫人塞琳娜也生了个儿子。国王的儿子也叫凯希亚，卡丽滋的儿子叫卢西雅。

国王还很年轻的时候就病了，一病不起。他死后小凯希亚以十岁之龄继承了王位，称凯希亚二世。在那些风雨飘摇的日子里，整个国家到处充斥着叛乱的气息。秘密机构的阿德巴朗大法师被派去调查圣岛上的卡丽滋家族。

特工头子塔莉萨要阿德巴朗盯着马可士与塞琳娜。但马可士与塞琳娜早就知道阿德巴朗的身份，不过他们故意留下了为凯希亚政权工作的阿德巴朗。他们恨极了凯希亚政府，塔莉萨让阿德巴朗去圣岛执行这项任务的目的只有一个：将他支开并且严加监视。

塔莉萨其实早已和叛乱分子沆瀣一气了，表面上维护着国王的利益，背地里干的却是暗渡陈仓、阴谋颠覆政府的勾当。身为特务头子，她的主要任务是捉住叛逆之首。如果阿德巴朗不在，就更容易除掉中层的异己。许多法力高强的保皇派都在接下来的几年中在执行任务中牺牲了。许多特工也在错误的情报中毫无所获，甚至常被派去执行毫无意义的任务。而与此同时，马可士·卡丽滋却在发展壮大，培养了一支叛军和一个独裁者，他的儿子卢西雅。

马可士的女儿安娜丽恩对她家族的事毫不知情。她在一个舞会上认识了小国王，俩人坠入爱河。十四岁那年他们结婚了。从那天开始，卢西雅也憎恨起自己的亲妹妹。

后来安娜丽恩怀疑起她家族的阴谋，虽然她并不确切知道那是什么。她发现了他父亲拥有银鹰，一个古传的魔法无边的宝石。她把它交给了阿德巴朗，安娜丽恩知道她的家族会对阿德巴朗不利，于是劝他尽快脱逃。阿德巴朗则交给她一卷自己写的预言。

在安娜丽恩的婚礼前夕，阿德巴朗法师从卡丽滋家族的掌控中脱身并暂时摆脱了塔莉萨的魔咒。阿德巴朗的法力不及塔莉萨，尽管他比塔莉萨要更富有智慧，最后，塔莉萨还是捉住了阿德巴朗，与其他人合力将阿德巴朗流放到另一个国家。

小国王娶了美貌、智慧的安娜丽恩。他们生了一个孩子，也叫凯希亚，他将成为凯希亚三世。从一开始，这个小孩儿就长着一对王者之眼，人民热爱这个小王子。当安娜丽恩看到这一切的时候，她开始思索阿德巴朗预言的真正意义，于是将之结成一册书，就像以前所有预言一样。

银鹰拥有强大的法力，代表着自由的力量。阿德巴朗知道必须要不惜一切代价保护银鹰，这在他的预言中已经预见到了，如果卢西雅得到它，他必将摧毁它。于是阿德巴朗将它藏到一个谁都不会发现的地方。

卢西雅的父亲死后，他变得更加凶残，更加积极地颠覆政权。许多人都被他收买了。他设立了许多工厂大规模制造武器，那些武器在这个国度中是前所未见的,是他从一个遥远的地方运来并且让最顶尖的科学家研究如何让它们发挥作用。

某天晚上,卢西雅·卡丽滋进攻了皇宫,没有人能抵挡这些来自异域的武器。卢西雅一声令下,叛军杀害了国王和王后,卢西雅的亲妹妹和妹夫。但当他们想加害太子的时候,士兵们对预言恐惧起来,他们只好将太子送到卢西雅跟前,而卢西雅最后命令塔莉萨将太子流放。显然,杀害一个人民爱戴的孩子是不明智的。太子最终被送到英伦,阿德巴朗也在那里。阿德巴朗将他带大并把他培养成为马洛尼亚未来的王者。

卢西雅的叛军控制了马洛尼亚,他自号摄政王,还不到一年的时间,他的人便以国王来称呼他。于是他嘲笑所谓的预言,认为自己才是真命天子,无敌于天下。不过依然有许多人坚信那个预言,这让他顾虑重重,他也害怕那天会真的到来。他知道必须未雨绸缪,先下手为强,这样百姓才能不再存有幻想,才能认清现实。

卢西雅知道阿德巴朗手中的宝石法力强大,所以他派遣特工去英伦抓捕阿德巴朗。但他们找不到他,再者,就算抓到阿德巴朗,刑讯对阿德巴朗也不起作用,他们还是找不到那宝石。卢西雅对周边国家雅席里亚的战事需要倚重塔莉萨,而塔莉萨也无法承受寻找阿德巴朗所消耗的精力。

于是有传言说,太子根本没有被流放,在当晚进攻皇宫的时候,他就随着父母一起被处决了。人们言之凿凿,还有人发现了一具孩子的尸骸,据传那就是太子。流言像病毒一样蔓延到了整个国家,预言早就被民众抛到了脑后。百姓已经接受卢西雅登基的事实，不再幻想太子能再回来。此时这个国家百废待兴，他们没有武器，没有经济，没有实力，甚至也没有生活的希望，到底是谁在散播谣言呢？

我见证过事实，所以要把这个故事写下来，只因为我对这个国家依然怀有信心，我就是这样想的。写作是我的天职，我不会因为恐惧而不敢写出真相，我将倾尽一切去写，哪怕要付出我的性命，如果牺牲是我最终命运的话。太子并没有死，他必将回来，我们不该因为金色政权的暂时结束而失去希望。这个世界是日夜更替的，黑夜过去白昼降临，始终如此。当我们处于黑暗之中，我们要期待光明的到来；在光明来到的时候，我们已经拥有了黑暗的经历。我必须要说，现在，铁血时代已经降临。

也许能心领神会这故事，本身就是一件幸运的事，我的泪水已经模糊了视线。我默不作声，眨眨眼让泪水滑落。史德林离得较远，没有注意到。"我漏念了一段，"我翻回去，"等一下。"很快继续补上漏念的段落。

阿德巴朗合上书说："你明白这个故事的意思吗？"

男孩儿点点头。"这是我家族的故事。是谁写的？"他站起来凑到阿德巴朗的身边。

"我的外甥。哈洛德·诺斯。我用法力一章一章地复制过来，你知道我可以看到他写了什么。"

"他就像写了一部传奇故事一样，就像以前你告诉我的那些古老的正邪对抗的传说一样。"男孩儿说。

"他用这种方式写下来是希望人们能够感兴趣。他写这些东西很伤神，但他照写不误。你知道这些故事其实就是史实。你见过卢西雅以及他的军事首脑，也见过塔莉萨。你也见过他们在我的手上和腿上施刑。"

孩子点头。

"这里是英伦，人们相信君权神授，但这并非事实。你生为马洛尼亚国王的儿子只不过是机遇，那里的人民愿意冒死辅佐你重返国家复辟登基，是因为环绕在你身上的预言，因为你的父亲、你的祖父把国家治理得很好，也因为他们很不满意卢西雅的统治。百姓爱戴哈洛德·诺斯，人们愿意为你冒险，为你而死，而你亦将以生命回报他们。"

"正因如此所以我必须学习有关马洛尼亚的历史。"男孩儿说。

"明天我会开始教你，这样你就不会什么都不知道了。"

最后一丝光线，在史德林的发梢上闪烁了一下。他没有留意到我已经念完了，我用袖口拭了拭脸。每次我读父亲写的东西而泪流满面的时候，都很欣慰他对周遭发生的事一点儿也不注意。

我父亲的确为此承受了极大的痛苦。写文章对他来说压力太大了。政府悬赏他的人头，又把所有保皇派的书都禁绝了。身为他已经认不出的两个儿子的我们，坐在这里读他写下的自由宣言，他写下的最后的文字，然后他就消失了。

"你是对的，史德林。阿德巴朗并没有死，太子也没有死。如果没错的话，他们现在住在英伦。"我拭了下脸，努力让声音里没有哭腔。

史德林闭上眼，我不确定他是否听见我说的话，或者已经睡着了。我把书放下，拉起他的手，静静地坐在他旁边，一直到祖母回来。

"我听到你在讲话。你刚才是在讲故事吗，李奥?"祖母手上捧着一碗汤，是给史德林熬的。

我摇头，松开史德林的手，站了起来。

史德林虚弱地转过头来看着她。她坐在我刚才坐的位子上。

她用汤匙取了点儿汤喂史德林，他一喝就吐了出来。我们每天要这样照三餐进行，因为必须让史德林有体力对抗疾病，这是必须的，要不然在病症晚期他很难撑得过去，那时他将要昏迷不醒失去知觉。这也就是下一阶段我们马上要面对的情形。

当我洗好桶往回走到楼梯间的时候，祖母问我："李奥，你要去教堂吗?"

"你说什么?"我还没回过神来。

"我是说你会去教堂吗? 去为史德林祈祷。"

"你可以去，我留下陪史德林就好了。"我说。

"不，我不要离开他。"

"丹士顿神父每一次都会为史德林祷告。"我说。

"我知道……但求求你……李奥，去一趟好吗?"她抓着我的手。

"丹士顿每天早晚都会为史德林祷告。"我说。

"我希望我们家有一个人在那里。"

我实在太累了不想去，但同时也懒得再为此争执，所以我就去了。

在教堂的时候，整个仪式我一句也没听进去。感觉好像有一道玻璃墙包围住我，把所有声音都隔绝在外面，所有声音都变得很遥远，就像梦一样。仪式结束之后，我依然坐着不动，人们渐渐都走光了。

"李奥，我正要去看看史德林，看看他的病情如何。我们回头见？"丹士顿神父从法器室出来的时候说。我点点头，没有看他。他走后五分钟，我才回过神明白刚刚神父说了什么。

我慢慢走到教堂后面，站住看着后排的蜡烛。因为我的眼泪，烛光有十字的闪光的效果。我的眼神恍惚起来，充满了泪水，光，从教堂敞开的门随着微微的风照进来，在我眼里映成十字形的光晕。此刻教堂外面风雨交加，它们在狭窄的街道上显得狂乱而肆虐，广场中央干涸的喷水池上有废报纸噼啪作响。风把门吹得开了又关，关了又开，不断发出响声。

风停了会儿。我点燃一支蜡烛，放在架子上，让它跟其他的蜡烛隔着一段距离，单独放着，这样我才知道这是我那支。我是为史德林点燃的。我在蜡烛旁跪下来，距离没预先算好，结果只好用膝盖挪了挪位置，才开始忏悔并祈祷。

"仁慈的主呀，求求你，放史德林一条生路，求求你，我知道我充满罪恶，但难道就要让史德林代我接受惩罚？我发誓，如果你让他活下来，我再也不咒骂了。我会每天都到教堂来，我会早晚颂读《圣经》。我会施舍任何东西。如果你让史德林活下来，我愿意献上我的手脚。"我喃喃地念着我能想到的所有祈祷词。有一刻我相当害怕，就好像这个祈祷是一场交换，而真的马上要应验了。在那一刻，跪在那里，我感觉自己成了废人，我用自己的手脚交换了我弟弟的生命。

"主呀，求求你，我愿意做任何事。如果有必要，你就让我患上旋死热，甚至死亡，只要你能宽恕他。他是一个好人，他不应该这样死去，难道你没看到吗？"我大声念着，"难道你瞎了吗？"

留下来的只是一片寂静。上帝离我们太远，完全听不见。"求你不要用他的生命来惩罚我。"

一阵风吹动门板撞到墙壁上发出巨响。一排排蜡烛的焰火低了下去又重新抬起来，只有为史德林点的那支离门最近，新点燃的最高的那支蜡烛灭了。一缕青烟袅袅升空，被风吹散。我看着那支熄灭的蜡烛，站了起来，跑出了教堂。我觉得那是不好的兆头，我真的这样觉得，我没必要对自己撒谎。

我冲进家门，手腕给门框磕了一下。我重重关上门，冲到卧室。祖母和丹士顿神父转头望着我，史德林躺在那里一动不动。

"他失去知觉了。"祖母说。

我站在那里，看着史德林，上气不接下气，完全不理会手腕的麻痹。"过来坐下，李奥，"丹士顿神父说，"不要惊慌，这是这种病很自然的现象。"

有一刻，我真以为史德林死了。但我在床边跪下来，用手去感觉他的嘴，他还在呼吸。"这样要持续多长时间？"我问。

"这恐怕不会太快结束，我们只能等待。"丹士顿神父说。

我们静静地坐着，看着史德林，他的身体在那里躺着，但是，他的灵魂似乎不在了。他那样沉静安详，让我有种奇怪的感觉，好像他在做梦。什么时候只要他微微动一下，祖母就会跳起来呼喊他的名字，但最后还是只能再坐下，因为史德林又会陷入到没有意识的状态当中。

从某种角度看，我其实也不太担心。史德林的呼吸缓和下来，连带着我的也是。我能听到丹士顿神父手表的滴答声，也能听到自己的心跳。我的心思跑到别的事上。我希望玛丽亚能在这里。但稍早她出去买东西了，暂时不会回来。而且她也不会来找我。我干吗要跟她说那样的话？

我怎么能说那些话？我一想到这里，就想把拳头塞进我的眼窝里，别提有多懊恼了。我怎能说出那样的话？

我睁开眼，丹士顿神父正望着我，我立刻将扭曲的表情恢复正常。他对我微笑着说："没事的，李奥。"

我感到很内疚，我居然想到史德林死了，永远离开了我们。我只能一个人去上学了。祖母只能和我一起上教堂。如果有人问我有没有兄弟，我会说没有。他的床将空下来，他的餐桌位子和学校的书桌也一样，会被其他人占据。

我想象某日我在教室里向窗外看，看见二年级野战 A 排正在操场上训练。我看见那个前排牙齿不见了的一年级小朋友，也看见上校那个长着橘色雀斑的外甥，还看见那个比其他人都矮许多的家伙正在和其他人吵架，就像平常一样。但我没有看见史德林，不论我看多久我都不会看见史德林，因为他不会再在队伍里了。他不存在了，除了在记忆中之外。

我的心跳得很快，像个在肋骨里拼命挣扎的困兽。我抬头看见史德林仍然在呼吸，虽然很轻，但很稳定。我摸着心脏，目不转睛地看着他。

丹士顿神父站起来，摸了摸史德林的脉搏。我们在黑暗之中坐着，天已经黑了两个小时了，一直到这个时候我才发现。没人去开灯。

"他怎么样了？"祖母说。

"很难说，非常难说。"丹士顿神父说，又坐了下来，我们一起看着史德林。

大概半小时之后，我的眼皮变得很重，睁开都会痛。我努力睁眼，难道我不能为自己的弟弟一晚上不睡吗？如果我睡着的时候他死了怎么办？

但是我真差劲，还是睡着了，没人阻止我。是房间里极度的安静让我睡着了。一来是史德林规律的呼吸，一来是黑暗，我再也无法撑开我的眼皮了。

我醒来时看见史德林还躺着，我动动脚。"奶奶，你怎么不叫我？史德林好些了吗？"

"没有变化。"她说。他静静地躺着，就像之前那样。祖母的椅子紧贴着床，她把一条冷毛巾放在他的额头上。

我睡着的时候，忘了史德林生病的事，现在我的心又跳得快了起来。"丹士顿神父呢？"我问。

"他回去主持八点钟的弥撒。"祖母说，"他认为史德林会这样一动不动躺上几天。"

"然后呢？"我问。

"我不知道，现在我们只能耐心等候，静静地坐着，李奥。"

但我无法安静坐着不动。我一静坐下等候就会想睡觉。我醒来了，我不想再等待了。整个晚上我一直焦躁不安，在房间里踱来踱去。我差点儿被自己的靴子绊倒时，祖母皱了下眉说："李奥，你怎么不去上学？"

"上学？我怎能去上学？"

"上学对你有好处。要不然就到街上去买点儿面包。我们没有吃的了，从昨天中午开始我们就没有吃过任何东西。"

"如果我不在时史德林病情恶化了怎么办？"

"我会让玛丽亚去叫你。她会愿意的，她曾说过要帮忙。你为什么不整理整理准备一下，到时候再作决定？"

我穿好了制服，前一天晚上睡着的时候就穿着它。我往脸上撩了点儿水，很快走回卧室。看着史德林，我说："也许他的情况更差了。他的脸发热发红，就像之前一样糟糕。"

"丹士顿神父在活动结束后会过来。他会判断史德林好了没有。"祖母说。

"奶奶，我不知道为什么，我只是担心。你知道我有法力。如果我忧心忡忡，那一定是有理由的。"

"但丹士顿神父说……"

"他有魔法吗？"我问。

"李奥，你的魔法对史德林有什么用？你能用魔法做什么？你能让史德林好起来吗？他可能要这样躺上几天才会醒，我们只能等待。坐下来等，或是出去走一走，你能像个正常人一样安静下来吗？"

我突然对她这样不公平地说我感到愤怒，并且很想大哭一场。"奶奶，你干什么一定要弄得好像没有大事一样？你认真想过……"

"我们什么都做不了，李奥。"她再次重申。

其实我是能做点儿什么的。我不能坐以待毙，我可以做点儿什么。我离开了。

我狂奔，我只是狂奔，冲出城市到达墓园。边界没有士兵阻拦我，我继续跑，有一股力量让我再次跑到山丘寻找血花。如果你是有魔法的，你就无法抗拒那股力量。

我没有停下来。山坡一下变得很陡峭，但我保持着相同的步伐，在山上山下狂奔，一直往地平线的方向奔去。我径直穿过一条溪涧，溪水溅湿了我的靴子。我一个山谷一个山谷地搜索，期待发现任何可以指引我去寻找的线索。但是什么线索都没有，我焦头烂额地寻觅任何我可以寻觅的地方。

搜寻这个根本不在那儿的红色花瓣的花朵，我的眼睛开始疼了。我仔细寻觅蛛丝马迹，越来越仔细。我一直在原来的路上一次次反反复复寻找，粗鲁地拨开草丛，然后我真的傻了，明白那花根本不在这里。突然之间，我很讨厌这里，我跑着离开，爬上最近的一座山丘。

我能从这里看得很远。转过头回顾来时的路，我已跑了几英里了。我的脚更酸了，因为睡得太少而头昏眼花，我终于在上坡的地方支撑不住倒下了。

太阳挂得老高，天蓝得有点儿假，就像染了色似的，深深的蓝，颜色耀眼。直视天空使我的头更疼了，我只好闭上眼，用手捂住眼睛好让强光不那么刺眼。我的额头流着汗，却没什么感觉。

我没有力气爬起来，我也不想。我躺在那里的时候，世界好平静。如果我不移动的话，世界也不会有什么变化。躺在那儿，热气逼人，草梗刺着我的后背，我动了动。

睁开眼，我不记得我是否睡着过。一只鸟在我附近鸣唱着，我抬眼一望，见到它了，一个黑色的影子在天上映着一个黑点。它飞得更高，变得比一个小点儿更小，最后就不见了。它飞到太空去了吗？我只能想象它飞到天堂里去了。

这让我想到祖母跟我们说过的一个故事，有关死去的孩子的故事。死去的孩子，他们的灵魂都会变成小鸟，这样他们就会飞到天国里去。"他们飞呀飞呀，地球愈变愈小，直到看不见。他们穿过云层，自由自在，忘却了一切在地球上发生的麻烦事，他们要回家了。"这是史德林最喜爱的故事。"想象一下，看不见地球是什么情况，"他曾这样说，"李奥，你想象一下。"他从来不畏惧死亡，从不。只有我怕。

我的眼在阳光下淌着泪。我站起来，眼泪落下来，滑过脸颊，跌落在我的衬衫上，湿了一片。我把它们擦了擦，但还是流个不停，我蹲了下来，双手捂着脸，抽泣着，像个孩子。我不会找到血花的，原先以为自己能找到的想法真是愚蠢透了。史德林已经失去意识了，接下来会恶化，然后死去。到时我什么都做不了，只能静静地看着他离开。我颤抖着呼了口气，我到底做错了什么？我不停地哭，控制不了自己。

我把眼泪都给哭干了。我睁开眼，悲伤地咳了咳。眼前的草地都湿了，哭了那么久，我的衣服上都是泪水，并且感到很沉重。我警觉地站了起来，明白不能在外面待那么久。

突然我傻在那里。我看到了某样东西，就在那里，湿湿的草地间，一株植物，就好像是在我的眼泪中长出来的植物一样。

我屏住气，盯着它。那是一株有着血红色星状花瓣和黄色花蕊的植物，叶脉是血红色的，叶子本身是深绿色的。这和我在照片上看到过的一样，和我听过的描述也吻合，就是它，血花。

我坐着盯着它，然后伸出手摸了一下，花蕊中的泪状物抖了一下，没有消失，就在我的面前，一直在那里。

我的心脏跳得快极了，几乎不用脑子都能听见。我从花周围的泥土开始挖掘，很害怕毁损它。我一直注意周围，害怕其他人万一看见了。但山丘人迹罕至。我加快速度，泥土很松，我一下就把它连根带土挖了出来。

我的手一直在发抖。我把外套脱下来，小心翼翼地把它包在里面，这样我就不会遗失任何花瓣。因为花瓣正是治疗旋死热的关键部分。我一边想，一边站起来狂奔。

我回来的时候，我们家那栋建筑看起来不太一样。因为我不同了，又累又脏，我突然觉得自己是不死的英雄，比阿德巴朗大法师还要伟大，当然，如果我能用这花救活史德林的性命的话。我打开外套，看了一下花还在，还是像我在山丘上发现时一样。叶子有点儿蔫了，但花瓣是完整的。我在门口站了会儿，没有比现在更重要的时刻了，这让我有点儿晕眩。然后我把血花捧在胸前进了家门。

我又是奔跑着，我以为自己很累了，但其实还没累到极点。我两步一跨向楼上奔跑。"我回来了，奶奶，史德林，我回来了！"我夺门而入，像个孩子一样嚷着，"你们看，你们看，我找到了什么？"

我合上书，待了一会儿。想起那天的种种过往，我感觉到自己在微笑。阳台上变得更安静了。城市里的灯火一盏接着一盏熄灭。音乐声逐渐淡去，风刮了起来，人们把门关上了。我站起来，月光让世界明亮了起来，我拎着书。

现在我又读了一遍，我还记得我写这一段的那天。就算回头我也不能确定我身后是否有人。放下笔，我转过身笑着说："记得那天吗，史德林？"

不论我那天写下了什么，故事远没有结束。

第四章

　　我夺门进入卧室，祖母和丹士顿神父都在屋里，背朝我面对着史德林。"奶奶，"我嚷着，"丹士顿神父！史德林！看我找到了什么？"

　　"嘘，李奥。"祖母没有回头。我跑过去把捧着花的手伸出来。

　　"史德林？"我尽量压低了嗓音。但他没有回答。"史德林？"

　　我不知道我干吗这样叫他。不论我叫得多大声，他根本就不能回答。但我有一股冲动这样叫。"史德林？"我又叫嚷了起来，"史德林！"

　　"李奥，不要喊了。"祖母说。她哭了起来，转过来看着我。她看起来不再像以前的她了，丹士顿神父看起来也怪怪的，而我也是。我们之间，只有史德林像之前一样静静地在那里躺着。他死了。

　　这就是为什么我写下"结束"那样的字眼。因为一切都已经到了尽头了。

我站着瞪着史德林，然后跪下来，试图摇醒他，因为我还不能相信这是事实。但我的五脏六腑却都清楚得很，他们全都停止工作了，我感到它们都融化了。

　　史德林的手还是温温的，好像他还能睁开眼对我笑，他还能露出他那不整齐的牙齿，还能带着雀斑对我笑，他短发的颜色比他皮肤的颜色还浅。"他很平静，没有痛苦，他平静地走了。"丹士顿神父哭着说。

　　我的头靠在被上，我伸手摸着史德林的头。"史德林，你怎不……"我哽咽了一下，"你怎不派人去叫我？"

　　"他一分钟前走的。之前他短暂恢复神智的时候，还问了你在哪儿。我们让玛丽亚去学校叫你，但没找到你。"丹士顿神父说。

　　"我……"我说。

　　"就在不久前。"

　　我松开手，血花跌落在地上，静静地落在那里，一切都完了。我冲进客厅，抓了一张椅子就往窗上抡，窗户破了，玻璃往外掉，我听到外面的人惊叫的声音。

　　"李奥！"祖母惊叫，"李奥，你犯什么病！"

　　我抓住桌沿就想翻，丹士顿神父站起来，一把抓住我的手腕，然后抱住我。"镇定点，李奥！有这种感觉是正常的，好像一切都完了。这种感觉是正常的。"

　　但我不想这样镇定，因为一切都不是镇定的，别人身上不会发生这种事。我打了丹士顿神父一拳。

　　我不是故意要打他那么重的。他退了几步撞到了桌子，把报纸震飞了，就像风起的时候吹飞了一片落叶。桌子的一条腿断了，掉在神父面前的地板上。

"李奥，李奥！"祖母哭着。

神父站稳了，一手摸着脸。"没事的，我没事。"他松开了我的手。我走回卧室，史德林就静静地躺在那里，好像睡着了一样。血花在地板上，我用脚踩扁它。

然后我不知道接下来要怎么办。我就像个演员一样，随着自己的怒气表演，根本不知道还能做什么。我转了一圈，双手捂着脸。然后我对着墙又踹又敲，我的心凉了，惶恐了。"李奥，别这样。"祖母哭哭啼啼地说，"喔，李奥，别这样。"祖母试着把我拉过来面对她，我抗拒地喊了一声，但不知该说什么。

"冷静，冷静。"神父说。

祖母瘫软地坐下来，坐在那束被踩扁的花朵旁。"李奥……这是……李奥？"

突然间，我说不出话。

"这是血花？是血花？"她崩溃地大哭，"李奥，喔，李奥，你怎不跑快一点儿，你应该跑快一点儿。"

"诺斯太太，玛格丽特，这不是任何人的错，不该怪任何人。"

祖母抱住了他，她弯下身，不断地抽泣。

"不是任何人的错。没人可以改变上帝的旨意。"然后他说了关于这花的事。他说，即使找到它也要有时间来制成药，也许这根本就不是血花，即使它看起来很像，看，那颜色好像不对，人在焦急中很容易看错东西。

我很想对神父大声吼叫，能有多大声就多大声。我大声说，好像声音还不够大似的，感觉好像能说的字很少，所以我闭上了嘴。

我看着史德林，我希望现在只有他和我在这里。没有祖母歇斯底里的哭泣，也没有愚昧的丹士顿神父。人太多，我无法思考。我需要安静，我想让他们都走。但我说不出口。终于丹士顿神父扶着祖母起来走出去，关上了门。

　　我在史德林旁边跪坐了下来，摸着他的脸，他的皮肤冷下来了。"天呀，不，不，"我喃喃自语，"史德林，等等。"我悲伤地把床单盖在他的脸上，想保住他的体温，这样才能阻止他的灵魂离开。但他的灵魂早游走了。我抱着他的脖子哭着说："不能离开我，史德林，没有你我活不下去。史德林，我活不下去。"

　　然后我做了一个奇怪的动作。我抱着他，用我的心脏去撞击他的心脏。我闭上眼，想象着我的心跳可以让他活下去，我非常专注，心中只有一件事，就是心跳，一下一下跳着，一分钟一分钟地循环周而复始，我连呼吸都忘了，但也没有憋气。我只记得心跳，然后我看见我自己在床边，抱着史德林，我随着灵魂游走了。我死了，他活了。

　　我以为自己疯了，我整个身体都在发抖，牙根也在抖，如此艰难地，我才着落在地上，脑壳和脑子在彼此撞击，我想摸摸史德林，但距离太远了。

　　我根本什么也做不了，我的法力太弱了，无法拯救他。我无法动弹，我的脑子和我的躯体分开了。我努力向地板前方移动了几寸，抓住史德林的手，躺下来，紧紧抓着。他的手愈来愈硬，愈来愈冷，像大理石一样。我昏了过去。

　　我梦到这世上所有存在的东西都在溶解，没有东西不是黑色的，全都是黑糊糊的。没有土地没有太阳没有月亮，也没有星星，没有魔法，没有天堂，没有地狱，没有妖魔，没有天使，甚至没有上帝，一切都是空的。

祖母的哭声唤醒了我，这比噩梦更可怕，因为这是现实。我醒过来，回到现实当中。我仍然躺在史德林旁边，在冬日疏朗的阳光下，那朵花已经被踩扁，史德林已经死了。"怎么了？"她摇着我的肩膀，"我们才离开几分钟而已，发生什么事了，李奥？"

我不想说。

许久我都没有说话。那晚史德林躺在敞开的棺木里被送到教堂，我们在那里守灵。棺木穿过广场的时候，繁星直接覆盖着棺木。在教堂里，我们全都站着陪着史德林，很久没有吭声。大家都到了，玛丽亚整个晚上都在哭，我从另一个房间看着她，我妒嫉她能哭，我自己却哭不出来。我只是站着，木然地凝视着史德林，什么想法都没有。

我必须要多看史德林一眼，要不然我不会相信这是真的。我会以为他只是跑到哪儿去玩了，他终究会回来抓着我的手对我笑嘻嘻的。但是，他怎能就这样静静地躺着，躺在棺木里呢？有一刻，当我看着史德林的脸，我觉得是我自己躺在棺木里。我想是我疯了，其实他只是长得像我罢了，他真的有些像我。也就是说，我的一部分死了。但我又不觉得只是一部分，我觉得我整个人都死了。没有史德林，我怎能活下去？

在天亮之前，我们回到公寓去换参加丧礼的衣服。在五点至日出这段时间，他必须下葬。我觉得我们必须拒绝这一做法，让他在早上更合适的时间下葬，但我没有说话。史德林的灵魂已经在天堂了，他陪伴在上帝左右。不论我们何时将他埋葬，天亮前还是天亮后。我很确定这点。

"你穿制服去。"祖母对我说。她仍然泛着泪，鼻涕流得跟个孩子似的。我张开嘴想说，史德林一定不喜欢我穿军服去，但我终究没开口，默默地套上了平常的黑色衣服。"李奥，别这样，史德林喜欢你看起来精神点儿，而不是这个模样。你这样让人感觉不是很舒服。"我握紧了拳头，握得很紧很用力以至于指甲都陷进皮肤里而流出了血，却一句话也没反驳。

"跟我说说话，李奥，为什么你一句话都不说？李奥，我很无助，很孤单，我的心都碎了。"

我转身离开，现在正是暂时离开的时机。

记得当我想让史德林活过来时，所有的一切都从我身边溜掉了，现在所有的一切都还没回到正常状态。我的脑子还不能正常地认知世界，我没有任何感觉。我觉得整个身体都是麻木的，好像我也不是真正的存在，世间的一切都是假象一样。我特别想哭，但我哭不出来。在巷口，我用力将头撞在墙壁上，我的脑子一下空白了，只能感觉到疼痛和无边的黑暗充斥在我的眼里。"李奥，你在干什么？"祖母大喊。"别这样，李奥！"我抱着头，靠着墙倒了下来。"你会受伤的。"她试着看着我的眼睛。"别管我。"我对他们怒吼。

去教堂的路上，她一直抓着我的手。我不喜欢她这样，这样就会把我带回到现实当中。但我还是哭不出来，你越长时间哭不出来，就越哭不出来。

我觉得，这一切，也许只是一个笑话，或者只是一场梦，也许我们都误判了，他其实还在呼吸，或者我只是在幻想他死了，他还会从巷口跑出来一把牵着我的手，我们一起去望弥撒，祖母、我，还有史德林。但他终究还是没有回来，每一秒钟我都在等待，我觉得好像是在错误的时间发生了错误的事，我不把它纠正过来就不能安心。史德林不在他应该出现的地方，他在棺材里，在教堂阴暗的角落，他本应该在这里陪着我和祖母的。

棺木盖盖上的时候，我们站在旁边，抬棺木的人要重新把棺盖合上，这时我抬起手来，他们阻止了我。我知道自己再也不能跟史德林说再见了，我看着他的脸，无法描述自己的悲哀。丹士顿神父示意让他们盖上棺木盖。"你会忘了他的，李奥。"他说。其实我真的已记不起来了。

我们走向墓园，黎明的光线把我们面前的天空染成了靛青色。丹士顿神父走在最前面，后面跟着教堂的牧师们，鱼贯而行，后面是面无表情的扶灵人，再后面是我和祖母，完全是家庭派对的阵仗。应该要有一些亲戚的，但只有我们俩。母亲和父亲在很远的地方，也许已经死了，阿德巴朗死了，祖母的双亲死了，小舅爷哈洛德死了，就算舅爷有亲戚，也是在英伦，也许还在，也许早死了。

队伍很安静，除了我们的脚步声和祖母的啜泣声。摇摆的香炉里面焚着香，链条发出有节奏的金属声。那袅袅的香烟向我们扑来，浓烈的香气卡在我的喉咙深处，熏着我的眼，钻入我的鼻孔里。前方两名教士手上的烛火在迷雾和暗夜中闪烁。偶尔，我们之中某人的咳嗽声会打破这份安静，然后我们就又陷入了更深的沉默里。

我很生自己的气，气自己对史德林的死理解得太慢，我一直强迫大脑告诉自己，反复不断地说，史德林死了，史德林死了。虽然我一直在重复，最后却只记得旋律，记不得它的意思了。我一直在前进的队伍中看着史德林的棺木，也许他只是走在最前头，独自哼着小曲，也许我们等下儿就能追上他了。

扶灵的人在下坡往维多瓦桥时放慢了脚步。棺木随着地形倾斜了，我想史德林一个人在黑暗的棺木里也可以感觉得到，我真希望我能告诉他要小心一点儿。

在山脚下，泽尼撒阿玛蒙工厂旁边，两名士兵正站着谈笑。当我们经过时，他们很快地肃穆起来，将帽子脱下来摆在胸前，眼光低垂。我突然很恨他们，他们跟我一样，但他们的兄弟却没死，他们可以那样地谈笑，好像这个世界从来都没什么变动一样。

其中一名士兵抬起眼，脸上的微笑还没完全消失，我才发现他是我的同学伊撒克·塞德勒。过了五分钟我才怀疑起来，他怎么会穿着制服站在那里执行警戒任务呢？不过我们这时已经走远了。

史德林被葬在我们之前看到的墓的更外围一些，是最外的一圈。我想起那天，他逐字拼出"阿德巴朗"，找到坟，并在上面跳呀跳地听回声的那天，他问我是不是害怕，还有在那一队送葬人经过的时候躲在我身后，让我像哥哥一样保护他。史德林栩栩如生地重新出现在我的脑海，但现在我们要把他埋葬了。我们要埋葬的不是安静详和的史德林，而是仍然在呼吸，仍然在笑的史德林，他只是在睡觉，是那个想长大当牧师，一直想看懂报纸的史德林。

在小径的尽头，已经架好了一副木质的十字架，上面写着史德林·嘉布尔·诺斯。嘉布尔是他的中间名，在那下面写着他的生辰和忌日，他才只有八岁，生命就已经结束了。这里是终点，他的人生到此结束了，就像故事说到一半就没有了下文，史德林·诺斯永远不在世界上了。

我很想像在山丘上一样痛哭一场，我想靠着号啕大哭让自己暂时不去想这些事，让悲伤快点儿过去，但我就是哭不出来。我只是呆呆地望着，一滴泪也没有。丹士顿神父向棺木念了一段祈祷词，祖母和我站在坟墓的一边。他照着手稿念，我一个字都没听进去。然后只见棺木被放进墓穴里，祖母撒了些泥土进去，他告诉我照着做，我就照着做。预备好的土堆开始向棺木上撒开，很快就填满了墓穴，送葬的队伍陆续返回教堂，天已经亮了，但我还留在原地。

"李奥，过来。"天空飘起了雨，祖母在叫我。雨在毫无预兆的情况下就飘了起来，掘墓人都走了，墓穴已经填好，上面铺上了草皮，所有的人都离开了。我的脑中一片空白，我只是呆呆地望着史德林的墓和那个十字架，上头有他的名字。"走吧，李奥，我们回家。"但没有了史德林，家也不算家了，他是我在这个世界上最在乎的人。

我想一直留在墓旁，一直待着，直到我因为疲劳、饥渴而死，这样我就可以作为史德林的陪葬，永远不离开他。人皆有一死，墓也难以永恒，谁能预料到这片墓地将来会有什么变化？就算我葬在旁边的墓穴，同史德林也不会在同一个寒冷、黑暗的空间里，我碰触不到他，只是感觉他在旁边。我只是不想离开他，让他一个人面对黑暗。

我的胸口突然一下剧痛起来。我环视周遭，好像有什么恶魔妖灵从围墙那里爬过来，对我伸出手似的控制了我。空中雨滴纷纷，地上碎花点点，我一下子支撑不住倒在地上，跌在墓上，双手在墓上胡乱搜寻，像是在掘墓一样。

祖母跑过来抱住我，想让我恢复神志，她大叫："李奥，李奥，求求你，我需要你，你千万别疯了。"妖灵像是一下消失了，我又回到了人间，雨下得很大，打得我很痛。我起身跟着祖母回去。

当我们一步一步远离墓园时，我感觉到有一条线，连着我的心和史德林的心，被扯得越来越紧，走得越远，扯得越紧越疼。我真的能感觉到它的存在，我的胸口疼极了。以前我从来不知道，现在我可明白心碎是什么感觉了。

那天早上，回到家里，我从洗手间出来走上楼，祖母在织布，她抬起头叫了声："史德林？"

我走进她的视线。"喔，李奥。"她说，"我的小宝贝呢？我的史德林。"我没有说话，只是看着她，但她没有看着我。"他死了，又安葬了？"她说。我没回答。"有六年了吗？"她在跟某个人说话，仿佛就在我和她之间，但那里没有人。然后她看到我，一下回到了现实世界。"才三个小时，喔，李奥，我怎么才能忘记这一切啊，我不知道。"

她怀里抱着一个东西，我走近看是什么。"这是为史德林的第一次圣餐准备的。"她拿起来给我看，是一块拼花的织被，几乎要完成了，她正在缝最后一块。在最外层的方块中，规则地绣着鸟和叶子，中间的方块绣着星星。这种拼花织品都是这样的，以前我也见她绣过这些东西。"喔，李奥！我们怎么办？没有他，我们可怎么活？"她在大腿上反复揉捏着织被，身体前后摇晃着哭，眼神迷离。我在房里踱来踱去，绕着圈走，吭也不吭一声。从墓园回来之后，我就这样，别的什么也不干。我们已失去理智了，祖母跟我都一样。

丹士顿神父稍后发现了我们的状况：祖母还是像中了魔一样号啕大哭，而我一直在踱步行走，不过我还是给他开了门。雨从破裂的窗户飘了进来，他刚从教堂过来，今天是七月二十一日，史德林本来是要在今天吃圣餐的，但他却在今天入土为安了。

丹士顿神父是一点钟左右来的，他为我们煮了些汤，我们都没喝。他和祖母悄悄地说了几句话，而我在公寓里到处踱步。我集中不了注意力去做任何事，我试着看钟，但我读不出几点了；我试着坐下来看着窗外，但不一会儿我就又重新站了起来继续到处踱步。我什么都做不了。

我踱进卧室，但我不想和丹士顿神父说话。祖母把拼花布放在史德林的床上，他的床太过整齐了：他的《圣经》放在床头柜上，他的制服折得整整齐齐地放在椅子上，和我的并排放在一起。他的靴子放在床脚，两只并列摆整齐，鞋带向两侧摊开，这样就不会打结。他的个人用品还像以前一样放在那里，但它们的灵魂已经随着史德林走了。他的靴子不会再有人穿了，制服会一直这样折叠摆着，《圣经》也再不会被打开。

我坐在我的床头，捡起史德林的基督教手链，用手抚摸着上面的字，史德林·嘉布尔·诺斯，八岁八个月，一周，两天。那是那天的他，就好像他的生命在那天冻结了。我哭了，但没有哭很久，我根本哭不出来。我躺在床上，手里翻转着手链，我知道自己再也不能在这公寓待下去了。

我跑下楼的时候，祖母在后面叫我，丹士顿神父跟她说：“玛格丽特，让他去吧。”其实我也不知道自己要去哪里。我在楼梯上没有遇见任何人，除了雨之外，院子空空的。我走进厕所把门锁上。

楼下已经有点儿黑了，我在污秽不堪的澡盆边上坐下来，把头埋进两膝之间。外面的雨像是在哭一样悲伤，在房顶上、泥泞里、锈水管和窗台上发出不同的悲鸣。我能听到婴孩儿的哭闹声，一阵阵传来。我闭上眼，希望自己灵魂出窍，我不能再当李奥·诺斯了，这个人的生命太沉重，我怕我的心真的会破碎，如果我再想史德林的话。

我无法向上苍祈祷，所以我向阿德巴朗祈祷，我希望他把我带到另一个地方，他作为天使来拯救我。我集中全部的意志祈求，时光不知不觉地过了很久。

　　我一定是坐在那里超过了一个钟头以上没有动，也许我睡着了也不一定，我说不准。但我确定自己做了梦，我看见雾了，我确定我是在做梦，那不是真的，我也很确定我并不想醒来。雾像烟一样围绕着我，我听到远处有人在说话。

　　阿德巴朗忘了自己在做什么只是望着英伦高岗上愈来愈浓的雾。"你在看什么？"莱恩在他身边说。

　　"没什么。"阿德巴朗顿了会儿，又把耳朵贴在引擎盖上，"没事。再试一次。"

　　莱恩扭转锁匙再次发动，引擎发出震动的咳声。他斜靠在车边全身颤抖，越来越冷了，七月却像是大冬天。

　　"这就是英伦的鬼天气。简直是……"阿德巴朗说。

　　莱恩没有听到阿德巴朗接下来关于英伦天气的抱怨，因为他锁着眉一直看着雾，然后他又重新将耳朵贴在引擎上面。"这真是无法预料的事，叔叔，我们在路中间，也许该把车推到一旁。"

　　阿德巴朗没有回答。

　　几码之外，在雾里，安娜正朝他们走来。她在高岗上迷路了半小时，然后听见引擎声，就朝着声音的来源前进。雾掠过她的发梢，和水滴一起粘在她的头发上，她把提着的箱子换了换手，拨了拨头发。车灯在浓雾中划出一道光芒，穿过浓雾，她可以隐约地看见车子和两个人影在移动，一个是中年人，一个是小男孩儿。她靠近的时候，那男人抬起头来。

"你迷路了吗？如果你要问路，或许我们可以帮到你。"他上上下下仔细地打量着她，好像认识一样。

另一个引擎声从远处接近。一辆摩托车突然冲出迷雾，打个弯，闪过他们的车，轮胎在马路上发出摩擦声。那摩托车疾驰过后，男人转过身，显得有些吃惊。"我们最好快点把车移走，莱恩，来帮忙。"

男孩儿用肩膀顶着车，安娜放下行李也凑到一边，跟阿德巴朗站在一起。"真是好孩子。小心点儿，我叫停时你们就停，前面有个斜坡。"阿德巴朗转过头来告诉她。

视线越过车顶，男孩儿和女孩儿相互注视了一下对方。男孩儿的眼睛是深色的，深得接近黝黑。一直到车子被推到路边安全的位置，他们俩的眼神还是相互盯了会儿才各自转向其他方向。

"你最好在这里等等，别再往前走了，这条路一里之内都是窄路，小心汽车会突然冲出来。"阿德巴朗告诉她，她点点头。他们默不作声地等着，男人又把耳朵贴到引擎上。一只鸟儿在浓雾里鸣唱。

"你要去哪里？"男孩儿问安娜，靠着车的身体向前倾，黑色的大眼睛望着女孩儿。"你拿着这个行李，可不像是在度假。"

"喔，我在打工，观山酒店，在山谷的另一头，是我婶婶开的酒店，我帮她工作。"

"观山酒店的老板是你婶婶？"男孩儿问，"她住在我家附近，我们和莫尼卡·贝利很熟呀。"

"莫尼卡·德微儿。"安娜脱口说出婶婶未婚前的名字，贝利是她的夫姓。

那男人站直了，在引擎盖下问："莫尼卡·德微儿？"

"是的，你为什么想知道？"女孩儿说。

沉静了一会儿。

"没别的意思。德微儿家族在英伦的这个地区有些历史了，对吧？"

"我想是的，所以莫尼卡要回来，我们所有的家族成员都曾住在这里。"

男人点点头，眼睛一直看着女孩儿。然后他在引擎上调了调，手一松让引擎盖重重地关上。"你不该在学校吗？你有多大了？"他问。

"十五岁。学校放暑假，暂时没课，所以我来这里了。"

"我没上学，我叔叔是我的家庭教师。"男孩儿说着理了理头发。他的动作有点儿吊儿郎当满不在乎的样子。他伸出手说："很高兴认识你，我叫莱恩·铎纳华，这是我叔叔亚瑟。"

"亚瑟·菲尔德，我也很高兴认识你。"男人也伸出手和她握了握。随即她擦了擦手上的油渍。"呀，对不起，无论如何，很高兴认识你。"

"我还没问你叫什么名字呢。"莱恩说。

"我叫安娜。"

"全名是叫安娜丽恩？"男人说。他拿起块布擦了擦手，然后把它丢到汽车后座，重新站直了对她微微一笑。

安娜静静地看着他。"你怎么会知道？这个名字只有在我写出生文件的时候才用到。"

"我是胡乱猜测的。"

男孩儿碰了下女孩儿的手腕。"你别让我叔叔紧张，他喜欢胡乱地猜东猜西。在我们那里，安娜的小名都源自于安娜丽恩。"

她点点头，还是满脸怀疑，这个男人有点儿怪怪的。男孩儿与女孩儿一直默默地看着，他转身回到车里。"这次可以了。"他发动引擎，引擎咳了两声，汽车启动了。"雾也要散了。"男人说，催了下油门。他走回到路边，看着散去的雾。

安娜四下环顾，看起来雾没有什么变化，连马路对面的安全护栏都看不见。然后，突然间雾变稀薄了，树出现了，一块大岩石也出现在眼前。几分钟之后，他们眼下的一条溪水反射的光也出现了，山岗高高地耸入天空。

有人在浴室门口哼着歌，我把头从两腿中间抬了起来。"外面的雨下得很大，李奥？"是丹士顿神父的声音。

我打开门，对他眨眨眼。"你看起来好疲倦。你睡着了吗？"他说。

我不知道。我只知道自己在做梦，我刚才一时走神了。不过现在一切都回来了，包括史德林的死。

我抓着门框，努力让自己站稳。

"你几天没睡好了。"

祖母站在丹士顿神父旁边，忧心忡忡地看着我，两眼泪汪汪的。

"听着，李奥，有个人来了。"丹士顿神父说。

"就是这个男孩儿？"有人说话，但我听不出来是谁。我抬起头，看见一个穿着军服的人站在院子边。他靠近我，眼睛在雨里眨动，

"你是李奥·诺斯?"

我点点头。"很抱歉打扰你。"他说,转过身看着祖母和神父,又转回来看着我。"你要向部队报到。"

我看着他,感到很迷惑。他拿着件制服,要求我穿上,并递给我一把枪。

"你在说什么?"

"你没看报纸吗?"他问。

我们都盯着他看,谁也没说话。

"因为边界的战事导致了大量人员伤亡,我们必须征召所有可以参军的人。因此,我们动员征召各大城市的军校学生到前线去补充编制。"

"你们不能送小孩子上战场去为你们打仗!"丹士顿神父说。这是我第一次听到神父用这种不客气的语气说话。

"不,你误会了,学生们不会去打仗,他们只会执行最简单的任务,在关卡站岗、跑跑公文、巡逻之类的。我向你保证,他们看不见前线的战斗。我们征召的都是初中三年级的学生,他们正是当兵的年龄。我们必须让真正的基层士兵空出手不再做这些简单工作,以便他们去打仗。我知道这件事很麻烦,但是……"

"他今天早上才将他的弟弟安葬,你能不现在就让他走吗?"丹士顿神父低声说。

那名士兵大概想和我说抱歉,但我转身避开了。"如果他跟士官长亲自报告,我想他可以免除这次任务。我们会严格规避那些想用这种方式逃避兵役的人。所以请李奥穿上制服,正式地向士官长报告。"

突然这些声音变得很吵，我不想听到有关这个问题的任何话。我接过制服跑到楼上去穿。我仍能听到丹士顿神父正在和那士兵争吵，但后来公寓还是安静下来了。

我穿上制服，制服上面有个孔，看起来像是子弹打穿造成的。我在想，这是不是他们从死人身上剥下来的衣服，不过我也不在乎了。看到史德林的基督教手链放在原来我放的地方，我捡起来戴上，让它滑上去和我自己的手链叠在一起，这样李奥纳德·约瑟夫·诺斯和史德林·嘉布尔·诺斯就能在一起了。没事的，我现在要去做一件人家要我去做的事，没的选择，我也没想过要选择。外面还在下雨，我穿上了件雨衣。

我下来时看见他们都站在大堂。"你要带他去哪里?"丹士顿神父问。

"我不能奉告，"士兵说，"这是军队行动秘密，我不能告诉你部队要被派到哪去。"

"到边界去?"祖母哭着说，"是到边界去对吧? 你不能这样做! 他会得旋死热的，他会死的，求求你，把他留在城里。"

士兵想说服她，但祖母一直在哭。"丹尼洛士官长也许会直接送他回来。"这人说，"走吧，现在就去面对面向他报到。"

我跟着这人走出大门，祖母和丹士顿神父跟在后面。一群士兵聚集在墙角，躲避着四面八方飘来的雨。大约有二十名像我一样的军校学生，都穿着士兵的军服。

"李奥纳德·诺斯?"一个人说，他是士官长，正看着一张湿透了的名单。

另一个士兵点点头。"是他，长官，这个孩子……"

"我要你去把其他人找过来报到，并跟上我，我们要迟到了。现在出发，这是名单。"

那士兵看了我一眼，然后穿过雨幕跑开了。

祖母抓着我的手大声哭喊。"我不会让你带走他的！"她向士官长说，"我不会让你带走的！"

"我真的觉得，李奥纳德留在城市里会更合适。目前的状况……"丹士顿走近士官长对他说。

"我不想听你目前的状况，我们在每一户人家都遇到相同的情形。"士官长说。

"但长官……"丹士顿神父说。

"听着，这孩子很想要来，如果他不想来，我们再听你的状况。如果他想加入我们，那就没什么好说的。诺斯，你想加入吗？"

他们全都看着我默不作声。我看了一眼祖母，眼泪和雨水一起淌落在她脸上。丹士顿神父看起来还想争取。我转回来看着士官长，他觉得这是我的答案。"很好，"他拍拍手，"走吧，孩子们。"

我犹豫了一下，然后就跟着他们走了。祖母在身后号啕大哭，队伍中的一些人回头看他们，避开了我的眼神。走到转角，我也回头看了一眼，她向前走了几步，像个孩子一样。"你能快点儿吗？"士官长大喊。我跟着他走了。

也许，我该跟他说一说，也许我应该拒绝就这么走了。但那个士兵回来之后，似乎忘了这回事儿。我说不出话来，所以也没有别的办法，只能跟着队伍走。

这小群部队的士气很低落。我们甚至连个队伍也走不齐，只是跟着走。我在后头紧跟着，其他人显得有些焦躁，士官长和士兵则显得很急。我们绕过城堡，穿过诺斯大桥，奶黄色的河水在桥底下流淌着，一时间我觉得自己像要掉下去一样，于是我停下脚步。在城市边缘，士官长停下来对我们说："孩子们，不瞒你们说，我们要去的是雅席里亚边界。"

所有人都相互对视着，悄悄地说着话，而我一点儿感觉也没有。他们继续走，我默默地跟在后面。我曾祈祷上天带我去别的地方，眼下我正被带到另一个地方，边界。

我们一定走了几个钟头，因为当我留意的时候，天色愈来愈黑了。云层依然很低，铜灯的光线和沉重的气氛让我感到头疼。过了一会儿，云卷走了，飘到了城里，我们看到了入夜前微弱的阳光。光线映在金色的田地上，以前我从没看过玉米田。我依稀记得那次旅程的部分，其他的似乎全都消失了。

我脑中还是空白的。我看着前方，除了看到的东西，没有其他任何东西闪过我的脑海，这是我的求生方法。我可以假装我是另外一个人，因为没有任何其他东西可以让我记起我是谁。我走在我从没到过的大地上，没有带任何行李，也不认识其他任何人，只有手链比以前更重了，这让我记得我失去了弟弟，他叫史德林，或者我是李奥·诺斯，或者我有一个在家的祖母，她正猜想我去了哪里。

走着走着我哭了。我本来忘了史德林已经死了，当我又记起来的时候，我好害怕，一切都好像是真的，比以前还要真实，比我看见他躺在木棺里还要真实。

那些男孩儿偷偷望着我，很快转开脸彼此窃声私语。我哭着，他们假装没听见。但其中有一人，一个戴着银牙套的，从队伍中慢下来跟在我旁边，我的泪反射到他的银牙上，看起来像是星星在闪耀。

"你是害怕被送到边界去吗？"他问。我摇摇头。他沉默了一会儿，我努力不再哭泣，而他在找话跟我说。他问我是累了还是生病了，我没有回答。"你会说话吗？"他问。我摇摇头。"你是哑巴？"我依然摇摇头。他没有追究这矛盾的答案，"我想我们就快到奥思塔了，我们迟到了。"他说。

我以为我们要去边界，但一下子明白了，一天的行程是走不到那里的。枪炮的爆炸声还很远很微弱。天色黑了，天空泛出一层蓝黑和粉红的颜色，映照在泥泞的地上，那映照出的颜色比真的天空还要真实。泥泞的土地东一块西一块靠得很近，看上去就好像地上生出了可以看到另一个世界的窗子。我幻想着我看到了另一个世界，看到了天堂，史德林在那里。也许从那些窗户中我会看到史德林。

但那只是泥潭罢了。我踏过它们，上面的景色一下粉碎了。我抬头看，男孩儿们依然在向前行，他们没有回头。

一开始我只是想离开，远离祖母的哭声，远离史德林的空床，远离自以为神圣的神父。我远离了这些东西，这让我很高兴，但我还是无法远离我心中的痛。我喜欢走路，走路让我不至于崩溃或者可以让我忘掉史德林已经死去的事实。我想我们可以通宵地走，但营地那苍白的灯光进入了我的视线。我感到好累，没有任何心思，一种奇异的镇静涌了上来。

一排运货推车向我们靠近，我们侧身站在路边让它们通过。我一开始以为那上面的人都在睡觉，一个个叠在一起。后来我明白了，他们都是死人，那些是尸体，都穿着制服。

"旋死热，"我听到士官长说，"他们是死于旋死热。他们就如同坐在泥地上只等着染上旋死热，这根本不是战争。只有一百人被子弹射伤，大都是流弹。我们不需要学生，带这些小孩子来根本就是在浪费时间。"

我仔细听着，不知道是什么让我专注起来。"如果你问我，卢西雅让这些孩子出城，只是怕他们留在城里会闹革命。但他们来尽他们的义务，却得不到任何补偿，这只会增加革命的力量……"他一直在说，但我又听不进去了。

我们又向前走了。太阳几乎完全沉下去了，那士兵跟士官长说，如果他是卢西雅，他会赶紧逃离这个国家。"上一次这种局势时，国王没在意，结果接下来他就死了。"

我的心思又跑了。我强迫自己去听他们说什么而不是胡思乱想。"人们又开始想起预言来了，到处充满了传言，你是这个意思吗？"

"阿德巴朗大法师一直在和革命势力联系，"士兵说，"这不是传闻，这是事实。"

我的思绪又回到史德林身上，回到那天我们走在雪中谈论阿德巴朗和太子的日子。我突然明白，一切都不能再回到过去了。眼泪涌了上来，我努力不让它们落下，一直跟着前面走。我们进入了基地，穿过一个空旷的广场，上头是一排火炮，它们整齐地按照直线排列，另一头是一座废墟，半倒的房屋在那里孤单地立着，风在那些房屋中哭一样地呼啸。

在这奇怪的地方有一种令人不安之感。马匹在骚动，在潮湿的夜色中嘶嘶地呼气。走过的人们一言不发，面无表情。这里到处挂着马洛尼亚的旗帜，肮脏又潮湿，旗帜被风吹起来就像生病的鸟撞到墙上一样。到一座小屋前的时候，队伍停了下来。"好了，孩子们，今天晚上就待在这里，我们会在马路对面的房屋住下。"他推开门，让我们进入到那荒废的空屋里。地上都是灰尘，我们要躺上去的地方，灰尘厚得像小山一样。士官长一边宣布事情，我一边想象着那些形状。

时间一定不早了，因为天全黑了，士官长和士兵都走了。其他人都在地板上铺好了毯子，我站在最后的窗户边上，没有人理睬我，只是不时地给我一种不安的眼神。有人点起烛火，我看着玻璃窗上火光的倒影。那个白天跟我说话的男孩儿，他的银牙在这灰暗的房子里闪烁。他拿一把他买的手枪出来炫耀，其他的孩子拿起他们的枪对彼此瞄准比画着玩。他们假装对着墙开火，结果发现没有子弹。他们也没有配发刺刀。显然士官长考虑得很周到，不像他看上去的样子。"这把枪里有子弹。"那男孩儿跟其他人说，把拿着枪的手举起来，其他人则是一副很羡慕的样子。

他握着枪睡了。烛火慢慢地烧尽，低沉下去。太黑了，所以找不到另一支烛火。最后几个人的私语也消失了，我走回窗边，玻璃上一点儿光线也没有，黑黑的。我看见他们都睡了，我穿着湿的衣服颤抖了一下。我站在那里看着星星出来。完全的静默、星辰的稀冷，还有不安、黑暗的房间，这一切都显得那么沮丧，还好最后只有我一个人是醒的。我站在窗边哭，不是痛哭而是静悄悄地流泪，可能是因为那些稀冷的星星的缘故，我显得很冷静，好像我能克服这一切，好像我已经找到了不再痛苦的方法。

这样想很蠢。我转过来，那些睡着的孩子让我记起了史德林在家里睡觉的模样。我真的哭了，不是因为史德林可能会成为什么样的人，或是他曾经是什么样的人，或者是因为他是我失去的一部分，而是为了原本的他，我的弟弟，史德林。因为我太难受太绝望了，我反倒不希望有人来安慰我，我只要史德林，但他已经离我远去。

我全身颤抖哭泣了起来，捂着嘴蹲到地上，背靠着墙坐下哭，让眼泪像野兽一样狂奔出我的眼睛。我不在乎这听起来有多难堪，或者会吵醒别人，我想一个人到了极度悲伤的时候，就根本不会在乎别人的看法了。

如果我能跑快一点儿，为什么我不跑快一点儿？我能做到的，只是我没想到会这样。在这黑暗的房间当中，我明白没有人能知道结局。我本可以跑快点儿的，但我没有。如果，如果我跑快点儿的话事情就不会这样了。为什么上苍不告诉我要我跑快点儿？因为没有上苍，史德林也不在那里，没有人提醒我。

他是一个温顺的好人，他生命中的每一天都是。我从没告诉过他，他是我的全部，我还没来得及告诉他我爱他。我是史德林的坏哥哥，独自在黑暗之中，我记起我跟他说过的每一句狠话，我从未想过在他生前收回那些话。

眼泪落下，流过我的脸颊，流过嘴唇，滴到领口，好像永远停不下来了。甚至当我用手捂着眼睛用力闭上的时候，它们也从缝隙中滚滚流出。

史德林太善良了，而我太坏了。现在他走了之后，我也离开了。我希望是我死而不是他，或者我们一起死，这样，也许，也许我们就能重新在一起。即使我们不能在一起，但我可以不让他一人孤孤单单地留在土里。那样我就不用像现在这样痛苦地思念他，这是我最大的想往，我看不到自己的未来。

我不哭了，天开始微微亮了。我的脸感觉到有些疼，有些刺痛，眼泪还没干。低迷的情绪环绕着我，那比痛哭还要难受，因为那会一直持续下去。我的胃能感受到它，头也能，每一根骨头都能感觉到。

我累得走不动了，我看着窗户里的自己，从玻璃里看上去的我就像是一个陌生人。

对于之前的哭个不停，我也不知道是怎么回事儿。我心中的悲伤比以前更加难以承受。但很奇怪，我现在突然觉得不应该不快乐。我希望我没有哭，我希望我能笑，我希望我会担心一些其他的事，像是会不会去当兵，我希望能和玛丽亚打情骂俏。我不知道为什么，因为之前的李奥已经死了，他的心和精力都已经被消耗掉了，根本不能做任何事了。我现在再也做不出任何事了，我远离了所有的事情，把以前抛得远远的。我记起来了，过去的两天，我悲伤地一直希望自己也死掉。

悄悄地，我动了一下。我的肌肉粘贴着湿衣服，我跨过许多人走到那个镶银牙的男孩儿边上，蹲下来看着他缓缓地呼吸，我的呼吸慢慢地跟着他。我把手放在他的枪上，那是把点四五手枪，军队用的。

我从他手上解下枪来，把保险打开，走回窗口。我背对着光线，对每个男孩儿瞄准了一遍。我不知道为什么自己要这样，然后我闭上眼，想象着自己死了，剧烈地痛了一下就什么感觉都没了，然后从此一了百了，一片空白。

我把枪举到太阳穴，我一点儿都不怕。

那枪的重量一下把我的意识挑了起来，我不再想史德林死的事，我感到自己正在和神对抗，抗议他这样安排我的人生。然后我听到有人说话，是我自己，但听起来像是另一个人在说话。我说不好是我真的在说话还是我脑海中的幻想。"即使你死了，史德林也不会活过来。"那个声音说。但我不知道，我什么都不知道，什么都会没有的。"死后就是地狱的世界。"那声音说，不过我不相信。然后我见到祖母在我背向她走进大雨中的时候号啕大哭，我一下转变了心意。

有人把门推开了，是士官长，看来他在对面住得很不舒服。他抓着脑袋，手中拎着一袋食物。他看到我，我也看到了他。然后我慢慢地将枪从头上移开，指着他。

他静静地看着我，手上的袋子掉在地上，然后动作很小心地去摸他腰上的枪，跟我手中一模一样的一把。我动了一下，更轻微地，摇摇头示意他不要动。他不动了，我握得更紧了，两只手一起握，好让它更稳。他不相信我会开枪，如果他相信，他就算拼了命也会掏出枪来。他想也许我是在开玩笑，我想我可能也是，我不确定。

他的样子看来很不爽，但有些滑稽，好像我玩儿的游戏时间太长了一样。这让我想起来，五岁的时候，有一次，我偷拿了父亲昂贵的手表到处跑，故意逗他，让他抓不到我，他不知道是要对我笑还是骂我，或者继续追我。我对他那个月每天都出去采访很生气，那是《犹大的愤怒》出版的时期。我一直跑一直跑，因为游戏开始后，你就不能回到过去了。我母亲后来给了他她自己的手表，他才冲出家门跑到街上。当他向我们挥手时，我看见他那疲惫、没有笑容的脸。我的笑声也收了起来，我反倒希望一开始我就把手表还给他。

我突然从思绪中一下回到了现实世界，握紧了手中的枪。我想士官长已经明白我不是开玩笑的。

我们彼此对峙了良久。"把那个放下。"他劝我，声音冷得像冰一样。我扣动了扳机。

枪的声响把我吓了一跳，后坐力把我震住了。男孩儿们都醒了，哄叫了一阵。我睁开眼，看见士官长还在眼前。我本来还以为他会像一棵树一样倒下去，他的表情看来似乎他也是这么想的。墙上一块灰泥掉了下来，我看见子弹击中的地方，距离士官长有三到四尺远。我不习惯用这种枪射击，如果是步枪，我会打得很准。

屋里没有人吭声，大家看着我，我傻傻地一笑。"你这是企图谋杀，我能把你关进监狱。"士官长说，声音提高了，"你明白吗？"

"去你妈的，你能个鬼！枪还在我手里呢。"话到嘴边，我没说出来。我朝他走去，手里的枪还指着他。这些男孩儿都受过训练，能很快拿起枪执行任务。我等着有人动作，但没人有任何举动，我像是走进一群石膏像当中。

走到他的面前数步，我晃头示意他走出去，他照做了。我跟着出去，然后我垂下枪，走了。他可以从后面朝我开枪的，我知道。我抱着胸，等待着他在我脑后开一枪，但始终没有。

"他拿走了我的枪。"我听到那名戴银牙套的男孩儿在屋里咒骂。

"闭上你的鸟嘴！"士官长火大了，"上帝保佑，如果那男孩儿手上沾了多少血，同样也要沾上他的手。"

"他有病，我看他精神有点儿问题，他被魔鬼附身了。"那男孩儿说。

我这才知道我做了什么，我大笑了起来，我感到刚离开的那间屋子里弥漫起浓郁的恐惧感，我大笑，笑得跪倒在街上。人们走过时都看着我，但我看不清他们的脸。

当我睁开泪汪汪的眼，我只听见士官长的声音。"别动！"

我转身要走，他开了一枪。"下一枪会打烂你的头。如果你珍惜生命的话，别动。"

我不珍惜我的生命，或者我本无意要向他开枪。但枪声真的使人有点儿恐惧，我不自觉地动弹不了了。他走过来踢走了手枪，而我也没有想要捡回来的意思。

"把枪捡起来。"我心里这么想，但我没有这样做。那枪像是一只躺在地上的昆虫死尸，发亮的黑色弹匣与底部的十字纹，看上去就像苍蝇的翅鞘。

"站在那里别动。"士官长说。他想抬起我的手，而我想走。"别动。"他警告我，把枪抵着我的背上，把我的手反绑住。"站起来。"他说，我照做了。

脚步声从我们身后传来。"发生什么事了？"那士兵问。

"他想开枪射我。"士官长说。那士兵不相信地笑了。"这不是开玩笑，"士官长弯下身来看着我的脸，"你会为此坐牢的，明白吗？你会为这个罪行付出代价。"

我没有回应他的话，我曾经听过在奥思塔有座军事监狱。

"也许你对他太严格了，长官。他也许并不是有意要开枪打你的。他很可能仍处于惊吓当中，我很意外你会把他带来。"士兵说。

"惊吓当中？"士官长说。

"你知道的，"士兵降低了声音，"他弟弟的事。"

"他弟弟怎么了？这孩子没有告诉我。"

他们沉默了一下。我盯着地上，士兵开始向士官长说明缘由。

"嘿，别哭了。"他转向我说。我一直在流鼻涕，我不能擦，因为我的手被反绑了。"他应该和家人在一起的，这是个误会，我要对此责任。"

士官长逼着我看他的眼睛。"你应该早点儿告诉我，如果你早说，我就不会带你来了。"他说。

我故意看着别的地方，他们继续争论，我没有听清他们在讲什么。然后士官长凑近我的脸说："听着，不管怎样，你犯的是杀人未遂罪。一切都结束了，我很抱歉。"

我不知道他说这话是什么意思。我坐在地上，闭目养神。"你看他。"他向士兵细声说。然后他转过去召集队伍准备向边界出发。那个戴银牙套的男孩儿仍旧喋喋不休抱怨着我拿走了他的枪，士官长根本不理他。

此时我才发现，他的枪还在我脚边，我睁开眼。

士官长正在小屋里，背对着我。我看了一眼士兵，他坐在其中一座空屋的门前台阶上，正在看他的手。我想，他是不是因为忘了跟士官长报告而心存愧疚在那里忏悔，又或者他只是在想其他的事。我悄悄动了一下，他没有发觉。我决定要逃回卡丽滋史坦，心里琢磨起来。

我记得小时候练习过的一个小魔法。我握紧拳头，然后想着绳索自己解开。我很专注地集中意志，视线都模糊了，果然绳索自己解开了。我什么都不想，只静静地挣脱开绳子。现在我的手自由了，我做了下深呼吸。

但我一停下来，又感觉到我快要崩溃了，我想起来史德林死了。我很害怕自己又要陷入那个绝望的境地。我告诉自己，如果逃回卡丽滋史坦，一切就会好起来。我很惊讶我居然有点儿相信对自己的这种催眠，我闭上眼，努力让自己的心跳缓和下来，然后我很快挣脱了所有的捆绑，绳索都松开了，我抓着不让它们掉在地上。

士兵抬头看着我。"听着，我很抱歉，我不知道怎么处理这件事。"他小声说。

我没有回答。他站起来走远了几步到了街上，然后双手抹了抹脸。趁这个机会，我动了起来，捡起手枪。

士官长突然出现在小屋门口，大叫："史特沃斯，我叫你看着他的！"一边咒骂，一边抢步冲向我。

这一次我瞄得很准。我一枪打破了小屋的玻璃窗，士官长举起手护着他的脸，那些孩子们大叫着冲到门口，我转身就跑。

他们在我身后大叫，不知喊什么。我一路冲到一个小巷，然后穿过一个平房的后院，跑到了另一条街上。路上的士兵们转头看着我，但他们都有任务，没有一个人阻止我。我闯过一个铁丝网的关卡，穿过一片废墟，又斜跑过一条街。我听到远处教堂的钟声，然后看见那塔楼上的十字，那后头是一座山丘，我往那方向一直跑。我的手脚都不灵光了，跑起来配合得很不协调，跌跌撞撞不只一次。但我只要一停下来，似乎就听到后面有人在叫我，这让我更加奋力地向前快跑。

最后我跑到一个藩篱前，后面是教堂的空地。一些士兵正在教堂门口排着队，我没理他们，径自在教堂门口的一个石凳上坐了下来。我再没听见后面的追赶声了，我气喘吁吁。因为攀越铁丝网，我的手划破了。我在裤子上擦拭，闭上了眼。

我再睁开眼的时候，看见一个年轻的士兵正在看戏一样好奇地看着我，其他的士兵都进了教堂，他是唯一留下来的。他指着教堂说："弥撒就要开始了，你不进来吗？"我摇摇头。

教堂里传来哼唱声。我想起史德林每次从教堂回来也唱着歌，我这才明白，就算我回到卡丽滋史坦，一切也不会回到从前了。我真希望刚才我让他们把我丢进监狱关起来。有时身体的痛苦会让你忘记一些事情。"你还好吗？"士兵说，"你似乎有麻烦，你一定是那些被突然强征过来的学生兵吧？"

教堂里的哼唱结束了，他向里面看了一眼，依旧站在那里不动。"你不信教？"他转过头向我说。我摇头。"我不信教，以前我离家之前曾想去望弥撒的，我不知道这是不是一个好的信仰。"他耸耸肩说，"我家里有个像你一般大的弟弟，现在也有十五岁了，他在码头打工，他答应我照顾我的妻子和我的小女儿。"

我没有回应他。我的心跳得太快，有时候竟听不清楚他的声音。他停顿了会儿，然后坐在我旁边，在口袋里掏了掏，拿出一张纸，小心用手将平。"这是我小女儿画的，她只有三岁，就能画得这么好了，你看。"他指了指，说明画的是什么。我静静地看着他，虽然我听不清他在说什么，但我不愿意他离开，留下我一个人。他将画重新折好收回口袋，站起来走进教堂，圣歌又响了起来。他回头看了我一眼，好像这时才看清楚我的样子，皱眉道："这是你的枪？他们配枪给学生军？"他眉皱得更紧了，但耸耸肩。"老实说，这场战争，已经没什么能再让我吃惊的了，给我看看你的枪。"

他平稳地从我手上拿走枪，细细地瞧着，然后把保险关上。"他们没教你吗？一定要关上保险，这样才不会走火。"他把枪递回给我。"再见了，很高兴跟你说话。"然后他走进教堂。

我等着自己的心跳平稳下来，但时间一直在走，它还是跳得很快。我站起来，穿过教堂前面的小院。在藩篱后面，是军人之墓，一排排的很整齐，一直延伸到远处的山岗上。我在藩篱前停下来，向阳花和长草长到这里，再过去就没了。我看过去，前面是很长的一片草皮，再向更远处望去，是玉米田，再过去是沼泽地，再远就是一些山丘了。从这里看上去，卡丽滋史坦是一座烟雾弥漫的小岛。我打算翻过这篱笆，走回卡丽滋史坦。

草深至膝盖，淹没了小腿，我的眼泪又滑了下来。我心里好痛，痛到让我觉得自己再也活不下去了。人只要真的想死，就活不了了。在我四岁的时候，我们曾经养过一条狗，就是这样死的。我父母把他的小狗卖了，那只母狗就一直趴在它的小毯子上一动不动，直到死去。我现在感觉自己就像那狗一样，只要我一想起史德林死了，我的心跳就好像要停了。

有声音向我靠近，我转过身看个究竟，除了我之外没有别人。原来是我心里的声音，只是这次和以前的声音不太一样。"如果你回卡丽滋史坦，一切都会好起来，"那声音说，"如果回到城里，你就会知道。"我并没有对这次声音之响亮之清楚感到惊讶，我根本没有心思去想。

我的脚在发抖，手也无力得几乎举不起枪。我不知道为什么我不让自己继续去想史德林，而是强迫自己翻过这藩篱，往回去的路前行。那情形和我开枪射士官长时很像。不是我珍惜生命什么的，而是生命正在驱使着我。

我晃晃荡荡地走过这片开阔的乡野，心里祈求那声音保佑我到达一个我不会再胡思乱想的地方。我想起那个梦，梦中有英伦浓雾，那个女孩儿、太子还有阿德巴朗。我想回到那段史德林还没有死去的时光，或是到一个我们都不存在的地方：没有史德林，没有祖母，没有我开枪射击的士官长，甚至也没有我李奥·诺斯的地方。我专注全部的意志冥想着这个愿望，也许因为太累了，我眼前开始出现了一些画面。阿德巴朗在一个书桌前，正翻着一本书，太子站在他身旁，还有那女孩儿，她正在跳舞。

"莱恩，你不专心。"阿德巴朗的身子往椅子上一靠。

"什么？"莱恩说。

阿德巴朗合上书，走到他旁边，他们俩一起站在窗边。"你在看什么？"他问。

"酒店，我只是在想事情，叔叔，对不起。"莱恩指着不到半英里外湖边的一栋白色的石屋。

"要我再念一次给你听吗？我收到同志的消息，我想听听你的意见，看看是进行一场大破坏，还是要他们等你回去以后再干。"

"叔叔，不论怎样，我都会按照你认为最佳的方案去做。"

"也许真是这样，但我还是想听听你自己的想法。你很快将要自己抉择一切了。莱恩，你又不专心听我说话了！"

"我们遇到的那个女孩儿……安娜。"他说。

"她怎么了？"

"你为什么那样看着她？还知道她的名字叫德微儿。"

阿德巴朗坐下，看着手上的笔，一言不发。过了会儿，他说："如果我告诉你，你不会告诉她吧？我知道你稍早曾过去和她说过话。"

"我只是今天早上经过，如此而已。"

"我是很认真的，你明白吗？不要告诉她。"

男孩儿犹豫了一下，转过来跟阿德巴朗说："是的，叔叔，我明白。"

安娜正在酒店的空饭厅中跳舞。她转呀转呀，眼神一直落在莱恩站着的那扇窗子上。从这里看过去，她能看见莱恩。阳光反射在窗子上，她盯着那扇窗，不让动作偏离她的视线。"你能过来帮我烫衣服吗?"莫尼卡在厨房里叫着。安娜没有听见。

直到莫尼卡抓住她的手臂，安娜才注意到她叫她。她的脚重重地落在地上。"你能来帮我一下吗?"莫尼卡重复道。安娜随着她进去了。

在走廊上，房客熙熙攘攘。厨师丹尼尔正在水槽前洗刷早餐用的炖锅，那是最后一个要洗的。"莱恩和他的叔叔住在那边吗?"安娜问，"从这儿可以瞧见的湖边上的那间屋子?"

"是的，是湖边那间，那是一处古旧的庄园。给，你拿去，我来修电水壶。"

"你说一栋老庄园的房子?"安娜问，从她手中接过熨斗。莫尼卡看着厨房桌上被拆下来的水壶零件。

"你跟他们很熟吗?"安娜问。

"没人跟他们很熟，他们有自己的生活，他们是地主阶层。"

"他们是地主?"

"当然，菲尔德先生深居简出。你想都是什么人会住在那样大的房子里? 十尺高的大门，偌大的园子? 路上遇见的时候，我也会和莱恩说话，他是一个有礼貌的小孩儿。他叔叔对他很严格。"

"他看起来怪怪的。"安娜说。

"他是怪人，但这也没什么错。"

丹尼尔把餐裙挂起来，顺手拿起汽车锁匙。他凑过脸，从莫尼卡的肩上往下看着说:"你修不好那个东西的。你真不应该自己把它给拆了。买个新的吧，我觉得这样更好。我现在要去洛堡

242

了，可能几个钟头才能回来。"然后转身离开了厨房。莫尼卡皱着眉看着他离去，用手拨了拨脸上的头发。她有一头和安娜的母亲一样的金色鬈发，在阳光下颤动发亮。她烦闷地甩甩头。

"我们说到哪儿了？噢，菲尔德，对了。我没什么可以再告诉你的。只是据说，他住在那里有十五或二十年了，大家都觉得他很怪。"

那声音娓娓道来，述说这个故事，我一边走，眼前断断续续地出现那些残破的片断。也许是因为太渴望去另一个世界，所以才出现了太子，还有我们那个算是亲戚的小女孩儿，以及变成怪人的阿德巴朗。我逐渐感觉浑身无力，眼前只见沼泽、山丘，萧瑟的风吹过，一切都显得极为苍凉。这一切都太萧条、太凄楚了，我不禁流下泪来。我想起史德林，虽然全身都极为疲惫，可是我仍旧支撑着向前走。

最后天色变得很黑，黑到我无法再前进。我看见卡丽滋史坦的灯火，但我看不见脚该往哪里踩。我一下没踩实，摔倒了，索性就躺着，头靠着一块石头，等着天亮。我不明白怎么走了那么久还没走到城里，前面只有几英里远，但我无法再前行了。

夜晚的山岗气氛诡异。我听见草皮上有脚步的声音，正在向我靠近，又离开，还听到呼吸声。黑暗笼罩着我，但我隐隐约约似乎看到蒙蒙的光亮。也许是有人在盯着我看，等着我合上眼。我只是不能确定这一切是真实的还是幻想，亦或者是我在做梦。

史德林，你所处的世界就像我现在面对的一样吧。我自言自语，孤独地躺着，只有死亡陪伴，我实在不行了。"史德林是在天堂。你快睡吧。"那声音又出现了，听起来像丹士顿神父或是祖母的口气，我合上眼。

　　脚步声在耳边窜动，我觉得那就是那"声音"的脚步声，他用黑暗来伪装自己使我看不见他。他在我四周巡逻，像守护天使一样保护我。正当快要睡着的时候，我才明白，那脚步声不过是我的心跳。即使在荒郊野外睡，我也做梦。我又梦到英伦，也是黑夜，又是阿德巴朗、太子和安娜以及同样闪闪发光的星星。

　　"安娜，别跳了。很晚了，你会吵到客人。"莫尼卡说。

　　"我必须练习。"安娜说。

　　"我知道，但你是不是可以明天再练习？况且，你穿着那鞋跳，会把地板弄坏的。"

　　"我没时间去换芭蕾舞鞋，要不我就会换了。"

　　"你打扫卫生了吗？"

　　"打扫好了，把扫帚都拿出去了。"

　　安娜停下来，靠着餐厅的餐桌。从打开的门望出去，她见到星空，那星辰排列的形状她再熟悉不过了。莫尼卡走过厨房去倒东西，高跟鞋在瓷砖上发出清脆的响声。"你在看星星吗？"

　　安娜点点头。"我记得四岁的时候你妈妈买给你一本星座学的书。米雪尔觉得一本星座学的书对你来说太难了，但她可能不太了解你。"

　　莫尼卡没再说什么。安娜想起她外祖母死后的那个冬天清澈的夜，她把书放在墙壁的暖气炉上，在窗边对照天空学着认识星座。莫尼卡靠在厨房的过道上，同样回想那段时光。在黑夜中，她们听得见瀑布的声音，那声音很近，近得就像是在门外一样。

莫尼卡站在那里，安娜走回厨房。她摸着窗台上一排相框。"你知道什么事很奇怪吗？"她转过头看安娜。

安娜靠过来走到她身边。"什么？"

"只有我们留了下来，米雪尔、你和我。"

真是。照片中那些开怀大笑的人有一半都走了。"这就是为什么我来这里帮你，我们是一家人嘛。"安娜说。

莫尼卡转过来看她，似乎想说什么，伸出一只手放在安娜的肩上。"我不知道理查的照片怎么还在那里？我们应该将它拿下来。"她把照片取下来，拭了拭上面的灰尘，又放回去。

安娜想了会儿，说："莫尼卡，你父亲……"她看着照片。

"是的，"声音变了调，"他怎么了？"

"他的名字是菲尔德吗？"

隔了半晌。"妈妈是这样告诉我的，"莫尼卡说，"说这个也没什么用，你怎么突然想知道他的事？"

安娜摇摇头。"没什么。"

"去睡吧，好吗？"莫尼卡说，"我想五点四十五分起来做早餐。"

安娜快走到门口时，莫尼卡突然说："听着，我会让你明天有时间跳舞的，我知道这对你很重要，好吗？"

安娜点点头，转身走进黑暗的走廊，一边走一边揉揉酸疼的手臂。一辆车打路边驶过，远远射过来的车灯微弱的光芒照在她项链的宝石上。上楼的时候，她不自觉地用手指摸了摸项链，那鸟儿形状的项坠上面的一颗宝石不见了，她从出生起就一直戴着它。

安娜睡着的时候一直握着项链。她梦到几年前的某天她在跳舞。在舞台幕后是她家人，所有人，包括莫尼卡照片中的那些人，还有她床头边上照片里的人，好像他们全都没死。梦中，她见到未来她的家人，一个高大的男人还有一个小孩儿，正看着她，脸上泛着光芒，容光满面的，画面也逐渐变成了金黄色。

　　"我知道你在想什么。"阿德巴朗说。

　　"叔叔，我知道你可以，你是预言领域的大法师。"莱恩一边说，一边打着哈欠。

　　他说话的口气，让阿德巴朗扑哧一笑。"别这么不屑。其实不用魔法也能知道你在想什么，只要一看你望着那酒店的眼神就知道了。"

　　"我在想，这真是一个清爽的夏夜，"莱恩说，"能听见瀑布的声音。我就是想这个而已。"

　　他们坐着不说话，仔细听着。然后阿德巴朗说："再练习一次。是什么造成雅席里亚边界之战？我不相信你能记得。"

　　莱恩又打了个哈欠说："很晚了。"

　　"莱恩，"阿德巴朗把椅子往后挪了挪，那摞书因为震动而摇摇欲坠，"你知道这很重要，这是战争的缘由，也是卢西雅政权最后会灭亡的关键。你知道他今天做了什么吗？他下令让学生军奔赴前线，像你一样大的男孩儿。统治者通常就是这样失去一个国家的。所以，我们再复习一遍。"

　　湖对岸，教堂的钟声敲击十二下。莱恩又复习了一遍。

在梦中，我经常从一个黑暗进入到一个光明的房间，我一直觉得史德林就在那房间里面。即使当我在写这段文字的时候，在我又一次迷失在他离开之前的那些日子，与离开之后的那段时光，我都会想，史德林就在那房间里，只是我看不见而已。我试着跟他讲话，然后我会想起来他已经死了。我跟他说话，但他从不回应。有时候，这些梦我记得很清楚。

我靠在栅栏上，看着马车的车灯在城堡的墙上移动。大部分人都离开了，只有音乐还在继续，微微地响着。我静静地聆听，看着我曾在书中描述过的每个地方，那个被围起来的垃圾场，也就是我的学校所在地，要塞街、墓园，我开始回想那些曾经让我魂牵梦绕的地方，但他们现在突然变成了一座鬼城，卡丽滋史坦变成了一座坟场，史德林的灵魂离开之后，一切的生命也都跟着消失了。

在我还是个孩子的时候，我曾经相信我的父母会回来，是真的完全相信。我会跪在床边祷告，我会把金手链轮转三圈念一段祷词，想象着自己正在施展魔咒让他们能回到我们身边。然而只有时光流逝，他们却没有回来。魔法施展了几年以后，我就知道他们永远不会回来了，不需要什么证明，我就是知道。其实有些事你心里早就知道了结果，你根本不用去证明。

但还有另一种力量是我一直相信的。在史德林死去之前，我相信每一件事物背后都隐藏着一股力量，正是他给予了万物生命，也许这是他将变得愈来愈伟大的潜力。然而史德林只活了八岁八个月一周零两天，仿佛世间的一切都在瞬间失去了生命。现在，我认定世间没有魔法了，从来就没有，所有的魔力都在史德林死去之后消失了。

我会活下去。因为还有一些事摆在眼前。我要说的是，一切远没有结束。但我现在还不能说。我独自倚在阳台上，书从我手中滑落，风越过栅栏吹过来，同时也摇曳着楼下的树叶。过一会儿我会继读，我会把书再拾起来继续读下去。它还没有完结。

第五章

我在山丘上醒来，不记得我怎么会在这里。我的脊背贴在冰冷的草皮上，头枕着岩石，外套像被子一样覆盖着我，上面积满了露水。我欠起身，伸展一下酸疼的手臂，突然记起了前一天发生的事，我梦到了阿德巴朗，也想起史德林的死。我一下又跪了下去，待在那里动弹不得。我记得我曾祈求醒来时会变成另一个人，但我发现自己还是李奥。不论我在那里跪多长时间，心中的那份痛楚与惊慌也不会散去。

"你休息过了，现在能走快点儿了。"那声音又发话了。有股力量让我站了起来，拿起外套继续向前走。

我的腿很酸很疼，简直是举步维艰，而且头疼欲裂。我不晓得自己的身体怎么会如此疲劳，但它也消散了我胡思乱想的精力，所以我只能继续向前走。这样的作用我是乐于见到的，有时我怀疑，我这一生是不是都要这么过下去——颠沛地过日子避免有时间和精力去怀念史德林，或者一下突然又把自己拉回到现实当中，面对一切。这比让我一直想一直想更恐怖。我心中呼唤那声音再跟我讲讲故事，就像昨天的经历一样，但没有反应。

走了几个钟头之后，我走上一个高岗子的峰顶，开始要走下坡路了。我闯进一片山谷地，我记起了这山谷，这个曾经跟史德林提起过的谷地，在他还活着的时候我们曾打算来的地方。我走到一片野花丛中，它们都死了，这使我又流下泪来，史德林死后，我接触到的一切都枯萎了。

等到我的眼泪干了，山谷已被罩上了一大片阴影，那是鸟儿掠过的天空。我站起来走到溪边，洗了把脸。"回城里去，"那声音又来了，"太阳还剩几小时才下山，快回卡丽滋史坦去，一切都会变好的。"

也许是我太相信一切都会在我回到城里之后变好吧，我只能不顾一切地走下去。

我跌跌撞撞地往前走，头晕得很厉害，每走几步我就必须坐下来休息直到这种感觉不那么强烈。这山冈不大，但走起来就像进了大山，我一直在流汗，脚不停地颤抖，我太不舒服了，但我知道就快到达目的地了。我开始相信我的疲于奔命，我的头晕，我心里的负担和史德林的死都是因为我还没进到城里的缘故。当我一走进边界关卡，什么事都会好起来的。我什么也不想，只记得要进城，距离和那奇怪的声音。

最后，山冈终于愈走愈平坦，我先走到了一片乱葬岗子，一个个墓碑像是被打碎了随意散落在地的牙齿，那些老弱病残被淘汰的人就埋葬在这里。然后我走到了环形墓园，摇摇欲坠，踉跄地走到墓园的大门。有几个士兵守在那里，从外表看来是学生兵，他们被阳光拉得长长的影子遮住了我和墓碑。这时应该有下午六点了，他们喝令我停下来，好像他们是什么有权势的人物一样，但我连理都懒得理，继续走我的路。

史德林下葬之后，这是我第一次回到墓园。我还没想好，一旦进城之后，我要做什么。我开始下意识地寻找史德林的墓，在众多的墓碑中寻找，天上有一道强光，像是沙尘暴一样的光，黄黄的，看着很刺眼。我找到了他的墓，在墙壁阴影覆盖的角落里，位置和我印象中的不太一样。那坯土陷了进去，草皮也陷到了墓穴的中间。墓前有花，十字架上刻着字："务须至死忠心，然后我将赐予生命的冠冕。"这是祖母自己选的《圣经》的章节，没有问过我。无论如何，史德林会喜欢这些话的。

这时我想起，史德林自己是读不懂这些字的，必须得有人教他。我想这个干吗？我觉得，史德林会像拼阿德巴朗的坟墓石碑刻字时一样站在这里拼着自己的碑文。站在他墓前的时候，我觉得他可以看见我。"你听得见我说话吗，史德林？"我问，在心里问，"你看得见我吗？"没有回音，也许他不能。

我瘫倒在修整过的草地上，我的头靠着十字架，脚伸到了墓间的过道上。史德林比我矮二英尺，我躺在那里，花的味道不太好，灰尘扑向我的脸，好像我已经死了，而这是我自己的墓。史德林在里面，那么近，就在土的下面，我真希望能看见他。

我已经习惯哭泣了。我为自己哭，因为我懊恼、疲惫又不舒服，而且还有好长一段路才能回家；也因为我再也开心不起来，我为自己长久的抑郁而感到疲惫，我的心很累。现在只要我一想到史德林，我就会不开心，只要我一想到他，就会想起他还活着时我们说过的一些有趣的事，或者是一次对话，又或者是他做过的某一件事，只要我想起他，就会想起他的病和他的死。每一件事都会提醒我，我的生活一下变得如此糟糕，变得全是黑暗，我只能看见蒙蒙的雾。"救救我，史德林，我过不下去了。"我在心里呐喊。

我又做梦了。这些梦越来越真实，越来越挥之不去。那个女孩儿正在一个阴暗的院子里洗东西，眼里全是泪。我想象着某个灵魂从天上俯瞰马洛尼亚，我看见那女孩儿，当男孩儿走过草皮向她靠近时，她没看见他。

"安娜，让我帮你洗。"莱恩说。她抬头看着他，他对她微笑。头顶上，云开始聚集，几滴雨水飘了下来打在晒衣竿上的被套上。

"不用，我自己来就可以了。"

响雷之后，雨开始下起来，打在汽车的顶上，山丘上的树摇摇晃晃。莱恩把洗好的衣物收起来跟在她后头跑向酒店大门。

在厨房里，她把洗好的东西放在餐桌上，大笑着，用手拨了拨湿透了的头发。"谢谢你。"安娜说。

"我要走了，我会看着你工作，也许我能等到雨停。"

"你要喝杯茶吗？"

他点头。"谢谢你。说实话，我很高兴被困在这里。我叔叔早上六点就拉我起来复习一些他认为我不熟悉的历史问题，他一整天都这样。有时候我怀疑，他是不是一个全然的圣人。"他窃窃地笑，好像菲尔德会听到一样。"还有，你一定要习惯，这是我每天的生活。这种生活，是我以后都要过的日子。"

"那是什么生活？"安娜问。她用丹尼尔的打火机试图点燃天然气炉。

莱恩摇摇头。"那不重要。不过我一直想问你一件事。昨天、前天我来这……"

"我跟你说话那次？"

"不是，是另一次。我看到你在跳舞，我在想，你为何在练舞？"

"喔，是一个舞蹈学校的入学考试。"她说，没有转过身来。

"你是说真的吗？"莱恩睁大了眼，露出笑容。

她把一锅水放在炉子上。

"难怪你跳得那么好。"

"我不算真的好，还需要不断练习，每个人都应该擅长一些事。"安娜说。

"你一定很棒才能有机会去考试。"

"那只是运气而已，每件事都是这样。"

"你是这么想的吗？你能跳得这么好，一定练习了很多年，而你却觉得只是运气好？"

安娜摇摇头。她想起来，五岁的时候外祖母带她到灰沙滩，她们在沙滩上奔跑了几里，在爱蜜丽的手提袋里装了满满的贝类和石头。阳光很稀薄，爱蜜丽说："该回家了，我的小天使。"安娜还想要更多样式的贝壳，爱蜜丽笑笑表示她不介意。直到安娜觉得够多了的时候，她们才转身回头，手拉手地走回家。那时车潮涌现，结果她们被堵在路上了。如果安娜少带一些贝壳的话，下面的事情就不会发生了。

"每一件事都是运气，不论你将来能否成为一名舞者，都只是运气。"安娜说。

"那你怎会得到舞蹈学校考试的机会？这也是运气？"

他笑着说，但她却很严肃地回答："克拉尼可表演艺术学校跟我的舞蹈老师到俄罗斯巡回表演，他喜欢这样。几周前有一个奖学金的机会，我的老师就问我想不想去试试，在春季他们将会把这个机会给其他人。"

莱恩笑了，她也在微笑，虽然有点儿勉强。她转过去看着正在翻着泡泡的那锅水，滚烫的泡泡。

"这似乎是你们英伦人典型的作风。你有你的梦想，这是好事，有一天，你会以舞蹈作为职业的。我知道。"

"莫尼卡给了我一份工作的机会，说我一毕业就可以来工作，你觉得如何？"

莱恩动动脚，她转过来。"你该去舞蹈学校，不要放弃。如果你硬要问我意见，我只能说你不该把练习的时间用来帮莫尼卡，你该让其他的家人来解决他们的问题。"

"我必须来，莫尼卡一个人搞不定这档生意。莱恩，你不用为生活烦恼，你想做什么就能做什么。"

他一言不发地在餐桌旁坐下来。她倒了杯茶放到他跟前。

"如果我是一个英伦男孩儿，我也会想成为艺术家。但我的前途不是由我掌握的。"

"这是什么意思？"安娜问。

"没事儿，没什么意思。我的意思是说，运气固然重要，但如果我不是出生在这样的家庭，我就能做我自己想做的事了。这也是我不希望你放弃舞蹈的原因。这事掌握在你的手中，不论如何困难，都要比我的前途更好。"

她想不出要如何回应他的话。"你想要当艺术家?"她终于想出话来。

"这个……我小时候经常画画儿，有一天我会画一张给你。那时你就可以判断我是否够资格成为一个艺术家。"

"好吧。"她笑了一下，不过很快笑容就消失了。

他们默默地喝茶。楼上，孩子们在走廊上重重地奔跑，使得一楼的屋顶发出震动。"你今天看起来有点儿忧伤，安娜。"莱恩说。

他说话的语气令她抬起头来，似乎他很熟悉也很关心她。"没有，真的。"她不肯承认。

风吹下来，雨水打在窗上的力道更重了。莱恩望着窗外。"那是你的家人?"他说，站起来走到相片前面。

"你妈妈看起来很像莫尼卡，但其他的女性长得跟你很像。这是你的外祖母吗?"安娜点头。"这男的是你父亲?"

"是的，但他死了。"

莱恩看着她。"我很抱歉。"他转回去继续看着照片。"他看起来像是好人。"

"对他的事我记不太清楚了。我一岁的时候他就死了，但我母亲说他是一个好人。"

"你知道他的什么事?"

安娜知道她父亲的一些事。他曾经有几年是莫尼卡和米雪尔口中的传奇，但她不能告诉眼前这位还不太熟悉的男孩儿，即使现在他们每天都在聊天。"没有，我不太清楚。"

"他看起来很年轻。"莱恩轻轻摸着相框。

"照相那时他只有十八岁，刚结婚，在我出生前一年。"

莱恩继续瞧着她的父亲，好像从这里可以看到另一个世界一样。"我连家人都没有。"他说。

"你只有舅舅。"安娜说。

"是的，有一个舅舅，他在老家，我出生的地方，是我妈妈的哥哥。但我很讨厌他，剩下就没有其他人了，几乎没有……我希望他早点儿死。"

"你不觉得这样说自己的舅舅，不太好吗？"

"也许我就该这样对他，你不晓得他的为人。"

"你父母呢？"安娜说。

他突然有点儿生气，气氛变得尴尬起来，虽然他的表情并不凶恶，也没有太大的变化。

"他们死了。"他手上的杯子和杯盘震动了一下。他放下茶杯望着窗外。

"我很抱歉，我不是故意问到的。"安娜说。

"我不是生你的气。"他说。

但他的眼睛转过来的时候，透露出了愤怒。

"哈洛德！哈洛德！"我睡着了，并做了个梦。"哈洛德？你在这里干吗？你应该在学校呀。"我睁开眼，看见一个黑影，遮住了整个空间，是祖母。"你怎么会在这里？"她又问了一次。

我不知道，我也不知道为什么她叫我哈洛德。我看看自己，转个身感觉背后是草地，我的头压扁了一些花，花香扑鼻。我坐起来，心想一定是在史德林墓前睡着了。

"你怎么没去上学呢？"她问。我只是看着她，她也看着我，好像不认识我一样。

我站起来，转身后退，把一束花放在十字架下面。她理理花，一边哼唱一边又哭了起来。我呆呆地站在她身后，那声音走调了，但很大声，我相信那是歌声。她站着看着十字架，神情恍惚，我扶着她的手臂。

她转过来看着我。"李奥？"我点头。"你吓坏我了。你在这儿干吗？你从哪里过来的？我没看到你过来。你是在我弯腰放花的时候从大门进来的吗？"

我没有回答。"太迟了……"她说，然后看着别处，"你回来得太迟了，我还以为你死了，六年了。"我吓了一跳，这就像是一场噩梦，没有一件事情是合理的。我用力地摇摇头，她盯着我看了良久，又继续看着别的地方。

"哎，六年了。你都去了哪里，哈洛德。你说你会跟我联系，哪怕一封信也好，让朋友带个消息也好，都可以，只要一句话就可以了，但你却没有一点儿消息。你的儿子李奥恨我，因为我不让他跟着你的步伐去雅席里亚边界，史德林哭着要妈妈，我又能怎样呢？我可不想让你的儿子去冒生命危险，为什么你不跟我联系？"

我本来想说话的，但那气氛好像不适合，我不想破坏它。她恍惚地看着我，然后又看向墓地。她重新转过来的时候，她又能正常看着我了。她把手放在我的肩膀上。"你回来了。"她静静地说，又接着前面的话，"我可真担心你，李奥。你回来就不走了吗？"我点点头，她紧紧抓着我的肩。"感谢上帝。"

她往后退了两步看着我，"你怎么这么脏？看起来这么苍白？你周六之后吃过东西吗？"她摸了摸我的脸。"李奥，我以为你去了边界，是你决定回来的吗？"

我没回答，她抓着我的手臂。"走，我们回家。"这个动作突然让我想起史德林葬礼的某一时刻。我回到一片阴暗中，在雨中大家在新墓地前奔走躲雨的那一幕。

"走吧，李奥。"她说。我跟上了她的脚步。

我们七点钟到的家。"我一直想着你，李奥。"祖母说，"我很寂寞。我已经失去了史德林，然后又失去你，我只有独自思念你们，没人可以说话，没人跟我分担失去史德林的痛苦。"她哭了。我真希望她别提这事如果这只会让她哭的话。"跟我说说话，李奥。"她说，"说些话安慰我。"我说不出来，虽然我是真的想说。

她紧抓着我的手在发抖，我意识到她的手骨瘦如柴，脆弱得像一张纸。"我试着忘记史德林的死，但我怎能做得到？"她继续说，"这里的每一件事物都会让我想起他，提醒我他已经死了。我能怎么办呢？我无法工作，我没有朋友，就算丹士顿神父也不能一直来陪我。教堂是我唯一的避风港，我不能一个人坐在这儿，哭着想念史德林。"

接着她试图微笑，故意用轻松愉快的语气说："但如今有你在，一切好多了，李奥，你知道我有多苦，我知道你也很苦，我们能相互帮忙渡过难关。"我点点头，想把手缩回来。"你看你，李奥，"她的声音又变了，擦了擦眼泪，"你看起来很不好，先去楼下洗个澡，我帮你煮汤喝。"

我洗好了澡，折好制服，把手枪放在衣服下面搁在窗台上，重新穿上普通衣服，黑色的。祖母也穿着黑色的衣服。因为这里有穿丧服一个月的习俗。我暗暗发誓要永远穿黑色的衣服，不论如何，我是如此痛苦，一个月就像一辈子一样，因为三天就已像一年了。从卧室里我可以听到安塞恩细细的哭声，还有吵架声，玛丽亚和她母亲又吵了起来。

"你需要大吃一顿，李奥。"我进到房里时祖母说。她正在炸洋葱，那味道很刺激。祖母愉悦的口气和烹饪的快乐让我很反感，好像她已经忘了一切。我希望我回到山丘上，流着汗发着抖，那地方至少能发泄出我心中的苦闷。

"我以后都要照顾你了。"祖母说。我没回应她。"你又怎么了？"她想想又说，"现在史德林不需要我再照顾了。"这时她掉下眼泪，而我也哭了。我努力不让自己哭，因为我不想让她来安慰我，但我控制不了自己。"别这样，李奥。"她伸出手，我摇摇头径自回到卧房，关上门。

"李奥！"我听到她的呼喊，故作正常地掩饰着哭腔，几分钟之后，我从床上爬起来走出来，虽然我不太饿。

我们默默地吃着饭，一人坐在桌子的一边，史德林的位子空荡荡的。我呆呆地盯着蔬菜汤，无意识地把一匙汤舀进嘴里，接着又撕了一大片面包猛地塞进嘴里，食物塞得满嘴都是，眼泪簌簌地滑落下来，我很内疚自己吃得如此贪心，我就这样做，我一直克制着想要收回眼泪。

"我想我忘了什么事。"祖母喃喃自语："这汤的味道不对。"没错，这味道吃起来不像她平时煮的，但我不在乎。"很不同吧？"她说，"我还把洋葱烧煳了。抱歉，李奥。"我只顾用匙喝着汤，耸了耸肩。

"丹士顿神父今晚可能会来，"她顿顿说，"他很照顾我们。"

我只顾着吃。

"他会想跟你谈谈的，他很担心你。"

我俩一下儿陷入沉默。我又撕了一块面包在喝完汤的碗里抹了抹送进嘴里。

"他一直很帮忙，我希望你能跟他聊聊。再多吃点儿吗？"

我点头。吃，毕竟是唯一可以做的事，我正在全力以赴。

"昨天我和玛丽亚谈过了。"祖母重新拿出一块面包和一碗汤放到我的面前。我又开始吃。

"她问起你。真是个好女孩儿，她的孩子也生病了。"

我没有抬头。

"但不严重，"祖母说，"只是感冒什么的。她看起来很累，安塞恩一直在哭。"

话一说完我们又陷入了沉默。

"那么，你到底去边界了没？战争近况如何？"

我摇摇头。

"你怎么回来了？"

我耸耸肩，我无法用语言去解释那些情况。

"你没做错什么让他们把你送回来吧？"

我还是摇摇头。他们没想要送我回来，这倒是真的。

"嗯，好吧。"她不说话了。

几分钟之后，有人敲门。祖母站起来去开门，气氛一下子轻松了，不再尴尬。

是丹士顿神父。"哈罗，玛格丽特。"他说，然后看到我，"李奥，你从边界回来了？我没想到这么快就能见到你。"我微微点了点头。他的声音很悲伤。我不希望他这样一个不该悲伤的人装得很悲伤的模样。他的弟弟又没有死，他对史德林也没那么亲。

"你能来，真是太好了，神父。"祖母说。

"这不麻烦。"

她关上门，请他在沙发上坐下。我注意到他脸上还有我打他时留下来的淤青。被我打破的窗户也补上了，可能是他修的，桌子也是。"你现在感觉如何，玛格丽特？"他问她。祖母在他对面的椅子上坐下来。

"喔，很好，谢谢你，神父。"她淡淡地说。

"李奥回来就好多了。"她说，对着我微笑。我背过身去不看他们。

丹士顿神父谈起追悼会的事情，我起步往房间走，祖母叫住我。"李奥，我希望你能参加。"

我走了回来。

"我们为史德林的碑文选了字，没有你的参与，我觉得很内疚。

"来嘛，李奥，坐在这里。"他说。我很不情愿地拉了张椅子过来坐在他们身边。

"现在，"神父说，"我安排了一个追悼会在周五中午十二点。"我开始想今天是周几，也许是周日，也许是周一，想不出来，算了。

我重新听他们说话，神父提起灵歌与诵读《圣经》。"你想选选吗?"

"我不知道。"祖母一脸忧虑，像要哭的样子。

"也许我能给你些建议。"丹士顿神父说。

"那太好了，谢谢你。"

他们根本不需要我，我站了起来，他们也没阻止我。

外面越来越黑了，我坐在床上望着外面，我觉得怪怪的，有些恍惚。如果是平常，我应该整天都待在学校，天像这么黑的时候，我们早脱了制服，祖母会点上炉火，开起灯。但现在，所有生命的象征都消失了。我看见天越来越黑，我竟然不确定太阳是不是还会升起来，如果史德林都能死的话，而我又什么都做不了，那么天底下还有没有一件事是能确定不变的。我合上眼，我看不见自己的未来了，我祈求有点儿什么，一个声音哪怕一个征兆也行，告诉我，我是在梦里。结果没有任何征兆，我甚至无法把在山丘行走时出现的那些故事连接起来，我的大脑中一片空白。

英伦的夜幕降临了，第一道星光显露出来。安娜和莱恩站在湖边，豪宅的藩篱一直延伸到湖水里。安娜不能从这儿绕到对面去，"我们一会儿小声一点以免被我叔叔听到，我现在应该是读星象学的时刻。"莱恩在这头对藩篱那头的安娜说。"你上的这个学可真怪，你叔叔安排你学的东西真怪。"

"我知道。当他第一次到'英伦'来，他根据数据了解到以前贵族们的子弟都学什么，他觉得这种教育很适合我。"

"所以你是因为身为地主阶层才学这些?"

他抬起头，眼睛比黑夜的颜色还要深。

"谁跟你说我们是地主阶层?"

她耸耸肩:"没人说。"

"我们不是地主阶层。我们带了点儿钱来,是我叔叔的,这是十年前,现在也快花光了。"

"所以你们是坐吃山空?如果都花完了怎么办?你会去工作吗?"她说。

"我不会。我叔叔可能会吧。他是一个训练有素的管家,但他用的是假……嗯……"他停下来,看着其他地方。

"假的什么?假钱?"他摇摇头。"你是想说假钱?"夜色让她大胆起来。

"我真不了解你,莱恩。"她说。

"你可能永远都不会了解。"

她看着他手中的书。"那是什么书,书里夹的又是什么书?"

"那是莎士比亚。"

"这也是你学习的一部分?"

"不是。我叔叔如果知道我读莎士比亚而不是星象学,他会生气的。他认为读莎士比亚是在浪费我的时间。"

"为什么?"

"那不是我们的文化。我叔叔连看一半莎士比亚写的东西的时间都没有,他认为大格局的东西更有用。我以前甚为赞同,但现在……"

黑暗中,他们的眼神在交会。"现在怎么样?"她说。他没回答。没人吭声,没人想破坏气氛。突然一声关门声从房子里传出来,他们一起向后看。

"没什么。我应该回去了，叔叔会监督我复习的。"他转过身，"他来了。"

"要我离开吗?"她说。

"你等我一下。我去跟他说句话很快就回来。请稍等。"

安娜走了一小段路，到树底下，转过身。她仍能听到他们说话的声音。

"怎么了，叔叔?"

"这书，"沉寂了一阵，然后是不耐烦的腔调，"又读英诗，这书能教你什么? 不能! 他写的只是爱情而已。"

她听不见莱恩的回答。他们走过藩篱，他的叔叔又说话了。她静止不动。"莱恩，你不要忘了你的责任，你一周没练箭术，没读历史，没读地理，没击剑，你最后什么都没干。你对什么事都半途而废。"

"我为什么不能有个假日?"

"你知道原因。我讲了一千遍了，妈的，听我说。"他们的声调升高了起来了。

"我在听。叔叔，过去几周你对我非常严格，我累了。"

"你没有多少时间学这些东西了，你必须要学。你对其他人负有责任，你不能只想着自己，你不能一直把时间花在见那女孩儿身上。"

"我认识她才两天好吗，叔叔，你真觉得……"

"我不知道你怎么想，你已两天没有做些有用的功课了，你去她那里四五次了，你在她出现之前就一直逃避你的课业。"

"才没有，她已占据了我的灵魂和我的心。"停了一会儿，

264

他最后脱口而出。

"莱恩，你的爱情游戏，要冒的风险可不只是你的心而已。"

"你说得好像我犯的是什么道德错误一样。我只是想要有个朋友，难道你希望我一个人孤单单的？"

"听着，莱恩。"

"我在听呀！"

"只有一个女孩儿你能跟她交往，就是戴银鹰项链的女孩儿……"

"十年了，你一直在未雨绸缪，你的大计划。叔叔，你甚至要决定我该跟谁恋爱，如果她就是呢？你有没有想过？"沉默了一会儿，"又或者她真的是你兄弟的亲戚，就像你说的那样？"

"这没有什么差别，如果她是的话。这是过去的事了，你不用花时间跟她在一起，你需要做的是练习击剑、射箭、研究星象。你必须知道你统治的国家大大小小的事……或者……"

"或者什么？如果我没有成为世界击剑冠军，或者我不知道东线战争，马洛尼亚又会怎样？"

"不知道凯希亚、莱恩、安娜、铎纳华这些名字又怎样？"停了一会儿，阿德巴朗笑了，笑得有些苦恼。"我是很严肃的，你可知道在卢西雅统治下的马洛尼亚是什么样的？你知道吗？我曾想告诉你而你不愿意听。"

"但，叔叔……"

"但什么？人民需要的国王是会跳舞，能发表激励爱国心的演说，善骑射，能击剑的。他们不需要一个没有经验的，标新立异的或是独特的国王。他们需要有安全感的国王，你明白吗？在

265

你明白自己的责任之前，不准你再见那女孩儿。"

"我从来……"

"这没有差别，你不能选择你的责任，你只要尽力做就能做得很好。"

"听我说……"

"够了！"他的脚步声在岸边的碎石路上逐渐淡去。"讨论到此为止。你要把星座画出来，你要想想对那些期待着革命到来的人来说，这个星象是多么壮观！我会在图书馆，开工！"

四下一片寂静无声，过一会儿，草皮远处房子的门，砰的一声关上了。黑暗中，莱恩叫道："安娜？"

她从树下出来走到他面前。"我以为你走了。"他说。

"是你叫我等的。"

"你听到了？"

"是的。"

他没回答。

"莱恩，你们说我什么？我是你叔叔的亲戚？"

"你不应该偷听的。但我会解释给你听，一解释你就明白了。"

她的手扭捏着脖子上的项链，他从月光下看见它在闪动，眉头皱了一下，好像在想什么，突然他眼睛睁大了。"怎么了？"她问。

"我以前没有认真看过它，这项链。这是一只鸟？"他捏着它，"这宝石一直就不见了？"

"是的，但是，莱恩……"

"这项链是谁给你的?"他问。

"我还是婴孩儿的时候我外祖母给的。"

她转身要走,他一把抓住她。"她是照片中的那位女士吗?长得很像你的那位?她给你的?"

她没回答。

"求求你了,安娜,多跟我说点儿她的事。"他说。

她犹豫了一会儿,转过来看着他。"她没什么可以说的,是她从小把我拉扯大的,后来,她去世了,是车祸,就在这附近。我不在车里……"

"她是从哪里得到这个项链的?"他抢着问。

两人怔了怔。然后她说:"我该走了……"她捂了捂脸。

"对不起,安娜。我想我惹你生气了,我不是故意的……"

"我跟你并不熟,莱恩,我不愿意跟你说太多我外祖母的事,就像你今天不愿跟我多谈你父母的事儿一样。"

"真的对不起,我真的不知道你这么介意这事儿,如果我知道……"

"这当然对我很重要。"她说。

月亮映在她脸上的泪光中。"莱恩,你根本什么都不了解。今天下午我跟你提起你父母,有一半的时间你都在生气。"

"我说了,我不是在生你的气。"

"那你在生谁的气?"

"没谁的,我不是在生气,我只是不想讨论这事儿,求求你。"

她看见他眼中的泪,一副就快要流下来的样子。

"我不想谈这事。"他望向别处，抓着头，很痛苦的模样。"安娜，你为什么要让我回忆起这些事？我不想跟你说我们家的历史，如果我要的话，我要先知道你外祖母从哪里得到这串项链的？"

"为什么？"她压低嗓音说。月亮躲到一片云的后面，黑夜中她们被分开成了两个人。

"我不能解释。我希望我能说，但，我真的想跟你说，我发誓。"

黑夜中，他的手触到她的。"那你告诉我。"她说。

此时在屋子的窗户里传来某人的叫声。"莱恩，进屋来！现在，立刻。"

他们愣愣地彼此对望了足足有一分钟。莱恩说："我必须走了。"然后转身离去。

离开她之前，他又回头望了她一眼，叔叔又叫了一次，他拔腿跑了起来，冲向屋子。安娜转身沿着湖边走去，没有回头，但她却能感觉得到莱恩在她手上留下的余温。

我躺在自己的床上，盯着天花板发呆。所以当丹士顿神父进来的时候，我没有在第一时间看着他。我在想我之前最后一次躺在这儿的时候，就在不久之前的几天，我还是以前那个普通男孩儿李奥的时候，有一个弟弟叫史德林。现在，才过了几天，三天，我就变成一个失去弟弟的人了，我已经不是原来的我了。这太突然了，不只是史德林走了，我也不再是原来的我了，我的一部分，一大部分都死掉了。我忘了自己是谁，我只是原来和史德林有点儿关系的人，我的感觉很奇怪，我像丢掉了灵魂一样，状态不对，魂不守舍。在镜子前我都认不出自己了，所有的事情都变了。

丹士顿神父关上门，我听到他进来，连忙坐起来着。"抱歉，李奥，我想跟你聊聊。"他说。我把脚缩回来，胳膊肘儿搁在膝盖上，望着他。他拉把椅子坐到我面前。

"我想跟你谈谈追悼会的事。你祖母和我觉得，你如果能给点儿意见的话，那就太好了。"

我一脸疑惑。

"也许你能念一段《圣经》，或者追悼会开场前说一段话。我知道这有点儿困难，但你是史德林在世上最亲近的人，那些喜爱他的人会想听听你是怎样回忆他的。我知道这个时期是很困难的，发生这样的事，但人们总是会后悔没去做这件事。"他看见我的脸时显得有点忐忑不安。而我只是望着他。"当然，你不一定要去做，想想也许会不错。"我勉强地点头。

"李奥，还有一件事，你不说话。"他说。我摇摇头。"记住，你这种状况时间越长，你就越难恢复过来。"我看着他，一言不发。"有时候这样会造成误解。最好把事情说出来，而不是默认，"我什么都没回答，而他又继续道，"你现在说说话好吗？我们谈谈这事件，之后，如果你还是觉得这样比较好，你就再保持沉默？"显然，他根本不明白。"你愿意写吗？我想跟你沟通。"最后我点点头，虽然我不想写什么，但这不是重点，重点是我根本无法正常地和人沟通。

"给，"他从口袋里拿出一支铅笔和一张纸，"你为什么不说话？"

"关你什么事？"我心里那声音回答。

一堆原因，我写道。我的手在用力的时候一直在抖，笔芯一下子折断了。

他又拿出削笔刀，静静地削好笔，用手背把木屑拍到地板上，重新拿给我。

"都是什么样的原因？"

我不想回答愚蠢的问题。我写道。

"还有呢？"

我不想说话。我写道。这难道还不够吗？

"不够什么？"他说。

我终于说了我想说的话。

他先是一语不发，然后开口道："你知道，史德林不会希望看到你这样的。也许他会希望你能开口，就算是为了抚慰祖母，或是在追悼会上朗读。他会希望你做正确的事。"

"你怎么敢这样说？"心里那声音又发话了。"你刚才说我是史德林最亲近的人，怎么你又比我还了解他在想什么？"

他已经死了，他不会知道的。我写道。

"你真的这样想吗？"他静静地说道，"你真的不觉得他看得见你，或者知道你在做什么？"

我没有回答。

"有时候因为誓言或是别的什么让人们不说话，但最后这只能是一个陷阱，让人们不能回到正常生活中。"

我怎么可能回到正常生活。我写道。

"正常生活也许必须重新再定义，"他说，"现在也许看不出来，但最后都会的，会回到正常的生活的。"

所以我必须说话？

"这得看你。只要，我相信史德林如果知道你为了其他人而重新开口，他会高兴的，而不是你誓死不再说话。"他说。

我们又不说话了。我在纸的对角线上胡乱画着线，但一直没画准，我放弃了，把笔搁下。"除此之外还有什么让你不想说话吗？一种惩罚或者……"

他等着我回答，但我不再拿起笔，也不回答。"这点很重要，惩罚你自己是没有道理的，李奥。"他说，"史德林的死，不是你的错，惩罚自己没有必要。"他看着我。

我拾起笔写下：你无法逼我讲话。

他叹息了一声。"我知道，李奥，但我想这样对你最好。如果你只是在必要的时候讲话怎么样？当你需要沟通的时候。你不用谈你的感受，你只需回答别人的问题，如何？"

可有时我不想回答，又怎样？

"你可以就这样回答。"

我会考虑的。我写道。

"谢谢你，李奥，谢谢你，乖孩子。"

"别把我当小孩儿。"那个声音在我心里回答。

"真的很抱歉，但是谢谢你，关于追悼会的朗读，我希望你能，我真的希望。史德林也会希望的，我想。"他说。

我说了我会考虑的。我写道。然后我把笔和纸一股脑儿地还给他，重新在床上躺下，转向窗户。他弯腰捡起笔。"谢谢，李奥。"他说。他走后，我咬紧牙关不让自己哭出声音。

我是曾想过要在追悼会上说点儿什么。第二天我去了一趟史德林的墓地，我坐在墓的这头儿，看着那刻着他名字的木质十字架，想我该怎么办。他是我人生中横梗出来的一截儿，而且太突然了。他曾经是那么重要，而我却再也不能为他做点儿什么了，只能发呆和祭拜。上一束花，除除草，或许再加追悼会上的致词。我渴望跟他说话，就像以往一样，他是我唯一说话的对象，我很想问他我是否该在追悼会上发言，要是以前我就会这么做。

"我该怎么办，史德林？"我在心里问。他没有回答。"你觉得我该怎么做？"我想象着我们俩正因为某事在笑，或者他问我一个问题，又或者他提到《圣经》时的神情，他会说什么呢？我该在你的追悼会上致词吗，史德林？不仅没人回答，而且还相当寂静。"你这样很蠢。"那声音又来了，于是我开始往家里走。

祖母不在家。我以为她会在楼下的洗手间或者是去市场，但在家里什么事都没有，几个钟头过去了，我找了一遍，她不在公寓里，不在院子，不在浴室，而外面马上要下暴雨了，我决定出去找她。我留了张纸条在桌上，写道：奶奶，我出去找你，我会回来的。

马上要下雨了。我从奥思塔营地回来之后，雨就断断续续地一直下着。乌云密布已经一整天了，突然间暴雨如注，闪电和雷鸣袭击了所有建筑，如同是敌人正在攻击这不堪一击的小岛。我不知道自己要往哪里去，我专心地想祖母会跑到哪里，这时我突然有种奇怪的念头，学校，虽然她没有理由会往那里去，但我转向了那个方向。

我不记得我穿过了这座城市，但我记得我在路上是跑着的。雨下得很猛，闪电划过建筑，我听到叫喊声，笑声和唱圣歌的声音。我了解，这一定是午休时间，学校还在上课。我觉得太愚昧了，他们全在操场上，那些我认识的男孩儿们。

我突然看见祖母在栅栏前的身影，她正呆呆地看着操场，而几个小一点儿的男孩儿不自在地看着她。我跑上去，碰了碰她的手。"哈洛德?"她问。我摇摇头，试着想拉她走，她急急地跟我说了一堆话，我不太明白。

　　"诺斯!"有人叫，我听出来是塞斯·布拉克伍德，他穿过操场跑过来。我拉着祖母快走。"你怎么不上学?"他叫，"我们都在想，那是不是你弟弟。"

　　我没有回答，塞斯到了栅栏边上看着我。"你应该把这老太太带回家，"他低声说，"老师们的脾气都很不好，因为暗杀事件不断，战争局势等等问题，你是知道的。"我想自己一定是一脸茫然，不然他不会一直说下去，说一个疯子一直想要刺杀卢西雅，在那之后我们排和其他的学生兵都被送回了学校。我没太专心听，但我一下明白奥思塔发生了什么事，为何士官长会提到监狱，我不想见到任何一个学校的老师。

　　我把祖母抓着栅栏的手掰开，拉着她离开。她一边走一边唱歌，我要她小声点儿，她理也不理我。她嗫嚅两句，眼神失去了焦距，好像被恶魔附身一样。我想说点儿什么，又把到嘴边的话吞了回去，只是拉着她的手让她跟着我走。

　　"你该说话，"心里那声音说，"你应该跟她说话。"

　　我不理会。

　　我听到背后有人在叫，也许是塞斯·布拉克伍德，或者其中一个老师。我拉着祖母跑起来，她几乎跟不上了。

　　回家的路上，她回过神来，问我发生了什么事。但我不能说话，只是拉着她走。

到家之后，我打开门，拿出一张纸写下来。我一五一十地告诉她，包括她叫我哈洛德。

　　"真的？"她读后问我。她抓着头，看起来很害怕。"我记不起来了，我什么都记不得了。你出去之后我去了墓园，除此之外一片模糊。"她重重地在我面前的桌子前坐下，"我好像记得史德林回家晚了，我想去找他。李奥，我好害怕，我可能疯了。"她哭道。

　　也许只是因为史德林的事。我写道。你还不老。

　　"我都六十五岁了，李奥。老了。你会去哪里？"

　　什么时候我会去哪里？

　　"我死后。"

　　你不会死。我写道。你只是生气罢了。

　　"也许你说得对吧。"她说。她看起来还是很害怕。

　　"我从来没有这样过。"我没跟她提起我刚从奥思塔回来时在墓园她跟我说的话，我想那没什么帮助。"我会问丹士顿神父，明天他来的时候。"她装出一副满不在乎的样子。

　　丹士顿神父告诉祖母不用担心，我觉得他除了这样说也没什么可说的。我之前说那不是疯了，而现在我觉得是。怎么能不疯呢？那些日子连我都疯了，很显然，要装着生活中的一切都没变太难了。

　　丹士顿神父又问了我一次关于致词的事。我同意了，很勉强的。念一段《圣经》。

　　"谢谢你，李奥，"他说，"这对史德林意义重大。"

　　我不知道自己要说什么，但我知道我会知道的，我必须这样做。

　　第二天情况恶化了。我起得很早，日初之前就醒了。黑暗的天空、史德林的空床和角落的阴影，突然让我想到死亡，总比一秒一秒地数着到天亮好。我躺在那里一直想一直想，如果我跑快一点儿，有一段时间我觉得我真的跑快了，然后我又记起来事实上我没有，而史德林因此而死。我脸色苍白，浑身不对劲儿，眼窝深陷，心脏负荷过重。我看着镜子里的自己，纳闷儿怎么以前觉得自己很帅。

祖母要我去市场，我们快没吃的了。"你还好吗，李奥?"皮尔森先生在蔬果摊前问我。"你弟弟好吗，小史德林?"我说不出口。"怎么了这是?"他看着我一副要哭的样子。"你不舒服吗?"我挥手拒绝回答他的问题，在其他人看见我流泪之前赶快离开。

在家没什么事做。在史德林的《圣经》里面，我找到一段可以在追悼会上诵读的章节，心想着要复习一下。但我又哭了，因为我看到那本《圣经》上头有我父亲写的赠言：史德林受洗惠存，希望你在神的保佑与我们的爱中，平安成长。爸爸与妈妈。

我还记得他写这段话时的一幕，那时史德林还是婴孩儿，这是其一；现在父亲、母亲与史德林都已离我远去了，这是其二。看他写下的这些赠词，我觉得很迂腐，因为没人可以在神的保佑下永葆安康。神在天国，而我们在人间，即使神想保护我们也做不到。神总是喜欢考验人，想看看人们会怎样违背他，神的律法不是光明，我想，是我们每个人都无法解除的负担。

最糟的是想到了父亲和母亲，他们在雅席里亚或更遥远的地方，他们以为史德林会平安幸福。他们在史德林两岁的时候离开了我们，父亲是通缉犯，他们必须尽快逃亡。他们本来要在一两个月内给我们消息要我们去找他们的，如果他们已带消息给我们，那就是我们没收到，而祖母则认为他们是通关的时候被抓了，她相信他们已经死了。

我没有替他们照顾好史德林，虽然我应该这么做。妈妈决不会让他染上旋死热，而父亲会跑遍所有东面的山丘寻找血花，不管他有多累。

我扫了一遍我要诵读的章节。但我现在很怕我会崩溃而泣不成声，在教堂大厅里情绪失控，那么所有的人将看着我。我合上《圣经》，坐着，凝视着窗外不变的风景，直到祖母做好了晚饭。我没胃口，对朗诵的紧张让我感到内疚，不只是诵读本身，而是整件事。每个人都会看着我，看我的表现，而且这是我们最后一次跟史德林说再见。

"救救我，史德林。"那晚我在心里祈祷着，忧心忡忡无法入眠。"救我，我不能诵读，我就是做不到，我连话都说不出。"我试着幻想史德林会给我答案，但没有任何回应。史德林只会说善良的，充满智慧的话，我自己却不会这些。"我真希望你在我身边。"我在心里讲，"我都不知道自己有多需要你。"我知道他听不到，我哭着睡着了。

我梦见自己站在教堂前，但我哑了，好像患了旋死热，说不出话来，不论我多么努力地想说话。后来我梦见自己坠落到了一片虚空之中，结果全身冒着冷汗因为发抖而醒了过来。

当我又重新睡了之后，又做了一个截然不同的梦。我梦见自己坐在桌前，史德林在对面，外头正在下雪，好像以前十二月的冬天一样。炉火驱散了屋内的阴暗，我正在教史德林认字。他递给我《圣经》，指着一段章节，我读给他听。"我又看见一个新天新地……"

"你怎么这么会诵读，李奥？"我念完时他问我。我很清晰地听到他的声音，我觉得他一定是真的在跟我说话，于是我一下儿带着睡意醒了，有一段时间，虽然我知道他死了，但我不觉得他真的不在了。

教堂里，在光线透过七彩玻璃窗照射下的神坛前，我正在诵读："不再有死亡，也不再有悲哀、哭号、疼痛，因为以前的事都过去了。"四下寂静无声，我走下台回到座位上时脚步声发出回音。玛丽亚，坐在最后面一排，流着泪，我坐在前排凳子上，旁边是祖母，她抓着我的手。"你让我感到骄傲，李奥。"她低声说。

　　我诵读时，不似以往的习惯。我没有想史德林死了或是字里行间的意义，我只是照着念让声音发出来，什么都没想，一直到念完。所以我现在记不得到底念了什么，我只是努力克制不让自己哭，其他的什么都不想。也许这样的方式是不对的，但我找不到其他方法撑过那段时间。

　　丹士顿神父开始进行布道，我很想专心聆听，但我无法专注。我一直在想我是不是没关好公寓的门，这简直是有病，我已检查了两遍了，而我也不在乎是不是会有人闯空门，我不再在乎了。

　　"这样的事，永远改变了我们的生活。史德林的死是我们最大的不幸。我们会怀疑一切，没有东西再对我们有意义了。传道书上写道：万物皆空。面对如此的悲痛，是的，所有事情都变得空虚无意义了。

　　"这位导师，传道书的作者，对生活是敏锐的。他看见许多不义与无法解释的事。他一直在寻觅智慧，但最后发觉一切都是空。在这经典的一开头，似乎有点希望，但随着文字一直读下去，我们就会看见生命的另外一层意义，那就是上帝。这位导师认为，没有了上帝，一切都失去了意义。

　　"他的结论是什么？在他生命结束之后，他将何去何从？在书的最后，结论非常简单：'要敬畏神，要服从神，这是人们的义务与责任。'关于这一点，我想是我必须要做的——要敬畏神，要服从神。

"我们之中的人，很难去解释为什么史德林死了，他的死有什么意义。但我相信一件事，当我们到天国之后，上天会给我们人间生活新的意义，比我们现在的生活定义更有意义的。但我们现在只知道要去做我们应该要做的事。上帝要我们继续生活，虽然我们不知道我们将何去何从，他要我们遵循导师的话，虽然我们不知道为什么要这样做，我们只知道尽自己的责任去做事。'要敬畏神，要服从神'。没有文字让我们理解神，那是超越我们理解范围的。没有人可以告诉我们，我们正在做的事有何意义，这是神希望我们服从的方式，他希望我们一直这样。

"说真的，每件事都有一个意义，只是我们现在看不出来，但终究我们会明白的。虽然我们因为不理解史德林的死而受到严重打击，但我们仍要按照神以及史德林希望我们过的生活继续活下去，要极为敬畏神，要服从他。"

我不再专注听道了。他讲了二十分钟，我只能记这么多。

"你觉得丹士顿神父的布道如何？"祖母在结束之后问我。我不知道，我的心一片空白。但我记得他的，我想他说的是对的。

回家的路上，有人急急地跟上我们。我们走得很慢，好像逆流而上一样。我们停下来转身看个究竟，是玛丽亚，怀里揣着孩子。她看着我好像有话要说，然后摇摇头，愣愣地看着我。

她有点儿不同了，安塞恩伸出小拳头在空中挥着，我看着他，心想其实我也变了。这个我以前熟识的女孩儿与我，我们为了某事大吵一架已经一周了，我试着回忆我们为什么吵，只是想不起来。她看着我说："李奥，我不知道说什么好。我想跟你说话，但你去了边界。

李奥，这事终究会发生的……"她抬起头来，含着泪水不做声。

我看着她的泪和自己的泪双双跌入地上的泥巴里，像雨点点滴滴刚开始下时的情景。我看着泪滴下来，像看着别人的泪滴下来一般。以后每当我记起这一天时，我会觉得这一切好像是在一个陌生人身上发生的事，不是因为事隔太多年，而是当时就是这种感觉。

祖母轻轻握起玛丽亚的手，玛丽亚轻轻握起我的手，我想我让她握着，但我记不起来了。

我记起纪律纠察队来找我，玛丽亚和我坐在一起，祖母站着摇晃着安塞恩那天。如今，我们四个人站在路中间，穿着黑色丧服，祖母的泪在皱纹中流淌，玛丽亚哭哭啼啼，安塞恩此时倒很安静，好像他知道发生了什么事一样。玛丽亚戴着头巾，把耳环也摘了。我想起来之前我跟她说了什么话，是有关公平和她生孩子的事，那是我说的吗？我不再确定了。以前的李奥仍然被过去几天的惊吓和沉默困在某个地方出不来，仍然迷迷糊糊不知所措，不知该不该向她道歉。"我以前跟你说的话……"我泪如雨下，咳了声说，"以前我……"

玛丽亚摇摇头，好似生气般地握紧了我的手说："李奥，别说了。现在我怎么可能还会在意？"

第二天发生了怪事。我起身穿衣，但全身力气都耗尽了。我躺回床上看着天花板，一分一秒过去了。祖母进来好几次，我只是不动。"起床，李奥，别躺在那儿，跟我去市场。"她说。

我坐起来看着她。"快点儿，我们要出去了，穿上你的外套。"她急促地念叨。

我不想去。她拿起外套想帮我穿上，我摇头表示不愿意，拉着脸。她停下来，像我一样精疲力竭，跪在地上哭了起来。

　　一个东西从口袋里掉了出来，是那本我念给史德林的书。她拾起来看了看，像小孩儿一样。"李奥，这是什么?"她翻了翻，合上它泣不成声。"我不了解你，李奥，你宁愿写这个东西也不愿跟我说话。"

　　我摇头表示那不是我写的，但她还是哭着回到了客厅。我拾起书，翻了一下，又发现了一些新的文字。我马上认出那是和我在梦中见到的一样的故事——有阿德巴朗，有太子，有安娜，还有一些新的章节，好像作者知道我想知道下面发生什么事一样。

　　我一下把书从书脊中间撕成两半，书页全都散在地上。那些文字让我觉得很不舒服，好像一切都没有变一样，它又写了一堆。这些寓言故事现在对我有什么意义? 在那么多事发生之后，我不再想看故事了，我希望安详地死去。

　　但过了一会儿，天色黑了，我又一页页地把纸捡了回来，集中在一起放回口袋，像以前一样。这是我念给史德林听的故事，不论我在不在意它，史德林都会很在意。他会想知道下一步发生了什么，他对这些故事的关心像他对别人一样，这是在他生病时我念给他听的故事，我不能把这本书丢了。

　　我还不能控制让自己不做梦，也许我根本不想这样做。因为我沉浸在那些梦中的时候，我是不知道史德林已经死了的事的。

　　英伦的天黑了，起风了，但安娜在院子里，在灯下跳着舞。

　　突然莱恩出现在现场，在黑暗之中。她停下来。

　　"你在干吗?"他问。

"练习，莫尼卡以为我在睡觉。我白天没有时间练，到了晚上她又不让我使用餐厅以免我打扰客人。"

他们对望着不做声。"我好几天没看到你了，"莱恩说，"我很抱歉，我说过我会解释的，但我叔叔……"他耸耸肩坐下。

一群客人经过他们，扔掉了手中的烟屁股，进入了酒店。莱恩目送他们走远，视线又落回她身上。"首先，关于阿德巴朗的……"他说，"如你所知，亚瑟·菲尔德，事实上，不是我的叔叔。"讲到这里他停顿了一下。"跟你说这些违背了他的意思，我想他可能是你的……"安娜想要说话，但是莱恩扬起手继续说道："他的前面是弟弟，哈洛德·菲尔德，很久以前住在英伦，你知道那个人吗？"

"哈洛德·菲尔德？他是我外祖父。我从未见过他，但知道那是他的名字。"

"你确定？"

"是的，我确定。"

"阿德巴朗也是这么认为的。"

她突然转过身去。"你去哪儿？"莱恩问。

"我去拿莫尼卡的照片，上面有他们的父亲。"她答道。

她走进空无一人的厨房，从窗台上取过照片。莱恩倚靠在门边上等着。"这儿。"她递给他照片，然后默不作声地站着。照片已经退色，背景是在灰沙滩，一个路人拍摄的。照片里她外祖母快三十岁，依偎着安娜的外祖父，她的手放在他的臂弯里。照片里的男人一只手将儿时的莫尼卡揽在肩头，另一只手搭在四岁大的米雪尔的手上，两眼直视镜头，露出迷人的微笑。

"我明白了，"莱恩轻声说，"你发现没有，他们长得可真像。他简直就是年轻版的阿德巴朗。"

关于她的外祖父——安娜一直思索的——关于他那轻松、自信的表情，他那种挑衅性的直视镜头的方式，是如此与众不同。她才意识到，那简直和亚瑟·菲尔德如出一辙。

"他知道，"她说，"这就是当我告诉他莫尼卡的姓氏是德微儿时，他用头去撞汽车引擎盖的原因。"

莱恩点点头说："他知道那位女士的名字，却不愿意告诉你。"

"为什么不?"

"他不想跟这个国家的任何人扯上关系，只希望干净利落地消失。但他不明白，你可能是有关联的，无论他的意愿如何。不仅仅因为你是他的亲人，那还牵涉到我的过去。"

"你的过去是怎样的?"

"很复杂，"他把照片还给她，转过身注视着死寂的湖面，"跟你说这些事并不容易，安娜，我会尽量坦诚相见。我们能不能出去散散步? 这样会容易解释得多。"

他们朝着湖畔走去。"我跟你说过我的父母已经死了，"莱恩说，"他们十年前被射杀了，是我舅舅亲手策划的这一切。我的亲舅舅，在马洛尼亚，我的出身地，他是我母亲的哥哥。"

安娜面朝他，他却垂下眼帘，不紧不慢地前行。"他谋杀了他们?"她问，"他现在被关起来了吗?"

莱恩摇摇头说："权术之争。我父亲位高权重，舅舅觊觎他的王位已久。"他在黑暗中停了下来，注视着她。"如果我继续讲下去，安娜，将事关重大。你明白吗？"

"是的，我明白。"

"我父亲和他的父亲都是王。我是铎纳华的王子，王位继承人。在马洛尼亚我是王子，现在则是个流放者。"他们再次四目相视，"或许这令人难以置信，你会愿意听下去吗？"

她没有回答，却在向黑暗行进的途中一直看着他。"我父亲即位时年龄很小，"莱恩说，"他像我现在这么大的时候，已经当了五年的国王。第六年时他遇上了我那出身贵族的母亲，她的家族统治着马洛尼亚西岸附近的一个诸侯国。"他观察了一下安娜是否在听，然后继续道，"卡丽滋家族和铎纳华家族间一直纷争不断。"

"我出生时两家间的不睦已经非常严重。我的父母亲深爱着彼此，他们结婚时很年轻，一个十五岁，一个十七岁。他们本以为可以就此解决家族间的对立，但我母亲的家族只是想借用婚姻来篡位夺权罢了。"莱恩陷入沉思。

"亚瑟·菲尔德是怎么回事？"安娜问，"在这个故事里他是谁？"

"在我的国家，他是位居第二的大人物，属于秘密机构，拥有极高的法术。

"阿德巴朗是众人所知的名字。他比我更早被流放，我被放逐到英伦时是他收留了我，可以说我的命是他救的。"

"你说的法术是什么意思？"安娜问道。

莱恩试着解释起来。

"你不会真的相信吧！"她说，"什么他有通心术，可以预言

283

之类的。莱恩，说真的——"她突然间记起一些事：他们在路上相遇的那天，亚瑟·菲尔德在大雾开始消散前就已经预知到雾会散去；也知道她的真名是安娜丽恩。

"阿德巴朗写下了一个关于我的预言，"莱恩说，"那也是预言的一部分。他预言我会被流放但不会被杀掉，任何企图伤害我的人都将受到永无休止的惩罚，所以没人敢碰我。我舅舅杀了我的双亲，掌管了国家，却不敢伤害我。他只能把我也一并放逐，放逐到英伦。"

莱恩看着安娜说："但你出现在故事里，安娜，你是故事的一部分。在预言中，阿德巴朗将我与银鹰这个贵重的饰物联系在一起，它在我的国家享有盛名。阿德巴朗曾拥有银鹰，并将它带到了英伦。这个看上去不起眼的、嵌着蓝宝石的银项链是每个名门望族都想拥有的护身符，它拥有神奇的力量。"

"神奇的力量？"安娜说，"莱恩——"

"在英伦也有护身符，"莱恩说，"别说你们没有，你明白我的意思。"

安娜没有回答，莱恩继续说："银鹰属于我预言的一部分。阿德巴朗取下了项链上的一颗宝石并保存下来，然后将剩余的部分扔到海里去了。"

"海里？"安娜问，"哪个海？离这儿近吗？"

"相当近。"莱恩看着她答道。

"他为什么把它扔了，"安娜又问，"假如项链如此珍贵？"

"把它留在身边太危险。他相信珠宝和项链最终可以找到彼此，还预知银鹰会经由我爱的人归还给我，这是他的预言，一个征兆。但是很多年过去了，什么事都没发生，这使他认为自己犯了错误并将永远失去项链。然后——"莱恩顿了顿，继续说道，"然后你在雾中出现了，我一开始就知道你不寻常。你戴着缺了一颗宝石的银鹰护身符，这让我禁不住琢磨，安娜。"

她把项链从脖子上摘了下来，借着昏暗的光线审视起来。"你告诉他这些事以后他怎么说?"

"我还没有告诉他，"莱恩答道，"我没跟他说过任何有关你项链的事，我想先和你说。"

"这就是你想了解项链来历的原因?"他点头承认。她沉默了片刻，接着说道:"我外祖母在海滩上发现了这项链。"见他没有反应，她继续说，"她曾经常和我外祖父——哈洛德·菲尔德在灰沙滩散步，他消失后她还会独自去那里。有一次她确信自己看到了他，但是因为距离太远，她只好认为是自己看走了眼。接着她就捡到了项链，她也认为那是个征兆。她将项链交给了警察，却无人认领，最后他们又把项链还给了她。"

"我知道阿德巴朗就是在灰沙滩把银鹰扔进海里的。但是项链是怎么到你那里的?"莱恩问。

"我出生时她送给我的。"安娜接着问，"菲尔德的兄弟出什么事了? 我外祖父怎么了?"

"他已经不在了，"莱恩答道，"我很难过。在马洛尼亚他是个战士，他归来后加入了军队，一年后阵亡。打那之后再没有回到过英伦。"

"那我外祖母在海滩上看到的人是谁?"安娜说，"那可是我外祖父离开很多年以后的事了。"

"或许他的确回来过,"莱恩说,"死亡不等于人就彻底消失了,这一点我很确信。也许他们能在时空中穿梭,在不同的世界间,就像那些拥有法术的大人物。"

"在不同世界间?"安娜有些疑惑。

他们走在通往那大房子的路上。那大房子除了一楼的一个窗,整个房子一片漆黑。他们继续漫步在外,没有进去。在黑暗即将吞噬掉一切的时候,莱恩问:"你听说过马洛尼亚吗?这名字耳熟吗?有些英伦人觉得他们听说过那里。"

她摇了摇头说:"我想我的外祖父是澳大利亚人,我从没听过那个地方。"

"这听起来有点儿不可思议,"莱恩说道,"有时当我在这个陌生的国度醒来,很难相信我已经在这里生活了十年。我的国家有许多英伦人,探险家们也声称自己到过那里。据传当人们消失或死亡后,他们可能并未真正死去,只是进入英伦罢了。

"而拥有魔法的大人物们则可以自由进出那里,这类故事广为流传。那里是童话的世界,我们大多数人不会把故事和死亡联系在一起,它不属于现实世界。我小时候根本不相信它的存在。"

"你的国家有多遥远?"安娜问。

他打开大门,她紧随其后。他说:"我会试着解释。"

当他们抵达宅子的时候,她还不确定自己是否能明白一切。

两个人从侧门进入大宅,来到旧图书馆。莱恩小心地掩上门,才把灯点着。"我们得小点儿声,不然我叔叔会听到。"他悄声道。

安娜把外祖母的照片摆在桌上，项链被搁在一旁。"嘿，"安娜说，"看看，它真的像个贵重的项链吗？这些珠宝看起来和玻璃没两样。"

莱恩从脖子上摘下一条项链，摆在安娜的项链旁边。项链上仅有的一粒蓝宝石和安娜项链上最大的宝石一模一样。这就是那颗丢失的宝石，鹰的右眼。

安娜看着莱恩，说不出话来。莱恩把手放在额头上，一样地惊异不已。"它们完全一样，"他喃喃道，"或许对你来说只是玻璃，但在我的国家它们可是贵重无比的宝物。"

"莱恩，快让它停下来。"她突然说。两块宝石在相互吸引拉近。

他摆摆手说："我没有动它们。我告诉过你，安娜，早在我们出生前，它们就有关联。项链是法力无边的。"

"它们肯定有磁性。"她说着，发觉自己心跳加速起来。

"项链是金子做的。"

就在同时，他们听到走廊里传来了脚步声。"莱恩，你在那儿吗？"亚瑟·菲尔德召唤道。两个人同时转身。

阿德巴朗张开了嘴却因为眼前的景象收了声：桌子上放着银鹰项链，他死去兄弟的照片就在旁边。"照片上的是安娜的外祖父，"莱恩站起来解释道，"项链是她外祖母在灰沙滩上捡到的。"

紧接着是一阵静默。阿德巴朗移到桌前。"项链当然属于哈洛德家，"他边摇头边喃喃自语，"当然，这些东西是有寓意的。"

他拿起项链，在手上翻了个个儿，然后打量起安娜。他的脸

287

突然沉了下来，说："莱恩，你早该告诉我，不该自己把它带到这儿来。"

"叔叔，我想——"

阿德巴朗环顾一下四周，像生怕被人听到似的压低了声音说："看在老天的分儿上，莱恩！你知道这所宅子是被监视的。"

他们在湖岸远处一座废弃的小教堂里落了脚，三个人围着一个老旧的军用汽灯坐下来。阿德巴朗的眼神一直没离开过安娜手中的项链。"让我来解释，"他说，"你是我的侄孙女，你也被牵涉其中。我应当解释自己的预言和我所看到的世界，所有的一切。"

"我已经告诉安娜了，"莱恩说，"这种流放不是地理上的距离，处在不同维度的世界把我困在英伦。像我一样被流放的人如果想回家，就需要高强度的魔法。"

"在你成长的过程中，听过不少故事，"阿德巴朗说，"在我们国家，流传许多关于英伦的故事——就是你身处的这个世界：比如可以自己跑的四轮车，光不会闪烁的电灯，人们不惧怕魔法。当人们懂事以后，开始认为英伦是个神话故事，认为消失的人已经死去，而非杳无音讯；声称到过此地的人其实都是骗子。但是那些大法师，那些被训练被称为巫师的人，必须要反抗人们不屑一顾的事，因为我们就是干这一行的。我们这一行活在神话与传奇的国度，要把别人深信不可能的事变为可能，至少是值得怀疑的。"

"你没说清楚，叔叔。"莱恩刚开了个头，便被阿德巴朗制止住了。忽明忽暗的灯光在阿德巴朗的脸上映出跳动的阴影。

"那些大法师,具有魔法的男性和女性,他们发现英伦并非传奇之地。它非但不是传奇,而且存在于某个空间里。许多大法师可以看见的地方,普通人却不会察觉。可要我们相信没有这些地方,那就是件荒唐事。这两个不同的世界牵动着彼此,它们互相依附。看看那颗星。"他用手指着,安娜朝他注视的方向看去。"狮子座,我们这样叫它,或者说是你们英伦人星象学中的狮子座。如果有个人此时此刻在马洛尼亚也望着天空,那个人或许此刻就会自然联想到狮子星座。

"原因正如我所述,在你们的世界和我们的世界之间,马洛尼亚和英伦本身存在着巨大的联系。你们在这里说的英文,我们称之为马洛尼亚语。你们给孩子起同样的名字,和我们也十分相似。很多事都是相通的。"

安娜和莱恩静静地听着,阿德巴朗继续说下去:"在你们的国度,那些星星和星座的名字都有各自的意义,在马洛尼亚却并非如此,我们总是在你们之后给它们命名。每次天文学家试图想出一个名字,脑袋里自然会有暗示。我们借鉴英文里的星星名字,虽然不完善却足够清晰。我们现在有各种各样奇怪的名字,木星和金星在我们的国家是无关紧要的小星星。"

阿德巴朗在黑暗中蹙起眉头。"我的外甥曾经是个著名的作家,我没有任何他作品的印刷版本,不过在想象与梦境中,它们都会自己找上门来了。这些书的内容从他的大脑直接飘进我的大脑,我再把它们记录下来。如果拥有法术,和亲人间的联系就会更容易,因为亲人的某一部分是相通的。这就是为什么我愚蠢地失掉银鹰，而这里的亲人能轻易地找到它——"他突然顿了顿，"即使穿越如此远的距离，我也能了解哈洛德的想法和他笔下的内容。一直以来，思想在人们之间、不同地方之间传递着，所有事物都如此，精神和思想，所有这些不可见的事物，甚至有的时候人也可以穿越。"

阿德巴朗讲话的当儿口，安娜翻转了一下手中的项链。一道光束勾出教堂的轮廓，越过红岩拱门和雕花墙壁，在它们上方，星星在残破的高耸拱顶间闪耀。开着花的蔓生植物和墙结成了一体。

盛开的白花在微风中摇曳着，映照着光芒。在颓败的窗下，安娜看见另一道闪耀着的光束，正在变得愈发明亮。"你知道这是什么地方吗？"阿德巴朗问。

"是个教堂？"安娜说，"莫尼卡说很多年前，湖岸庄园的主人买下这块地之前，这里是游览圣地。"

"他是听从了我的建议买下的，"阿德巴朗说，"我曾是他的管家，让他买下这块地是因为它是你们不明之地中最具神秘色彩的一个，我想要做些研究。英伦处处都是怪异的不寻常的废墟。其中一些就只是废墟而已，而另一些，比如这个教堂，则是与我故土相通的捷径，我是说马洛尼亚。在两个世界相隔处，有些地方的界线会变得很微弱。"

"不同世界间的界线？"安娜疑惑地问道。

阿德巴朗耸了耸肩说："这只是一种说法。人们常说从我们国家进入英伦存在着一个出入的路径，事实上根本没那么复杂。通过训练获得法术的大法师们一直对英伦很有兴趣，许多人都曾穿越捷径到达过这里。在这里住了很久之后我发现，这里很多地方我都能清楚地看到马洛尼亚，其中一个就是山上的岩石圈，这个教堂也是其中之一。我回不去却能隐约看得见。"

"莱恩呢？"安娜望着变强的光束，问道，"他没有超能力，但他如何像你说的那样在不同地方间穿梭？"

"莱恩是被拥有法术的人放逐的，"阿德巴朗解释道，"我的看法——或许是错的——你的项链相当于拥有大法师们的法术，足以把他送回去。"

"他说的是真的，"莱恩看着安娜说，"当你拿着我的宝石，你项链上的那个，就能看到马洛尼亚，我相信你能做得到。"

阿德巴朗摇摇头。"我看没那么容易，莱恩。"

莱恩从脖子上摘下项链递给安娜。"试试看，"他说，"看天是不是会变得黑暗了？如果你仔细听，能不能发现一些隐约的声响？"

安娜接过项链。三人对坐着，陷入了沉默。项链在她的手上，她再次注视起窗外远处的光芒，一片阴影遮住了它，她站起身。"看到了什么？"阿德巴朗问，他的声音突然间弱了下来。安娜走到教堂的门口，得以辨清光束的样子：原来是一盏煤气灯。其他的光从黑暗的森林中逐渐浮现出来。"那些光是什么？"安娜转过身问。

莱恩和阿德巴朗不见了，提灯也消失了。她在一座石制的教堂里，那盏发散出闪烁光亮的提灯竟然变成了一满架子的蜡烛，就在阿德巴朗待过的地方。慌乱中她丢下莱恩的宝石，抓住墙壁想保持平衡。墙壁很结实，没有连同其他东西一块儿消失。

她听到不远处传来了声音，于是跌跌撞撞地朝教堂门口走去，猜想声音也许来自莱恩和阿德巴朗。但是外面没有人，只有一个广场，在月光下面孤零零地伫立着。广场中间的黑暗处有个喷泉，一个马的雕塑伫立在大大的圆形水池中。水池里没有水，长满了绿藻，马的嘴被绿藻堵住了，水无法从马嘴中喷出来。

这时她发现了声音的源头。

两个穿蓝色制服的陌生男子站在教堂旁边的阴影中，其中一个年轻男子胖胖的、有些孩子气，另一个背对着安娜。"我们就要占领半个城市了，"背对着安娜的人听起来有几分老气横秋，"目前的政治氛围更安全，你跟我们一头儿吗？会不会加入我们？"

年轻男人摇摇头说："我还没决定，这对我的确重要，并且——"

年长些的男人突然扬起手，年轻男人停了下来。安娜现在能看到那人的侧脸，他长得十分英俊，五官轮廓分明。当他转过身，她瞧见了另外的半张脸——一道伤疤从额头直抵脸颊最下方，一只眼睛没了，眼眶看上去像个不规则的窟窿；伤疤很深，愈合得不太好，以至于眉毛的两端完全不在一条线上。他正盯着她看。"你能看见我看到的吗？"阿希拉嘀咕着。他向着安娜上前一步，伸出手。"模模糊糊的，你看见没有？"

年轻男人转过身，皱起了眉头。安娜朝着教堂的门缓步后退，这时一只手突然搭在了她的肩上，她趔趄着丢掉了项链。"安娜！"莱恩喊。

她再次置身于破旧的小教堂中，围绕着广场的煤气灯消失不见了，两个男人也不知去向。"出什么事了？"她边问边摸索着自己的项链。项链躺在地上，她不明白这究竟是怎么一回事。

"别碰它！"阿德巴朗说。

"我看到两个男人，"她说，"我不明白——这是在做梦吗？"

"你拿着项链，然后就从这儿渐渐消失了。"

阿德巴朗小心地用一只手拾起项链，像拿着个烫手的山芋，另一只手拿着灯说："过来。"

"太奇怪了，"莱恩对安娜念叨着，"我刚才吓坏了，真不知道该怎么解释。眼看着你变得越来越模糊，你也听不见我说话。你刚才在什么地方，安娜？"

"一个老旧的教堂，外面四周是点亮的灯。还有两个军人，一个年轻的和一个脸上有伤疤的独眼人。"

"阿希拉，"莱恩说，"你看到的是阿希拉。"

"谁？"

莱恩低着头说："就是杀害我父母的那个人。那道伤疤是我回敬给他的，我挖下他一只眼睛，还向他插了一刀。"

"快跟上，"没等安娜回应，阿德巴朗抢先说，三人同时聚集在宅子的大门口。他关上身后的大门，反复拴了四次门闩。接着，阿德巴朗手握着安娜的项链，在楼梯的尽头消失了。寂静中，莱恩和安娜只听到阿德巴朗的脚步声——踩着一级又一级的楼梯——声音渐行渐远。

"他带走它了吗？"安娜问。

"这就是他所预言的，"莱恩回答，"也就是它会再次回到他手里。"

安娜喃喃说了一句自己会想念那条项链，然后就沉默不语了。她有种奇特的感觉，好像这一切都不再真实，就连项链的光芒也不再真实。"他并不了解全部事情的真相，"莱恩说，"不只是他，没有人知道。他以为好好研究项链就能发现创造项链的人们隐藏起来的秘密，但是一旦创造者死去，就没人能预知这些具有魔力的东西会干什么。它们把创造者的法力都集于一身了。"

"我的项链？"安娜说，"我从没想过……"她欲言又止。

阿德巴朗走过湖岸庄园的阁楼，身后扬起了数十年积聚起来的灰尘。在最远处的角落里，光的阴影下躺着一个老旧的盒子。他打开盖子，里面有几枚某次战役中英雄的勋章，勋章主人的名字已被他遗忘了。再下面是一些信件，寄信人是雷蒙的知己，在一次战斗中牺牲了。阿德巴朗每次读信时都感慨，却又不得不把这些暂时抛在脑后。他将银鹰置于勋章中，盯着瞧了好一阵子，然后才合上盖子，从阁楼上慢慢走下来。

莱恩和安娜看到阿德巴朗出现在楼梯上。"太晚了，"阿德巴朗跟安娜说，"你该回家了，我陪你走回去。"

"我也一起去。"莱恩说。

"不行，"阿德巴朗说，"你必须待在宅子里，情况越来越危险了。如果我们真的被监视，塔莉萨不可能没有行动。"

"叔叔——"莱恩的声音听起来有点儿不安。

"我向你保证，不会像上次那样，"阿德巴朗一只手放在莱恩的肩上，"我们已有所准备，不会再有酷刑或士兵攻击这所宅子的事发生了，但还是得多加小心。"

阿德巴朗和安娜一言不发地走进了黑暗中。莱恩跑到图书馆的窗前，她回过身，他凝望着她。莱恩打开窗呼喊着："安娜，回来。"

她走了过去倚在窗台上俯身看着他，背后的光线使她能隐约看见他的脸。"怎么了？"她问。他只是摇摇头。

她伸出手放在他的脸上，他先是握住它亲吻着，然后身子探出窗口吻她。"你的处境危险，"莱恩说，"我想告诉你，安娜，一定要小心。"

她点点头，握住他的手好一阵子。阿德巴朗叫道："莱恩，快关好窗。"安娜随即转身跟他去了。莱恩锁上窗户，目送二人消失在夜色中。

"我对我弟弟所做的事感到抱歉，"阿德巴朗关上身后的大门，突然说道，"我已经想了一整晚，我对所有的一切都感到抱歉。我本想找到哈洛德的家庭，使他们的一切走上正轨。我绝对无意把你牵扯进任何与我的国家有关的事里。我写下神谕，扔掉项链，所以未能看到……"他转身看着她，从来没有过这种态度。"尽管那也是你的国家，你也有马洛尼亚的血统。"他低头皱眉，又念叨起来，像是自言自语。"哎，一切都会好起来的。"

两人继续沉默地走完了余下的路，快到酒店时，阿德巴朗问："莱恩说你想成为舞者。"

"是的，我想进舞蹈学校，如果今年我能考上的话。"

阿德巴朗点了点头说："我曾教过一个能成为音乐家的姑娘，但是她认为爱情至上，很早就结婚了。那个姑娘是莱恩的妈妈，你知道，她已经不在了。"

"嗯，莱恩告诉过我。"

阿德巴朗继续对安娜说:"她就像我的女儿一样,我没有孩子,在这里又和家庭离散。但有你这样的侄孙女我很高兴。"他端详起她的面孔,说道,"我不想隐瞒,其实你的处境很危险,但我会尽力保护你。"

莫尼卡已经锁上了酒店所有的门,安娜只好爬树从自己卧室的窗户进去。阿德巴朗一直等她开了灯才转身离去,她在窗前目送他消失。

阿德巴朗回到湖岸大宅,莱恩正坐在图书室的桌前,在一张废纸上画画。阿德巴朗拿起画看了一会儿,那是一副精美的安娜的脸部素描。"爱情使人臣服。"阿德巴朗说。

"也激励了许多王子。"莱恩抢回了画纸。

阿德巴朗笑了笑,停下来接着说:"这不是莎士比亚,而是我们的诗人说的。"

"是诗人戴尔蒙说的,"说着莱恩把画放在一旁,"叔叔,眼下所有的一切有什么意思。"

阿德巴朗坐在他的对面。"我会跟抵抗势力的领袖们建议,起义计划应该提前。现在我们拥有银鹰,它被赋予的法力应该能够带你回家。卢西雅政府已陷入危机之中,再没有比现在回去更好的时机了。"

"回去?"莱恩说,"这是你的复国大业吗?我刚爱上这里,就要和它永远告别?"

阿德巴朗递给他一本书。"读读这个。"他说。

"里面有关于这个城市近期的一些传闻。事情变得越来越严峻了,或许我们应该先把天文和箭术放在一边,好好思考当前的形势。"

　　莱恩默默地拿着书。阿德巴朗起身站在莱恩的桌前，看着面前空空如也的玻璃橱。"我能做什么？"莱恩问。"你必须回去，莱恩。我们不可能永远留在这里，而且——"

　　"叔叔，我明白。"莱恩说着，翻开了书。

　　没有了项链，安娜辗转反侧，难以入眠。她试着回想在家的生活：清晨五点醒来，听着外面嘈杂的声响，抓紧上课前的时间在操场上练习，这都是因为她特别渴望成为一名舞者。这些事现在看起来如此遥远，她睡着后，梦中的一切都和过去的生活一样：当白色的灯光追随着她穿越舞台时，家人全都注视着她，她也能看到他们，她所熟知的亲人和一成不变的两个模糊的身影——男人和孩子。只是这次的两张面孔是清晰的，丈夫是莱恩，小孩则遗传了他的眼睛。

周日我醒得很早，胸口像是被什么重物压住了一样，使我无法入睡。我的心中仍是一片漆黑，即便是我确信自己梦到了些什么，却也不知道梦到的具体是什么。每次我试图捕捉它的时候，它就没了。这就像在墓地的那夜，冰凉的死寂，没有任何生命的声响能够触碰到死气沉沉的大地，无声的静默使我无法思考。然后，慢慢地，好像黑暗中传出一大群看不见的人在踢足球一样的声响，然后，下起雨来。

　　那个下午雨下得大极了，街道上空无一人，雨水和泥混合在一起汇集成流。没人会在这种天气出行，除了士兵，街上就只有他们走过。我坐在卧室的窗前，看着外面的大雨而脑袋空空如也。无事可做，我也无法集中精神，我可以不过大脑地阅读报纸上的同一句话多达十遍，也可以倾听玛丽亚和祖母在客厅里高高低低的谈话声，但我不想加入她们。

也许应该去史德林的墓地，于是我披上外套走进客厅。"你不会是要在这种天气出去吧?"祖母边说边盯着正在找钥匙的我。我点点头。"你去哪儿?"

玛丽亚在她身旁，手搭在祖母的胳膊上。"给你。"她说着，递给我一张纸。

墓地，我写道。

"下雨出去你会生病的，你会病得很重。周日街上还有士兵，这里面肯定有蹊跷。李奥，待在家里。"祖母的声音颤抖着带着哭腔。她拽住我的胳膊说:"求你了，留下来。"

我摇了摇头，走到门口。"我想他会没事儿的，诺斯太太，"玛丽亚说，"外面不冷，看样子雨就要停了。要不等李奥回来的时候，我给他生火?"

祖母点头同意了，然后握住了玛丽亚的手。她们往壁炉里添煤的当儿，我离开了。我冲下楼梯来到街上，走路是合适的方式，它能使心中的痛苦变得迟钝，让人好过些。

我宁愿在雨中站在史德林的墓旁，也好过反复地看报纸。那种安静使我头疼。

我走到广场边上时，两个士兵从一个门里出来。"你去哪里?"其中一个问。我没回答。"因为有重要的军事行动，这片区域已经被封锁了，"那个士兵说道，"你没听广播吗? 也没看报纸?"我继续往前走。他们时常这样，我可不会仅仅因为他们让我回家我就照做。

他们不明就里地看了看对方，然后其中一个抓住我的胳膊。"除非你现在是往家走，否则不能出现在这里，"他使劲抓着我，"如果再让我们见到你，你会被护送回家，你还会收到正式的警告。"他粗鲁地推搡着我，想赶我走。我能感觉到背后有两双眼睛一直盯着我。

在下一条街上，我又遇上两个士兵，再下一条街上是三个。这次的三个无论如何也不让我往墓地去了，他们堵在我前面，直到我转身往回走。

疲劳感突然涌了上来，我没力气走了。于是我在一幢房子的门前坐下，用脑袋枕着胳膊。过了一会儿有人敲了敲窗户，一个富有的女人在里面怒视着我，我只好站起身。

我又步行了几条街后，在锁着的皇家园林的高墙下坐了下来。任凭雨点打在脸上，我双眼紧闭，第一百次地祈求史德林能和我在一起。史德林是最受不了我的这种绝望的，他一定会说些什么使我恢复正常。

我无法跟自己说那些事。

我一直合眼坐着，后来就开始看着阳光照耀下的远山，还有那个叫安娜的姑娘和王子。我很久没想过这些事了，现在它们突然出现在我脑中，仿佛是有人把它们硬塞进我的脑子里。我站起来环顾四周，想起了那本书，于是从口袋中拿了出来。书已经散成两半了，散了的书页夹在两个破旧的皮质封面中间。

神话和梦境又能对史德林的离去起什么作用？这本书无法使他起死回生。我突然厌恶起这本书来，它讲了关于一个不存在的国家的种种无意义的谎言，阿德巴朗死了；我们没有英伦亲戚；王子十年前就被射杀了。可是这个荒诞的故事仍然吸引着我，让我手不释卷。

我收起胳膊，迟疑了一会儿，然后使出全身力气把书扔进了皇家园林。我听到书页散落的声音，就像小鸟扇动的翅膀，最后一切都归于寂静。

　　就这样，那骗人的故事结束了。我转身回家。

　　阿德巴朗眺望窗外，丝毫没有注意到英伦的阳光。他的思绪全都在故土上，那里正在落雨，还有他几乎看不到的英伦家庭和一本黑皮书。阿德巴朗没注意到莱恩的离开。

　　安娜打扫客房的时候，透过窗子，看到莱恩走了过来。她丢下整理了一半的床铺，跑到院子里。"你不应该来这里。"她停在他身旁说。

　　"我必须见到你。"

　　"阿德巴朗让你承诺待在宅子里，莱恩——"

　　他紧握她的双手。"不会有事的。"

　　莫尼卡在旅店里召唤安娜。安娜看了看他，然后两人一起穿过草坪，离开旅店朝瀑布走去。"虽说如此，之前是什么令你恐惧？你说没说他们派兵到这里了？"

　　他犹豫了一下，然后说："他们到过宅子。我不知道他们是怎么来的，一定是塔莉萨布的局。那时我还小，阿德巴朗把我藏在废弃的小教堂里，让我在那里等他。有一次在他回来之前，我等了一个白天和半个晚上。他那时倒在地板上，病入膏肓，我还以为他死了，以为已经失去了他……"他停顿了一下。"我真的那样认为，不过第二天早上他坐在床上，告诉我塔莉萨永远不可能伤害他，我对此并不相信。他们曾在秘密机构里一起工作了三

300

十年，那是在我出生前的许多年，也许他说的是真的，也许他太了解她，所以不会被她击败。"

他们走在瀑布旁的林荫道上。"他们为什么不找你？"安娜问。

"阿德巴朗的预言很巧妙，那些人知道不值得冒风险伤害我。因为阿德巴朗曾经预言，对我的伤害会反过来落到他们头上。另外，革命是阿德巴朗的计划，他是抵抗势力的领袖，拥有实权。他才是他们的目标，而我只是预言的一部分。你明白了吗？"

安娜朝树丛后扫了几眼。"怎么了？"莱恩问。

"说不清楚，我好像看到了什么。"她轻轻摇了摇头，然后两人继续走着。"你想跟我说什么来着？"

他交叉着双臂，然后放开了双手，捋了捋头发。"我想趁阿德巴朗不在的时候跟你说，"他似笑非笑，"现在难得有这么个机会。听我说，安娜——"

她又回转过身，望向山下。"你听到了吗？"

四周一片静谧，什么声音都没有。"安娜，你在听吗？我来就是要给你这个，拿着。"莱恩把一张折起的纸塞到安娜的手里。

安娜把纸打开，上面是她的肖像画。她的目光循着笔触流转。他渴望地看着她问："你觉得怎么样？"

"你是怎么把我的脸记得这么清楚的？"她抬起头望着他。

他报以平静而沉稳的微笑，像对一切胸有成竹一般。"安娜，我来是想说——"还没说完他便立即停住，在她身后的小径上，有个人站在岩石的阴影中。

安娜回过身，在无声的英伦树林中，阿希拉和莱恩死死盯住对方。另一个人，也就是广场上那个年轻的军人，从阴影中现身了。还有一个一头金色乱发的陌生人，也穿着军装。三个人全副武装。

"阿希拉。"莱恩说着，伸手去勾安娜，却失败了。他目不转睛地看着士兵，过了几秒，脸上有疤的人掏出了手枪。

"别动。"他说。

莱恩不顾一切向阿希拉冲过去，金发男人大喊一声，刹那间只听见"砰"的一声，莱恩应声倒地，血从他的额头上汩汩冒出。阿希拉仍站在相同的位置，手上举着刚刚对莱恩脑袋射击的手枪。

安娜丢下手中的画，踉跄地奔向莱恩。金发男人伸手抓住了她，把她的双手反扭在身后，使她动弹不得。其中最年轻的军人膝下一软，跪在了地上。"你这是干什么，你知不知道这男孩儿是谁？如果把他杀了——"

"闭上你的鸟嘴，"阿希拉打断他，"起来，别大喊大叫，快起来。"

"他不省人事了！"抓着安娜的人说。他把安娜的手绑了起来，安娜每挣脱一下，他就打她的头。"你再出声我就崩了你。"他威胁道。

"你在干什么？为什么绑她？达瑞尔，怎么——"阿希拉问。

"这就是那个姑娘，银鹰在她手里。"

"松开她!"阿希拉提高了嗓门。"阿德巴朗可不会这么蠢——"

"我们必须带她走,"年轻的士兵说,"否则她就会去找阿德巴朗。长官,在塔莉萨还能让我们返回的时候,我们得快点儿撤。我不喜欢这个地方,你不应该杀这个男孩儿——"

"既然如此,走吧,"阿希拉对他不理不睬,"达瑞尔,带上那姑娘。"

达瑞尔一直扣着安娜的手腕。

他摆弄了一下手里的枪,顶住安娜的头,然后说:"请不要讲话,走快点儿,别回头看。"

阿德巴朗从沉思中回过神来,喊道:"莱恩?"见没人答应,他从桌前起身走到图书馆门口。"莱恩,到这儿来!"他喊得更大声了些。

他紧张起来,喊着莱恩的名字,在整座宅子中搜寻着莱恩的身影。他拿着钥匙上路了,翻过围墙,穿过树林,朝着瀑布跑去。等阿德巴朗到了莱恩倒下的地方,阿希拉已经无影无踪。他的党羽们在废弃的小教堂里,迅速地离开了英伦。

当我回到要塞街的时候,一架由士兵护送的马车正好经过,马在泥流中奋力前行。我停了下来,双手交叉在胸前,直勾勾地看着马车,我对什么事都无所谓了。

有人在马车里挣扎,我凑近瞧个究竟——车里是阿希拉和另外两个军人。其中一个我认了出来,是个叫达瑞尔的政府官僚。车里还有个囚犯，是个女孩儿，她被捆住了。她挣扎着凑近车窗，和我对视了一秒钟。而下一秒，我认出了她。

我曾扔掉过书，也曾试着忘记的那些梦境。当我刚一放下这个故事，就在现实中，在回家的路上遇上了安娜——她是被卢西雅押往城堡路上的囚徒。

马车在碉堡街上的某处被堵住停了下来。我凑过去，士兵上来把我往后推，不让我看。"你干什么？"其中一个跟我说话。"你应该在家待着。"我反抗了一会儿，但毫无用处。阿希拉和另外两个士兵上了马，安娜被捆在阿希拉的马上。一会儿的工夫，他们就消失得无影无踪了。

"你住哪里？"那个士兵不依不饶，一个劲儿地推搡我。我用手指了指自己的家，他便放我走了。"我们会盯着你，"他接着说，"确保你安全到家。"

祖母一个人在卧室里，火还在燃烧。"过来，脱下湿大衣。"她听起来像是挺高兴的，可是脸上挂着泪痕。我像梦游一样在屋里晃悠，走到窗户前，把身子探了出去。我能看见那几匹马缓慢地爬向城堡，史德林不在我就神经错乱了？我没看见那女孩儿，绝对不可能。

没过几分钟，我就不再想这事，又开始想起了史德林。祖母双手捂着脸哭泣，我们俩都没力气准备晚餐。不管那个女孩儿是否真实地存在，现在她在百里开外的地方也好，一切都与我无关。

　　"如果你要问我的话，我认为我们应该杀了阿德巴朗。"押
　　着安娜前往城堡的途中，达瑞尔说道，"没有他，那个男孩儿一
　　文不值。"

"没人问你。"阿希拉不想多说。

"你不能射杀真命天子。"年轻的男人说。

"为什么不能?"达瑞尔问。

"就是不能,这跟杀神父没两样。"

"如果神父妨碍到我,我也照杀不误。"达瑞尔大笑着回应。

"下地狱时再说吧,"阿希拉阴沉地说,"现在闭上你们的鸟嘴。"

在城堡的下方,点燃了火把的过道上,一行人静静地走着。最年轻的士兵借路过的火把点燃了一支烟,阿希拉对他很不满,却没说什么。他走在押送队伍的最前方一个人自顾自地走远了,年轻的军人们为此面面相觑。"那边就是地牢。"达瑞尔对安娜说着,顺便抓紧了她的胳膊。影影绰绰的地牢里突然传出了一声惨叫,安娜一惊。达瑞尔说:"听见没有?那就是国王的叛徒,一个危险的疯子,人渣,明天他将被处决示众。"他说着把她带到一个牢门前,单人牢房里的一个年老的男人正在哭泣。

"你想知道怎么处决他们吗?"达瑞尔又把她拽回到过道上。

"不。"安娜说。

"让我告诉你。十发子弹——弹无虚发。他们把囚犯押到庭院里,开枪前开始倒数,从三十开始——慢慢地数。你真应该亲眼看看他们的样子,每数一下他们的脸就变得更煞白。有人尿裤子,有人呕吐,精神的作用还真是挺奇妙的。"他的笑声在过道上盘旋。"有些女的当场就吓死了,但我们会照常执行枪决,我已经亲手处决了无数的叛徒。"

"别跟她说了,"一个年轻男人说,"她又不是你的女人,你跟她吹什么牛。再说她也不想听这些。"

"说不定她想听呢，"达瑞尔说，"说不定她也会那样。"

年轻的士兵干笑了几下。"达瑞尔——"

"说真的，她也是预言的一部分。如果阿希拉真的相信预言，那么杀她和取回银鹰一样有意义。先生？"他提高的声调使阿希拉转过头来。

"什么？"

"我刚想到，还是干掉她好。"

"我想国王和塔莉萨十分清楚什么该做什么不该做，"阿希拉回应道，"别跟在后面，我又不是该死的老师。达瑞尔，你过来告诉我，塔莉萨在广场跟你说了些什么。"

"是的，你刚去哪儿了？"达瑞尔把安娜留给了年轻的士兵，自己一溜小跑地奔向阿希拉。"你重新出现之前，我们在马车里等了你十分钟。"

"这跟你没关系，"阿希拉把手放在头上，"告诉我塔莉萨说什么了。"

"阿德巴朗一直在制造麻烦，一场动乱即将到来。"然后他压低声音，不想被安娜和士兵听到。

"我们已经疏散了半个城，塔莉萨已经从战场上撤下来至少一天了。"他的声音低得就像自言自语。

"我们本该只是确保带回银鹰就好。"

阿希拉瞥了他一眼，什么也没说。

他们登上黑暗的楼梯，到达了城堡的中心。没过几分钟，达瑞尔又开口了："先生，您不该动那个男孩儿。"

阿希拉终于忍无可忍了："你能闭嘴吗？"

他的吼声令安娜颤抖。

"很抱歉，"达瑞尔说，"很抱歉。"他抓着安娜胳膊的手一直在抖。

"那个男孩儿不会有事。"阿希拉淡淡地说。上楼梯的时候，安娜的双手仍被绑在身后，她暗自祈祷阿希拉说的是真的。

一行人来到一个有雕花镶板的大厅，护卫给他们打开了大门。阿希拉让年轻的军人们先进去，自己停了下来，小声对安娜说："听着，别害怕。"他看着安娜的神情变了，这使安娜有些不知所措。"进去，快点儿。国王不能一直等着。"他又换了一种腔调。

大厅里的光忽明忽暗，火光和蜡烛照得安娜头昏眼花。她抬起头，看到跳动的火光下映照出一个金色的王座，一个高大的男人慵懒地坐在上面，胳膊放在脑后。他头戴王冠，腰带里还别着两把枪。他坐直了身子，打量起安娜来，安娜也在看着他。

安娜看得目不转睛，因为他太像莱恩了。他们的容貌简直一模一样，除了眼睛。即使隔着一定的距离，她也能看清楚他有一双清澈的蓝色眼睛，而他身上的王者神韵则是莱恩完全没有的。他站起身，三个军人鞠了躬。"给国王行屈膝礼。"达瑞尔恭敬地说。安娜正犹豫间，他打了一下她的头，使她不自觉地成了行礼的姿势。

卢西雅朝他们走过来，目光始终不离安娜。"这就是阿德巴朗写的那个？"他嘀咕着，扬起眉毛，和莱恩一样，只不过完全没有莱恩的幽默感。

"银鹰呢?"卢西雅问阿希拉。

"不在她手上,"阿希拉答道,"我们已经——"

"就在她那里。"达瑞尔打断阿希拉。

"安静!"卢西雅再问阿希拉,"你能肯定吗?"

"是的。"安娜不明白他为何如此回答,他并不能肯定,因为阿希拉根本很少和她讲话。

"我们应该搜身,"达瑞尔说,"不然不能确定。"卢西雅点头默许。达瑞尔得意地笑着,开始检查起安娜。他把手伸进她的后裤袋,然后摸到腿上。她本能地跳开了。

"银鹰不在她身上,"最年轻的军人说,"放开她,她还小呢,她很怕你。"其实最年轻的军人比安娜也大不了几岁。

"他说的有道理。达瑞尔,有时候我真怀疑你有没有羞耻心?"卢西雅说。

"你别大惊小怪的。"达瑞尔笑着松开了手。

"你在跟我说话吗?"卢西雅追问,"你没有资格这样跟我说话。"

"陛下恕罪……我不是……"

"饶你不死。"

"我是想,陛下,"达瑞尔试探道,"也许应该杀了这女孩儿。她也是预言的一部分,不是吗?"

"我认为杀死这个女孩儿不能给人民任何启示。"阿希拉反对道。

"所言甚是,"卢西雅说,"银鹰才是重点,我们只要有了它,阿德巴朗的预言就将彻底失效。"

"陛下，"达瑞尔嘟囔着，"用刑或许能让女孩儿说出银鹰的下落。"

"我们没时间玩儿这个，"卢西雅提高了嗓音，"你还没看清形势吗？托尼卡的总统已经派遣了大半军队到达雅席里亚的边境和我们作战，而平民已经开始造反。我们现在必须和两个敌人战斗，塔莉萨没时间为一个不确定是否真实的预言就去找银鹰。"

"但是陛下，"达瑞尔说，"如果同时做太多事，最后可能一事无成。阿希拉一直在跟您强调这一点。"

"你没资格指挥我。如果全力镇压平民，雅席里亚的防线就会被冲破，如果全力打退雅席里亚军队，又会控制不住暴民。"

"如此说来杀了女孩儿是唯一选择。"达瑞尔依然百折不挠。

"不行！"卢西雅说，"那样能解决什么？什么也不能！女孩儿不是重点，我们要的是银鹰。"

"但她是不是已经把银鹰给他了？"

沉默了片刻，卢西雅说："在和塔莉萨讨论前，我不会采取任何行动。"他又思考了一下，接着说："如果地牢满了，就找个空屋子把她关起来，断水断食。一旦被包围，我们需要足够的储藏。我和塔莉萨商量下一步做什么。"

阿希拉上前一步："我来带走她吗？"

"让我来。"达瑞尔说。

卢西雅摇头示意："让阿希拉来，不过动作得快点儿，我需要你马上回来。"阿希拉点了点头，押送安娜离开大厅。

窗外电闪雷鸣，强光照亮了阿希拉的脸，脸上的伤疤和那空空的眼眶在惨白的光线下显得十分诡异。阿希拉带她穿过城堡，来到一个阴暗的房间，他拴上门，点亮桌上的油灯，然后说："坐下吧。"

安娜捡了个角落，阿希拉静静地看着她。"听着，"安娜颤抖地说，"告诉我，莱恩有事吗？我们走后你没杀他是吗？请告诉我……"

他有些诧异。"他没事，我离开的时候他正在醒过来，我确定。"

安娜坐下来，全身无力。阿希拉看了她一会儿，好像有点惊讶，然后在她对面的桌子前也坐了下来。"你的名字是安娜，"阿希拉说，"我说得对吗？"他对她的反应报以短暂一笑，紧接着又蹙起眉头。"我应该告诉你我是怎么知道的吗？王子睁开眼睛后告诉了我你的名字。"

"莱恩说的？莱恩说了我的名字？"安娜问。

"你是这么称呼他的？"阿希拉问。

两个人沉默了一阵子，安娜问："你在这里干什么？我以为你会马上回去见大堂那些人。"

"我必须先跟你谈谈。"他站起来，合着双手，走到窗前。在视线之外，马儿们在泥流中奔跑，男人们互相叫嚷着。"我以前从没到过英伦，在那里见到王子，感觉很奇怪。自从我射杀他父母的时候起，已经有十年没见过他。你听我说。"阿希拉说。

"我是在听。"安娜迅速地回应，不敢移开视线。

"你知道关于那男孩儿的神谕？"他问，"阿德巴朗写下，任何伤害王子的人都会受到同样的伤害。你知道吗？"

"莱恩告诉过我。"

阿希拉点了点头，继续说："我曾经对这个预言深信不疑。占领城堡的那天，我阻止了许多人对王子的伤害。开始我只想得到是身体上的伤害，却忽略了一点儿，还有什么比在他面前杀害他全家还要更深的伤害？我现在才意识到这点，而他们现在又想杀了你。"

他看着外面的风暴。"伤了那个男孩儿后，我突然产生了幻觉，这是我留在山上的原因。我当时一动也不能动，以为自己要死了。脸上的伤疤是对我的报应，是我杀了他的父母。我知道王子很在意你，可能超过对任何人的关心。我没有亲人了，投靠卢西雅政权的时候他们都跟我断绝了关系。或许没人会归罪于他们，或许你认为我是个恶棍。但我也有关心的人，我也有爱。"

安娜闭口无语，他转过来，面朝着她。"这可能有些迷信，但我真的害怕。气氛有点儿不寻常，从城里过来的路上，我听见呼唤我的风雨声，那不是幻觉，我真的听到了。"他又在安娜的对面坐了下来，向前探着身子，呼吸急促。"你了解阿德巴朗，你见过他。他能做到那个吗？告诉我他能做什么？"

"他能看穿你在想什么，"安娜谨慎地回答，"还有未来。"

阿希拉往后一靠，一只手捂着脸。"他的法术很高，我伤了那男孩儿以后，精神就一直很痛苦。我知道预言将会应验，我确信。这十年来我大难不死——躲过了一个必然的惩罚，我一直以为自己是安全的。然而我会不会失去家人？那样对他们公平吗？不知道圣人们制造预言的时候是怎么想的，总之我没能力改变命运。"他又站了起来说，"但我不会让他们杀你。我不能让他们杀你，因为我的手不能同时沾满他双亲的血和你的血，你明白我的意思吗?"

"不明白。"

"我就像王子爱自己的家庭一样爱我的家庭,或许我该给一个亲人写信,让他知道……"他询问她,"我应该写信吗?告诉我。"

他贴近桌子,等待着一个答案。"是的,你应该写信给他。"她答道。

他点点头。"如果我保护你甚至帮你逃跑,可能自己会有危险。我可能最后活不了,到时也没时间弥补一切了。我的国家处于危难中,你肯定已经发现了。如果反抗势力成功让那男孩儿回来推翻政权,我将是第一个被处决的。可是如果我不纠正自己犯下的错误,无论国家是否保得住,我都可能会受到更严厉的惩罚。"

门外传来脚步声,有人来了。二人都缄默不语,仔细聆听外面的声音。

有人拍打着房间的门,阿希拉起身去开门,达瑞尔出现在门口。他看着房间里的两个人,暗暗地奸笑。"还是你说我没有羞耻心的。"他发起牢骚,同时和阿希拉对视了一下。

"这话是什么意思?"阿希拉问。

"没什么,先生。没什么。国王让你过去。马上。"

阿希拉站在门口,看着安娜,达瑞尔把她绑在椅子上,然后吹熄了灯。直到门被关上,达瑞尔上了锁,他才收回了视线。她听见二人的脚步声离去了。

那晚我十一点就醒了。大雨使得整个城市变得阴冷又黑暗，所以我很早就睡下，睡眠中没有了梦。我现在完全没有了困意，一切都变得平静。我感觉一切都会好转，这种感觉难以言表。并没有什么特别的原因让我这样，但我现在比史德林去世后的那段时间冷静多了。如果现在拿起一张报纸，我相信自己可以看得下去。

刹那间，我意识到祖母不在家里。我试着倾听她的呼吸声，但是距离太远了。于是我下床去她的房间，床上没人，被子丢在一旁，祖母不见了。我赶紧跑回房间，随意抓了件衣服套上，拿上钥匙后，我又检查了一遍，祖母确实不在家里，她出去了。

楼上和楼下的门都半掩着，我出门前把它们关好。她可能去了墓地，我跑到街上，避开街灯刺眼的光，四下寻找着，然而却完全没有踪迹可循。于是我随便选定向左边跑去找。

在一个狭窄阴暗的角落里，我发现了她。她只穿了件睡袍，单薄的睡袍在夜风中紧紧地贴在身上。我吓得忘记了自己不能讲话。"奶奶？"我呼唤她，"你在做什么？"

她听不到我的话，只是在生气地自言自语。我脱下夹克披在她的身上，她看起来没注意到我。"奶奶，我们回家。"

她任凭我领着向前走。可是她突然地叫嚷起来，像是在念天书，我一个字也听不懂。寂静中她的喊声显得极为刺耳，我试图使她安静下来，可是她喊得更大声了。街边有扇窗打开了，一个睡眼惺忪的男人站在窗口瞪着我们。"嘘！奶奶。"我对她说。

街角有两个士兵，我们彼此对望一眼。我想把祖母拉开，可她站在街中间纹丝不动。我向身后匆匆一瞥，发现士兵掉头朝我们的方向来了。

"奶奶，"我小声说，"嘘！小点声。快点儿，我们该回家了。"

"嘿！"一个士兵喊道。

"继续走。"我对祖母说。

"嘿——小伙子！这么晚了你们上哪儿去？"

"回家。"我回答。

"等一下。"一个士兵对另一个说，然后大步朝我走过来。

"站在那儿别动！"他命令我。我只好停住脚步。

"你要带这个疯婆子去什么地方？"

"她没疯。"我强调。

"她是劣等人种，应该被适当的地方接管。"

"她没有疯。"我又强调了一次。

"但是她破坏安宁了。"士兵说。

"所以我要带她回家。"我疲惫不堪地说。

他站在我们旁边，粗鲁地推开我的肩。"你敢用这种口气跟我说话，骄傲的臭小子。"

我嗫嚅地骂了他几句。

"你说什么？"

"没什么。"我领着祖母正要离开。她急匆匆走在我前面，然后害怕地回头看了士兵一眼。

"你说什么？"他追问道。

"没什么。"

"嘿！你给我站住，我警告你。你想被抓吗？"

"你不能抓我们，"我回敬他，"我们现在就走。"

"站着别动。"他抓住祖母，阻止了她。祖母马上嘶喊起来，叫

314

声在阴冷潮湿的空气中碎裂开来。"闭上你的嘴。"他警告她,可她继续大喊大叫。

"放手!"我呼喊着,"让她走!"我猛地伸手去抓他。

"你走开!"他大喊。祖母则继续喊叫着。

夹克从她的肩上滑落,一头白发从发髻中散落下来,她的脸惊恐万分。我顺手抄起士兵背着的来复枪,紧紧地拉住不肯松手。"松手!"他叫嚷道。

"放她走!"我大声喊。来复枪的带子勒住了他的脖子,使他咳嗽个不停。他不得不渐渐松开了手。于是我把带子收得更紧了,祖母的喊声愈发凄厉起来。

突然间带子断了,后坐力把我和祖母摔在了泥中,她的尖叫瞬间消失了。我爬起来,全身都是泥,手里还握着士兵的来复枪。我用手抹去眼睛里的泥水,奔向祖母。她一动也不动。"奶奶?"我叫着她,在她身边跪了下来。她摇摇晃晃,毫无知觉。我把她的身子翻过来,擦去她脸上的泥,使劲儿地摇动她的双肩。夜色中,士兵消失得毫无踪影。"奶奶!"我摇得更急了些,"醒醒!"

我跪在地上,一个声音传过来,比房子上滴答滴答的水滴声更大些的声音。声音越来越大,原来是脚步声,有规律的脚步声愈发地近了,我仰头看见一个人影正在靠近。那人大步地走过街道,面孔一直浸在阴影中,但根据他脑袋的角度,我确定他正在看着我,他的眼珠子在街灯的照射下闪闪发光。我动弹不得,像小动物似的蜷缩在地上,倒在泥里瑟瑟发抖。

"李奥?"那人问,"李奥!我没看出来是你。你在这儿做什么?"那人摘下帽子,我才看清原来是丹士顿神父。"李奥!出什么事了?"

"神父!"我惊呼,"是祖母,她摔倒了,我叫不醒她。士兵刚刚在这儿,然后——"

他在我身边蹲下。"玛格丽特?"他搂住她的肩,说,"玛格丽特,能听见吗?"

"神父,神父。"我像小孩子对父亲一样急切地叫着他,双手抓着他的胳膊。

"好了。冷静,李奥。继续叫醒她。"

我想跟她说话,可是声音虚弱得连自己都听不见。丹士顿神父抓起祖母的手腕,待了一阵子,然后点点头。"我能摸到脉搏。"

"为什么她还不醒?"

"估计是受到惊吓,"丹士顿神父解释道,"导致了昏迷。"

"什么样的昏迷?神父——"

紧接着,祖母咳了起来,然后眨了眨眼。我松开神父的胳膊,握住她的手。她的手毫无反应,脸色苍白,脸上还挂着泥点子。后来她终于睁开眼,咕哝着:"哈洛德?"

"是我,李奥。"我对她说。她哭了起来。

"好了,咱们带她回家。"丹士顿神父说。

祖母几乎无法走路了,我和神父把她架在中间。她全身是泥,脸上毫无血色。路灯下,打战的脸上挂着晶莹的泪珠。她小声嘟囔着"哈洛德,哈洛德",一遍又一遍地重复着,像是在祈祷。"好了,"我边说边抓牢她的胳膊,"我们就要到家了。"

我听到自己的声音像是从很远的地方传过来的。瞬间,耳鸣停止了,取而代之的是异常的寂静。

回到卧室里,哭泣的祖母仍然抖个不停。她窝在沙发里,盯着冰冷壁炉的双眼一直往外流泪，打湿了满是泥泞的脸。我用毯子和垫子裹住她，也没能止住她的颤抖。

丹士顿神父点燃了一盏灯，我的左边微微发亮，这才意识到自己仍握着士兵的来复枪。我把它放在地板上，这一点点声响却令祖母干脆放声大哭了出来。她开始问哈洛德的事，又念叨起关于亚瑟的事情。这个听起来有些恍惚的名字实际上指的是阿德巴朗。丹士顿神父烧水沏了茶，祖母啜饮了几口，仍在哭。"你也喝点茶，李奥，"他把一杯茶放在我手中，"你们俩都受惊了。"我机械地喝着茶，注意到自己的手在抖。我站起来想问他要做什么，却失声了。

"你奶奶多大年纪了，李奥？"丹士顿神父说着把我拉到一旁。

这么个简单的问题，我却答不出。我曾经知道答案，在这一切事情发生之前。"六十？"丹士顿神父试探地问。"还是更大？"

我开始用右手数年龄。"六十一？"丹士顿神父又问，"六十二？你不用出声。"他继续猜了下去，数到六十五的时候我点点头。

他沉默了许久。祖母开始讲她童年的故事，用微弱的声音。那听起来完全不像她。"她年纪大了，李奥。年纪这么大的人不能受惊吓。"丹士顿神父说。

我默默地瞧着他，这时祖母回过神来。她先是看着我俩，然后发现自己的脸上全是泥巴，头发又脏又乱。她从沙发上起来。"李奥！出什么事了？神父？"

丹士顿神父在她身旁蹲下，拉着她的双手。"刚才，玛格丽特，"他说，"你受了惊吓，就是这样。"他描述了刚才的情形，她听着，眼泪不由自主地落下来。

"我从没这样过，"她边说边哭，"没有史德林我们怎么过啊？他在的时候，我从没这样过，从没感觉这么累。"

"你有点儿失魂落魄，这是可以理解的，"丹士顿神父说，"最近这段日子对你来说太苦了。玛格丽特，你需要休息，你会好起来的。"他继续跟她说，她忧虑地听着。

我轻手轻脚地拿了条披肩给祖母，然后帮她洗掉脸上的泥。神父又弄了些茶，祖母轻轻地跟他说话。我安静地坐着，低头看着自己颤抖的手。

"我必须走了，"丹士顿神父说着拿出手表，"我本来是要去看一个生病的孩子。虽然我不想这样留下你们不管，但是实在没办法。"在昏暗的房间里，他看了我一眼，像是有话要说。"你没事吧?"他问祖母。

"是的，当然，"她答道，"我感觉好多了，神父。我不知道发生了什么事，但我想没什么好担忧的。"话虽如此，我却听出她的声音在打战。

"好好照顾你奶奶。"他把手在我肩上放了一会儿，然后走了。

我和祖母沉默地坐着，彼此不看对方。我的手抖得更厉害了。"李奥，李奥，"祖母试着以平时的方式和我说话，"别害怕。现在没事了。我又是我自己了。刚刚都是因为那些士兵。"

我的手颤抖并不是出于恐惧，而是由于心脏跳得实在太快了。我感觉到整个房间在眼前暗了下来，我差点儿要像以前那样干——往窗户外扔椅子或是用脑袋撞墙。但是祖母仍然如此虚弱和害怕，我不敢再吓她，如果我闭上眼老实坐着，就会什么事都没有。所以我下定决心一动也不动。

灯燃尽了。我不敢站起来，于是两个人就待在黑暗中。我听着祖母的呼吸声——微弱而没有规律，倒像是她刻意为之。突然，门那边传来重击声。

祖母挣扎着想要起身，我抬手示意不让她动。"去开门，"她虚弱地说，"去吧。肯定是丹士顿神父又来了。"

我强迫自己去应门。"快点。"门外的人说。那不是丹士顿神父的声音。从门缝里照进的一些光亮在奇怪地跳动着，我费了点儿劲才把门闩打开。

门外是一个举着火把的士兵，他站得太近以致我的脸都烧得慌。"晚上好，"他说，"你是这座房子的主人吗？"见我没反应，他笑了一下继续说："在这个地址发现了一个劣等人种，按《劣等人种法案》第二十四条条款，我带来了搜查令和逮捕令。"

他递给我一张折叠着的纸，纸从我的手上滑落到地上。他耸耸肩，继续自己的任务。"接下来的几天内，士兵会把她带到一个合适的地方。奉劝你——"

我身后传来祖母的哭声，她捂着脸大声地抽泣，身子前后摇晃着。士兵举着火炬，打量起她沾满泥浆的头发、脏兮兮的睡衣和昏暗破烂的屋子。他摇着头嘲笑起来。

"可怜的老母狗。这就是生活，嗯？"

"我要杀了你！"我大声地喊道。

他扬起眉毛，"友好"地猛击了一下我的肩膀。"你试试看。"

接下来是一阵沉默，我握紧拳头，一直握到指关节疼了起来才松开。"李奥，回来……"祖母低声说。

"感谢你的合作。"士兵转身要走。

我摇摇晃晃地站在过道里，想要努力保持冷静，结果却做不到。

我把他抵在墙上，抢下火把狠狠地丢到楼下，然后揪住他的衬衫想勒死他。就在那一刻，过道里的来复枪绊住了我的脚，一个念头一闪而过——干脆用枪崩他的脑袋。但他抓着我的手臂，嘴里咒骂着脏话。我感到脉搏重重地撞击着我的太阳穴。祖母在后面大声哭喊着，惊恐万分。"李奥，住手！"不知道是谁高声喊了一句，然后有人试图将我和士兵分开。

有人更大声地喊："别伤着安塞恩！别伤着安塞恩！"

我跪倒在地上，额头流血了，肯定是士兵弄的。玛丽亚已经把我们分开了，她穿着睡衣跪在我面前，怀里的宝宝一个劲儿地哭。那个士兵早已逃到楼下去了。

"我听见声音了就过来瞧瞧，"玛丽亚气喘吁吁地说，"李奥，我不想你惹上麻烦，看上去你想杀了他。他是谁？想要干什么？"

她想要握我的手，但我不想让她碰我。我踉跄地走开，颤抖不已。我现在对自己感到害怕，却又对自己无能为力。我跑到楼下，摆弄着来复枪的保险栓。

祖母在哭泣，玛丽亚喊我回去。在楼下，我被自己的脚绊住了，整个人重重地摔倒在地上。我拉开大门，跑到巷子里。

街上空无一人，士兵早走了。

我朝寂静的夜放了一枪，然后坐在街上，头埋在两只手里。

"什么声音？"露台上，卢西雅问道。下面的屋顶花园里，一只鸟儿被遥远的枪声惊得从树梢上飞走了。

"也许是城里的叛乱者，"塔莉萨说，"防暴部队会马上过去执法，毋庸置疑。"

卢西雅颔首，眼神阴沉下来。其余的人都默不作声地望着他。阿希拉离他很近，眉头深锁；达瑞尔和安娜从城垛悄无声息地过来，在这个最高处的阳台上，大炮朝天指着满天星斗，安娜注视着他们。达瑞尔走上前。"这个女孩儿，陛下，给您请来了。"

卢西雅听后回过头。塔莉萨站在原地，背对着大家，好让安娜看不到她的容貌。

卢西雅上前几步。"你没有银鹰？它没在你身上，也就是说没在马洛尼亚？"

"没有。"安娜回答。卢西雅盯着他，跟塔莉萨窃窃私语了几句，接着塔莉萨转过身看着安娜。

安娜大吃一惊。莱恩曾说过塔莉萨在秘密机构和阿德巴朗共事了三十年，但这几乎是不可能的。这个女人很年轻，可能至多三十岁，是一个有着鲜艳欲滴的红唇和浓密睫毛的漂亮女人。她像是未受过法术训练的人，看上去既不温婉也不机灵。她的手搭在卢西雅的肩上，嘴唇慵懒地贴近他的脸。她说话的时候，他的头一直紧贴着她的脖子。

塔莉萨低声细语地说着什么，这使安娜不寒而栗。她的思绪纷乱无章，脑子里像有蜘蛛在爬，覆过了她所有的念头和感觉。塔莉萨用奇怪的眼神瞄着她，安娜试图移开视线，什么都不想，却做不到。

"项链不在她手里……"塔莉萨跟卢西雅耳语。接下来的话音太小，谁也听不到了。就在余下的人等待发落的时候，阿希拉向安娜匆匆一瞥，然后望向了无言的城市。

"如果这女孩儿其实没把珠宝送给凯希亚会怎么样？"卢西雅问。

"如果？那也没什么区别。"塔莉萨顿了顿，接着说道，"不过倒有个有趣的发现，陛下。这女孩儿并非无关紧要之人，她是阿德巴朗的英伦亲戚。"

"什么意思？"卢西雅问，"你是说我们可以扣押她当人质？迫使阿德巴朗放弃银鹰？你是说用刑……"

塔莉萨继续低语，卢西雅则不住地点头。他看着安娜，一副若有所思的表情。"十分抱歉，没有其他的选择，我们杀不了凯希亚，银鹰又失踪了，我们没时间用别的方法把它追回来。"

"我会跟阿德巴朗谈谈，"塔莉萨说，"我会给他半小时的时间，这足够让他惊慌的了，但他将不会有时间考虑。那以后，我们再杀了这女孩儿，什么损失都没有。"

"把她绑上。"塔莉萨对士兵下令。

达瑞尔立即跑下去拿绳索，然后跑上来捆住安娜的手脚，阴阴地笑着。"仔细绑好了！"塔莉萨发号施令。达瑞尔继续在安娜的脚踝上缠绳子。"这个女孩儿是一个法术极高的人的亲戚。"塔莉萨说。

卢西雅问："她有法术吗？这个英伦女孩儿？"

塔莉萨盯住安娜。"是，是的，她有，"她转向别处说，"你，你的来复枪瞄好她。"

达瑞尔从肩膀上卸下枪，做出要射击的动作，一丝笑意掠过他的脸。

"让我来，"阿希拉说着拿住了枪，"你应该去边境打仗，一夜就能到那儿了。"

达瑞尔没说话，先是看着阿希拉，紧接着用肩膀使劲地撞了他一下。阿希拉抢过枪，此时外边响起一声枪声，一颗子弹越过城堡的外墙。阿希拉从达瑞尔手上夺下枪，他坚决地说："你去前线吧。"然后他把枪交还给原来的士兵，同时站在达瑞尔和安娜中间隔开他们，达瑞尔望向卢西雅求助。

"你走吧，阿希拉会和我一起，前线需要你。"卢西雅说。

"显然，只要再——"

"走！别跟我理论，走！"

达瑞尔走出门，口中念念有词。然后只听见一阵咔哒咔哒的脚步声便消失在楼梯的尽头。一阵寂寞降临。"阿德巴朗。"塔莉萨召唤着。

"他能听到你吗？"卢西雅轻声地问。

英伦，湖畔漆黑的图书馆里，阿德巴朗突然一惊。风和湖上的波澜召唤着他的名字。

卢西雅在阳台上来回地踱着步子。"阿德巴朗在干什么？"过了好一会儿，他问道。

"这我可说不好。我会派军队在午夜时抵达那个废弃的小教堂。如果阿德巴朗在那里，他们会抢回银鹰。"塔莉萨回答。

阳台上又没了声音。安娜的目光一直停留在阿希拉身上，而他观察着塔莉萨。少顷，他转向安娜，只动嘴却不出声地说绳索的事。她想要抽出手，他颔首回应。

刚才紧得能割断手腕的绳索立时松了下来，她把意念集中在绳索上，上面的结渐渐打开了。这时塔莉萨转过身，说道："我会绑紧它们。"

安娜使劲地喘息却仿佛吸不进空气。绳索在她的手腕脚腕上越缠越紧，不仅仅是绳索，就连空气都在四周挤压着她。她的心脏怦怦乱跳，先是窜到头部，然后是胸，最后直抵胃里。她无法呼吸，感到空气压迫着全身的骨头，胸口传来一阵剧烈的刺痛。她滚倒在地板上，压着她的空气仿佛重若千金。

安娜倒在地上，呼吸急促地哆嗦着，塔莉萨转身离开了。"阿德巴朗很在乎自己的家庭。他现在有一刻钟的时间，我想这会奏效的。"

"一定要折磨这个小姑娘吗，塔莉萨？"卢西雅刚想解释，"我是想说——"却被塔莉萨伸手制止了，于是他闭紧了嘴巴。

"你去哪里？"阿德巴朗急匆匆地下楼，莱恩见状问道。

"小教堂。你待在宅子里别出去。"

莱恩抚着缠着绷带的脑袋，挣扎着要起来，却感到一阵头晕目眩。"叔叔，你不告诉我发生了什么事，至少跟我说说安娜。她安全吗？求你告诉我——"

"没时间了，我现在必须走，你待在这儿别动。"

莱恩抓住阿德巴朗的胳膊，跑到他身前，摇摇晃晃地站不稳。阿德巴朗挣着他不让他摔倒。"进去。立刻，莱恩！"

"告诉我你为什么去小教堂。"

"我不能说，莱恩。如果你不让我走——"正说着，什么东西从阿德巴朗的手里滑了下去掉在地上，在草丛中闪闪发光。又是一阵沉默。

"银鹰，"莱恩说，"叔叔，我不明白你在干什么。"

湖对岸，教堂的钟声敲响了十二下。

塔莉萨站在阳台上，摇着头。"阿德巴朗没来?"卢西雅问。

"我也不能保证，"塔莉萨说，"阿德巴朗并不太关心自己的家庭，或许。"她接着观察起安娜。"我们没什么损失，但无论如何都要杀了这女孩儿。

"如果他认为仍有机会能营救她，他的抵抗势力随时有可能攻占城堡。我们不能给他时间考虑。我下去让他们把去教堂的军队召回来，几分钟后回来。"

卢西雅对阿希拉吩咐道:"把绳子解开，让她面对墙站好。"

"我把她带到楼下空地里去解决。"阿希拉一边说，一边给安娜的手脚松绑。"或许我们不该这么急，不如再关她一夜。"

"不行! 我们没时间了，你听到塔莉萨的话了。阿德巴朗会利用这个机会掀起革命——号召群众解救王子的真爱。我们必须马上解决这件事，尽快集结军队。你还不明白吗?"卢西雅的声音里闪过一丝恐慌，"我们中间的间谍和他联系了好几个月，今天军队破获了他们的一个基地组织，里面有成堆的联络记录和详尽的计划。革命现在一触即发。不能让王子回来，我们必须在阿德巴朗的预言实现前阻止他。把他藏起来然后杀了他还远远不够，我们的法力一旦失去就再回不来了。我们要让人知道，没有卢西雅大帝，这个国家就毫无未来可言。尽快杀了这女孩儿，解决这件事，然后去对付雅席里亚。"

阿希拉从腰带上解下手枪，指着安娜的头。卢西雅在阳台上向外看去。她想张嘴说话，可什么都说不出。阿希拉盯了她的双眼片刻，而她紧闭起双眼。

从黑暗无边的森林中跌跌撞撞地走出后，阿德巴朗听到了枪响。他迅速蹲下，这时莱恩又跑向他，紧紧抓住他的胳膊不放。"怎么回事？叔叔究竟是怎么回事？"阿德巴朗仍坚持让莱恩回去，然后便不作声了。

安娜睁开双眼，看到一个侧影，卢西雅倒在阳台上。

他的鲜血顺着地面流向她的脚。她捂住嘴，动弹不得。阿希拉放低手中的枪，声音颤抖地对安娜说："不要出声。"他拉起安娜，把她推向门外。

二人跟跟跄跄地沿着楼梯往下走。"塔莉萨会知道的，"阿希拉说，"很快她就会发现。快跟紧我，走快点儿。"

在城堡中，他们一路穿过黑暗的走廊和楼梯，所过之处原本沉睡的火把立刻被燃起了火焰。阿希拉一只手揽着她的肩，另一只手举着枪。在侧门边上，他停了下来查看着外边空地的情况。

在他们上方的高处，有人大喊一声，紧接着是更响亮的呼叫声，在夜色中回荡。"快跑，跟紧我。是她，是塔莉萨。"阿希拉说。

他把她推进了马房。"史密斯！"他对最近的一个士兵喊道，"给我一匹马，马上！"

史密斯看上去和安娜一般的年龄，鼻子上有被晒伤的痕迹。他牵过一匹马，把缰绳交给了阿希拉，微微欠了欠身。阿希拉先把安娜扶上马，然后纵身跃上。他弯下身子对史密斯说："国王

326

已经死了。告诉你的人，告诉革命者。"史密斯看着他，高举起手，模样十分害怕。

他们拉起缰绳一下子跑到了大门口。"那男孩儿是奸细，"阿希拉说，"我观察他好一阵子了，他会告诉该告诉的人。"

他们从大门转到马路上的时候，四下有呼叫声响起来，一阵枪响从窗户传来，子弹在他们四周落下。马儿惊悚地转进小路，安娜猛然看见了路的尽头，但马仍然四蹄飞扬地向前奔跑着。喊叫声大起来了，更近了，马蹄突然扬空而起，安娜从马鞍上被掀了下来。"没事的。"阿希拉说，一把揽着她的腰，"听着，要相信子弹打不中你，你是有魔法的，你能保护我们俩，求求你了。"他喝令马加速快跑，一下就跑回了小镇的中心，暂时避开了被枪击中的危险，人群闪到一旁给他们让开了道路。

阿希拉搂着安娜的腰策马奔入一条狭窄的小径。马儿跟跄踉跄珊地向前跑着，安娜的心扑通扑通地跳，还好阿希拉没让她跌下来，安娜感到背后的鼻息弱了。"到了教堂，"阿希拉嗫嚅道，"不要回头，只要一直往前走，别管我，好吗？"

我到了阶梯前，我还没能从小巷回过神来。玛丽亚和祖母都走了过来，我发觉自己动弹不得。

"李奥，你在颤抖。你不对劲儿，到底发生什么了？"祖母说。

小孩儿号哭起来。我双眼紧闭着坐在那里不想答理他们，即使他们已经下楼来了好几次了。

"我们会在楼上，我知道你想一个人独处，李奥。"他们想把我一个人留在那里静一静。

我试着努力坐在那里一直到冷静下来，我努力了很久。我坐在那里好像过了几个小时，一动也不动。后来我决定要走一走，要不然我真会疯的。我已热泪盈眶了，我想找出个士兵哪怕任何人都行来发泄。我发觉自己的手一直在打战，却像别人的手一样不干自己事，我的心扑通扑通地跳，也好像不是自己的一样。我很恐慌，但我依然迈步向前，来到了街上。

大批人群从我身边蜂拥而过，像僵尸一样在游行。"革命！革命！"他们大声喊叫。其中有一个人想把我拉进他们的队伍，但我把他推开了。队伍渐行渐远，一下街头巷尾又恢复到了安静的状态。

我的心冷了下来，突然对所有事情都很憎恶，不论是黑暗笼罩的街道、经过的行人、岩壁上的古堡、飘扬的旗帜，或者是那一个个的兵士以及所有的军队。我游荡在空旷的街道上，结果一不留神跌了个大马趴，我的脸亲吻了一下泥泞的地面。我干脆就趴着不起来了，放松地趴了起来。

我很气我自己生活中一直出现差错。然后我想，如果我一直趴着，那也没什么大不了的。

趴在那儿，我整个人陷进泥浆中，我知道自己听不见呼叫声，不只是呼叫，连马蹄声也听不见，甚至是枪声。我蜷缩起来，仍然陷在泥泞里，看着整个街道。在那一瞬间，那是最后的安静的一瞬间。

一切仿佛都是在反射玻璃里看到的。一匹马在奔驰，马上骑着两个人，一个是安娜，他们追捕的对象。在她后面跟着的是士兵，卢西雅的人马，阿希拉。不仅仅是一个士兵，而是最可怕的一位。我最憎恨他，那种憎恨超过了所有人。我简直太生气了，眼冒金星，这就是为什么我会决定，在这个时刻默默地祷告，千万别让我这样。

我把步枪架上肩膀，瞄准那人的眉心。他看不到我，因为在右侧一边，他失去了一只眼睛，而我正是在这一侧。一切似乎都静止了，我脑中空白一片，其实我也不需要想什么，我闭上眼开了一枪。

枪响之后，时光停止了。"去教堂！"阿希拉上气不接下气地说，然后重重地倒在马路上。在这条小径的阴暗处，有人影在动。

那匹马的两只前蹄夺空跃起，安娜滑了一下，阿希拉再也不能扶她了。她回头望望想知道发生了什么事，但这会儿马骋驰得更快了，一溜烟闪了一下，她被震得飞跌了下来。

她摔了个跟斗，跌在泥泞里，两眼盯着天上的星星。一时间她认出代表英伦的星座，很惊讶这些星座在这里也可以看到。她的心跳扑腾得太快了，感到很痛，还好她并没有伤及筋骨。她躺在那儿，呼吸有点儿困难，于是就坐了起来，马已经一溜烟消失了。

她看见教堂的圆顶，就在几条街之外。她站起身来向那里奔去，感觉两脚发软。塔莉萨对她的虐刑使她的肌肉一直在颤抖。她跑得越快，后面的马蹄声就似乎越靠近，然后只听一声枪响，安娜跌倒在了广场边缘。她两膝跪倒，努力地往一所房屋的门前通道爬着，直到无法再向前一步。人们把门关上了，就在她面前。这附近的黑压压一片的房子顶上可能有狙击手或是机枪手，她说不准，瞅了一眼广场，顿感晕眩，好像星星滑过天际快要掉下来了。

在这个时候，躺在门前的走道上，安娜并没有思考有关自己的生死问题。她突然意识到自己有魔法，就像塔莉萨和阿希拉说的，要相信子弹打不到自己。距离教堂只有四十步之遥，她可以跑着过去。于是她在门前过道的阴影下站了起来，闭上眼，冲进了广场。

有人大喊大叫，安娜没有回头。她听到了枪响，接着耳际是一阵空气被撕裂的呼啸声，然后在前方教堂的墙上顿声炸开。她加快步伐，广场中一匹雕像马的耳朵被击碎了，一盏油气街灯在身后应声而碎。身边的一栋屋子里传出小孩儿的嘶叫声，突然，她觉得有东西打到了她的太阳穴，她跌了个跟头。她的人已经在教堂里了，在两排长凳中间匍匐着前进，然后黑暗一下子笼罩了她。

我突然恢复了神志，气已经消了。我平躺在泥泞里，发晕又发抖，还抱着那把步枪，阿希拉躺在马路上。

他躺在那儿，身体虚弱地挣扎了一下。我击中了他，屏住了气。

然后我就不记得后面发生的事了。我曾愚蠢地想，他可能没死，我走过去看时，他确实已死了，我不自觉地颤抖起来，心想我是不是被附身了，是不是有人控制了我让我开的枪，一切都不像是真的，我在他身旁坐了下来，坐在马路上，告诉自己一切都是一场梦。

他手指上戴着金戒指，在街灯的照耀下闪闪发光，像我的手链一样。我靠得很近，甚至可以看到这人手上的纹路，以及他发间的灰丝。我不断告诉自己，我没有射杀这个人，这是不可能的。

一阵马蹄声向我逼近，有人呼喊，是几个兵士。我匍匐着爬进巷子里的黑暗角落看着他们，站起来不知所措地踌躇着走上阶梯。

在门阶上我撞上了一个人，是玛丽亚，她问我怎么办。我一直无法让自己的战栗停下来，窗外面的黑暗世界因枪声显得更加阴沉。祖母站起来走向我。"我听到那里有士兵在说话，他们会过来把我带走。我没有疯。玛丽亚，他们要把我带走，已经无法挽回了。"她着急地说，大声哭起来。玛丽亚搂着祖母的手臂，看着我，我肩上扛着枪。

"李奥，你全身都是泥，这是什么？稍早来的那士兵想要怎样？祖母都不说。"玛丽亚说。

祖母用干涸及颤抖的声音向她说明。

"到我家去，他们不会知道你们在这儿的，诺斯奶奶，我爸爸回来了，他不会让他们进来的。"玛丽亚说。

祖母缓缓点点头，眼泪流了下来。"谢谢你，玛丽亚。"她转过来对着我，"李奥，你能帮我拿件外套吗？"

我正陷入幻想中，情况更糟了，虚实不明，而我也不在乎。我拿了件衣服给她，外加一件大披肩。夜间的温度是暖和的，但我的脚却冰冷如钢条，祖母也在发抖。我一直在心里倒数计时，按捺不住地数着。我在想，那些士兵马上要来敲门了，要把祖母当做下等人，带去集中营，或者把我关押进大牢。我现在是通缉犯了，一个杀人犯。

我甩甩头，双手压着双眼直到眼前出现了白光，我只好松开枪，枪砸在地上的咣当声惊动了祖母和我，虽然是我自己掉的。玛丽亚忧心忡忡地看着我，我抓起桌上的水瓶，让自己看起来跟平时没什么两样。但回到厨房的半路上，腿软了，我又掉了瓶子，它砸在地上碎了。

"噢，李奥，那瓶子很贵！"祖母的口气好像平时一样，而且在发生那么多事之后还计较这个，显得很荒谬。"你为何不小心一点儿?"她的声音突然弱了下来,"像史德林一样。"

"李奥,"玛丽亚悄声说,"你已精疲力竭了,到楼上来坐一会儿。告诉我哪里不舒服。"她一直看着我,"你要一个人待一会儿?是吗?"她说。我点点头。

我感到我的牙齿正在打战。"我一会儿就回来,我去帮帮你奶奶。"她说。

她走之后,我重新拿起枪。我拉上枪膛重新装填好子弹,但才发现已经没有子弹了,那是最后一发。我几乎笑了出来,虽然这并不好笑。我想起一件事,我走到卧房打开窗前柜,在我的军服下有一把手枪,仍然上着膛。我将枪拿出来,检查了一下保险,放进了口袋。

我走到楼下,紧紧握着栏杆以免自己摔下来。我克制自己不去看阿希拉倒下去的地方,但还是控制不了眼睛。尸体不见了,地上有血和泥的痕迹。我可以借此认出他倒下的精准位置,这已在我心里留下烙印,很难抹掉。

我听到城里的枪响,我已逐渐习惯了那种声音的陪伴,好像那是自然的一部分。城里某处正冒着烟,天上的星星异常明亮。我在下面走,星星在天上转,月光下的建筑看起来比平时更坚固,每一件事物都是这种感觉,像空荡荡的舞台上的道具。我一边走一边算着走了几步,那声音又出现了。"回去!回到玛丽亚和祖母身边直到你镇定下来。别再往前走了。"我没理会。

我走到墓园大门时,城里的枪声模糊了。我站在那里,荒芜的墓园看起来说不尽的苍凉,桥对岸的城市显得很虚无,史德林的墓是唯一安全的地方。我找到了墓,在木质十字架旁边跪下来,月光映射下来,照亮了草皮、勾勒出墓志铭的刻字。一直到此刻我才想起史德林，此前我跟本不想任何事，然后我才明白我都做了什么，我不能待在这里，我必须要往前走。我决定走到山丘上，没人会发现我在那里。我一直走，什么都不想，一直远离城市。

我停下来时天已经快亮了，虽然天色还是很黑。我现在已经完全听不到城里教堂的钟声了，最后一次听到时，它敲了三下，当时是凌晨三点。我太累了，走不动了，我倒在草地上，看着星星。

什么感觉都没有，但我很快就会有，很快，我知道。我打死了阿希拉，真的打中他了，这不是梦，再也改变不了这个事实了。我犯下的错已经毁了我的一生，再也不能弥补已经造成的损失。如果我现在回到从前正常的生活中去，我会每天都想起来我已经杀了他。

我从口袋里拿出枪，倒出子弹一颗颗数着，然后把子弹装回去，关上保险。开枪这事不难，你很容易就能按下点四五手枪的扳机，用小指头就能办到，甚至很容易就会擦枪走火，也许这还是好方式。我就这么想着，如果趁着一个不经意按下扳机，我就再不会感觉到痛，我一直很怕痛，所以我根本不会是个好士兵。

我用枪指着头，试着壮起胆扣动扳机，我想一切就此一了百了，我闭上了眼。

　　森林里，阿德巴朗和莱恩一动不动地跪着，莱恩首先问："你怕吗？"

　　"什么？"阿德巴朗并不想掩饰眼里蠢动的眼泪。

　　"有声音，叔叔，就在那座小教堂那里。"

　　莱恩跑上前，阿德巴朗紧随着他，他们跑到小教堂门口悄悄地站着。有人在里面躺着，"安娜，"莱恩说，"安娜，安娜。"

他跑过去抱着她的头靠在他腿上，用手摸她的脸，都是血，他急得哭了。"救救她，叔叔。"他哭喊道。

阿德巴朗跪在安娜旁边。"她还在呼吸，"他说，"这都不是致命伤。"

阿德巴朗背起安娜，和莱恩一道走进了森林。安娜醒来时，看见莱恩的脸，似乎想告诉他什么事，结果又晕了过去。莱恩在心里祈祷着。"你先跑到前面叫救护车。"阿德巴朗跟他说。

到了湖岸边，安娜又睁开眼。仿佛天上的星星跟着她的心一起跳跃，然后又幻灭了一样。

在这个奇怪的国度的夜晚，月亮从云朵后面偷偷地溜出来，照亮了每一株树和一波波的湖水涟漪，也照亮了正沿着湖岸驶来的救护车。在马洛尼亚东面的一个个山丘地，山谷底下，月光愈来愈亮，把整个山谷都染成了同一个颜色，好像世界都是同一个颜色，没有任何差别一样。

在阿希拉被杀之后，有一百多个人都说是他们干的。也许他们说得对，不是我杀的，好像是有人控制了我的手和我的灵魂去干的。我才瞄准不到半秒钟，就击中了他，阿希拉在远远处倒下，我几乎相信了那是别人干的。

我应该诚实，虽然瞄准了只有半秒的瞬间，但我知道是我干的。我不只是瞄准射杀了阿希拉，同时也射杀了马齐士官长，因为他说过我母亲的坏话，还有那个威胁我回学校的纪律纠察队队员，还有在奥思塔那个把我手紧紧绑得快要断掉的士官长，那些关上城门不让我到弟弟墓地的士兵，那两个将祖母推倒在泥浆里的家伙，那个跑到家里警告我们好像我们瞧不起他的士兵。我开枪，因为他们都在逼迫我，他们罪有应得，这些是我在那半秒钟里掠过脑海的恩怨，好像那不全是我的责任而是他们的。

天快要亮的时候，我仍坐在那里阅读。你一定很困了，猜想我回家了，或者你正在看着窗外，此时正是黎明前最黑暗的一刻，只有我是清醒的。阳台无尽的寂寞，我跑进山丘时还记得城市夜晚的样子，有点奇怪、虚无，又那么真实。我不明白我做了什么，但我总会有足够的时间去慢慢想明白。我写下这些是因为你问我为什么这样做，因为你要我解释清楚。

如果祖母那晚不在外面游荡，我就不会杀死阿希拉；如果那些士兵不在我绝望的时候跑来的话，如果我闭上嘴不去咒骂他们的话，即使发生了任何其他的事，包括史德林的死，我也许都不会这样做。是不是只是因为巧合，我不知道，在那一刻，一切都静止的一刻，我憎恨阿希拉。玛丽亚告诉我，我永远不会像她一样恨阿希拉，她错了，我比她更恨他，虽然我不知道为什么。

我没有读下去的欲望，如果我真不读，你就必须自己来读，但是我还做不到，至少现在做不到。我会读到结束，除了现在继续读下去，我不知道自己还能做什么。

第六章

在山丘上，我猛地坐下，不知道为什么。有人走过来了。

我松开了扣着扳机的手，但枪口还是对着太阳穴。这时有一个女孩儿从山谷的另一侧走了过来，月光下，她的眼睛泛着银色的光，丝丝秀发清晰可见，周遭的一切在月光下显得格外分明。天上的星辰清晰明澈，整个天空显得清清蓝蓝，溪水仿佛变成了一条银河。月光在这小小的山谷之间流淌，照耀着这头的我与那头的她，以及我们之间那片草地。甚至连我扣着扳机的手都映着光，这让我有点儿昏沉沉的，我呆呆地坐着，看着她走过来。她看见了我。

"你在干什么？"她问。四下寂静无声，她吐出的每个字都非常清楚。

我这才明白，她是那位我在奥思塔见过的女孩儿，是那个在我梦中出现了几周的女孩儿。"安娜。"我说，随即站了起来，呆呆地看着她，她也望着我，在这寂静的山谷里，有一个身影闪了一下。"你是天使？"我问。她没理我。"那么你到底是谁？是那个出现在我脑海里的声音？"

"你说什么声音？"

"你是幽灵？你死了吗？"

"我不知道。"她说。

"你怎会不知道？"

我突然意识到，如果我自己也死了的话，我也不会知道自己是否死了。也许我已经扣动扳机，这一点儿都不困难，有时就算你不是故意的也会扣动它，一个小指头就能办到。

然后我突然幻想着山丘消失了，回到平地，阿希拉应枪声轰然倒下，那简直不是幻想，而是我亲眼目睹的，比真正目睹的那一次还要真实。我甩甩头，心想一定不是我开的枪，是有人控制了我，不是我要扣扳机的，我并不希望那子弹直射出去。也许有一个士兵暗中躲在角落，跟我同时射击，他一定是个弹无虚发训练有素的杀手。

"你在干吗？"安娜在山谷那头又问了一次。我眨眨眼，记起自己在哪：我在马洛尼亚东面的山丘，夜幕有着奇怪的月光，而不是看着阿希拉倒下的那条街，但我没回答她。

"别自杀。"她说。

我握着枪的手更紧了。"你阻止不了我。"我说。

"别拿枪指着自己的头。"

"为何不？没人会在乎。"

"你怎么知道？"

我耸耸肩。"有些事你就是知道。"

337

"别用枪指着头，求你了。"

我遵照着她的意思去做，因为我的手酸了。她从山谷对面走下来走向我这里。我犹豫了一会儿。"为什么你要这样做？请你告诉我好吗。"

我们向对方的方向走去，她的眼睛一直盯着我。我告诉她自从史德林死后这些日子发生的一切，我们在渡过那条溪流的时候也是面对着彼此。我停了下来。月光映在溪流中，流溢着满面银光。我将拿着枪的手换到左手，又再换了回来。

"你是要阻止我吗？"

她摇头说："我阻止不了你。"

"你为什么在山里？"我问。

"我也不知道，也许我快死了，一切陷入了黑暗，而我就到了这里。"

我不自觉地将手指搁在枪管上，冷冷的。"这不是天国？"我问。

"不是。"

时光一直在流淌，河水也一直在流淌，就在我们之间。我在岸头坐了下来，她在对面也蹲下来。我抬头盯着星星，它们好像在滑动，就像不是固定的一样。"你相信有天国吗？"我问她。

"如果你不相信这个还能相信什么？"

"但这不表示那就是真的存在。你的意思是说，你相信是因为你希望那是真的？"

"不，我只是认为人们死了，不会就这样消失了。"

"这是什么意思？"我问。

"还有另一个世界。就是你刚刚说的，你说有些事，你就是

338

知道。”

我坐直了，看着她。“我想去另一个世界。也许是天国，也许是地狱。我受够人间的一切了。我想到其他地方。”我想去一个心不会如此痛，不会痛到如此难以承受，不会度日如年，不会觉得一切皆苦的地方。“我想去另一个世界。”我告诉她。

她摇摇头。“我想要的是有更多的时间。”

“更多的时间？”

“是的，如果我现在死了，我就不能改变任何事了。我不知道自己是否死了。我只是想再活久一点点。”

“为什么？”

她告诉我她的计划，告诉我她想跳舞。我告诉她我妈妈以前是一个歌手和舞蹈演员。她接着说时光飞逝，物是人非的故事，以为这样就可以说服我丢下枪回家去。但一想到未来，我就确定我不想再回去了，我没有未来。我无法想象五六十年没有史德林的日子，没有祖母的日子。我对我所做的事充满罪恶感，一种疲惫的感觉一直压在我心头，除此之外还有什么？

“未来太沉重了，而我觉得好累，我无法再承受了，这样下去我会疯的，就算我不会被判死刑也会被关进大牢……”我说。

“未来的事谁也说不准。”

“未来的事我大约可猜到一二。不会有什么好的转机的，我想重新开始。”

“但死亡可不是生命的重新开始，死亡是另一种东西。”

“你又怎么知道？”我突然生气起来，“你根本对我一无所知，又怎能告诉我该做什么？”

"我没有告诉你该怎么做，听着，你家的人不需要你吗?"

我摇摇头。没人需要我了，我让他们失望了。我从山上回来时跑得不够快，失去了史德林；当祖母需要我的时候，我却又离她而去，逃到了奥思塔，让她一个人承受痛苦，甚至我都没法去阻止士兵将她带走。

"难道未来不会有人需要你吗?"她说。我听不懂她的话，但我猜想她大概是从我的脸上读出了什么，因为她接下来说："你也许需要去帮某个人的忙，也许某个人有一天会需要你，如果你死了的话，你就不能帮忙了。"

"你难道没有想过像我这样死吗?"我问，"不会的，我想你不会像我这样。"

她没回答我。但是她说："那是很久以前的事了，那时我还很小。"

"你是怎么活过来的?"

"我整天盯着星星数着日子，希望时间快点儿过去。"

"好吧。"我不怎么感兴趣地问，"然后呢?"

"我不太记得了，但总之突然有一天我就不数了。"

"你为什么要数日子?"

"我想我是要告诉自己如何过回正常的日子，在一切都改变了的时候。"

"你那时多大?"

"五岁。"

"五岁你就数着过日子?"

"那是一场悲剧，这是我的人生。也许你并不想死却有必死的理由，也许你根本就没有理由，我不知道。但我在那件事之后活了下来，所以十年后我能够在这里跟你说话。"

黎明就快到了。她在月光下看起来闪闪动人，仙虚缥缈，好像她根本不存在似的。我伸出手试着碰她，但溪流太宽了，我够不着，同时也有点儿担心，怕我一碰她就消失了。"你大概是天使吧，"我说，"那么，请你告诉我该怎么做。"

"我不是天使，但我会告诉你怎么做。"

"怎么做？"

"放下枪，回家去。"然后她逐渐往回走，"听着，我不知道我这一走是否会死去，能不能再回来，我身不由己，也许我会因为有许多事儿没完成而懊悔不已，但我也没有办法。人都难免一死，人们最后都会去同一个地方，一点儿选择都没有。可是自杀却是另一会事儿。"她的语速很急很快，好像她这一走就永不回来一样，所以要把该说的话都一次性说完。

她说："我爸爸二十岁时就走了，他是个好人；我外祖母是五十岁时走的，我们都依赖她，一直都是，而我们却什么都做不了。很多事情没有道理，人们在还能做很多事的时候偏偏就死了，可能因为某种原因，我比他们活得更长些，这很可能只是运气，他们走了而我留下来了。也许是有因果关系的，不论怎样，就算你是活下来的幸存者，你也改变不了这一切。"

"你不像我犯了滔天大罪。我只有十五岁而已，但我杀了人。你说我该怎么办？"我没有用痛苦的语气说，我只想告诉她我的想法。"求求你，告诉我要如何继续活下去。"

她离得愈来愈远。我伸手去碰她。"拉着我的手，如果你拉着我的手，那就证明你真的存在，那我就放下枪回家去。"我说。

她离得太远了，我猛地站起来。"别离开我。"我绝望地说，向她走了几步，走到了溪里，对周遭的水我一点儿也没感觉到。

然后就剩下我一个人在这东面山丘上了，冰冷的溪水深达腰际，手上拎着把枪，月光消失了。

我重新举起手枪，然后我想起史德林，他八岁就死了，又想起他的种种，我对他无尽无休的思念，让我无法承受。我又想起阿希拉，想起因为我的缘故，他也死了，不论他有多么可恶，不论他在这个世界多么渺小多没有价值，是我夺走了他的生命，他永远都不能再做任何事了。我的心承受太多的痛苦了，我不能再继续了，但是突然间，我发觉自己连扣动扳机也做不到了。

有些事情很轻易就能做到，但就我所知道的，会后悔一辈子的是我杀了阿希拉，我必须付出代价。自杀是一件严重的事，也是同样的道理。

我丢下枪，它被河水带走了一小段，像个石头一样被水冲击着，最后沉入了河底。自从史德林死后，现在的我比过去的任何时候都要沮丧。扣步枪的扳机杀死阿希拉简直容易得太离谱了，而现在要我站起来，回头，走回家里去简直又太难了。

阿德巴朗拭干脸上的泪，跑向英伦医院。安娜正一脸慌张，睁开眼看着灯光。她刚做了一个梦。

莱恩跑到她旁边，她看到他在她视线里移动，他头上的伤口还用纱布包扎着。她试着坐起来，又倒了下去，喘个不停。他的脸上有泪。"你怎么哭了？"她问。

"我很担心你。他们说你没事，但我很担心。"他跪在她床边，看着她的脸。"安娜。"

她的视线一下清楚起来：苍白的病房，一个大窗户。"我们在哪儿？"她说。

"在医院。你不记得了吗？"

她的头很疼，眼中的病房仍然在打转。早晨的阳光透过百叶窗帘的横纹一条条地射在地上。她捂了捂脸，觉得有些疼。"莱恩，怎么……"

"都只是擦伤，真的。子弹擦过你的肩，你的手臂，你的脸，你的侧面，但没有一枪打中你，安娜，子弹只是擦过去，这简直太神奇了。"

"我不懂，我真的没死？莱恩，我以为我死了。"

她碰了碰他的手，自己也流下泪，莱恩仔细地替她擦了擦。"你昏过去了。"他说，"阿德巴朗认为你是惊吓过度。你去了一趟马洛尼亚又回来，这也许超过你能承受的了。还有发生这么多事，安娜，我很抱歉，我应该阻止，我没想到他们会带你走。"

"不是你的错，你又帮不上什么忙。"

他似乎想再说什么，结果却低下头，又摇摇头。

安娜习惯性地摸了摸脖子，项链还在。"阿德巴朗在救护车来之前帮你戴上的，他觉得或许你需要它。"莱恩擦干了最后一滴泪，但更多的泪水流了下来。

"别哭了，莱恩，我没事。"

她又试着坐起来。他把枕头垫高了让她靠着。"你怎么跟莫尼卡说的？"她说，"你怎么解释这一切？"她摸了摸脸上疼痛的地方。

"我说我们在山丘上迷了路，跌进阴暗的角落。我解释了我头上的淤青和你脸上的伤，觉得医生可能不相信，但……"他眨眨眼，淌出更多的泪，"我还能怎么说？当别人不相信你的时候，你怎么还能说出更令人难以置信的大实话？"

"我不知道自己还能不能再看见你。"安娜说，"我不知道我还能不能醒过来。我最后记得的是我在教堂里，我以为自己中枪了。但其实我做了一个非常奇怪的梦……"她摇摇头。"但是我现在想不起来了。"

她想起了某些事。"但我知道阿德巴朗在这里，我知道。"

"是的，刚刚还一直在这儿。他知道你没事以后，就回家了。"莱恩瞅了一眼窗子，阿德巴朗已经消失在视线里了。"他要回到我的国度去，事情有了变化。安娜，昨天晚上，据说爆发革命了。卢西雅死了，阿希拉和达瑞尔以及一半以上的军队领导都死了，唯独塔莉萨没死。没人敢去对付这样的大法师，但她被抓了，阿德巴朗不用再流亡了。"

突然门口出现了一位女医生，后面跟着莫尼卡。莫尼卡站了一会儿一直看着安娜，然后穿过房间跑过来，鞋跟在地上咔咔作响。"感谢主，谢谢老天。"她一边说一边流着泪，滴淌在安娜的脸上。"你们在想什么啊？你们去山丘上也不告诉我！安娜，我都不敢打电话给米雪尔！你是他的全部，我要怎么跟她交代？"

医生一只手拍了拍莫尼卡的肩要她镇定一点儿，然后弯下身跟安娜说话："你还记得发生什么了吗？"

安娜看了一眼莱恩，莱恩则重述了一次他编的故事。"是这样吗？"医生问。安娜点点头。医生显出一副不相信的样子，不过也没说什么，只是静静地检查了一下安娜脸上的伤，没说话。莱恩瞟了一眼安娜的眼睛，然后看着其他地方。

"奇怪，"医生说，"擦伤的样子都一个样儿，我不懂，那样子都像枪伤。"

大法师阿德巴朗在晨曦中走在山丘上，回头看了一眼镇里的医院，然后走入树林，朝向那堆岩石走去，当年他被流放到英伦以后，睁开眼第一个看到的就是它们。他一面走，一面听着鸟鸣，听着风掠过树梢的声音。他仿佛听见前面有声音，在空气中，有他熟悉的腔调。英伦，就像一场梦，一场噩梦，在他身后逐渐淡去。

我在玛丽亚门前的台阶上坐了下来。天色尚早，而我射杀了阿希拉。阳光斜穿过楼梯间高挂的窗，我坐在台阶上望着。过了一会儿，门开了。"李奥！"是玛丽亚的声音。我缓缓转过头，看见祖母站在她旁边。

"我们好担心你。你出城了吗？李奥，你听见枪声了？"祖母拉着我的手说，然后猛地将我抱进怀里。玛丽亚扶着我站起来，"一切都会好起来的。"祖母说，"我会烤一条面包，你可以到楼下去取点儿水上来冲茶，从现在开始一切都会好起来的。"

我知道这是不可能的。但这次我却出奇地镇定，虽然在我杀了人之后，还要假装顺从地帮她经营这个家，显得有些自欺欺人，但我还是抓着她的手，一起往楼下走去。

345

我看着城里最后一道灯火，天几乎要亮了，但阳光还是躲着不肯出来。我走向栏杆，看着微明的晨曦，想象着那些屋子里的人们，无数的人还在梦里，或是正向家人道晚安，亦或是喝着最后一杯酒坐着聊天。是否有人因为心里难受而睡不着？也许有吧，我不晓得。我翻到书的最后一页，但一时之间，我读不下去了。

　　读了这么多页，看着这个故事的发展直到现在，我决定不要告诉你太多。告诉你这些历史和那么多细节，我累了。我回来之后的那天发生了什么事？我不太记得了，有些还清晰可见，有些则全部忘了。我只记得我假装一切都像平时一样正常，我回到了正常的生活，我不知道还能怎么做。我没有告诉过任何人我回到祖母和玛丽亚身边以后的事。

　　回到那种绝望的日子要比假装一切正常来得容易。像其他人那样苟且偷生或者像那些屋里的人们一样寻欢作乐，我会觉得很羞愧，我没有这种资格。很难向你证明我的种种罪状，我能说的只是我一直在为此祈祷。

　　我的故事还在继续，但先不告诉你，我得先说别人的故事给你听。

第七章

安娜突然醒了。到过那儿可以看见下面整座城市的黑漆漆的阳台上之后，她全身颤抖。湖对岸的钟敲击了两下，一阵风将窗帘拂起来又垂下。她拿起桌上的项链，她睡了一天一夜，但现在醒了，呼吸变得更快了。

"安娜？"一个声音从门外传来。是莱恩。"我听到你在呼喊，你没事吧？"

她打开灯，走过去开门。莱恩出现在阴暗的走廊上，穿着整齐，手上拿了本书。"我的房间就在你的对面，听着，莫尼卡如果知道我们这么晚还在讲话会生气的，我只是想确定你没事儿。"

"进来坐一会儿。"

他进去后她关上了门。"谢谢，她更不喜欢我待在你的房间。我不知道她如果觉得我打扰了房客会说什么。"他说。

"你自己就是房客。"安娜说。阿德巴朗坚持在他离开之后，莱恩也要离开那栋屋子以免被监视，所以他来到观山酒店。

他在床边的椅子上坐下，在灯光的刺激下眨了几次眼，她披上毯子过去关上窗。

"暴风雨正向这里扑来。"莱恩说，"你怎么醒了。"

她摇摇头。"做噩梦了，我不喜欢待在医院，这让我想起……算了，下次再说吧。很抱歉，如果吵到你的话。"她耸耸肩。

"我还没睡。叔叔留下了足够我花一年时间去念的功课，大都是政治与法律，我必须要学会它们。他其实离得不太远，随时都可以回来检查我的作业。"

她坐回床上。他伸出手拉着她，又松开。"从现在开始一切会不同了。"安娜说，"我会比以往更加卖力地练习跳舞，我差点儿死了，你知道我的意思吗？"

"我知道。"他合上手中的书，放在地下，然后倾过身子从椅子上看着她。

"怎么了？"

"安娜，你现在好点儿了吗？你在马洛尼亚的时候，我不知道，一定很害怕吧。这是你梦到的噩梦的情景吗？"

她扯紧了毛毯。"也许，有一部分是，天亮后我就忘了。但我一睡着，我又看见了。我看见他们所有人的脸，好像他们真的在我面前一样，那梦太真实了。"

莱恩点点头。"我被流放之后，我也梦到我回到马洛尼亚

348

了。我看见我的母亲与父亲，我就想，多给我五分钟，梦就成真了，我就会回到家，一切都会回到从前。可惜从来都没有那五分钟，我总是在关键时刻醒了。"

两人沉默了一会儿，莱恩看向别处。"我今天一直在想塔莉萨，"他的声音变了，"革命党抓了她，她要被终身监禁。在我的执政下，我的责任之一是公开审判她，定她的罪。这是一古老的传统。"

"你有这个职责？"安娜说。

"我对很多事都有职责，我不愿去想太多。我不愿审判大法师，即使是她。她名声远播，是个名女人，虽然有一张美丽的脸孔，但我很怕她。"

"她很年轻，我记得你说她和阿德巴朗一道在秘密组织服务。"安娜说。

"不是的，她跟阿德巴朗同龄，或者只大一两年，塔莉萨的法力无边，而岁月的痕迹很不容易在这种人脸上看出来，如果真想掩盖的话。阿德巴朗也一样，可能不是改变很多，但你绝对不会看出他已七十岁了。"

莱恩双臂抱在胸前看着山丘上的月亮。"阿德巴朗认为，前朝所犯的错误，我们一定要从中学到教训。塔莉萨不够聪明；卢西雅不值得被崇拜，他们都陷得太深了。"他摇摇头，"他用预言和迷信陷害我，孤立我，使我变成跟卢西雅相反的人，我倒希望他成功了，不过……"他转过头看她，"有时我真希望我只是一个普通的英伦男孩儿。我被隔离起来，即使在英伦也是一样。但我现在有了你，一切都不一样了。我不想成为一个领袖，有时我甚至不相信那些东西，但我能做的只是一步步朝着为我而设的未来。你懂我的意思吗？"

"我懂。你跟阿德巴朗谈过吗？"

"我不想改变任何事。但即使是这样，如果我能跟他像跟你这样谈谈，也会使我更快乐。"他站起来走到窗户边上，"安娜，我能待到你睡着吗？让我留下来，我不在意。"

"可以，谢谢你。"

一段时间之后，她说："卢西雅看起来很像你，我从没告诉过你。"

莱恩苦笑着说："阿德巴朗说卢西雅比我父亲长得更像我。这就是人生呀。"他摇摇头。

"整件事是很奇怪的。如果我住在英伦多几年，我真的会觉得一切都是场梦罢了。"

"李奥，你在做什么？"祖母问。从天色看，已经下午了。我坐在窗台边，就像以前那样，正在写东西。"我以为你睡了。"她说，"你在写什么？"

我不知道，我是睡着了，不过现在我正在报纸空白的地方写东西，好像我必须写下来一样。但那笔迹不像是我自己的，倒像是那本神秘的书的作者的字迹。

那是一个大法师，史德林经常和我聊起的那本书，我丢掉的那本。我翻开书页，有些惊讶。我写的都是同一个东西，是一堆名字：阿德巴朗、莱恩、安娜。

我折好报纸，放回窗台上，不去读它。我一直觉得很可怕，有人一直想要跟我们沟通，一个大法师，可能是阿德巴朗。我不知道该如何想这件事，难道所有这些神秘的事，包括史德林的病还有从奥思塔回来之后一败涂地的生活都只是一个我写下的故事？只因为我太绝望还有一直被那些奇怪的梦困扰着所致？

"枪声停了，谢谢老天。"祖母说。她坐在她的老位子上，拉开窗帘，整个房间明亮起来，而我的眼泪又开始蠢蠢欲动了。我们拉上窗帘好几天了，我走到窗边的阴影下。"你发现了吗，李奥？你注意到很外面安静吗？"祖母说。

我点头，坐到桌子边上。"玛丽亚来过，你在睡觉。她说，她觉得现在出去安全了，报纸又开始发行了。她出去看看外面的情况。"祖母说。

我们没有人知道过去几天外面的情况。过去的几天我们都待在家里，外面的枪响与远处玻璃破碎的声音打破了黑夜的安宁，每天晚上都是如此。有些人说是雅席里亚的军队，也有人说是革命党，但都只是谣言。丹士顿神父来过几次。

如果他知道城里发生什么事，我也不记得他跟我们说过。街上很荒凉，一个士兵也没有。

"他们不会再回来了。"祖母说，好像她知道我心里想的事一样。"那些士兵不会再回来拉走我了，他们是雷声大雨点儿小，年轻的家伙。"她笑了笑，有些微弱地。我点点头。即使如此我还是反复地检查门锁好了没，大概至少检查一百次了。

"情况改变了。"祖母说，"我很确定。我必须要说，我老了，而这来得太晚了。我很高兴今天终于平静下来了，连边界的枪声都没有了。"她走过来坐在我对面。"据说学校都关了，反正你也不会回学校了，对吗？"

我摇摇头。

我坐着好长一段时间没说话。她站起来，挤出了笑容。"我知道我有一段时间走火入魔了，但现在我好了。"她说，"我做了晚餐。"她走进厨房，端回两个空碗放在桌上，"到今天早上我重新恢复神志为止，我到底迷失了多长时间？跟我说实话，李奥。"

她递过一张三星期之前的报纸，上面都是我潦草的字迹。上面写的都是家常琐事：稍晚问丹士顿神父这件事。半个小时，我要做晚餐。上面的这些话，我都不会再说了。我一一过目，把报纸翻过来，阅读每一个空白处的文字。"李奥，到底多长时间？"

我拿起笔，写下，两个小时。

"两个小时？"她兴高采烈地说，"比昨天少呀，真是好消息。"

这不是实话，我每天都少说一点儿时间。"我只记得一点点，我比以前的情况是好了点儿，没那么入魔。你抱着孩子，是吗？玛丽亚跟我说话，而你抱着孩子。"

我点点头，是有这件事。我写道，玛丽亚有时可以照顾你比我照顾得好。

"是的。"她搅动碗里的汤，"她是少有的好孩子。我不知道如果你没有了她，你怎么办，特别是现在这种情况。"她颤抖着说，埋头盯着碗。史德林死了还不到一个月，而我觉得过去这四周好像过了一百年。到现在我都还不能习惯。

"丹士顿神父等会儿会过来吗？"祖母问。

我摇摇头。他早上来过了，那时你说你不认识我，还要我们去找哈洛德回来。我写道，明天，他说明天他会再来，如果城市里没有骚乱的话。

她点头叹了口气。"我突然觉得好累。吃完晚饭后我就要去睡了，你不会介意吧，李奥?"我摇头，舀了一匙蔬菜汤。我尝了一口，差点儿吐出来，她是用冷水做的汤。

祖母上床后，外面起风了。我点亮了灯，放在桌子上，坐在旁边什么也不想。我听见邻居在楼梯间走动的脚步声，然后寂寞和黑暗降临了。九点多，玛丽亚来到门口看看我们是否无恙，然后又回到楼上带孩子。

我不晓得为什么，我坐在桌前把报纸所有空白的地方都用上了，我给我想得到的人都写了信，给我父亲，说他如何不该离开我们；给阿希拉，说我如何不该开枪射杀他；给史德林，说一切想得到的事，包括外面起风的声音，雕花窗看起来是什么样子，他墓前的草长了多长，开了什么花。有一种小白花祖母说很漂亮，虽然是杂草，还是留着不除掉。然后我把一封封信拿到油灯下，一张张烧掉。桌上的火心弥漫出一种热气和刺鼻的味道，我必须离开公寓。

我穿上外套，启程前往墓园。一路上我没有左顾右盼，只有一心向前，一直到了差不多维多利亚大桥我才想起来桥已经没了。房屋这头被一对交叉的木板钉死了，河对岸墓园大门那头也是被一对交叉的木板钉住了，河中间空空如也，只有湍急的河水流淌而过，维多利亚桥已经被炸毁了。

我绕道诺斯大桥到达墓园。我在史德林的墓前坐下来，看着十字架上的碑文。草变长了，木十字架在青苔和霉灰中显得不再那样坚硬。我坐着，想念起史德林。我有三周多的时间没听到他的声音没看见他的面容了，这比我能记得的以往任何时间都还要久。从他还是个婴孩儿开始，我们只分开过两次。一次是我母亲带他到南部见一些亲戚，长达一周；另一次是我六年级的时候，我们野战排拉练到西郊行军三天。除这两次外，他从婴儿时期开始，我们每天都朝夕相处在一起。

史德林死后的一天，二天，三天，我觉得自己还在做梦。我想我会醒的，心想史德林会突然闯进来，证明这一切都只是误会。但梦一直继续而我一直没醒，我想让时间停止，至少回到当这一切事情都还有意义的日子。这世界变化太快，史德林也许会回来的希望越来越渺茫。草也越来越长，木十字架上的字开始风化，一天天过去了，马上一月月一年年也会过去。我感到十分疲惫，这种梦一般病一般的疲累感侵蚀着我，我毫无招架之力。

如果我说我看到城堡上换成了新的旗帜，我那是在说谎。我没有看见。我也没有注意到墙上的标语，我却注意到士兵了。他们全都不见了，城里没有一个士兵，我一直在找他们的踪影，大街小巷全没有。街上一片荒凉。

你在做梦的时候，其实不会知道何时会醒，有时这会使你很害怕。那是阿希拉倒下之后为何我会一直觉得疲惫不堪的缘故。我回到公寓，知道自己睡不着，于是我拿了一大摞碗盘带到楼下的院子去清洗。我本来可以用瓶子装水提上楼的，但我没有力气了。

院子里很静，水龙头的影子在月光下拉得长长地铺在地上。我在月光下洗碗，抱着它们又走回楼上。这么安静，我想这公寓的所有人都睡了，祖母也睡了，我从墓园回来之前她就睡了。

我回到家里，把盘子在桌上放好，关上门。突然间我觉得我好像不再做梦了，我意识到我做过什么，一周前，我杀了阿希拉，看着他在我脚下的泥泞中死去，而我现在一切如常，洗着我家的盘子。我开枪的时候没有想太多，没有想到枪声会让我一直睡不着并且充满恐惧。现在，好像我回到了正常的生活，但事实上我怎能做得到？我怎能相信一切又变得正常起来？

我真心诚意地希望我能离开这个家不再回来，让所有东西都覆上尘埃。祖母睡着的脸，半映着月光，逐渐老去。我不再确定我的家人受到保护了，祖母有点儿神经问题，而史德林死了，我却杀了人。我的人生毁了，我还在假装一切正常，虽然我知道自己再也不能让这些事回到正常的状态。

我在安静的公寓走来走去。史德林的靴子，仔细摆好的鞋带，祖母的老椅子，孤单单空荡荡的房间，好像祖母已不在人世了，这使我感到伤心害怕。我突然觉得我不能再待在这里了，我想到别的地方去，我想被流放到其他地方。我回家是因为我害怕如果我不在祖母那么孤单会发生什么事，我回家是因为我不能自杀，不能这么做。现在我回到正常的生活，仿佛忘了史德林和阿希拉的血是沾在别人的手上一样。想到这些我就痛苦——我穿得人模人样，到楼下汲水，但其实我是一个杀人犯，却没人知道。

"李奥？"一个声音在我身后传来，我转过头。我想我大概并没关上门，因为玛丽亚站在我身后，抱着安塞恩。她放下一张报纸在桌上。"我想让你看看这个，我睡不着。"她说。

那是一张旧报纸。"你看，他们全死了。"她指着一排名单，上面都是卢西雅的权贵人物、军事统帅等等。"这让我感到一丝悲哀，不知为什么。"

阿希拉的名字在上面。他的名字在名单上特别显眼，好像我认识他一样。字都是铅字体，他在那名单上全是因为我，因为我扣了扳机。

我恶心着，全身颤抖，赶紧把报纸推开，扶着桌子稳住身体。然后我又感到没有什么东西可以支撑得住我，我就要坠落深渊消失了。我跪在地上哭起来，淌着眼泪。

"李奥，"玛丽亚说，"噢，李奥，这不公平，发生在你身上的事太多了，你只是想照顾史德林……"她说了一半，伸手摸了摸我，紧紧抓着我的手。

但我可能是咎由自取，一切都是活该，我是这样感觉的。因为我是一个杀人凶手，我希望自己遭受惩罚，我希望有人向我报复，我希望我变成一个士兵，然后因为犯下此等罪过而被判死刑。

我应该第一个遭受惩罚，因为我恼羞成怒做了那么多过分的事。我愿意用任何东西来交换，如果我没有犯过那些错。我回到泥泞的街头，因为憎恨这个国家的每一个士兵而瘫软在那里。如果重新让我有选择的机会，我闭上眼，祈祷回到从前，但其实我知道这根本不可能。

"别瘫在地上，李奥。"玛丽亚说，"让我帮你起来。"她把孩子放在沙发上，孩子哼哼唧唧一副要哭的样子。我努力挣扎着要起来，一下又瘫在祖母的椅子上。我克制不哭出声，但一直激动得发抖。我把头埋在膝上，她抱着我让我镇定下来。

安塞恩一直在哭，她拉过一张椅子坐到我边上来。这让我回忆起那个周日晚餐的聚会，她来我家里，史德林提议我们找天去野餐的那天。现在一切都不一样了，一点儿希望都没有了。"安塞恩需要喂奶。"玛丽亚带着鼻音说，"对不起，李奥，你介意吗？"我摇摇头，看着她喂奶给小孩儿，我怀疑自己以前曾经爱过她，爱对我来说已经不是全部了，只是没有意义的字眼。所有事情背后的魔力都不见了。

安塞恩渐渐睡着了，她将他安置在沙发上。"抱歉，李奥，"她悄声说，"现在我们可以谈了。"但我不能。她拿出一张纸，可我的手抖得太凶不能写字了。

"我会只聊一些平常的事。"她说。我点头。我其实不想听到平常的事，但我又不想她把我一个人留下来。

她实际上也没谈什么事情，突然她说："好多事儿好混乱，李奥。"她哭了起来，伤心欲绝的。我以为她说的是我的生活，但怎知她说："有时我觉得好迷茫，我只是希望……只是希望我有一半的事没做过就好。但太晚了，我本来有一个美丽的人生，可是现在全部被我亲手毁了。"她握着我的手说。

我拿起笔写着，告诉我。我的字迹像小孩儿一样幼稚，因为手一直在抖。我们都很迷惑，我想。我们都想为对方指引出一条路来，但我们俩都不知道出路在哪里。

"我不能告诉你，我很抱歉，你不会想听的。"我想起有一次我们在院子里的谈话，当时她才刚搬到公寓。我好希望我当时能多陪陪自己的家人，祖母和史德林。

"你不会想听的。"她泣不成声。

我很费力地写道，我愿意。

"我能把全部都告诉你？你不介意？有时我觉得自己要疯了，如果我不告诉任何人的话。"我点头，示意她继续说。我希望她能多说说自己的事而不是我的事，我想她明白这个道理。

"就是……"她吞了一下口水，"我要解释，我，我好可耻，李

357

奥。"她又抽噎了一口，"我本来有一个很美丽的生活，我不用为任何事情担忧，我还有一匹小马，一栋很棒的屋子，我的父母也相亲相爱。我是一个跟现在完全不同的人。我以前看着我们现在住的地方，心想这里面住的人好不真实。我告诉过你，我以前多富有呀。"我点点头。"但我告诉你的时候，可能给你的印象好像那是很久以前的事了。"

她摇头。"你知道，当你有一个美好的生活，你会认为那会持续到永远。我不只是有钱，而且开心。但现在我才发现没有人可以一直开心地过日子。有些事破坏了它。"她用手拭了拭泪，可还是一直流。"我没事，事情不再那么糟糕了。我知道还有一些事情可以让人开心起来。人们还要为其他一些事活下去，一定要这样，要不然，你怎么承受得了？"说到这里我才明白，她并不是在聊她的事。

"我知道，但有时我只是希望所有事情都像以前那样单纯，以前我常去舞会和派对，与那些有钱人和名人交往。我跟年轻人打情骂俏，看着我父亲难为情而自己却很开心，你知道，以前我幻想着要嫁个有钱人。我每天想的是，我要怎么穿戴要怎么做才不会失礼。那些日子我好担心呀，我知道都是我的错，但我想告诉你……我能告诉你安塞恩的父亲的事吗？"我点点头。

"我在一个舞会上遇到他，是在他家。我们一起跳舞，那年我才十四岁，我实在太笨了，太轻佻了；我没有想很多，我没有想清楚他是什么样的人或是我喜不喜欢他，我只是想跳舞。然后他带我离开了舞池，我以为我们要去阳台。我一个人跟着他走，因为我喜欢他看着我的眼神，以为他是真的爱我，我喜欢人们在背后议论我们。

"他带着我一直走，远离了所有贵宾，我知道为什么，我当然知道。"她专注地看着我们握在一起的手，它们都在发抖。我不知道谁先开始的。"我假装不知道他在想什么，假装不知道。他带我去了他的房间，我当时应该立刻就走的，但我不好意思这么做，因为他是很重要的人物，是在政府里的要员，我父亲常跟我说要小心他们。我以为自己也许爱他吧，我简直野得很。一些男孩儿老要我嫁给他们，我也经常跟他们接近，但跟与你年龄相仿的人在一起是不同的。"

她的手跟我一样抖得很厉害。"噢，李奥，那简直是一个天大的错，现在只要我一想到这些，就会觉得自己坠入了无底深渊。我总是幻想当时我逃走了，而事实上我没有。他一锁上门，我就知道这是一个错误了。我害怕得说不出话来，然而一切都太晚了，他也不会听我的。最后造成了我现在的结果。

"我以前常担心我父亲会战死在边界，而且这都是我的错。安塞恩的父亲一发现我怀孕了，就要求我嫁给他。但我不愿意，我讨厌他。从他一锁上门开始我就恨起了他，而且我很怕他。我告诉他我愿意，但我担心我父亲不同意。我妈说我应该要嫁给他，但我爸爸说，除非他死了，要不然不准我嫁给这个人。安塞恩的父亲恼怒了，他要求卢西雅免去我父亲银行的工作，把他变成一个士兵去充军。我不敢告诉别人，我害怕他会杀了我父亲，所以没人知道安塞恩的父亲是谁，除了我母亲、父亲和我。我真的无法忍受我的孩子有一半是我仇人的骨血。"

她仍然呜咽着。"我本来快要遗忘这些了，但突然我父亲从战场回来了，我听说安塞恩的父亲死了，现在我好迷茫，我不知道该怎么面对。一切又都摆到我的面前了，我简直要发疯了。我不能告诉任何人，我以为自己真的爱他，我觉得没有嫁给他让我有一种罪恶感。但另一方面我不知为什么，我就是恨他。"

我想起一件事。我抖得更猛了。我拿起报纸，急急写下：安塞恩的父亲是谁？

"噢，李奥，我不能告诉你。我就是不能。"她哀求地看着我，但我知道她会告诉我的。我突然写道：那就别说。

我抖得很凶，她也是，然后她搂着我，我们都哭了，像两个迷路的，没得到任何安慰的孩子。"我知道你一定看不起我，李奥。"她抽泣。

"我不能忍受安塞恩是那人的儿子，我以为看到他死，我会很高兴，但我只是觉得很内疚。他被杀了……"她把脸埋在我的肩上，"他一开始就被杀了，就在革命党的人在街头和士兵对抗的第一个晚上，一堆政府要员都在那晚被杀了。"

我用力握紧了她的手臂，她挣开了，泪如雨下，把安塞恩抱起来，泪水像珍珠宝石般跌落在孩子的脸上。"听着，李奥，我刚刚看到报纸说，一切又重新改变了，"她一边说一边抽泣，"我不知道我该怎么想，但这是真的，国王要回来了，卢西雅死了，他们说革命成功了。"

很长一段时间之后她才能够用正常的语气说话，我也才不再颤抖。她告诉我报上所有的事，说得很详细。我本来不相信，但她把我拉到窗前，打开窗指着城堡说："你不认识那个旗帜吗？橙色的，和我们五岁之前老挂在那里的一样。你都不记得了吗？"

自从我父母离开之后，我抹去了大部分儿时的记忆，但现在站在窗前，看着远处在月光下显得银灰的堡楼上飘荡着旗帜，我知道自己还记得。

我以为我会告诉她，我本以为我会跟她提起阿希拉，但我不能。我拿起她给我的纸，犹豫不决。最后我写道：让我来告诉你一个故事，在史德林死前发生的故事。

很奇怪，我竟然在泪流满面激动万分之下，写出的字句听起来还是那么冷静与理智，其实我的心都碎了。我只想我们两个人都脱离这令人伤心的房间，到另一个世界。我祈祷奇迹能出现，然后我用写的文字告诉她，写字的手抖得像祖母写字一样，告诉她那本我拾获的书，告诉她那上面怎样出现了书写和故事，还有史德林与我读过的篇章。以及后来我将其撕成两半丢掉，和最后发现所有故事都是我自己写的。

"你有魔法？"玛丽亚含着哭腔说，"我知道，我一直知道。"她哭得更大声了。

"如果我像你一样有魔法，我会一直待在那里。我会梦着我一辈子都在英伦，而不是活在这里。"她抓着我的手，说，"你现在能看见英伦吗？求求你告诉我，李奥。"

但我做不到。我搂着她，她抱着孩子，我们一起等着天亮。

月光在莱恩的脸上闪烁着光芒。安娜坐了起来看着他，是阳光唤醒了她，光芒在湖面上散开，铺在草地上，射入窗里，房间里一下白亮起来像个雪柜。她不知道一共过了几个小时。她睡着之后，他一直从窗边看着星星，而现在只见他在哭。"你怎么了？"她问。

他转头看着她。"我想你睡着了，"他很快抹了抹泪，"我不知道，安娜，我最近老爱哭，我叔叔可受不了。"他努力说笑着，但很难入戏。

她坐在那床沿看着他。"你为什么哭嘛?"

"是阿德巴朗在家乡写过来的消息。"他手中拿着本书，但他现在合上了，

"他想让我回去看看，我在这里太久了。我开始想家了。"

他放下书，眼中的泪流了下来。"还有就是因为你今晚跳的舞，也许我在晚餐时喝太多了，也许是的，莫尼卡经常因为获得高价订房庆祝吗?"

"她只有最近是这样的。近来生意冷清，结果有一团人订了整个九月的房，那可以让我们渡过难关。"

他点点头，一直擦拭眼泪。"我很抱歉，我不知道我为什么哭。"

"我了解，"她说，"不必告诉我，你一定很想家。"

他抓着她的手，没有说话。"我想你已练习好舞蹈了。"

"是的，今晚已练到某个程度了。"

他和她的手指紧紧交叉握在一起，皱起眉头好像只在想这事。然后他松开手，闭上眼说:"安娜。"

湖对岸的钟声敲响两点。星星越来越亮越来越大，但他们俩没有注意。"莱恩，听着……"她说，轻轻揽着他的肩，没有继续说下去。

他摸了摸她的脸静静地看着她。然后他缩回手，又闭上眼，"你知道我的感受，也许我应该走了，夜深了。"

"别走。"

他背对着她，坐在床沿上。她突然抱着他的肩，她的脸紧贴

着他的脸，她可以感觉到他吞咽的动作。她想退回来，却情不自禁地吻了他的脸。

他转过来吻她。"哦，安娜。"

月光照着他俩。"你让我走吧。只要你说，我就走。"她摇摇头。

如水的月色把她的脸映得银白，她搂着他脖子的手臂在月光下像是别人的。然后她在他旁边躺下，他看着她的脸一动不动。"安娜，你爱我吗？"他说。

"你为何问我？"

"因为我必须知道，否则……"

"我爱你，当然，我当然爱你。"

他默默地笑了，一副不相信的样子，然后抬头看着她的眼睛。"我要回家了，也许就是明天，或者后天，我不知道要怎么说，安娜，我爱你，我真的爱你。我想留下来，我发誓……"他住嘴闭上眼，"我不知道，我该不该留下，我该离开吗？"

"留下来，别说话，只要留在这里。"

在清晨的寂静时分，酒店依然黑暗，还要几个小时才会忙起来。莱恩说："如果我回家……"

"是的。"她说，她的头靠着他的胸膛，听他的心跳。他抚摩着他的肩膀，是如此的温柔。

"如果我回家，你怎么办？我会不再相信这个地方的存在，我会认为英伦只是一个童话里的国度。而你在这里，我怎么能这样认为？你可能会成为一位出名的舞者，而我看不见了。"

"我不再懂舞了，一直是因为你我才懂。"她说。

他们静静地躺着。她渐渐睡去。"我真希望我们能结婚。"莱恩突然说。

"你说什么？你头脑还清醒吗？"

"是的，"他转过头看着她，"我希望跟你结婚，我是认真的。那就没人可以让我们分开了。我向你求婚，安娜……"

"你说什么？"

"你愿意嫁给我吗？"

她伸出手摸他的头发，然后缩回来闭上眼。"我愿意，是的，我愿意。"

"安娜，你是认真的吗？"他问。她没回答。他用肘碰碰她，然后静静地笑了。安娜睡着了，莱恩只是躺着，很清醒，他的手搂着她，看着黎明照亮了湖面。

安娜很早就醒来了，莱恩的脸靠着她。她的头枕在他的手臂上，他用右手抱着她。她轻轻地将他移开，起身穿上衣服，走到窗前。在黑暗之中，所有东西都充满着魅力，而在晨曦之中，一切都是迟缓的。鸟儿在树间跳跃，他们的鸣叫声清澈得像是空中的冰雪。安娜把头贴在窗框上看着外面，莱恩睁开眼，他欠起身看着她，又躺回枕头上，用手捂住脸。"抱歉，真的，我应该在半夜就离开的。"

"你不应该离开。"她说。

"过来，"莱恩说，他坐起来看着她。她走过来在他旁边坐下。他忧心忡忡地看着她问："我们之前的事没变吧？"他说。

"当然没有。"

她瞅了一眼放在他身后桌上的照片，莫尼卡拿下楼的。她父亲绽开的笑容似乎已赞同她的决定。她没看外祖母的照片。她顺手摸了下项链。"怎么了。"莱恩说。

"一切都失控了。"她说,"你不想犯错,但有些事控制不了。"

"你是在跟谁忏悔?"

"我不知道,莱恩,我觉得我们不该……"

"好,那就算是我们喝多了,你跳完舞又工作了一整天太累了,而我太想家了。如果是这样的话,没关系。只是这改变不了我的感觉。你呢,安娜?你的感觉有变化吗?"

她看着地上的阳光。"我必须好好跟你谈谈。"他静静地说。

他俩默然地穿上衣服。才早上五点钟,屋里屋外还没有动静。安娜站在窗边。

看见湖上的雾缓缓地飘散。"安娜,听着,你记得昨晚你说过什么吗?"

"我昨晚说过什么?我说了很多事。"

"就在几个小时前,我问你愿不愿意嫁给我的时候。"

她转过来看着他,但却看不懂他的心思。"你没问过我。"

他看向别处,然后弯下去整理床铺。"莱恩,你是开玩笑吧?"她问。

"别说了。"

"莱恩……"她抓起他手中的被单,于是他看着她。"我们才十五岁。"

"我家乡的法律和这里不同,十五岁,可以结婚了。"

"你是认真跟我提的?或者你是迷迷糊糊说的?"

"我当然是认真的。"

"我记得你说你要回家了。如果你娶了我，你怎么回去？"她顿了顿，"你是说我跟你回去？"

"是的，我就是这个意思。"

她在床沿坐下看着他。"我昨晚不愿睡着，"他走到窗前，"我躺在那儿希望太阳永远不要升起，因为我不想去任何地方，除非哪里都有你在。然后我又想，为什么不呢？为什么不能一起走呢？你看过那城市，你已经是那里的一部分了。为什么不可以呢？"

"那座城。"她说。那只会让她想起塔莉萨年轻的面容，那个叫达瑞尔的，还有流淌在城堡中的血。那都像是梦中的照片一样遥远。"我在那里能干什么呢？"她问。

"我们能在一起，安娜，我这一生都想要回到那里，但如果我不能再见到你，回去也没有意义了。"

"回去对你来说很容易，莱恩，你只要回去，那地方就在等着你。"

"为什么？就因为我是太子？因为我是国王？因为这就是我的宿命？"他摇摇头，"不是这样的。有人说我有'王者之眼'，结果大家都信了。这可能是哈洛德·诺斯第一个写的，我不确定，他是一个很有影响力的预言家。第二个呢，是整个国家的人都把我套进阿德巴朗的预言里，他在英伦规划他的伟大计划，我的人生。每个人都觉得这是我的宿命，好吗，回去，的确，是我的责任。但这不一样，我不是因为负有责任才要这么做，不是因为我是一个大人物才这么做。"

"前几天你才告诉我说，我必须成为一个舞者，你是这样说的吧？"

"你到哪里都能跳舞，安娜。"

"不对。我只属于这个国度。我怎能到一个我认为不存在的地方去？我都不知道我能不能待在那里，我想我一觉醒来就回到英伦了。"

"但我不能留下来陪你。跟我走吧，要不我的心会碎的。"

"你能严肃点儿吗？坐下来认真跟我谈谈。"她说。

好一阵没人开口。"也许，你跟我说你爱我，不是认真的。"他说，"但在我的国度，你爱某个人又告诉她的话，她就不会离开你了。如果昨晚发生的事发生在我们国度的任何人身上，你就必须娶她。你们会永远在一起不分离。但你可能不是认真说的。"

"我没说任何事我不是认真的。"她提高了嗓音。

"那又怎样？告诉我接下来该怎么办？"

"莱恩，如果你是一个英伦男孩儿，我会等个三年四年，然后嫁给你。但这件事不是这么简单。"

他想跟她说，爱就是简单的，但他改变心意了。"我们彼此认识不够久，"安娜说，"而你必须要走，我必须要留下来。我看不出能有什么改变。"

他们看着阳光一步步升起。他摸摸她脸上的伤，伤快好了。"安娜，我走后你会怎样？我想知道。"

站在窗前，她告诉了他。几年后，他会回想起这些事，她住在镇郊的一栋平房里，下面有一广场，早上她会在那里练习跳舞。她的老朋友们也住在平房里，就在附近，或者就在楼上，或者就住在对面。"都告诉我，我会记得你说过的每一句话。"

但她不说了，有人向他们走过来。莱恩转头去看是谁。一个高个儿的人，以平缓的步伐向他们靠近。草皮那头，阿德巴朗停下了，抬头望着窗子。

然后有人敲门。"安娜，你起床了吗？"莫尼卡说，"出来，帮我做早餐了。"

莱恩看了一眼安娜。"我要收拾行李去了，"他压低嗓门说，"你下去帮莫尼卡吧。我们会在岸边等你。"

屋子显得很封闭很安静，安娜走过门前的广场，有人叫她的名字，她转过头。莱恩穿过树下走过来，她在他面前停下来。"你要走了？"她顿了顿说。

"没有你的项链我哪里都去不了。"

她摸了摸项链差点儿笑了出来，然后又认真起来。"我差点忘了这事，和其他的事。"

"其他的事，"他说，"对，还有昨天晚上的事……"

她摇摇头。"你为什么穿成这样？这是马洛尼亚的服装？"

他点头。"他们的样子跟我在这里穿得很像。我会习惯的。"

阿德巴朗靠上来。"我们得马上走了，"他转头看莱恩，"为了安全，我把时间控制得很紧，部队不像我希望的那样经验丰富。"

莱恩的视线一直落在安娜眼睛上。阿德巴朗转过来看着她。"我们的人马已经过来帮我们撤退了，我们不会再见了。"

"你们不会回来了？"她问。

"我不会回来了，我在这里没有牵挂了。我们都没有，我们俩都没有。莱恩必须将英伦抛诸脑后。"他看了她一眼，"也许他不会完全这样吧，但我们是不会再回来了。"

莱恩看着她的眼，想说什么，然后又闭上嘴。阿德巴朗把手放在她的肩上。

"我会记得你的，安娜，"他说，"过去这些日子让你烦心了，我们都是，但我很骄傲有你这样的侄孙女，你会成为了不起的舞蹈家的。"

"你怎么知道？"安娜问。

"我就是知道，"阿德巴朗说，"我一直都看得出来。"

安娜看着他，但他转过来看着莱恩。"我在那里等你，你快点儿。"他轻轻拍了拍安娜的肩膀，"再会了，安娜。"

阿德巴朗转身往树林里走过去。他们看着他穿过阴影走过阳光又穿过浓密的树丛阴影，走到阳光灿烂的小教堂边上。他转过头，望了望整个山谷。有几次，他在视线中消失又出现。她以为可以再见到他，也许他就出现在教堂的窗子里，但她望了很久，阿德巴朗没再出现在视线里。

莱恩转头看她。"拿去，"她取下项链，强忍着泪把项链戴在莱恩的脖子上，但那一刻他们谁也不想进行下一步。

"也许有一天，我们会结婚，"莱恩说，"我们应该在一起的。"

"也许吧。"她甚至没有心情去握他的手，因为她的心，痛极了。她双手抱着胸，看着脚下的土地。

"安娜，昨晚，"他说，"我没想，我想我应该……"他顿了

369

会儿，"如果你……"

"没事。"她说。

他一副想要再说下去的样子，然而他放弃了，只是摇头。他从口袋里掏出一样东西，那是他自己的项链，上头有安娜项链上少掉的那一颗宝石。"这个你留下，"他说，"这个留下没关系，安娜，我保证我会一心一意地在几年后回来找你，但我不知道我回去之后会发生什么事，我什么都不敢确定。"

她默默地收下。"安娜，听着……"他想把话说完，但她把手放在他肩上，他没再继续。

她抬头看他。"你里面穿了防弹背心？"她问。他抓着她的手，和她的五指紧扣，只是看着她。"莱恩，你穿了？"

"我不用穿，"他顿了下，"这只是安全措施，阿德巴朗要我穿的，没什么。"

"你会没事吧？"

他故作潇洒地笑了。"我的命硬，我会没事的。"然后呵呵地笑了，看得出那只是挤出来的。"走吧，我们该往教堂走了。"

她一直跟着他，步行穿过树林，加快了步伐，安娜把步伐调得跟他一样，拉着他的手。"莱恩，等等。"她说。他们涉过矮树穿越过那些长刺的植物，她松开了手。

云弥漫着遮蔽了太阳，雨滴落下来。安娜一步步朝向教堂走着，莱恩在树林里消失了然后又在前面出现。雨越来越大，她朝教堂跑去，但他越走越远。最后莱恩消失在她的视线里了。

阿德巴朗跪在神坛前，莱恩静静地走到他旁边，外面的声音很嘈杂。"叔叔。"他把手搭在阿德巴朗的肩上。

阿德巴朗转过头。"我们回来了，英伦好像一场梦一样。"他站起来，摸了摸莱恩的头，好像，莱恩是他自己的儿子一般。"我们可以出去了吗？"他问。

他们肩并肩地走向外面，教堂的走廊上铺满了各式各样的花朵，它们和地上那厚厚的落叶一起，铺就了一条教堂通往广场的华丽的地毯。橘黄色的旗帜在城堡的顶端飘扬着，人群聚满了广场，一直延伸至要塞街。一位美丽的棕色头发的女孩儿抱着一个婴孩儿站得离教堂的门口最近，那孩子正在哇哇大哭。当看到莱恩走出门口的瞬间，广场上顿时一片欢声雷动。

莱恩想要调头离开，但阿德巴朗却一把抓住他让他继续向前走，一直走到阳光底下，淹没在了人们声嘶力竭的欢呼声中，淹没在了从天而降的花雨之下，此时此刻，胜利的乐章响彻云霄。刚才莱恩似乎听到安娜在后面叫他，才想着转头走回去，但是很快，他就收起了这份心思。

在英伦的树林里，安娜几乎要赶上他们了，她听见空气中有微微的欢呼声，于是越走越快，但最后他们都凭空消失了。她以为自己还能再看到莱恩一次，然而过了很久都没有，莱恩再没出现了。她只是觉得有千万个灵魂飘荡在四周，但她就是看不见摸不着他们。她摸着脖子上的项链，莱恩曾说过，摸着它就可以看到马洛尼亚，而她眼前看着的那条路却显得那么虚无，树林里死寂无声。

安娜走过草皮经过那个荒凉小屋的时候，有人向她跑来，是莫尼卡，手中挥舞着一沓纸嚷着。

"干吗，你这是？"安娜说。

"你知道莱恩和菲尔德先生永远离开了吗？"莫尼卡高声说，"你从没告诉过我，安娜！他们留下这字条，留给我这个，我回到厨房才见着的，安娜，你事先不知情吗？"

"这是什么。"安娜问。莫尼卡走近她，屏住了呼吸，笑呵呵地。她拿出那资料来，但她的手抖得太厉害了，安娜看不清那上头写的是什么。

"上面的签名都是真的，我跟律师验证过了，这是有效的文件。"她看了一眼那屋子。"菲尔德先生呢？还没走吧？"

安娜点点头。"他们走了。"

"他们搭出租车走的？刚才路上有辆车经过，我没想到车里会是他们，我来不及和他们说上话了？"安娜点点头。"那你在这里干什么？我以为你会去送他们。"莫尼卡说。

"我只是随便走走，你拿的是什么？"

莫尼卡笑得合不拢嘴，把文件交给安娜。"你看，我不知他们为什么这样做，我告诉过你，他是一个怪人。安娜，菲尔德把屋子留给了我。"莫尼卡用手指了一圈，包括那一公顷的树林子和偌大的草皮。"这些全部！"

"他都给了你？"安娜说。

"如果这文件有效，律师说有效。"莫尼卡说，"以后你就可以在这里练习跳舞，为表演作准备了。我现在就去城堡里找律师问个究竟。"

她们一起往回走。莫尼卡离开之后，安娜就开始打扫餐厅的地板，而房客们拉着行李在走廊上来来往往，叫骂着孩子，一切都同往常一样。过了很长一段时间，莫尼卡回来了，高兴得手舞足蹈，也不在乎是否会弄坏地板了。她宣布自己将在湖边开一家新酒店，而那会成为此地最大的酒店。安娜静静地听着，放下扫帚说："我得练习舞蹈，我想我该回家了。"

莫尼卡停下来说："你真是一个乖孩子，安娜，我真幸运有你这样的外甥女，你妈妈一直以你为荣。回去练习吧，我可以找个临时工，如果你没拿到奖学金，我会卖掉一些地来支付学费，让你进舞蹈学校。"

夜幕已完全降临了，巴士缓缓停靠在广场边沿。雷声刚刚在市中心的高塔上空划过，雨就淅淅沥沥地下了起来。巴士司机跟着收音机哼哼唧唧地唱着，指头在方向盘上敲打着节拍。安娜拿起行李，安静地走下车。

塔上的灯光在雨雾中显得异常明亮。巴士走远之后，安娜站在那熟悉的街头转角，仰望着前方。她家里的窗是亮着的，透过窗户能看见她的母亲在房间里走过。她穿过广场，走上门前的台阶，走进了家。她关上门，好像已经把英伦关在了门外，整个世界安静了下来，仅剩下如碎玻璃般的淅沥的雨点，和几条街外车子经过的声音，如此而已。

"你说，那都是真的吗？"玛丽亚问我，"你说梦到的英伦，你觉得真的存在吗？"我不知道，我也曾经怀疑过。史德林和我从学校回来时，也曾经针对这个问题讨论了很长的时间，他病重时我念那本书给他听，他也是深信不疑的。我只是觉得这不过是消遣，只是个故事罢了。

现在这本书也不见了。

玛丽亚擦了擦眼泪，站起来去烧水泡茶。她跟我说了太子回来前的事以及报纸上如何号召民众到广场去欢迎他。我没有专心听她在说什么，只是在想，她怎么能在晚上那样绝望地落泪又能在天亮时若无其事地起床去泡茶，她在厨房里走动的身影既像是祖母，又像更早以前的某个人。

孩子哭了，她低声说："李奥，你帮我抱抱他好吗？"

我抱起孩子，孩子向我眨眨眼，伸出一只小手抓我。我感到惊讶而疲惫，像是一个久历战场的人只想躺下来歇息一样，但我还是抱起了孩子，因为玛丽亚需要我帮她，可是我没有资格抱这孩子，我一直这样想，我承受不了了。可她在厨房太忙了，我不能这样，现在没人可以照顾这孩子。我能做到的只是不让他跌倒，这就是我想回到的正常生活？因为，最终，我没有其他的选择。

我抬起头，看见东郊山丘那里风光明媚。那是种能带我回到现实的曙光，能把一切都拖出黑暗的曙光。城堡里的每一块岩石，还有我搁在书上的手都在这曙光中明晰可见——只是这城市还在昏睡。我的故事几乎全讲完了，在此之后没有什么可以再告诉你的了。

玛丽亚在那些极度悲伤的日子里拯救了我，而祖母更衰老了，有时她接连两天都神志不清。孩子经常在我的怀抱中酣睡，而玛丽亚正努力跟祖母说话帮助她恢复过来。每当我觉得就要不支倒地昏迷不醒的时候，她都陪在我身旁。那些日子我好害怕，一想到阿希拉我就发起抖来。

史德林曾经和我谈过安娜，我们那位英伦的亲戚，我从书上知道的人物。我不太肯定我那次在山丘上是否真的和她说过话，或者那只是另一场梦。但不论如何，要不是她的出现，我当时已扣下扳机了。我还真觉得回来是对的，我做错了那么多事，但现在想起来，如果我自杀了，就会成为我将要犯下的另一场错误。死并不能一了百了，甚至也不会让痛苦消失。

很久很久之后，我又梦见了安娜，我见到她行走在城市里，要去某地旅行，脸上的光线忽明忽暗，那是我最后一次想起英伦。我现在将它写下来，把我见到的最后画面记录下来。

第八章

安娜一只手把玩儿着脖子上的项链，巴士从街头驶过。透过车窗，她见到夜空中的星星，心里想着，莱恩是否也正在看着这些星辰。然后她闭上眼，尽量不让自己去想这些事。

不久后，巴士在广场边上停了下来。她缓缓地走下车。

"安娜！"有人从阴暗的角落里叫她，是一个男孩儿的声音。安娜转头去看个究竟。

"布莱德雷，你吓了我一跳。"

他笑着朝她走过来，他是安娜的朋友。而在那遥远地方的莱恩，面容已经有些模糊了。"我一直看着巴士开过来，我想跟你谈谈，已经好几个星期没有见到你了。"

"我去上了一所新学校，"安娜说，"所以我回家晚了点儿。"

"我一直在你家楼下等你。很久没见到你，想你了——我们都想你。"

她勾着他的手臂。布莱德雷燃起一支烟，俩人一起走回家。

"看看你穿的这身制服！真是很大的变化，果然是新学校。你觉得新学校好吗？"

"有时我都不太相信我去那里读书了。我们一天要跳四个小时舞，你该看看那舞蹈教室，还有九个舞蹈老师，但……"

"但是什么？"布莱德雷专注地看着她。安娜耸耸肩叹了口气。"我想跟你说，你看起来真的很不一样了，完全是另一个人。五岁时你就说要去念舞蹈学校，现在，我不知道，反正你怪怪的。"

"我没有怪怪的。"安娜说，有点儿不以为然。

"是因为那个叫莱恩的男孩儿？你还想着他？"

他们安安静静地走上台阶，朝着安娜家走。"我还没从回忆中走出来而已。"

"你为他伤心难过？"

"我不知道，"安娜说，"这些日子我觉得很难受，这感觉很奇怪。每当我坐着穿鞋的时候，我知道自己必须要在教室出现，必须要练习舞蹈，但我感觉好难受甚至都不想站起来。"

他转过头看着她，想要说点什么，然后他决定什么也不说。安娜静静地看着他。"我要进去了。"她说，她打开门闪身进去，避开了他的眼神。布莱德恩待在那里，看着安娜走进房间，关上门。"莱恩。"她喃喃说了声，房里仍然一片安静。

在很远的地方，莱恩正从桌子看过去，眼神一直延伸到黑暗之外。他摸了摸脖子上的项链，又松开，低下头伏在纸上，签上自己的名字：凯希亚·铎纳华，马洛尼亚之王。墨汁在纸上洇散开来，他推开那香信，又一次抬头看着眼前的城市。阿德巴朗曾经告诉他说，他会很快忘了英伦，因为每个人都是这样，只要一离开没多久，就会忘记。他对英伦的印象真的越来越模糊，就像是儿时的记忆或是一场熟悉的梦一样，但这绝对不是忘记，他忘不了。

我想要掐死某个人，我看不清他的脸，他是一个士兵。我们在地上打斗着，旁边是祖母和史德林、玛丽亚、丹士顿神父，还有阿德巴朗，所有的人都对我大叫着要我住手，我也想住手，我努力了，但我的手不愿意松开。我拼命让自己醒过来，我知道只要我立时醒来，我就不会杀了他，但我的眼怎么也不愿睁开，阿希拉的脸和我凑得很近，一脸苍白地瞪着我，毫无生气。

我猛地醒过来，害怕得差点儿要吐了。在做了那梦之后我不想再睡了，我起床走到窗边，夜空中依稀有些星星，月亮显得既惨白又虚无，月光下的任何东西都是银色的。这个晚上，秋天的第一层霜覆盖了一切，渗进了城市的每一个屋顶和房子每一个阴暗的角落。我在窗边一直站到日出，我梦到相同的情景好多次了，而且以后还会再梦到好多次。但我记得那天我是怎么醒的了，因为那天你回来了。

公寓里开始变得嘈杂没多久，就传来了敲门的声音。我没听到谁从楼下走上来，我一直在想事情而忘了自己在什么地方。祖母在睡觉，所以是我去开的门。门前站着一个灰色的男人，在对着我笑，看起来活像一个骷髅。"李奥纳德？你一定就是吧。"

我没有回答。"我最后一次见你时，你还只是一个小婴孩儿。我只是过来看看你。"

　　他从自己的口袋里拿出一本书问："这是你的吗？"

　　那笑容和那正式的问候其实是佯装的，你早就知道我们。我瞪着那书一言不发，一本黑色皮面、伤痕累累、用胶布蘸着胶水重新粘合的书。"我试图重新将它粘好，但即使是大法师也没办法把破裂的东西真正重新黏结起来。"你说。

　　我从你手中接过书，翻了翻，文字都还在，只是有些部分退色了，还沾着点儿泥巴，有点儿破损。"你想要回去吗？"你说，"你需要这个吗？"

　　我没有回答，但我让他进到屋里，这时我听到隔壁祖母的动作声，不一会儿，她就走出了房门。她穿着睡衣，喃喃自语地说着哈洛德和亚瑟的事，像以往一样神情恍惚。

　　但这一次因为你在这里，她没有发疯。"玛格丽特！"你叫着她的名字，激动得声音有点儿走形，而她一下子扑进你的怀里，抱着你哭个没完没了。"没事了，没事了。"你安慰着她，她还是抱着你不放。你说："玛格丽特，没事了，现在我回来了，不会走了。"我觉得你也哭了，但我不是很确定，但是我了解为什么你会哭，阿德巴朗，祖母对你来说，就如史德林对我一样重要。

　　良久良久，祖母才离开你回去自己的房间休息，而你转过来面对我，我手中还抓着那本书，你还给我之后我就一直抓着不放。你在桌前坐下，让我过来，我就走过去，呆呆地在你面前坐下。"我错过太多事了，我错过了你的一生，李奥，告诉我，自从我离开之后都发生了什么事。"

我脑子里一下冒出许多声音，但我没有回答，我只是瞪着你。这时我才想起来，你可以听得到我脑中的声音。

　　"怎么了？"你问。我摇着头。"如果你不想说，就用写的，我想知道。"

　　你让我写。也许是因为我有些怕你，我也不知道；也许是你用了魔法，但我恨魔法。每个人都想帮我：安娜在山丘上要我回家；玛丽亚把崩溃在地板上的我扶了起来；甚至祖母也是，她极尽所能地帮助我，现在又是你。你就是那个在我脑海里经常出现的声音？那个把我从奥思塔带回来，告诉我另一个世界许多故事的声音？阿德巴朗，你从没承认过，但现在我几乎能肯定那就是你。现在你又从皇家园林中找出了这本书的每一页重新拼凑起来，你是知道我的，即使有点儿模糊，但是你是一直都知道的。

　　"到底发生了什么事？李奥。"你说，"我离开太久了，我应该在这里，我没能帮上你什么忙，而史德林……"

　　你用手盖住了脸。我写道：我做了很坏的事，请让我告诉你，因为我没法告诉别人。

　　你看着我默不作声，我对自己写下的话也很吃惊，我本来不想告诉你这些事的。我闭上眼，告诉自己我不想说，我已经把这件事吞到肚里当做是秘密了，现在它也已经逐渐淡去。日子过去很久了，我从来没再提起过，我很怕一旦我跟任何人说出来之后又会有什么后果。但我突然感到，我必须说，于是我提起笔开始写。

　　你坐下看着我写，很久都没说一句话。突然你看了我一眼，我想我看到了你眼中像我一般的恐惧眼神。你摇摇头。"李奥，我……"你把纸递还给我。"告诉我，从头说起，我不太明白，告诉我所有的一切。”

我没有接下你递过来的纸，反倒是翻开了书。在那些章节之间一直有许多空隙，一直都有，那些空间足够我去解释一切了。不知道为什么，我开始从第一页写起，从一切的开头开始写，从那些雪开始。时光倒流回四个月之前，回到一切的开始。你看着我写，我写了一会儿，写到我不知该如何继续时，我就把书放到了一边。

“我不知道你遭受了这一切，我离得太远，看不清楚这里发生的事。李奥，你一定很痛苦，你和你祖母都是，而史德林……”

不是你的错，我们不能怪你，毕竟你被流放到了国外。我写道。

“我真的责怪自己。我一直处于危险之中，我开始以为自己能应付一切，却从来没想过玛格丽特会形单影孤，或者你……”你看着我，好像我是你亲生儿子一样。“如果我在这里的话……如果……”

我突然不想继续说下去了，告诉我那本书的事，我写道。

你走到窗前，站在那跟我说话，背对着我。“那些故事，你写下的那些故事，是我想让你知道的。我身处遥远的地方，但我想你和史德林会希望知道另一个世界的事情，一个英伦的寓言故事，如果你想了解的话。”你摇摇头，显得无比悲伤。“也许这是毫无用处的东西，我让你们全都失望了，我应该一直在这里的。我当时所能做的只是让你知道我生活的全部状况，然而我又没办法自己告诉你，那些字都是你自己写下的。”

我翻开书，看着那些以前冒出来的字，真的一半是我的一半是另一个人的。那字的力度透过纸背，很像我以前写字的习惯，很久前的，那时我还会去上学。“你看。”你说，然后在报纸空白的地方写下你自己的笔迹给我看，那些倾斜的笔画是你的。

"你怎么把书给丢了，李奥?"你写道。

我想了想，然后写道：一个英伦童话故事对我有什么意义呢?

这时我突然想起，玛丽亚曾问我，那都是真的吗? 我写道：那些事在英伦真的都发生了吗?

你摇摇头。"我不知道，这很难解释。任何事情在过去了之后不都全像是一场梦一样吗?"

我摇摇头，对我来说可不是，对我来说，事情过了之后仍然存在影响力，事情不会就这样算了。我射杀阿希拉的那晚，还有我回到家史德林死了的那一刻，祖母满脸是泥哭哭啼啼的那些场景都历历在目，在这之前的所有日子也是，那天我和史德林跑到墓园找假墓，当时太阳正从城市的东边升起;玛丽亚、史德林、小婴孩儿，还有我们一起去野餐的那些日子都是，从来都没有消失过。

你走了之后，夜幕已经低垂，我拿起书，继续写下去。既然你要我解释一切，我一旦选择开始就不会半途而废。

第九章

　　玛丽亚每周都去告解，有一次她告诉我说我也该去。她并不知道我犯了什么罪，但她知道我心里有事，她每次都能看出来。不论如何，我从没去告解过，没在教堂里那个黑暗的角落里跪着坦白过我的罪状。但我会写在书里，我会一直写到天色黑下去，第二天早上起来继续写；我会一直写，直到冬天过去了，春天来临，然后是夏天。每一次没有空间可以写了，我就跳到下一个空白处继续写。我一直写着，都没有时间读读自己写的是什么，我用写字来度过那些日子，学着活下去。

　　我一直写一直写，直到你都放弃来问我发生的事，直到大家都接受了我不再说话的事实。每一件事都在书里得到了解释；我念给史德林的故事，我记忆中梦过的事，我的生活；阿德巴朗的故事，安娜的故事，太子的故事，还有我自己的故事。

阿德巴朗，你回来之后我不再想英伦了。最后，那些事也不再困扰我，我也不再受魔法的困扰了。太子回来的事我也不在乎了，无论谁来统治这个城市，史德林也再不会回来了，阿希拉也是，但我没有告诉你我的想法。

因为我明白一个道理：世事无常。即使革命对我来说来得太晚，它依然改变了世界。玛丽亚的父亲从边界回来了，他的腿受伤了，永远不能恢复正常。他失去了笑容，但他依然活着，没有被埋在奥思塔的墓园里。安塞恩去圣心幼儿园而不是西卡丽滋坦军校，虽然圣心幼儿园的外墙上到处都是弹孔，收藏的图书也少得可怜，但他会学习认字和写作而不是打靶。他们关闭了高度监管学校，把有魔法的孩子都送回了家，如果我愿意，我可以随时接受魔法训练。祖母变得更衰老了，但再也不会有人要将她接走，她现在不能出远门，所以我们把椅子搬到了楼下的院子里，那个院子没有什么变化，还是一个阴暗的角落，整个公寓都还是老样子。人们说太子回来了，他正计划为每栋房子接上自来水，不过一切还没落实。

他们也开放了皇家园林，那些过得比我好的人，已经从创伤中走出来的人，可以到那里去野餐。

读到现在，我知道我还没有说明自己为什么会犯下那些事，我等于什么都没说。我越想说，我就越搞不清楚怎么回事儿。曾经一度，我想置阿希拉于死地，但我又希望那颗子弹没有射到他。我要怎么说明我做过的那些可怕的事？我为何犯下会让我的余生一直会有罪恶感的蠢事？可以有许多理由，也可以没有理由。我不想找任何借口，阿德巴朗，我犯了严重的错，我的一生都将为此付出代价，我逃避不了，如果当时阿希拉走的是另一条去往要塞街的路……

我还能说什么呢？没有了。

今天我将结束这个故事。五年过去了，我已经二十岁了。今天我第一次开口说话，第一次，我本想让你看到这本书，但我没有这样做。就在我即将完成的时候，我又不愿意了，当然你也没有要求我这样做，你只是要我跟你去古堡，去当一名国王宴会的宾客。

我本以为自己会拒绝，但我只是说，"我跟你去"。我的声音把我自己也吓了一跳，那不是我十五岁时的声音。

我现在在城堡里，我一到现场就后悔了。即使我懂得怎么去说笑，怎么去畅谈，但我从来就对派对不感兴趣。我来是为了让你高兴，阿德巴朗，因为除了开心之外，生命中还有一些事值得我们去追求。

所以我在这大堂里跟那些陌生人谈话，但我有时会突然觉得要倒下去了，我太累了。阿德巴朗，我不行了，我觉得我要哭了。我跑到屋顶花园，那里比较安静，即使站在这里也能听到屋里传来的音乐声，大堂的灯光静静地穿过门来倾泻在地上，我往更深处走，离开了那些声音与光，走到更暗之处，看着星辰。

他们习惯用星星的名字来命名大法师，是这样吗？那些受过魔法训练的人，每当要取一个新的名字，就会以某个星星命名。但我的名字也是以星星命名的，李奥是一颗星星的名字，在英伦，那是一整个星座。从屋顶花园看去，我不知道是哪一个，我还记得，我曾一直希望自己能站在古堡顶楼去看风景，以前我真的一直希望能有这个机会。现在我就能看到这里最高的那个阳台，也发现了怎么上去的阶梯，于是我走过去要爬上去。

我穿过门的时候几乎撞上了一个人，那人手上拿着把剑，是国王。"对不起。"他说，他眼中有些恐惧的东西。"那些台阶……"

"我想去看一下那里的风景。"我说。我语气里没有把他当成什么重要人物，相信他能听的出来。

"李奥纳德·诺斯？"他说，"阿德巴朗的侄孙？"我点点头，他伸出手。"我是凯希亚。我一直想认识你。"

我们握了握手。"凯希亚陛下。"我这样称呼他，他大笑起来。

一首曲子的弦律弹奏到了最后，小提琴的音符逐渐上扬，猛地又决然终止，掌声四下里响了起来。"你不跳舞吗？"他问我，我摇摇头。"我也不爱跳，我宁愿在这里看星星。"

我点点头，从栏杆看过去，我们可以看到一切景色，我生活中有过的所有东西都尽收眼底：下面就是屋顶花园里的那些植物；再下去是塔的底端连接着的一块大空地，接着是岩石，一直延伸到市里面，而城市一直延伸下去是河流。"这是几里之内的最高点，星星离这儿最近。"凯希亚说。

"人们说这里的星星和英伦的是一样的。"

我不知道自己干吗要提起这个，也许是我想起来了书中关于他的故事。他看着我一言不发。"是吧。"最后他说，"是完全一样的。"他看向城市。"我一直把它们当成一种符号，也许是我太浪漫了。"

我耸耸肩，然后说："人们倒是希望你这样。你不晓得在卢西雅统治下大家的日子过成什么样子了。"

"我不晓得，我一直都不知道。"他笑着说，看起来有些累，"这是我的失败，不瞒你说。"

我们站在那里好久都再没说一句话，然后他转身走了。"你说他们会想念我吗？"我摇摇头，虽然我的意思不是那样的。他转身真的走了，我听到他的脚步声在阶梯上逐渐消失，最后只留下寂静。

过一会儿你走过来，跟我说话。我本想把写的书给你看，但你走后，我决定还是我自己先看，从头到尾读一遍，最后一次。所以我又在桌灯前坐下来了。

站在那古堡的最高处，我才明白，过去我说的一些话或者一些想法，其实都是错的。我合上书，我现在不打算给你看了，还不行，这太难了。而且有些事不需要解释。我是为你写的这本书，阿德巴朗，但我写起来又好像是对着陌生的读者一样。

我一想到你会读它，我就写不下去了。我不敢给你看，因为你是我们家族里唯一一个留下来的亲戚，我不想让你对我有不好的想法。我知道，有一天你读了之后，你就会明白。

我说过，史德林的一生就像一本书，一本中断的书。或者这并非中断，也许他只是跳到下一个章节去了，我现在是这样想的，因为根本没有结束，怎么结束得了？就算他不在这个世界上，他也不是完全离开了。

我想写结尾了，阿德巴朗。我会把一切都写进书里，不论是我现在想的还是我读的时候的想法，有一天我会都写下来告诉你。所以结尾是什么呢？我应该称它是悲剧还是喜剧？悲剧才是真正的结束，美好的东西已经被打碎散落了一地，不会再凝结出什么美丽的结果了。而喜剧却没有结局，喜剧永远都只是开头，是越演绎越好，是一切美好的开始。而这本书却不是一部悲喜剧，因为这算不得一本书，它是我的生活。

我可不敢说我的生活不是悲哀的，我还会流泪，我还是希望我能身处另一个世界，有时候我还会度日如年。我只是想继续生活下去，我希望史德林能在天国探下头来望一望这个曾经是他哥哥的人，我还是原来的那个李奥，那个他离弃了的哥哥。

我仰望着天空，在偌大的天空里，在那些摇曳着银色光芒的遥远的星辰中，我认出那颗叫李奥的星星了，它是如此清晰。这一刻我会想，那是群星中最亮的一颗，我生出这样的想法，只是短短霎那间的事。

东方的天空逐渐泛出了鱼肚白，所有的宾客都回家了。一位侍女正在屋顶的花园收拾空杯，空杯间撞击出了这个黎明唯一的声响。乌云遮住了太阳，阳台上变得阴暗起来，我不敢期望那些云留在天空上不被吹走，但也许云的流动是人们必须要接受的事实。

我说过杯子的碰撞声是唯一的声响，但其实也有小鸟的鸣叫声。它们在栏杆上，向这里跳过来，一边鸣唱着，已经唱了好一阵了，只是我没发觉。我想一旦它们不唱了，我才会注意到吧。我伸手去碰那些鸟，结果他们一下就飞走了，而就在那之前的一秒，它们都还是不会飞走的样子。

我心中有许多事，有些是不合情理的，但那并不表示我疯了。我不像以前那样快乐了，但快乐也不是生命的全部。星星逐渐淡去，我知道哪一颗是李奥，我想，几个小时之前你才知道的一些事，却可能永远也证实不了。也许不确定反而让你更确定，证明，只是人类发明的东西，而心领神会却是与生俱的能力，你可以用心去理解。

我相信这世界上有魔法。我觉得，现在要找到魔法这东西，要比让史德林活过来，要比让阿希拉还是报纸上的头条更难了。但有时我会看一眼试着找寻魔法的蛛丝马迹，像现在，我就会看一眼，虽然可能只是一秒钟。

我在想，魔法是美好的东西，还是写实的东西？或者只是小鸟的歌唱？或者只是像快乐、爱情那样虚无的东西？

　　我下台阶的时候，走在了无生气的大街上的时候，走进教堂里的时候，我跪下来祈祷的时候，我都在想，"原谅我，阿希拉"。我低声祈祷，也许这很蠢，但我幻想着他已经答应原谅我了。

　　我走回那个苍凉的公寓时，又感觉到魔法了。我拍了拍史德林外套上的尘埃。真好笑，那件是八岁男孩儿的外套，但史德林已经十三岁了。真的，他已经十三岁了。他超越了一切，他根本不在我们这个维度，他超越了我们用来计算用来保持理智的度量尺。

　　雨水像钢筋一样落下来，我打开一扇窗向外望去。我想，魔法就是我想的那些事，而且不只如此，魔法存在于天国，超越了我所能想象的。以前我认为，超越意味着遥不可及，但其实不是的，那像是条不可跨越的河流，像是道不可穿越的门。超越本身就是一条线，像魔法一样，像疯狂一样，仅此而已。

　　因为天国不在天上，不在星星之上，天国就在人间，离我们很近，就在我们周围，天国在另一个维度，在一个界线模糊的地方。

第十章

一位女士坐在铺着餐巾的桌子前，低头伏案。她正看着镜中自己蓝色的眼睛，在她越来越宽的额头下，在眼底之上。她把脖子上的项链缠绕在指头上，看着那颗宝石发出的光芒。

一个小男孩儿跑进房间，拉着她的手臂。安娜把他抱起来放在腿上。"你今晚跳得真好。"男孩儿抬头看着她说。

"你真的觉得吗，我的宝贝爱舍利？"

"是呀！你是世界上最好的。外婆念到报纸上你的新闻了，你上报了，妈妈。"安娜笑了。

那只是地方新闻，小孩儿不会懂的。安娜从他手中取走拿过来看，标题写着：本地英雄？

"这是你。"爱舍利笑着跟安娜说。

她用手指着读着。"周六的再次演出，安娜·德微儿尔计划跟皇家芭蕾舞团一道巡演。"在她还没得意地笑出来之前，她先叹了口气。

爱舍利抬头看着她。她想，他和他父亲的眼神真是一模一样，只是她自己还没注意到，她有这样的想法已经是一种习惯了。"妈妈，我们出去走走好吗?"爱舍利央求道。

"很晚了，你该上床睡了，小爱爱。"

"可我还不想睡。"

"你明天早上会起不来的，如果你这么晚还不睡。"

"我明天不想早起，我想出去走走。"

"不行，太晚了。"

"求求你嘛。"

她闭上眼。"那只能走一小段，你想去哪儿?"

"去山坡上的岩石圈。"

"好吧，只走一小会儿。"

"我曾想成为一名舞者。"他们一边走，她一边说。

"你现在已经是啦。"爱舍利说。

"不，那只是好玩儿罢了。我曾想过要变成非常有名的舞者，我甚至去念了几周的舞蹈学校。"

"你会出名的，像报纸上说的那样。"

"那只是玩笑话。"她告诉他，"那是因为人们不相信我能成为芭蕾舞高手，因为我只是酒店工作者，还有就是因为人们不太重视村子里的演出人才。"

"我不懂。你跳得很好，你赢得了掌声，你一定会出名的，因为你跳得真的很棒。"

"还不够好。"她说。

"那你为什么不多练习，让自己变得更好，变成一个出名的舞者？"

"我没有时间。"

"布莱德雷叔叔说你应该多练习。他昨天在电话里说的，他说时间是挤出来的。"

"布莱德雷叔叔说了很多不该说的话。"

"时间怎么挤得出来？你怎么能阻止时间溜走？这简直没有道理。"

"你知道布莱德雷叔叔时常讲一些没用的东西，你少听他的。"

她说完之后，小朋友不说话了，只是跟着她走，偶尔偷偷摸摸瞅她一眼，偷看她的表情。

他们手拉手地走上石堆时，沙土落了下来。安娜转头看了眼下面一排屋子的亮光，寂静像是雾一样飘浮在山谷里，而他们就在雾的上方，站在石堆上，夜色中仿佛四面八方都有无尽的声响，她静静地站着，爱舍利在她旁边。最远的光，来自湖边酒店的窗户，那是莫尼卡的酒店，酒店上方黑暗的山坡上，是那座老教堂。整个湖面只有被月亮映照的银色之光是从此处唯一可见的。

他们向周遭看去，发现石头的形状大小各不相同。其中有一块特别大的岩石，那岩石所在的地方本来是一块空地，现在它却变换了方位，他们几乎同时见到有一个人正站在那里。

那是一个高大的，有着一头黑发却有点谢顶的男人，他站在两块大岩石之间的阴影中,月光照不到他。爱舍利抓紧了安娜的手,向她靠紧。他们很害怕走进那块地方,好像那里被施了魔咒。

因为听见了声音,那人转过头。她刚好站在他的后面,两人对视着。

安娜想,如果是他怎么办,又遇见他的话?她想着要告诉他,告诉他这些年她吃的苦:那些羞愧,那些痛苦,那些失望;告诉他在舞蹈学校的第一学期是怎样病得越来越重,以至于她必须得休学,但那还不是最糟的;告诉他那些她必须违心说的话,那些人是怎么议论她的,怎样使她只能待在家里而无法面对别人,而甚至都没有人愿意多看她一眼;告诉他自己怎样一个人到医院去检查,然后独自生下了孩子,只因为他在另一个世界,并不知道这一切;告诉他那些朋友怎样远离她,又怎样跑来向她炫耀,他们的婚礼与他们的新房,而她只能独自抱着孩子在腿上哄着;最重要的是,告诉他有关舞蹈的事:告诉他在舞蹈学校第一学期认识的那些女孩现在都在做什么,她们都在演出哪些剧目,在哪里教书。还有就是告诉他,她一直做的梦,好像她一直没有把自己排斥在这个世界之外。

真的都是运气,她能经历这些事。她如果不经历这些,她也许连选择的机会都没有。她有潜力,有决心,也有很好的开始,唯独缺少了些运气。她最不能接受的是,他什么都不知道。她一直在想,要是遇见他,她一定要告诉他,逼着他听她讲这些话。而他看起来好像也有话要说,但最后他们之间什么都没说。

莱恩走向前,伸出他的手。她也伸出手握着他的,静静的。

"我从没有回来过。我说过要回来，但我渐渐忘了这个地方，安娜，我们当初真不该那样分开。"

"我们应该在一起的。"她紧紧握着他的手说，"你真的在这里吗？或者这又是一场梦？"

他们要走下去了，莱恩的眼里充满了泪水，他转头看着其他方向，然后他见到爱舍利站在石堆边看着他们，几乎要哭了，因为他根本不懂。莱恩走过来，在草地上跪了下来看着他的脸，安娜摸了摸爱舍利的肩说："莱恩，这是——"

他伸出手制止她说下去，他突然从那孩子的眼神里看出来一些特别的东西：黑色的瞳孔里充满着骄傲，虽然因为害怕而含着眼泪，但那坚定的眼神，就像他自己的一样，这孩子同样有着一双王者之眼。

要合上这本书相当艰难，但我必须这样做。你读起来也许也很艰涩，但我需要你读下去。也许，阿德巴朗，你会认为这是一部悲剧，但这其实不是，真的不是，这是我的生活。每个人的生活都是悲哀的，每个人都会不时地哭泣，人人都有会觉得自己再也支撑不下去了的时候，但是最后，我们都能活下来。我们都活了下来。

图书在版编目(CIP)数据

王者之眼 / (英)贝纳著 ；谭端译. --北京:新星出版社,2010.8
ISBN 978-7-80225-850-1
Ⅰ.①王… Ⅱ.①贝…②谭… Ⅲ.①长篇小说-英国-现代 Ⅳ.①I561.45

中国版本图书馆CIP数据核字(2009)第222486号

THE EYES OF A KING by Catherine Banner

© 2008 Catherine Banner

Originally published in English by Random House Books

Simplified Chinese edition copyright© 2010 New Star Press

著作权合同登记图字：01-2009-0023

王者之眼

[英] 凯瑟琳·贝纳 著　谭端 译

责 任 编 辑：许　彬
责 任 印 制：韦　舰
装 帧 设 计：郑　岩

出 版 发 行：新星出版社
出　版　人：谢　刚
社　　　址：北京市西城区车公庄大街丙3号楼　100044
网　　　址：www.newstarpress.com
电　　　话：010-88310888
传　　　真：010-88310899
法 律 顾 问：北京市大成律师事务所

读 者 服 务：010-88310800　service@newstarpress.com
邮 购 地 址：北京市西城区车公庄大街丙3号楼　100044

印　　　刷：北京凯达印务有限公司
开　　　本：880×1230 1/32
印　　　张：12.75
字　　　数：290千字
版　　　次：2010年8月第一版　2010年8月第一次印刷
书　　　号：ISBN 978-7-80225-850-1
定　　　价：26.00元